Night School

C.J. Daugherty

L'auteur

Ancien écrivain politique, journaliste spécialisée dans les affaires criminelles et l'investigation, C.J. Daugherty a vu sa première victime de meurtre à vingt-deux ans. Elle en a gardé un goût prononcé pour le côté obscur de la nature humaine. Sa série *Night School*, traduite dans vingt-deux langues, en est le fruit. C.J. Daugherty est née au Texas et habite en Angleterre depuis de nombreuses années.

Dans la même série :

Night School livre II : *L'héritage* (mai 2018)
Night School livre III : *Rupture* (août 2018)
Night School livre IV : Résistance (2019)
Night School livre V : Fin de partie (2019)

C.J. Daugherty

Night School

LIVRE I

Traduit de l'anglais (Angleterre) par
Cécile Moran

R

Loi n° 49956 du 16 juillet 1949 sur les publications destinées à la jeunesse : mars 2018.

ISBN 978-2-266-25101-3
Dépot légal : mars 2018

À Jack,
qui a toujours gardé la foi.

1.

— Dépêche !

— Détends-toi un peu, OK ? J'ai presque terminé…

Accroupie dans l'obscurité, Allie était en train de tracer le N final à la bombe avec une moue concentrée. Agenouillé à côté d'elle, Mark tenait la lampe torche. Leurs voix résonnaient dans le couloir vide. Le rayon lumineux qui éclairait leur chef-d'œuvre tremblait chaque fois que Mark pouffait.

Soudain un bruit sec les fit sursauter.

Des lumières se mirent à danser au plafond, avant d'inonder le hall du lycée.

Deux uniformes venaient d'apparaître près de la porte.

Allie baissa lentement le bras. Elle oublia de relâcher son doigt sur la bombe de peinture et son tag bava en travers de la porte du bureau du proviseur, jusque sur le lino. Le résultat était presque inquiétant.

— Cours !

Au moment où le mot franchit ses lèvres, elle avait déjà filé. Les semelles de ses baskets couinaient dans le grand couloir désert du lycée Brixton Hill. Elle détala sans prendre le temps de vérifier si Mark la suivait.

Et Harry ? Où était-il ? S'il se faisait encore attraper, son père le tuerait. Après avoir pris un virage à fond de train, Allie s'enfonça dans un corridor sombre. Elle aperçut au bout la lueur verte d'une sortie de secours.

Tandis qu'elle s'élançait vers la liberté, le frisson de la victoire l'électrisa. Elle allait réussir à s'échapper !

Allie percuta le double battant de plein fouet et poussa sur la barre qui devait la sauver.

La porte ne bougea pas d'un millimètre.

Atterrée, elle s'arc-bouta et réessaya de toutes ses forces. C'était verrouillé.

« Une issue de secours bloquée… C'est la meilleure ! pensa-t-elle. Si je n'avais pas tagué les bureaux, j'alerterais tout de suite les journalistes. »

Elle étudia le couloir, fébrile. Les policiers barraient l'accès à la sortie principale.

Il devait bien y avoir une autre issue. Elle retint son souffle et écouta. Des voix et des bruits de pas se rapprochaient.

Découragée, Allie se laissa tomber à genoux et baissa la tête. Ça ne pouvait *pas* se finir comme ça. Ses parents allaient l'étrangler pour de bon. Une troisième arrestation en un an ? La situation était déjà assez critique quand ils l'avaient inscrite dans ce lycée minable. Où allaient-ils l'envoyer cette fois ?

Elle repéra soudain une autre porte à proximité et s'élança.

« Un, deux, trois pas », compta-t-elle en silence.

Elle appuya sur le loquet.

Fermé.

Elle traversa le couloir en direction d'une troisième issue.

« Un, deux, trois, quatre pas. »

Celle-là ne céda pas non plus.

Allie fonçait droit sur les policiers désormais. C'était insensé !

Enfin la quatrième porte s'ouvrit… sur un placard à fournitures.

« Ils laissent la réserve ouverte mais ils ferment à clé les salles de classe vides ? Ce lycée est vraiment dirigé par des abrutis. »

Elle se faufila avec précaution entre de hautes piles de papier, des balais à franges droits dans leurs seaux et des appareils qu'elle ne parvint pas à identifier dans la pénombre, puis elle laissa la porte se refermer et tenta de reprendre sa respiration.

Il faisait noir comme dans un four. Allie leva une main à hauteur de son visage – pile devant ses yeux – et ne vit rien. Elle ne pouvait même pas distinguer son contour. Un peu déroutée, elle tendit le bras pour garder l'équilibre. C'est alors qu'une pyramide de feuilles blanches menaça de s'écrouler. Elle lutta pour la stabiliser à l'aveuglette, le souffle coupé.

Des voix assourdies lui parvenaient de l'autre côté de la cloison. Elles semblaient lointaines. Il ne lui restait plus qu'à patienter et les policiers seraient repartis. Rien que quatre ou cinq petites minutes.

Une chaleur suffocante régnait à l'intérieur du placard.

« Garde ton calme, Allie. » Elle compta ses inspirations laborieuses : «… douze, treize, quatorze… »

En vain. Ce qu'elle redoutait finit par arriver. Une sensation familière l'envahit : celle d'être comme prisonnière d'une chape de béton. Le cœur battant, la gorge sèche, elle s'efforça de contenir son attaque de panique.

« Je t'en prie, calme-toi, Allie ! Plus que cinq minutes et tu seras tirée d'affaire. Les garçons ne te dénonceront jamais. »

Non, décidément, ça ne servait à rien. Elle se sentait maintenant prise de vertige, asphyxiée. Il fallait qu'elle sorte.

Tandis que la sueur lui ruisselait sur le visage et que le sol tanguait sous ses pieds, elle chercha à tâtons la poignée de la porte.

« Non, non, non… C'est impossible ! »

Le panneau était parfaitement lisse.

Affolée, elle explora du bout des doigts toute la surface, puis le cadre et le mur autour. Rien. Il n'y avait aucun moyen d'ouvrir la porte de l'intérieur.

Elle se mit alors à pousser et gratter les bords avec ses ongles. Toujours sans succès, la porte refusant de capituler.

Allie respirait de plus en plus mal. Il faisait si sombre là-dedans. Les poings serrés, elle se mit à tambouriner contre le battant.

— Aidez-moi ! J'étouffe. Je veux sortir !

Elle attendit. Au bout de plusieurs secondes, n'ayant obtenu aucune réponse, elle insista :

— Aidez-moi ! S'il vous plaît !

Son ton implorant l'exaspérait au plus haut point. En sanglots et suffocante, elle colla la joue contre le bois et chercha de l'air en continuant de taper du plat de la main.

— S'il vous plaît…

La porte s'ouvrit enfin, si brusquement qu'Allie bascula en avant. Elle atterrit entre les bras d'un policier.

Il l'écarta de lui afin de mieux l'examiner. Aveuglée par sa lampe torche, elle cligna des yeux. Il contempla ses cheveux ébouriffés et ses joues baignées de larmes, puis il regarda au-dessus de son crâne d'un air satisfait. Lorsque Allie se tourna pour voir à qui son sourire s'adressait, elle découvrit Mark, la tête basse. Il avait perdu sa casquette. Le deuxième policier le tenait fermement par le bras, en affichant la même mine réjouie que son collègue.

2.

C'était un vendredi soir et le poste de police bourdonnait comme une ruche. À travers le brouhaha, Allie entendait la voix de son père aussi distinctement que s'il se trouvait juste devant elle. Elle cessa de tortiller ses cheveux et jeta un coup d'œil anxieux vers la porte.

— Vous ne pouvez pas savoir à quel point je vous suis reconnaissant. Je suis sincèrement désolé pour le dérangement.

Elle connaissait bien ce ton-là : il se sentait humilié. À cause d'elle. Elle distingua une autre voix masculine, dont les propos étaient inaudibles, puis son père reprit la parole :

— Oui, nous y réfléchissons. Je vous remercie pour vos conseils. Je vais en parler à ma femme et nous prendrons une décision demain.

« Une décision ? Quel genre de décision ? »

Quand elle put enfin croiser son regard, elle éprouva un petit pincement au cœur. Mal rasé, la mine chiffonnée, il avait pris un sacré coup de vieux. Une immense fatigue se lisait dans ses yeux bleus.

Il tendit une liasse de formulaires à une policière qui les ajouta à sa pile de paperasse sans même les parcourir. Elle plongea la main dans un tiroir, en sortit la pochette qui contenait les affaires d'Allie, puis la posa sur son bureau. Sans les regarder ni l'un ni l'autre, elle déclara d'une voix d'automate :

— Tu es libérée et rendue à la garde de ton père. Tu peux t'en aller.

Les membres raides, Allie se leva pour emboîter le pas à son père. Ils parcoururent une suite de couloirs étroits, éclairés par la lumière crue des néons, et regagnèrent la porte d'entrée.

Quand elle fut dehors, dans la fraîcheur des nuits d'été, elle respira profondément. Le soulagement d'être sortie du poste le disputait à l'angoisse. L'expression de son père n'annonçait rien de bon. Ils marchèrent en silence jusqu'à la voiture.

Il déverrouilla la portière de sa Ford noire depuis le trottoir d'en face. Un signal sonore d'une gaieté incongrue leur souhaita la bienvenue. Quand il alluma le moteur, elle se tourna vers lui avec ferveur, l'air contrit, des regrets plein les yeux.

— Papa…

— Alyson. Ne commence pas, répondit-il, la mâchoire crispée et l'attention rivée sur le tableau de bord.

— Ne commence pas quoi ?

— Ne parle pas. Tiens-toi tranquille et… tais-toi, c'est tout !

Ils restèrent muets pendant tout le trajet. Une fois devant la maison, il sortit de la voiture sans un mot. Allie l'imita et le suivit d'un pas lourd, l'estomac de plus en plus noué.

Il ne paraissait même pas en colère. Seulement… lessivé.

Elle monta l'escalier et emprunta le couloir, passant devant la chambre vide de son frère avant de se réfugier dans la sienne. Là, en lieu sûr, elle étudia son visage dans la glace. Ses cheveux rouges, teints au henné et coupés à hauteur d'épaules, étaient emmêlés. Elle avait une traînée de peinture noire sur la tempe et son mascara avait coulé sous ses yeux gris. Elle empestait la transpiration et la peur.

— Bon, dit-elle à son reflet, ça aurait pu être pire.

Quand elle se réveilla le lendemain, il était presque midi. Elle s'extirpa de sa couette froissée, enfila un jean et un débardeur blanc, puis elle ouvrit sa porte avec précaution.

On entendait les mouches voler sur le palier.

Elle descendit l'escalier sur la pointe des pieds. Dans la cuisine, un beau soleil se déversait par les larges fenêtres et ruisselait sur les plans de travail immaculés. Quelqu'un lui avait laissé du pain sur la table, ainsi que du beurre qui avait commencé à fondre. Une tasse de thé l'attendait à côté de la bouilloire, toute prête, avec le sachet à l'intérieur.

Ses ennuis ne lui avaient pas coupé l'appétit. Affamée, elle prit une tranche de pain et la lâcha dans le grille-pain. Ensuite elle alluma la radio pour combler le silence, avant de se raviser au bout de quelques secondes et de l'éteindre.

Elle mangea à toute vitesse en feuilletant distraitement le journal de la veille. C'est seulement quand elle eut terminé son repas qu'elle remarqua la note près de la porte, à côté du frigidaire :

A.,

Serons de retour dans l'après-midi. Ne quitte PAS *la maison.*

M.

D'un geste machinal, elle tendit la main pour attraper le téléphone et appeler Mark, mais le combiné ne se trouvait pas à sa place habituelle.

Accoudée sur le plan de travail en bois, elle se mit à pianoter en écoutant le tic-tac régulier de la grosse horloge accrochée au-dessus de la cuisinière. « Quatre-vingt-seize *tic*. À moins que ce ne soit des *tac* ? Comment fait-on la différence entre… ? »

— Ouais, d'accord, soupira-t-elle. Il faut que je me calme.

Elle remonta les marches quatre à quatre, fonça dans sa chambre et ouvrit le tiroir supérieur de son bureau d'un coup sec.

Il était vide. Son ordinateur portable avait disparu.

Elle resta immobile, interdite, ses épaules s'affaissant légèrement à mesure qu'elle prenait conscience de ce que tout cela signifiait.

Ses parents ne rentrèrent qu'en fin d'après-midi. Elle les attendit avec angoisse, en sautillant devant la fenêtre pour jeter un coup d'œil dehors chaque fois que la portière d'une voiture claquait, et puis, lorsqu'ils arrivèrent enfin, elle s'enfonça dans le gros fauteuil et regarda la télé avec le son coupé en feignant une parfaite indifférence.

Sa mère lâcha son sac à main à sa place habituelle, sur la table de l'entrée, avant d'aller dans la cuisine aider son mari à préparer le thé. À travers la porte entrebâillée, Allie la vit glisser une main rassurante sur l'épaule de son père alors qu'elle se dirigeait vers le frigidaire pour prendre le lait.

« C'est mauvais signe. »

Quelques minutes plus tard, ils étaient installés côte à côte sur le canapé bleu marine, face à elle. Le regard serein de sa mère tranchait avec ses lèvres pincées. Quant à son père, si ses cheveux étaient désormais peignés avec soin, ses gros cernes de la veille n'avaient pas disparu. Il se lança le premier.

— Alyson…

Il s'interrompit et se frotta les yeux d'un air las. Voyant qu'il hésitait, sa femme prit le relais.

— Nous avons cherché ensemble des solutions pour t'aider.

« Aïe », se dit Allie. Elle regarda tour à tour ses parents avec inquiétude. Sa mère reprit la parole lentement et bien distinctement :

— À l'évidence, tu n'es pas très contente de ton nouveau lycée. Et maintenant que tu es entrée par effraction, que tu as brûlé ton dossier et peint « Ross est un con » à la bombe sur la porte du proviseur, forcément, ils ne sont plus très contents de toi non plus.

Allie se mit à ronger les petites peaux autour de ses ongles en réprimant un rire nerveux. Le moment était mal choisi pour ricaner.

— C'est déjà le deuxième établissement à nous demander poliment de t'envoyer étudier ailleurs, et cela commence à nous fatiguer.

Son père se pencha et la regarda droit dans les yeux pour la première fois depuis leur petit tour au poste.

— Nous avons compris que c'était ta manière de réagir à ce que nous venons de traverser, Alyson. C'est comme ça que tu affrontes la situation. Mais nous en avons marre. Les tags, l'absentéisme, la casse… ça va bien maintenant. Ton message est passé.

Allie ouvrit la bouche pour se défendre, mais sa mère l'en dissuada d'un simple regard. Muette, elle cala ses talons sous ses fesses et entoura ses genoux de ses bras en attendant la suite du sermon.

— La nuit dernière, continua sa mère, un officier de police fort aimable – et qui connaissait ton cas par cœur, d'ailleurs – nous a suggéré de te changer d'école. De t'envoyer loin de Londres. Loin de tes *amis*, ajouta-t-elle avec un mépris cinglant. Nous avons donc passé quelques coups de fil ce matin et nous avons trouvé… (Elle consulta son mari, indécise, comme si elle hésitait sur la formulation la plus appropriée.) Nous avons trouvé un endroit spécialisé dans l'accueil d'adolescents comme toi.

Allie tressaillit.

— Nous sommes allés le visiter aujourd'hui. Nous avons parlé à la directrice…

— Qui est absolument charmante.

Ignorant la remarque de son mari, la mère d'Allie termina sa phrase :

— … et elle a accepté de te prendre dès la semaine prochaine.

Allie tomba des nues.

— Attendez… La semaine prochaine ? s'exclama-t-elle. Mais les vacances d'été ont commencé il y a seulement quinze jours !

Son père fit la sourde oreille.

— Tu iras à l'internat, annonça-t-il.

« À l'internat ? » Elle le dévisagea, bouche bée, en tournant et retournant ces mots dans sa tête « À l'internat ? Ils plaisantent. »

— Évidemment, on va devoir se serrer un peu la ceinture. Cela dit, ça vaut mieux que de te laisser foutre ta vie en l'air. Tu es encore une enfant aux yeux de la loi mais plus pour longtemps. Tu as seize ans, Alyson !

s'écria-t-il en frappant l'accoudoir du plat de la main. Il faut que ça cesse.

Elle compta les battements de son cœur : «… treize, quatorze, quinze… » Elle n'en revenait pas. Là, c'était vraiment pas cool. Pas cool du tout. On pulvérisait tous les records de non-coolitude à cet instant précis, dans cette pièce. Elle se pencha en avant.

— Écoutez, je sais que j'ai fait des bêtises et, croyez-moi, je n'en suis pas fière.

Elle fit son possible pour avoir l'air criant de sincérité. Sa mère demeurant insensible, elle se tourna vers son père, suppliante.

— Vous ne trouvez pas que vous dramatisez, quand même ? Papa, c'est dingue !

Sa mère jeta un coup d'œil à son père, plutôt autoritaire cette fois. Il regarda sa fille en secouant tristement la tête.

— Trop tard. Notre décision est prise. Tu commences mercredi. Jusque-là, pas d'ordinateur, pas de portable, pas d'iPod. Et tu ne quittes pas la maison.

Quand ses parents se levèrent, elle se dit qu'elle comprenait ce que pouvait ressentir l'accusé au moment où le juge sort de la salle d'audience du tribunal. Dans le grand vide qu'ils laissaient derrière eux, Allie poussa un gros soupir, toute tremblotante.

Elle passa les jours qui suivirent dans un épais brouillard, un mélange d'hébètement et de solitude. Elle était censée faire ses bagages et se préparer, mais elle consacra l'essentiel de son temps à tenter de persuader ses parents de revenir sur leur projet insensé.

En vain. Ils lui adressaient à peine la parole.

Le mardi après-midi, sa mère lui tendit une fine enveloppe écrue sur laquelle ressortaient des armoiries élaborées, tracées à gros traits d'encre noire et accompagnées de ces mots : « École privée Cimmeria ». Dessous, la mention « Informations pour les nouveaux élèves » avait été ajoutée à la main d'une belle écriture soignée, avec des pleins et des déliés.

Les deux feuilles de papier qui se trouvaient à l'intérieur semblaient avoir été tapées à la machine. Allie n'en était pas sûre – elle n'avait jamais vu de papier dactylographié de sa vie –, mais chaque petite lettre carrée formait une empreinte en relief bien visible sur le papier épais blanc cassé. Les pages ne contenaient que quelques paragraphes. La première était une lettre de la directrice de l'école, une certaine Isabelle le Fanult, qui prétendait attendre avec impatience d'accueillir Allie dans son établissement.

« Ouais, super », pensa Allie en la jetant par terre. La deuxième page n'était pas beaucoup plus intéressante. Elle expliquait que les crayons, les stylos et le papier seraient fournis par l'école, de même que l'uniforme. On lui demandait de coudre ses initiales sur tous les vêtements qu'elle choisirait d'emporter, ou de les marquer avec un feutre résistant à l'eau. On lui conseillait aussi d'apporter des bottes et un imperméable car « le parc de l'école [était] très étendu et champêtre ».

Elle parcourut rapidement les dernières lignes à la recherche de la sinistre référence au « règlement intérieur » qui ne manquait jamais de figurer dans ce genre de documents et, bien sûr, elle la dénicha vers la fin, en caractères gras :

Une copie du règlement intérieur complet te sera remise à ton arrivée dans l'établissement. Merci de le lire et de l'observer à la lettre. Toute violation sera sévèrement punie.

D'autres mauvaises nouvelles suivaient :

Les élèves ne sont pas autorisés à quitter le parc sans la permission de leurs parents ou de la directrice. Cette permission n'est que très rarement accordée.

Les mains tremblantes, Allie ramassa la lettre, replia les deux feuilles ensemble et les glissa dans l'enveloppe avant de reposer le tout sur son bureau.

« C'est un lycée ou une prison ? »

Elle descendit l'escalier d'un pas décidé et trouva sa mère en train de préparer le déjeuner dans la cuisine.

— J'appelle Mark, annonça-t-elle d'un ton de défi.

Elle attrapa le combiné – qui réapparaissait par enchantement dès que ses parents rentraient à la maison.

— Ah oui ? répondit sa mère en posant son couteau sur le plan de travail.

— Puisqu'on m'envoie en *prison*, j'ai droit à un dernier appel téléphonique, non ?

Allie était pâle et frémissante d'une juste indignation. La plaisanterie allait vraiment trop loin.

Sa mère l'examina pendant une minute, puis elle haussa les épaules et recommença à couper les tomates en tranches fines.

— Eh bien, vas-y, appelle-le.

Allie dut réfléchir une seconde avant de composer le numéro. Il était enregistré dans le répertoire de son téléphone, si bien qu'elle n'avait presque jamais besoin de se le remémorer.

Après quelques sonneries, quelqu'un décrocha.

— Ouaip.

Allie fut si émue d'entendre les intonations familières de Mark qu'elle faillit se mettre à pleurer.

— Salut, c'est Allie.

— Allie ! T'étais passée où ? s'écria-t-il.

Il semblait aussi soulagé qu'elle, à en juger par le son de sa voix.

— Enfermée dans ma chambre, répondit-elle en fusillant des yeux le dos de sa mère. Je suis privée de portable, d'ordinateur et je n'ai pas le droit de quitter la maison. Et toi, comment ça va ?

— Oh, comme d'hab, s'esclaffa-t-il. Les vieux sont énervés, le lycée encore plus, mais ça va se tasser.

— Tu es viré ?

— Quoi ? Du lycée ? Non. Et toi ?

— Soi-disant. Mes parents m'envoient dans un camp de prisonniers qui se fait passer pour une école privée. Quelque part en Mongolie-Extérieure.

— Sérieux ? s'exclama Mark, qui semblait sincèrement bouleversé. Ça craint ! Qu'est-ce qui leur prend ? Personne n'a été blessé. Ross va s'en remettre. Je vais faire une corvée d'intérêt général, présenter mes excuses à tout le monde et puis ce sera retour à la case départ. L'enfer reprendra son cours normal au lycée. Je n'en reviens pas que tes parents soient aussi moyenâgeux.

— Moi non plus. Écoute, d'après les moyenâgeux, je ne pourrai plus te parler une fois que je serai là-bas. Alors si tu veux me joindre, l'école s'appelle Cimm…

La ligne fut brusquement coupée. Allie leva les yeux : sa mère se tenait devant elle, le visage complètement inexpressif et le câble d'alimentation entre les doigts. Elle venait de le débrancher du mur.

— Ça suffit, dit-elle en retirant le combiné des mains d'Allie d'un geste vif.

Elle se remit aussitôt à cuisiner alors que sa fille restait clouée sur place à la dévisager. Pendant les trente secondes qui suivirent, Allie sentit son visage passer par toutes les nuances du blanc au cramoisi. Elle ravala ses larmes, pivota sur ses talons et quitta la pièce comme une furie.

— Vous… êtes… cinglés !

Sa voix passa crescendo du grognement sourd au cri perçant, tandis qu'elle montait l'escalier. Elle claqua la porte de sa chambre derrière elle et se planta au milieu de la pièce en regardant les murs d'un air ahuri.

Désormais, elle n'était plus chez elle ici.

Quand un soleil radieux éclaira ses rideaux le mercredi matin, Allie constata avec surprise que le soulagement dominait en elle. Au moins, la première phase de sa punition allait se terminer.

Elle se tint pendant une demi-heure devant sa penderie ouverte, à hésiter sur ce qu'elle devait porter. Elle finit par opter pour un jean noir moulant et une longue veste de la même couleur sur laquelle le mot « Conflit » était surpiqué en grosses lettres argentées scintillantes. Elle se brossa les cheveux et les laissa détachés.

En examinant son reflet dans le miroir, elle se trouva pâlichonne. Et elle semblait terrifiée.

« Je peux faire mieux que ça. »

Elle attrapa son eye-liner et appliqua un grand trait noir, épais, sur ses paupières, avant de charger ses cils de mascara. Ensuite, elle plongea sous son lit et tira une paire de Doc Martens rouge sombre qui montaient jusqu'aux genoux. Elle les laça par-dessus son jean. Quand elle descendit quelques minutes plus tard, elle se trouvait une allure de rock star. Elle adopta un air rebelle pour compléter le tableau.

Sa mère regarda sa tenue et poussa un soupir exagéré, mais elle ne fit aucun commentaire. Le petit déjeuner se déroula dans un silence glacial, puis ses parents la laissèrent seule finir ses valises. Après avoir empilé des vêtements sur son lit, elle s'assit au milieu de ses affaires, ramena ses genoux à la poitrine et posa le menton dessus. Elle compta ses respirations le temps de laisser la pression retomber.

Avant de monter dans la voiture cet après-midi-là, Allie s'arrêta et se retourna pour regarder leur petite maison mitoyenne, en essayant d'en graver l'image dans son esprit. Elle n'avait rien d'extraordinaire mais ça avait toujours été son chez-elle et cela comptait. Dans le cœur d'Allie, elle avait toujours été plus belle que les maisons anonymes qui se succédaient dans la rue.

À présent, elle ressemblait à toutes les autres.

3.

Le trajet en voiture fut une véritable torture. En temps normal, Allie aurait été ravie de quitter la capitale par une belle journée ensoleillée, mais quand des champs verdoyants et vallonnés, parsemés de moutons blancs engourdis par la chaleur, remplacèrent les rues bondées de Londres, une vague de solitude s'abattit sur elle. L'ambiance dans l'habitacle n'aidait pas. Ses parents faisaient comme si elle n'était pas là. Sa mère tenait une carte et n'ouvrait la bouche que pour donner des indications de temps à autre.

Recroquevillée sur la banquette arrière, Allie fixait leurs nuques d'un œil mauvais. « Ils ne pourraient pas s'acheter un GPS comme tout le monde ? » se disait-elle.

Elle leur avait posé la question des tas de fois et son père répondait toujours qu'ils revendiquaient haut et fort leur côté « traditionnel » et que « tout le monde devrait être capable de lire une carte ».

« Ben voyons. »

Privée de repères, Allie devait se contenter de deviner où elle allait. Personne ne lui avait expliqué où se trouvait sa nouvelle école et les noms des villes défilaient à toute allure (Guildford, Camberley,

Farnham…). Au bout d'un moment, ils quittèrent les axes nationaux et commencèrent à gravir et dévaler des collines sur de minuscules routes de campagne sinueuses bordées de hautes haies qui bloquaient la vue. Les villages s'enchaînèrent (Crondall, Dippenhall, Frensham…). Enfin, deux heures plus tard, ils s'engagèrent sur un chemin de terre étroit. Son père ralentit et rétrograda en première. Le sentier s'enfonçait dans une forêt épaisse où l'atmosphère était soudain plus fraîche et paisible. Après une succession de cahots, de secousses et de grands coups de volant pour éviter les nids-de-poule, ils s'arrêtèrent devant une immense grille en fer forgé.

On n'entendait plus que le ronron du moteur.

Pendant une longue minute, il ne se passa rien.

— Vous ne devriez pas klaxonner, appuyer sur une sonnette ou un truc ? murmura Allie en considérant la clôture noire peu accueillante qui se prolongeait dans les arbres à perte de vue.

— Non, répondit son père, d'une voix étouffée lui aussi. Ils doivent avoir un système de vidéosurveillance. Ils savent quand quelqu'un est là. La dernière fois nous n'avons attendu que quelques…

La grille frémit et s'ouvrit lentement vers l'intérieur dans un grincement métallique. De l'autre côté, la forêt continuait et de minces rayons de soleil filtraient entre les branches épaisses.

Allie scruta les ombres devant elle. « Bienvenue dans ton nouveau lycée, Allie. Bienvenue dans ta nouvelle vie. »

Elle compta ses battements de cœur tandis que la grille pivotait sur ses gonds. *Boum, boum, boum…* Après treize pulsations, la route apparut. Son cœur faisait un tel ramdam dans sa poitrine qu'elle ne put s'empêcher de vérifier furtivement si ses parents l'avaient remarqué. Ils attendaient patiemment. Son père pianotait sur le volant.

Vingt-cinq battements de cœur et les portes s'immobilisèrent dans un frisson.

Son père réenclencha la première et ils se mirent en mouvement.

Sentant sa gorge se serrer, Allie se concentra sur sa respiration. Il était hors de question qu'elle ait une attaque de panique maintenant. Pourtant l'appréhension l'écrasait.

« Arrête d'angoisser, se dit-elle. Ce n'est qu'un lycée de plus, Allie. Reste concentrée sur ta respiration. »

Ça finit par fonctionner ; son souffle devint plus régulier.

Ils empruntèrent une allée de gravier savamment ratissée entre des arbres touffus. Après le chemin de terre plein d'ornières, cette allée était si régulière et bien entretenue que la voiture paraissait léviter.

Allie surveillait de près les battements de son cœur. Pendant cent vingt-trois pulsations, rien que des arbres et des ombres, puis un roulement de tambour retentit dans sa poitrine lorsqu'ils émergèrent à la lumière du jour et qu'elle découvrit le bâtiment face à elle.

Là, elle perdit le compte.

C'était encore pire que ce qu'elle craignait. Au pied d'une colline boisée escarpée se dressait un énorme manoir gothique de briques rouge sombre. Il paraissait incongru dans la lumière vive du soleil. Ce bâtiment à trois étages semblait avoir été arraché à une autre époque et une autre région pour être lâché à… eh bien, là, dans cette campagne dont elle ignorait le nom. Son toit anguleux était une succession de saillies pointues, de pics et de tourelles, surmontés de sortes de dagues en fer forgé qui poignardaient le ciel.

« Oh ! la vache. »

— Cette bâtisse est très impressionnante, dit son père.

— Affreusement impressionnante, répliqua sa mère en riant.

« Ils veulent dire terrifiante, oui ! »

La route de gravier contrastait avec cet édifice intimidant ; sous le soleil, elle ressemblait à un morceau d'ivoire incurvé, posé devant une grosse porte en acajou encastrée dans le mur de briques. Alors qu'ils pénétraient dans l'ombre projetée par la façade, son père ralentit la voiture.

À la seconde où il s'arrêta, la porte s'ouvrit. Une femme mince et souriante apparut. Elle descendit les marches d'un pas sautillant. Ses cheveux épais d'un blond foncé étaient retenus sur la nuque par une barrette et les pointes rebiquaient gaiement, comme pour souligner sa bonne humeur. Allie fut soulagée par l'apparence normale de l'inconnue : elle avait remonté ses lunettes au sommet de son crâne et elle portait un gilet en coton crème par-dessus une robe bleu pâle.

Les parents d'Allie sortirent de la voiture et marchèrent à sa rencontre. Allie, elle, traîna en tâchant de se faire oublier. Elle quitta à contrecœur la banquette de la Ford, qui lui paraissait soudain tellement confortable et familière, et, plutôt que de se joindre au groupe, elle resta appuyée contre la portière ouverte en observant la scène avec méfiance.

Elle attendit. Vingt-sept battements de cœur.

« Vingt-huit. Vingt-neuf. »

— Monsieur et madame Sheridan, je suis ravie de vous revoir, dit la femme d'une voix chaleureuse et chantante. J'espère que le trajet n'a pas été trop pénible. Le trafic peut être horrible entre ici et Londres. Mais au moins il fait un temps superbe aujourd'hui, n'est-ce pas ?

Tout en contemplant son sourire naturel, Allie remarqua qu'elle avait un léger accent. Elle n'aurait su dire lequel précisément. Écossais peut-être ? Il lui donnait un certain cachet, un côté raffiné, un peu à la manière d'un filigrane sur un objet précieux.

Après l'échange de politesses de rigueur, la conversation retomba et les trois adultes se tournèrent vers Allie. Les sourires cordiaux de ses parents s'effacèrent, remplacés par cette inexpressivité complète à laquelle elle s'était habituée mais qui la mettait toujours mal à l'aise. L'inconnue, en revanche, continuait d'afficher une expression bienveillante et amicale.

— Tu dois être Allie.

« Écossais, c'est clair. » Mais un accent assez inhabituel pourtant – subtil, très discret.

— Je suis Isabelle le Fanult, la directrice de Cimmeria. Tu peux m'appeler Isabelle. Bienvenue.

Allie fut un peu surprise d'entendre son surnom dans la bouche de cette femme alors que ses parents prononçaient toujours son prénom en entier, Alyson. Et puis elle trouva curieux d'être invitée par la directrice elle-même à l'appeler par son prénom.

« Bizarre, mais plutôt cool. »

Isabelle lui tendit une main blanche et fine. Ses yeux d'un brun doré avaient une beauté singulière et elle avait l'air plus jeune de près que de loin.

Bien qu'elle fût décidée à ne pas se plaire dans cet endroit, et à ne surtout pas copiner avec cette personne, Allie répondit à son geste. La poignée de main vigoureuse et fraîche d'Isabelle, énergique et délicate à la fois, l'étonna. Elle se décontracta un peu. Pendant une seconde, la directrice soutint son regard et Allie crut lire de la compassion dans ses yeux. Puis Isabelle se tourna vers ses parents avec un petit sourire et un haussement d'épaules contrit.

— Je suis désolée, mais la politique de la maison exige que les parents disent au revoir à leurs enfants ici. Quand les élèves passent cette porte, ils commencent une nouvelle vie et nous préférons qu'ils le fassent en toute indépendance.

Elle ajouta à l'intention d'Allie :

— As-tu beaucoup de sacs ? J'espère que nous pourrons les porter à nous deux. Le personnel est occupé en ce moment et j'ai peur qu'il ne nous faille nous débrouiller par nous-mêmes.

Allie ouvrit la bouche pour la première fois :

— Je n'ai pas grand-chose.

C'était la vérité. L'établissement fournissait presque tout le nécessaire et ne tolérait quasiment rien, si bien qu'au bout du compte elle n'avait apporté que deux sacs de taille moyenne principalement remplis de livres et de cahiers. Son père les sortit du coffre. Isabelle souleva le plus gros avec une facilité déconcertante. Elle échangea encore quelques courtoisies avec M. et Mme Sheridan, puis elle s'écarta pour les laisser embrasser leur fille.

— Travaille dur et écris-nous un petit mot de temps en temps, dit son père.

Il conservait une attitude distante, mais sa mine était triste lorsqu'il la serra brièvement dans ses bras.

Sa mère, évitant de croiser son regard, lui lissa une mèche de cheveux sur le front.

— S'il te plaît, ne te braque pas contre cette école. Laisse-lui une chance. Et appelle si tu as besoin de nous.

Pendant une seconde, elle pressa fort Allie contre elle, puis elle relâcha son étreinte et marcha jusqu'à la voiture sans se retourner.

Allie resta immobile, les bras ballants, tandis que la voiture remontait la belle allée de gravier et tournait pour disparaître sous les arbres. Sentant ses yeux picoter, elle secoua la tête pour refouler ses larmes. Ensuite elle se pencha afin de ramasser son sac noir et fit face à Isabelle qui l'observait.

— C'est toujours difficile la première fois, affirma celle-ci d'une voix douce. Ça passe avec le temps, tu verras.

Sur ces mots, elle se dirigea d'un pas leste vers le perron.

— Prépare-toi à marcher, cria-t-elle. Tu ne vas pas tarder à t'apercevoir que les couloirs de ce bâtiment sont sans fin.

Sa voix s'assourdit quand elle franchit le seuil. Après un moment d'hésitation, Allie la suivit.

— Je te propose la visite guidée en chemin – le petit circuit, du moins…

Allie l'entendait à peine : bouche bée, elle contemplait le vaste hall d'entrée.

À l'intérieur, il faisait sombre et frais ; la vive lumière du jour était adoucie par une verrière colorée qui se déployait au-dessus de leurs têtes. Le plafond, soutenu par d'épaisses voûtes, culminait à au moins six mètres de hauteur. Le sol de pierre avait été poli par des milliers de pieds au fil des siècles. Des chandeliers hauts d'un bon mètre cinquante se dressaient comme des sentinelles dans chaque coin. Des tapisseries anciennes recouvraient certains murs, mais elle n'eut pas le temps de les regarder dans le détail : elle devait se dépêcher si elle ne voulait pas se laisser distancer par la directrice.

Depuis le hall elles empruntèrent un grand couloir revêtu d'un plancher sombre. Isabelle tourna dans la première pièce à leur droite. Là se trouvaient plus d'une douzaine de grandes tables en bois rondes, chacune entourée de huit chaises. Une énorme cheminée adossée à un mur dépassait la directrice de plusieurs dizaines de centimètres.

— Voici le réfectoire. Tu prendras tous tes repas ici.

Elle marqua une pause pour laisser le temps à Allie d'enregistrer cette information, puis elle retourna à grands pas dans le couloir.

Quelques mètres plus loin, du côté opposé au réfectoire, elle passa sous une autre porte cintrée, pénétrant dans une immense pièce presque vide avec un parquet ciré et un plafond presque aussi élevé que celui de l'entrée. Sa cheminée gigantesque donnait à la directrice des proportions de lilliputienne par contraste, et d'énormes candélabres en métal tombaient du plafond, suspendus à des chaînes.

— Voici la grande galerie. Nous organisons des événements ici – des bals, des rassemblements, etc. –, expliqua Isabelle. Là, nous sommes dans la partie la plus ancienne du bâtiment. Elle remonte à une époque beaucoup plus lointaine que la façade. Cette pierre est encore plus vieille qu'elle n'en a l'air, figure-toi.

Elle pivota sur ses talons et sortit. Allie, légèrement essoufflée par l'effort, la suivait avec peine. Isabelle était étonnamment rapide. En tournant à gauche, elle désigna d'un geste vague une porte qui menait, dit-elle, au « foyer ». Puis elles arrivèrent au pied d'un grand escalier en bois équipé d'une rampe en acajou impressionnante. Les espadrilles de la directrice faisaient un bruit feutré tandis qu'elle montait les marches par petits bonds, en débitant à toute allure une série de détails et de chiffres sur l'histoire de l'édifice. Abasourdie, Allie tentait d'intégrer les renseignements au fur et à mesure. L'escalier datait de la Belle Époque… à moins que ce ne fût de l'ère victorienne ? Le réfectoire remontait à la Réforme… ou bien aux Tudor ? La plupart des salles de classe se situaient dans l'aile est, d'accord, mais qu'y avait-il dans l'aile ouest déjà ?

Après deux volées de marches, Isabelle tourna à gauche et emprunta un grand couloir. Tout au bout, un escalier plus étroit menait à un long corridor plongé dans l'obscurité, bordé d'une double rangée de portes en bois peintes en blanc.

— Nous sommes à l'étage des filles. Voyons, tu as la chambre 329…

Elle chercha à pas pressés le bon numéro, puis elle ouvrit la porte.

La pièce était sombre, plutôt exiguë, avec un simple lit à une place, une commode et un bureau en bois, ainsi qu'une penderie, le tout peint de la même nuance de blanc bien net. Isabelle la traversa et actionna un loquet qu'Allie n'avait pas remarqué, libérant le volet intérieur qui occultait une petite fenêtre en arc de cercle. Aussitôt la lumière dorée de l'après-midi illumina les lieux.

— Il ne reste plus qu'à l'aérer un peu, dit-elle gaiement en se dirigeant vers la porte. Tes uniformes sont dans la penderie. Tes parents nous ont communiqué ta taille mais si jamais quelque chose n'allait pas, n'hésite pas à le faire savoir. En principe, tu as tout ce qu'il te faut. Je te laisse défaire tes bagages. Le dîner est à sept heures, tu sais où se trouve le réfectoire. Ah, au fait… (Elle se retourna sur le seuil.) J'ai remarqué que tu avais eu des soucis en cours d'anglais récemment, alors je t'ai inscrite dans ma classe. C'est un séminaire en petit groupe. J'espère qu'il t'intéressera.

Noyée sous les informations, Allie acquiesça en silence. Comprenant qu'Isabelle attendait une réponse, elle finit par bredouiller :

— Ça… ça va aller.

Isabelle étudia sa nouvelle élève d'un air pensif, puis elle hocha la tête.

— Il y a une tonne de détails sur l'école et ton emploi du temps dans la pochette qui se trouve sur ton bureau.

Allie jeta un coup d'œil vers le meuble et se demanda comment elle avait pu louper jusqu'alors l'énorme enveloppe qui portait son nom.

— As-tu des questions avant que je m'en aille ?

Elle s'apprêtait à répondre que non, puis elle changea d'avis. Elle regarda le bout de ses pieds et tira sur l'ourlet de son T-shirt d'un air indécis.

— Vous êtes la directrice, c'est bien ça ?

Isabelle hocha la tête, légèrement déconcertée.

— Alors pourquoi faites-vous… tout ça ? dit Allie en illustrant sa phrase d'un grand geste.

— Je ne te suis pas, avoua la directrice, déroutée. Pourquoi je fais *quoi* ?

Allie tenta de s'expliquer.

— Eh bien… m'accueillir en personne à la porte, me conduire jusqu'à ma chambre, me faire visiter le manoir…

Isabelle croisa les bras. Après une brève hésitation, elle répondit d'une voix douce :

— Allie, tes parents m'ont raconté beaucoup de choses à ton sujet. Je suis au courant pour ton frère et je suis sincèrement navrée. Je sais ce que c'est que de perdre un proche et je suis consciente qu'on peut facilement rester prisonnier de cette… horreur. Ça peut détruire une vie. Mais tu dois essayer de t'en sortir. Tu as beaucoup à offrir et mon travail consiste à t'aider à en prendre conscience. À t'aider à redevenir toi-même.

Elle posa la main sur la poignée de la porte. Allie compta en silence : trois inspirations, deux expirations.

— Je vais t'envoyer la déléguée pour qu'elle se présente et réponde à tes questions. Elle arrivera à six heures, donc tu devrais avoir le temps de ranger tes affaires avant le dîner. Les horaires des repas sont stricts ici – veille bien à être ponctuelle, s'il te plaît.

Sur ces mots, Isabelle sortit comme un courant d'air, avec sa vivacité habituelle, ce qui ne l'empêcha pas de fermer la porte délicatement derrière elle. Le loquet s'enclencha dans un discret *clic*.

Allie soupira.

Seule dans sa nouvelle chambre, elle avait enfin l'occasion de souffler un instant et de réfléchir. Pourquoi ses parents avaient-ils parlé de Christopher à Isabelle ? Ils avaient toujours considéré la disparition de leur fils comme une affaire de famille privée. Et ce lycée était vraiment étrange. Elle n'avait pas croisé un seul élève dans les couloirs sur tout le trajet. Le manoir paraissait désert. Pourquoi ?

« Bizarre… »

Elle souleva un sac et le posa sur le lit. Elle tira sur la fermeture Éclair, sortit ses affaires une à une et choisit des emplacements pour les ranger. Les livres allèrent sur la petite étagère à côté du bureau. Elle pensait mettre les vêtements dans la commode, mais en ouvrant les tiroirs elle s'aperçut que la plupart étaient déjà pleins de T-shirts, de shorts et de pulls blancs ou bleu marine avec l'écusson de Cimmeria imprimé sur le cœur.

Intriguée, elle ouvrit la penderie et y trouva des jupes, des chemises et des blazers dans le même style. En farfouillant dans le fond de l'armoire, ses doigts tombèrent sur une matière légère et vaporeuse. Elle dégagea les cintres et découvrit des robes délicates dans différentes teintes. Isabelle avait parlé de bals, mais elle avait omis de préciser que l'établissement fournissait les tenues de soirée. Allie examina à bout de bras une robe de velours bleu foncé, sans doute vintage, avec une jupe ample coupée au-dessous du genou et un décolleté en V sophistiqué brodé de perles.

Elle la fixa, stupéfaite. Que faisait ce type de vêtements dans sa penderie ?

Allie n'avait jamais participé à une vraie soirée dansante – ce n'était pas trop le genre de ses anciens lycées. L'idée de porter une robe hors de prix dans le cadre d'un bal solennel lui arracha un frisson de nervosité. Comment s'en sortirait-elle ? Elle ne savait pas du tout danser.

Elle caressa le tissu soyeux en tentant de s'imaginer en train de grignoter des petits-fours et de faire la conversation. Cette image la fit rire jaune.

« Non, ce n'est pas mon monde. »

Elle rentra les habits dans la penderie, referma la porte et s'installa à son petit bureau, face à la fenêtre. De là, elle avait une vue étendue sur le ciel bleu et les cimes vertes des arbres. La température fraîchissait ; l'air sentait bon l'été et la résine de pin. Elle ouvrit l'enveloppe et en extirpa une liasse de papiers. Isabelle ne plaisantait pas en parlant d'une « tonne de détails ».

Un plan du bâtiment situait les chambres par rapport aux salles de classe, au réfectoire et aux quartiers des professeurs. La deuxième feuille contenait son emploi du temps : anglais, histoire, biologie, maths, français – bref, la liste des suspects habituels.

Venait ensuite un mince classeur noir sur lequel était marqué : « Règlement intérieur ». Dedans, des pages et des pages noircies d'une écriture manuscrite au charme désuet. Avant qu'Allie ait pu commencer la lecture, quelqu'un frappa à la porte.

Une jolie fille dans un uniforme Cimmeria – chemise blanche à manches courtes et jupe plissée bleu marine au genou – apparut dans l'embrasure. Allie lui trouva l'air très sérieux. Ses cheveux lisses d'un blond filasse étaient coupés au carré à hauteur d'épaule, et elle portait des sandales roses Birkenstock. En notant que le vernis à ongles de ses orteils était assorti à ses chaussures, Allie fut vaguement gênée. Elle avait l'impression d'être un vrai garçon manqué à côté.

« À quand remonte la dernière fois où je me suis mis du vernis ? » s'interrogea-t-elle.

Elle eut le sentiment que la fille s'appliquait à ne pas la dévisager.

— Allie ? fit-elle d'une voix rauque qui tranchait avec son look.

Allie hocha la tête et se leva de son bureau.

— Je m'appelle Julie, je suis ta déléguée. Isabelle m'a demandé de venir te voir.

— Euh, merci.

Allie tirait nerveusement sur le bas de son T-shirt. Peut-être aurait-elle mieux fait de se changer ?

Il y eut un silence embarrassé. Julie haussa un sourcil d'un air interrogateur et tendit une nouvelle perche.

— Isabelle pensait que tu aurais peut-être des questions ?

Allie se creusa la cervelle en quête de questions intéressantes. En vain.

— Alors… on est obligés de mettre l'uniforme tous les jours ? Tout le temps ?

Julie acquiesça.

— Aussi bien à l'intérieur du manoir que dehors, dans le parc. Il y a un chapitre à ce sujet dans les papiers qu'Isabelle t'a donnés.

— Justement… je… je venais de commencer à y jeter un œil. (Allie se maudissait de trébucher sur les mots devant Julie, qui paraissait si pleine d'assurance.) Mais il y a tellement de trucs à lire.

— Oui, ça fait beaucoup à assimiler pour un premier jour, concéda la déléguée. Moi, j'ai eu de la chance. Mon frère était déjà ici quand je suis arrivée et il m'a aidée. Sinon, je crois que ç'aurait été horrible. De nombreux élèves ont un parent, un frère ou une sœur qui a été inscrit ici. Et toi ?

Allie secoua la tête de gauche à droite.

— Je n'avais jamais entendu parler de ce lycée avant le week-end dernier.

Julie eut du mal à cacher sa surprise.

— Bien, dit-elle après un temps d'arrêt, je te propose de visiter l'étage – même s'il n'y a pas grand-chose à voir, pour être honnête.

Alors qu'Allie s'avançait vers la porte, Julie la toisa des pieds à la tête.

— Pourquoi n'enfiles-tu pas ton uniforme d'abord, hein ? suggéra-t-elle.

Allie rougit en croisant les bras sur sa poitrine mais Julie l'ignora.

— Je t'attends dehors, dit-elle.

Puis elle sortit sans lui laisser la possibilité de répondre.

Sitôt la porte refermée, Allie se précipita sur la penderie, l'ouvrit brusquement et y piocha une chemisette blanche et une jupe bleue impeccable, les mêmes que celles de Julie, qu'elle jeta sur son lit.

Est-ce que, par hasard, la déléguée ne se serait pas moquée de sa tenue, l'air de rien ? Elle qui était si… parfaite.

« Bien sûr qu'elle se foutait de moi, pensa Allie, amère. Ce serait bien le genre, avec son vernis impeccable. » D'un geste rageur elle délaça ses bottines, qu'elle balança sous le lit d'un coup de pied. « Et pas un cheveu qui dépasse… »

Elle retourna vers la penderie à la recherche d'une paire de chaussures convenable, mais elle ne dénicha que des oxfords noires fonctionnelles et des chaussettes blanches de petite fille modèle. Elle les passa en grimaçant.

« Je hais les filles parfaites. »

Elle étudia son reflet dans le miroir accroché à la porte. Son maquillage épais jurait maintenant – Julie ne s'était mis qu'une touche de gloss sur les lèvres, elle. Tant pis. Elle n'avait pas le temps d'y remédier pour l'instant.

Elle lissa ses cheveux avec les mains et rejoignit Julie dans le couloir. Celle-ci l'attendait, appuyée contre le mur.

— Voilà ! Maintenant tu ressembles à l'une des nôtres, dit-elle d'un ton approbateur.

Allie se demanda ce qu'elle entendait par là exactement.

Tandis qu'elles remontaient côte à côte le couloir étroit, Allie bouillait intérieurement.

— Cette partie correspond aux anciens quartiers des domestiques, expliqua Julie, indifférente au ressentiment de sa camarade. Le bâtiment a été agrandi au fil des siècles, il est donc beaucoup plus grand aujourd'hui qu'à l'époque. La salle de bains est là…, ajouta-t-elle en désignant vaguement la seule porte qui n'était pas numérotée. Tout le monde se la partage, alors je te conseille d'y aller soit très tôt, soit très tard, sinon attends-toi à faire la queue.

Elles prirent la direction de l'escalier. L'ambiance avait changé. Il y avait une certaine effervescence à présent ; des élèves en uniforme discutaient et plaisantaient un peu partout.

— J'imagine qu'Isabelle t'a déjà montré le réfectoire ? demanda Julie. Et elle t'a emmenée au foyer ?

Allie fit signe que non. La déléguée la précéda dans les marches.

— C'est la pièce la plus importante du bâtiment, déclara-t-elle. Nous y allons presque tous après les cours, sauf quand on fait nos devoirs.

— Vos devoirs ?

Julie regarda Allie, bouche bée. Il lui fallut quelques secondes pour se ressaisir.

— Ben oui, nos devoirs.

Elle ouvrit une porte au pied de l'escalier et elles pénétrèrent dans un espace confortable pourvu de canapés en cuir, avec des tapis d'Orient éparpillés au sol, un piano dans un coin ainsi que des étagères bourrées de livres et de jeux qui montaient du sol jusqu'au plafond. On y trouvait aussi des tables de jeu avec des échiquiers peints sur le dessus. L'endroit était désert, à l'exception d'un garçon assis au bout de la pièce. Il était en train de les observer par-dessus un livre usé et jauni. Il avait des cheveux sombres, lisses, une expression déterminée sur les lèvres et d'immenses yeux noirs frangés de longs cils fournis. Il était enfoncé dans un fauteuil profond, les pieds négligemment posés sur un échiquier. Lorsque leurs yeux se croisèrent, Allie eut l'impression étrange qu'il savait déjà qui elle était. Il ne sourit pas, ne prononça pas un traître mot, se contentant seulement de la dévisager. Après un moment qui lui parut interminable, Allie finit par reporter son attention sur Julie. Cette dernière la regardait avec l'air d'attendre quelque chose.

« Dis un truc ! »

— Il n'y a… euh… pas de télé ? Ni de… chaîne ?

Allie crut entendre un ricanement étouffé en provenance du fauteuil, mais elle refusa de se laisser distraire de nouveau par le garçon.

Une fois encore, la consternation se peignit sur le visage de Julie ; on aurait dit qu'elle lui avait demandé comment s'appelait le globe doré et brillant dans le ciel.

— Non, répliqua-t-elle d'un ton sévère. Pas de télé, pas d'Internet, pas d'iPod, pas d'ordinateurs ni de téléphones portables… Aucun appareil du XXIe siècle. Tes parents t'avaient prévenue à ce sujet, non ?

À mesure que Julie détaillait la liste des objets non autorisés, le cœur d'Allie se serrait. En réponse à sa question, elle secoua la tête en silence. Étonnée, la déléguée poursuivit ses explications.

— Ici, on attend des élèves qu'ils apprennent à se divertir grâce à des activités plus traditionnelles. La conversation et la lecture, par exemple. Fais-moi confiance, tu seras tellement noyée sous les devoirs que tu n'auras même pas le temps de regretter la télé de toute façon. Toutes les informations sont dans la pochette, conclut-elle en pivotant sur ses talons pour sortir.

« Cette saleté de pochette. Ça va me prendre la nuit entière pour la lire, tout ça pour connaître encore plus de détails déprimants sur cette foutue école. »

Sans un regard en arrière pour le mystérieux lecteur, elle suivit la déléguée dans le couloir. Julie effleura une porte du bout des doigts sur leur passage.

— Là, c'est la bibliothèque – tu en connaîtras les moindres recoins par cœur d'ici peu.

Elles traversèrent le hall principal et Julie poussa une lourde porte qui donnait sur l'aile est de la bâtisse.

— Voici les classes. C'est plus facile de s'y retrouver avec les numéros au début. Sur ton emploi du temps, tu verras que toutes les heures correspondent à un numéro de salle. Avec l'habitude, on finit par les associer aux profs qui donnent cours dedans, mais puisqu'ils ne mettent pas leur nom sur la porte, ça ne te sera pas d'une grande utilité. Les numéros 1 à 20 se trouvent au rez-de-chaussée, les 100 à 120 au premier étage, et tout ce qui est au-dessus est interdit d'accès pour toi.

Allie prit un air étonné, mais Julie ne lui laissa pas le temps de poser des questions.

— Bon, il te reste une vingtaine de minutes avant de descendre dîner. Je te conseille de lire les documents qui sont dans la grande enveloppe au plus vite. C'est vraiment important. Sinon tu risques d'être complètement paumée demain. À propos, tes profs te donneront tes livres en cours, donc inutile d'apporter autre chose que du papier et des stylos. Normalement il y en a plein dans ton bureau.

Elles étaient déjà de retour au pied de l'escalier, et ne tardèrent pas à atteindre le palier de l'étage des filles.

— Je suis dans la chambre 335 si tu as besoin de moi, mais n'importe qui t'aidera si tu te perds, d'accord ?

Julie agita la main en guise d'au revoir et s'éloigna dans le couloir tandis qu'Allie rentrait dans sa chambre.

Elle se rassit à son bureau et commença par mettre le drôle de règlement intérieur de côté pour plus tard. Elle parcourut la pile de papiers sur son bureau et essaya de se concentrer sur un livret d'instructions consacré aux cours. (On y lisait des choses comme : « Les élèves doivent être assis à leur place avant que le professeur ne commence la classe. ») Mais ses pensées vagabondaient du côté du foyer où elle avait aperçu ce garçon installé dans un fauteuil club. Elle fouilla dans ses souvenirs à la recherche d'une rencontre passée mais non, ce visage n'était archivé nulle part dans sa mémoire. Pourtant, lui paraissait clairement la reconnaître ou, au minimum, savoir qui elle était. Elle fit tourner son stylo entre ses doigts en se remémorant son regard sombre et insistant.

Alors qu'elle entamait la lecture d'une nouvelle page, elle consulta sa montre. « Merde ! Sept heures moins une. » Les vingt minutes s'étaient déjà écoulées. Le dîner allait commencer.

Elle se rua dans le couloir et faillit percuter une blonde aux cheveux courts qui courait tête baissée.

— Fais gaffe ! hurla celle-ci sans ralentir l'allure.

Allie lui emboîta le pas.

— Désolée ! Je ne t'avais pas vue.

La fille ne lui accorda pas un regard et elles dévalèrent l'escalier l'une derrière l'autre pour s'arrêter net à l'entrée du réfectoire au même instant. Sans échanger un mot, elles franchirent la porte en feignant la décontraction, comme si elles avaient discuté tranquillement ensemble sur le trajet. La blonde tourna la tête et lui adressa un petit clin d'œil complice avant de s'asseoir à sa table habituelle, sans doute, à en juger par la façon dont elle y fut accueillie.

La pièce semblait très différente maintenant du moment où Allie était passée en coup de vent avec Isabelle. Des bougies brillaient sur les tables couvertes de nappes blanches ; des assiettes aux couleurs de l'école et des verres en cristal scintillaient devant chaque chaise. Repérant une place libre, Allie s'y glissa et, comme si quelqu'un avait subitement coupé le son, la conversation à la table mourut aussitôt. Sept paires d'yeux se braquèrent sur elle avec curiosité.

— Ça ne vous dérange pas si je… euh… m'assieds ici ?

Elle regarda nerveusement autour d'elle. Personne ne lui avait encore répondu quand la porte de la cuisine s'ouvrit en grand pour laisser passer du personnel de service, tout de noir vêtu et chargé de plateaux. Un pichet d'eau en verre transparent atterrit à côté du coude d'Allie. Tout à coup, elle se sentit assoiffée. Elle avait envie de se jeter sur la carafe pour remplir son verre, mais elle n'osa pas. Elle épia les gestes des autres en guettant le signal, mais personne ne bougeait.

— On t'en prie.

En suivant le son de la voix masculine, marquée par un fort accent français, elle découvrit à sa gauche un garçon qui l'observait. Il avait la peau mate, des cheveux bruns épais et des yeux bleus divins.

— Pardon ?

— Tu peux t'asseoir là, on t'en prie.

Elle lui adressa un sourire reconnaissant.

— Merci.

Lorsqu'il lui retourna son sourire, elle crut qu'elle allait se liquéfier sur le parquet. Il était magnifique.

— De rien. Aurais-tu la gentillesse de me passer l'eau ?

Elle lui tendit le pichet et constata avec un immense soulagement qu'il remplissait son verre à elle avant de se tourner vers le sien. Elle en but la moitié à toute vitesse puis, comme il lui présentait le plat – du bœuf aux pommes de terre –, elle se servit. Le silence s'installa de nouveau tandis qu'elle guignait son voisin de table.

Elle s'éclaircit la voix et se lança.

— Je m'appelle Allie.

Elle eut la curieuse impression qu'il était déjà au courant.

— Moi, c'est Sylvain. Bienvenue à Cimmeria.

— Merci, répondit-elle, soudain contente d'être là.

Le repas était succulent. Elle n'avait rien mangé depuis le petit déjeuner sinistre pris en famille, et à présent, elle dévorait avec voracité. Au moment où elle enfournait un dernier morceau de pomme de terre, cependant, elle leva les yeux et s'aperçut que tout le monde la dévisageait. Le bout de patate se coinça dans sa bouche et elle le mâcha avec effort avant de tendre la main vers son verre d'eau pour le faire couler – malheureusement, il était vide.

Avec calme et aisance, Sylvain prit son verre et le lui remplit. Une expression compatissante se lisait sur ses traits et ses beaux yeux clairs brillaient à la lueur des bougies. Pendant qu'Allie cherchait quelque chose d'intéressant à dire, une voix abrupte interrompit le fil de ses pensées.

— Tu es de Londres.

Elle émanait d'une fille rousse assise de l'autre côté de la table.

— Oui. Comment le… ?

— On nous a prévenus qu'une nouvelle allait arriver. Tu es Allie Sheridan, ajouta-t-elle d'un ton détaché, comme si elle débitait le bulletin météo de la journée.

— Ouais, il paraît, répondit Allie, sur la défensive. Et toi, qui es-tu ?

— Katie.

Personne d'autre ne profita de l'occasion pour se présenter.

Allie ne savait pas où se fourrer. Mal à l'aise sous les feux croisés de leurs regards, elle éprouva le besoin de combler les blancs de la discussion. Mais faire la conversation n'avait jamais été son fort.

— Cette école est… immense, hésita-t-elle. Le bâtiment est un peu effrayant.

— Ah bon ? s'étonna Katie. Moi, je le trouve beau. Toute ma famille a fait ses études ici. Tes parents sont des anciens élèves ?

Surprise de voir Allie secouer la tête, Katie haussa un sourcil parfaitement dessiné. De chaque côté d'elle, des filles se mirent à faire des messes basses.

— C'est bizarre.

— Pourquoi ? demanda Allie.

— La plupart des élèves inscrits ici ont hérité la place de leurs parents, en quelque sorte. C'est mon cas et celui de Sylvain. De Jo aussi.

Allie nageait dans la confusion.

— Qui est Jo ?

— Eh bien… la fille avec qui tu es arrivée, répondit Katie, légèrement déconcertée.

— Mademoiselle Sheridan ! tonna une voix de stentor.

Katie se tut et Allie se retourna sur sa chaise pour voir qui l'interpellait ainsi. Un homme atteint de calvitie, qui devait avoir à peu près l'âge de son père, se tenait juste derrière elle, avec le port de tête rigide et fier du militaire malgré son costume défraîchi. Il était très grand – il mesurait largement plus d'un mètre quatre-vingts. Allie redressa le buste. Dans la salle, on entendait les mouches voler.

— Quelqu'un vous a-t-il expliqué le règlement de Cimmeria à l'égard des repas ? demanda-t-il en la toisant avec mépris.

— Oui, répondit-elle de cette petite voix tremblotante qui avait toujours le don de l'énerver.

— Les élèves doivent se trouver dans cette pièce *avant* le début de chaque repas. Vous étiez un peu juste ce soir. Tout comme vous, mademoiselle Arringford. (Il pivota sur ses talons et pointa un index accusateur sur Jo, qui lui retourna son regard sans ciller.) Que cela ne se reproduise plus. Nouvelle ou pas, mademoiselle Sheridan, au prochain retard, vous écoperez d'une retenue.

Là-dessus, il s'éloigna à grands pas en faisant claquer ses talons. Allie fixait son assiette vide. Elle sentait des dizaines de paires d'yeux rivées sur elle. La colère enflamma brusquement ses joues. Elle n'avait que deux secondes de retard. Était-ce une raison pour l'humilier devant tout le lycée ?

Elle n'en revenait pas. Elle venait à peine d'arriver et déjà elle s'attirait des ennuis.

En jetant un coup d'œil en coin à la table voisine, elle croisa le regard de Jo. Un sourire insolent sur les lèvres, celle-ci lui fit un autre clin d'œil avant de reprendre ses bavardages et ses plaisanteries comme si de rien n'était. Allie vit un garçon lui caresser le bras ; Jo posa la tête sur son épaule un bref instant en souriant à ses cajoleries.

Allie se sentait à la fois mieux et terriblement mal.

À sa table, les autres discutaient entre eux avec animation en l'ignorant superbement. À l'exception de Sylvain qui avait l'air préoccupé.

— Qui était-ce ? lui demanda-t-elle en tortillant sa serviette de table en lin, l'air faussement désinvolte.

— M. Zelazny, répondit-il. Le prof d'histoire. Il se prend très au sérieux, comme tu as pu le constater. Il considère qu'il est de son devoir de faire régner l'ordre à l'école. J'aimerais te rassurer et te dire que tu n'as pas de souci à te faire mais, en réalité, il vaut mieux être dans ses petits papiers. Il peut te rendre la vie… compliquée. Si j'étais toi, j'arriverais en avance à tous les repas, au moins pour quelques jours. Il va te surveiller de près.

— Génial, soupira Allie d'un ton résigné.

« C'est bien ma veine », pensa-t-elle.

Tout autour d'eux, des élèves commençaient à se lever pour quitter le réfectoire en petits groupes. Allie remarqua qu'ils laissaient leurs assiettes et leurs verres sur les tables.

— Ils partent sans débarrasser ? s'exclama-t-elle, surprise.

Katie et sa bande gloussèrent.

— Évidemment, lâcha Katie. Il y a du personnel pour ça.

Allie chercha du soutien auprès de Sylvain, mais lorsqu'elle tourna la tête, elle constata que son siège était vide. Il était déjà parti. Lassée des ricanements et des chuchotis qui fusaient autour d'elle, elle décida qu'elle avait eu sa dose d'humiliations pour la journée. Alors elle écarta sa chaise sans un mot et prit la file en direction de la porte.

Fatiguée, démoralisée, elle aurait donné n'importe quoi à ce moment-là pour rentrer chez elle. Elle se serait enfermée dans sa chambre et aurait écouté son lecteur MP3 tout en envoyant des textos à Mark et à Harry pour leur décrire les énergumènes qu'elle venait de rencontrer. Comme sa maison lui semblait loin maintenant de l'univers archaïque et décalé de Cimmeria, où la technologie n'existait pas et où les jeunes pensionnaires étaient trop délicats pour ramasser leurs assiettes et les porter eux-mêmes à la cuisine.

Dans le couloir, le flot des élèves se divisait en plusieurs directions différentes. Certains allaient dehors, d'autres au foyer, d'autres encore à la bibliothèque. Ils déambulaient entre amis, en papotant et en riant.

Seule Allie prit le chemin de l'escalier.

Elle monta vingt-quatre marches pour atteindre le premier palier, puis vingt de plus pour rejoindre l'étage des filles, et en dix-sept enjambées elle fut de retour dans sa chambre.

Quelqu'un était passé pendant le dîner. La fenêtre avait été refermée, quoique le volet fût resté ouvert, le lit couvert de draps blancs impeccables et d'une couette moelleuse de la même couleur. Une couverture bleu foncé soigneusement pliée apparaissait au pied du lit. Les vêtements qu'elle avait jetés par terre avaient disparu, remplacés par une paire de chaussons blancs douillets. Deux serviettes, blanches elles aussi, étaient posées sur la chaise avec un pain de savon dessus. Sur son bureau, les papiers avaient été réunis et formaient un rectangle parfait.

« Il y a un obsédé du rangement dans le coin », se dit-elle.

Elle se débarrassa de ses chaussures d'un coup de pied, prit les documents et se jeta en travers du lit. Elle n'en avait lu que la moitié quand la lumière du soir commença à décliner dans le ciel.

Elle consulta son emploi du temps en bâillant. Puis elle jeta l'éponge.

Les pieds enfoncés dans les chaussons tout doux, elle attrapa sa brosse à dents et se dirigea vers la salle de bains. Elle ne put s'empêcher d'éprouver une légère appréhension en ouvrant la porte, mais la pièce était vide. Pendant qu'elle se brossait les dents, elle étudia son reflet dans le miroir. Elle avait l'impression d'avoir pris un sacré coup de vieux en l'espace d'une semaine. D'ailleurs, elle se sentait plus vieille.

De retour dans sa chambre, elle ferma le volet et se glissa dans son lit. Quand elle éteignit la lumière, la pièce fut brutalement plongée dans l'obscurité totale. Il faisait beaucoup trop noir à son goût. Elle chercha à tâtons sa lampe de bureau et se dépêcha ensuite de trouver l'interrupteur, renversant son réveil dans l'opération. Ensuite elle sauta de son lit et rouvrit fébrilement le volet.

Les derniers rayons du jour emplirent la chambre d'une douce lueur.

C'était mieux.

Elle éteignit de nouveau et s'allongea. Immobile, elle contempla les derniers feux du soleil et les étoiles qui clignotaient. Cent quarante-sept inspirations plus tard, elle dormait.

— Allie, cours !

Le cri avait jailli de l'obscurité, loin devant elle. Allie se demanda pourquoi on lui hurlait une chose pareille alors qu'elle courait déjà ventre à terre. Ses cheveux flottaient au vent. Elle ne discernait que vaguement les contours des arbres, mais elle sentait leurs branches s'accrocher à ses vêtements et lui griffer la peau. La forêt était truffée d'obstacles et elle savait que tôt ou tard elle tomberait. On ne peut pas courir bien longtemps à travers bois dans le noir. C'est impossible.

Des bruits de pas s'élevèrent soudain juste derrière elle. Elle perçut du mouvement et sentit un léger courant d'air, comme si…

Elle poussa un cri. Des doigts durs s'enfonçaient dans son épaule gauche. Elle tenta tant bien que mal de repousser l'inconnu en agitant les bras et en donnant de grands coups au hasard.

Un rire méprisant éclata. Allie sentit ses pieds quitter le sol et elle se mit à hurler. Elle était emportée par des mains invisibles.

Elle ouvrit les yeux et se redressa brusquement. Ne reconnaissant pas la chambre tout de suite, elle se demanda où elle était. Apeurée, elle se blottit dans un coin du lit, dos au mur, ses bras enserrant ses genoux dans un geste protecteur.

Puis elle se souvint. « Ah oui. Cimmeria. »

Encore ce rêve. Allie faisait régulièrement le même cauchemar depuis plusieurs semaines. Chaque fois elle se réveillait en sueur.

La pièce était toujours plongée dans la pénombre – le réveil indiquait minuit et demi passé. À présent, elle se sentait parfaitement réveillée et angoissée, quoiqu'un peu groggy, comme si rien de ce qu'elle voyait n'existait pour de bon.

Elle s'extirpa de son lit avec difficulté et s'appuya sur le bureau pour regarder dehors. La lune jetait une lueur bleutée irréelle sur le monde. Elle grimpa sur le bureau et ouvrit la fenêtre. Rafraîchie par une douce brise, elle contempla l'obscurité, le menton posé sur les avant-bras. Elle écouta les oiseaux nocturnes en respirant le bon air à pleins poumons. Elle adorait cette odeur, un mélange d'aiguilles de pin et de terreau – elle la trouvait si réconfortante.

Soudain Allie entendit des bruits de pas. Ils semblaient provenir… du toit ? Comment était-ce possible ?

Elle se pencha pour regarder par la fenêtre. Oui, elle aurait juré voir une ombre bouger furtivement là-haut. Elle resta immobile un instant, à l'affût – étaient-ce des murmures qu'elle percevait, tout bas ?

Elle referma la vitre, testa la poignée pour s'assurer que personne ne pourrait s'introduire dans sa chambre à son insu, puis elle se glissa de nouveau dans son lit.

Quelques minutes plus tard, elle dormait à poings fermés.

4.

À son réveil, Allie fut éblouie par l'extraordinaire luminosité de sa chambre. L'esprit encore brumeux au sortir du sommeil, elle regarda les murs d'une blancheur parfaite, ses draps et sa couette immaculés, et elle songea que le paradis devait ressembler un peu à ça.

Elle jeta un coup d'œil au réveil posé sur le bureau : six heures et demie ! Jamais de sa vie elle ne s'était levée aussi tôt. Si, peut-être une fois, lors de ce voyage en France en famille quelques années avant. Mais de son plein gré ? Comme ça, juste avant d'aller en cours ? Non.

Elle entendit des voix dans le couloir pendant qu'elle s'étirait en bâillant. Un courant d'air frais soufflait dans la pièce.

Elle se redressa d'un coup. Raide comme un I, elle fixa la fenêtre béante. Elle était pourtant sûre de l'avoir fermée au cours de la nuit. Elle se revoyait même en train de vérifier la poignée. En tout cas, maintenant, elle était grande ouverte.

« J'ai dû rêver que je la fermais. »

Elle sortit de son lit en marmottant.

— Allez ! Secoue-toi un peu, Allie.

Elle enfila sa robe de chambre, enfonça ses pieds dans ses chaussons, glissa shampooing et brosse à dents dans une serviette puis remonta le couloir à pas pressés, anxieuse à l'idée de partager la salle de bains avec tout l'étage.

Au lieu du vaste espace vide et rempli d'échos de la veille, elle trouva la salle grouillante de monde et complètement embuée. Par chance, il restait une cabine libre. Soulagée de ne pas tomber sur une de ces horribles douches communes où tout le monde se savonne côte à côte, nu, à l'intérieur d'un cube en béton, Allie tira le rideau derrière elle. En s'avançant pour se changer à l'abri des regards, elle découvrit un box impeccable, muni d'une cabine de douche blanche et spacieuse.

Ce n'était vraiment pas mal, en fait. Il y avait beaucoup de place, un crochet pour suspendre sa robe de chambre et même un banc en bois où elle pouvait laisser ses chaussons en hauteur, bien au sec. La vapeur chaude l'aida tout de suite à se sentir mieux. Les cheveux mouillés enveloppés dans une serviette, elle se dirigea ensuite vers un lavabo inoccupé pour se brosser les dents. Dans le fond, la cohue la dérangeait moins que ce qu'elle aurait cru. Emmaillotée dans un peignoir blanc et épais, comme les autres, elle se fondait dans la foule.

De retour dans sa chambre, elle se dépêcha d'enfiler son uniforme, démêla ses cheveux humides et appliqua une fine couche de mascara sur ses cils. Sa main hésitante resta en suspens un instant au-dessus de l'eyeliner… puis elle décida de le laisser dans le sac. Si son maquillage ne détonnait pas dans son ancien lycée à Londres, ici, ça n'avait pas l'air d'être le style de la maison.

Elle rassembla papiers et stylos pour la journée, puis elle les mit dans le sac fourre-tout bleu marine qu'elle avait trouvé dans la penderie. Elle jeta celui-ci sur son épaule et se dirigea vers le rez-de-chaussée à sept heures tapantes, bien avant la limite de sept heures trente imposée par le règlement.

Elle marqua un temps d'arrêt sur le seuil du réfectoire : la pièce s'était encore transformée. Côté jardin, d'immenses fenêtres garnies de stores blancs laissaient filtrer les rayons du soleil. Disparus, les bougies scintillantes et les verres transparents. La plupart des tables n'étaient couvertes que de nappes blanches toutes simples, sans rien dessus. La nourriture était empilée sur un buffet : on comptait dix sortes de céréales différentes, accompagnées d'un gros récipient de porridge fumant et de piles de tranches de pain prêtes à être toastées. Des plateaux d'argent chauffés contenaient des œufs, du bacon et des saucisses.

L'odeur du petit déjeuner lui mit l'eau à la bouche. Elle se sentait de nouveau affamée. Elle remplit une assiette avec des toasts, du fromage et des œufs brouillés, se versa un verre de jus de pomme et chercha une place vacante. Elle ne reconnaissait personne dans la pièce et, d'une certaine façon, cela l'arrangeait. Elle étala du beurre puis de la confiture de cassis sur un toast et mordit dedans à pleines dents.

— Cette chaise est libre ?

Tout en s'efforçant de ne pas mâcher la bouche ouverte, elle se tourna et vit Sylvain à côté d'elle. Elle répondit par un hochement de tête, le morceau de toast en travers de la gorge. Elle tenta de l'avaler avec élégance, mais échoua lamentablement. Les lèvres tordues par une grimace, elle crut voir pour la première fois un sourire éclairer les yeux extraordinaires de Sylvain.

— Non, vas-y… Enfin, je veux dire, si. Tu peux t'asseoir. Je t'en prie…

Il s'installa à côté d'elle en toute décontraction et s'attaqua à son bacon.

— Verdict, après ta première nuit ? Je t'ai cherchée au foyer hier soir, mais je ne t'ai pas trouvée.

Le cœur d'Allie bondit dans sa poitrine. Elle fixa son fromage avec obstination pour ne pas trahir son émotion.

— J'avais des tas de papiers à lire hier soir. Je me suis dit que j'avais intérêt à apprendre un maximum de choses avant aujourd'hui pour… être prête, tu vois. Étant donné que c'est un peu le grand jour pour moi, tout ça…

Il hocha la tête et prit une bouchée raisonnable de toast.

— Je me rappelle mon premier jour. À les écouter, sitôt arrivé, il faudrait déjà tout connaître de Cimmeria. Ils te distribuent une… une masse d'informations encore plus grande que… que le manoir lui-même. (Il parlait un anglais un peu haché, en cherchant ses mots, c'était adorable.) Ma phrase était compréhensible, au moins ?

Charmée, elle ne put s'empêcher de sourire.

— Oui, je comprends très bien ce que tu veux dire. C'est disproportionné.

— Voilà. Disproportionné.

Il lui retourna son sourire et Allie sentit son cœur faire un nouveau looping.

« Inutile de t'emballer, se réprimanda-t-elle intérieurement. Il est poli, c'est tout. »

Ils poursuivirent leur repas dans un silence complice. Au bout d'un moment, Allie relança la conversation.

— Alors, comme ça, tout le monde passe son temps libre au foyer ? La pièce a l'air sympa.

« Super, Allie. On peut dire que tu sais t'y prendre. »

Sylvain ne parut pas remarquer son embarras. Il but une petite gorgée de café au lait avant de répondre.

— Le foyer et la bibliothèque sont les deux endroits où tu as le plus de chances de croiser du monde le soir. L'été, quand les nuits sont chaudes, on est nombreux à préférer aller dehors, cela dit. Par exemple, je suis allé jouer au croquet dans le parc la nuit dernière. C'est la raison pour laquelle je te cherchais. Je pensais que ça te ferait plaisir de te joindre à nous.

La fourchette d'Allie s'arrêta à mi-chemin entre son assiette et sa bouche.

— Tu jouais au croquet de nuit ? Dans le noir ?

— C'est beaucoup plus amusant que le jour. Tu sais, il y a plein de jeux qui sont plus drôles dans l'obscurité.

Leurs yeux se croisèrent un instant et il n'en fallut pas plus pour chambouler Allie. Le temps d'un battement de cils, elle avait perdu l'appétit.

Elle détourna son regard et le promena dans le réfectoire en dressant un inventaire. « Chaise, table, fille avec une queue-de-cheval, fenêtre, encore une chaise… » Cela ne l'empêcha pas de devenir rouge comme une tomate.

Quand elle jeta un coup d'œil en biais à Sylvain, elle nota qu'un léger sourire étirait les commissures de ses lèvres tandis qu'il la dévisageait en émiettant un toast entre ses longs doigts.

« Il me drague. Pas de doute. »

— Prends le base-ball, par exemple, continua-t-il d'un ton pensif. Ou le foot. Évidemment, sans lumière, ça peut être un peu… rude.

Il énuméra toutes les possibilités en tenant un morceau de bacon en équilibre sur le bout de ses doigts.

— Le tennis avec des raquettes fluo par une nuit sans lune, c'est incroyable. Tu adorerais. Je promets de te trouver la prochaine fois qu'on y jouera – où que tu sois.

Comme hypnotisée, elle le regarda croquer dans sa tranche.

— Allie. Ça fait plaisir de te revoir.

Katie tira une chaise face à eux et s'installa. Elle avait joliment décoré son assiette avec des tranches de fruits.

— Et Sylvain. Quelle surprise.

Ses longues boucles rousses soyeuses offraient un contraste saisissant avec sa peau laiteuse, presque diaphane. Elle rayonnait dans la lumière tamisée. Un petit groupe de filles au style impeccable l'entouraient et observaient Allie avec amusement.

Sylvain lui jeta un regard glacial.

— J'étais sur le départ, en fait.

Il se tourna vers Allie et plongea ses yeux dans les siens.

— On a cours ensemble en anglais, je crois. On travaille sur Robert Browning cette semaine, au cas où tu voudrais t'avancer. À tout à l'heure.

Il s'éloigna avant qu'elle ait pu lui demander comment il connaissait son emploi du temps. Mais il se retourna brièvement sur le pas de la porte et lorsque leurs regards se croisèrent, Allie sentit son corps s'envelopper de chaleur, comme si quelqu'un venait de jeter une couverture sur ses épaules. Quand il eut disparu, elle contempla son jus de pomme en souriant.

— Sylvain est adorable, n'est-ce pas ?

La voix de Katie interrompit sa rêverie. Elle avait l'accent sec des quartiers ouest de Londres. Allie reporta son attention sur elle et vit qu'elle la fixait d'un air entendu.

— Ces yeux rêveurs, cet accent à tomber… Sa petite amie est charmante aussi, d'ailleurs. Pas vrai ?

Elle se tourna vers une brune qui opina en gloussant.

— Il paraît qu'elle habite Paris maintenant.

Katie grignota un morceau de pamplemousse du bout des dents alors que l'euphorie d'Allie retombait comme un soufflé.

« Ah. Une petite amie. Bien sûr. Bon, tant pis. »

Elle reconnut le contrecoup familier de la déception amoureuse, celui qui suit de très près les espoirs prématurés. C'était un peu une habitude chez elle. Au début, quand elle avait rencontré Mark, il y avait une certaine alchimie entre eux. Pendant deux semaines, tout le monde avait parié qu'ils sortiraient ensemble. Jusqu'à ce qu'une nuit, il débarque avec une blonde minuscule et toute guillerette appelée Charlotte, dont le penchant pour les minijupes et le vernis rose sexy n'échappait à personne.

Depuis, Mark était son meilleur pote.

— C'est cool pour lui, dit-elle, résignée. Bon, il faut que j'y aille, moi aussi.

Elle se leva en emportant machinalement son assiette et son verre, avant de se rappeler qu'il fallait les laisser sur la table. En entendant des ricanements s'élever dans son dos, elle bomba la poitrine et quitta le réfectoire d'un bon pas sans un regard en arrière.

À l'extérieur, elle se joignit aux élèves qui traversaient le grand hall lambrissé de boiseries de chêne en direction des salles de classe de l'aile est. Les murs présentaient une collection de peintures à l'huile – pour la plupart, d'immenses portraits d'hommes et de femmes du XIXe siècle en tenue d'apparat qui la toisaient d'un air hautain. Quelques-uns montraient le manoir de Cimmeria depuis différentes perspectives, notamment de la colline, avec la forêt épaisse au premier plan. Sur un des tableaux, le bâtiment paraissait beaucoup plus petit qu'il ne l'était à ce jour – il datait sans doute d'avant les agrandissements dont avait parlé Isabelle.

Allie avait cours de biologie en première heure, en salle 112. Elle monta au premier étage et trouva la classe près du palier.

Une poignée d'élèves arrivés en avance s'étaient déjà assis par deux derrière des tables mises bout à bout pour former de longues rangées. À l'avant de la pièce, un homme de grande taille, à l'air distrait, doté de lunettes à monture d'acier et d'une tignasse couleur châtain, feuilletait une liasse de papiers.

Allie s'avança jusqu'à lui.

— Bonjour. Je m'appelle Alyson Sheridan. Je suis nouvelle.

Il la scruta par-dessus les verres de ses lunettes et trifouilla longuement ses papiers avant d'en brandir un d'un geste triomphal.

— La nouvelle, bien sûr ! Une lycéenne transférée, formidable. Ma feuille indique « Allie ». C'est Alyson ou Allie ? Que préfères-tu ?

— Euh… Allie, répondit-elle, surprise.

D'habitude, seul le prénom Alyson figurait dans ses formulaires d'inscription. Pourtant, à Cimmeria, tout le monde l'appelait Allie avant même d'avoir fait sa connaissance.

— Alors va pour Allie, dit-il en continuant de mélanger ses papiers d'un air affolé. Je m'appelle Jeremiah Cole. En général, mes élèves m'appellent Jerry. Je te prie de t'asseoir sur la deuxième chaise à partir de la droite, là, à côté de Jo.

Elle suivit son regard et aperçut la fille blonde rencontrée au dîner de la veille, qui la saluait en agitant la main avec vigueur. Sitôt qu'Allie s'approcha d'elle, elle engagea la conversation.

— J'espérais que ce serait toi ! Tu es bonne en biologie ? Moi, je pense que toutes les sciences sont des inventions démoniaques – qu'est-ce qu'ils essaient de nous dire avec leurs bébés animaux morts et leurs parasites, au juste ? Dommage qu'on se soit fait remarquer hier soir, hein ? Ça t'arrive souvent, ce genre de choses ?

Elle avait une voix cristalline et un sourire contagieux, avec ses dents blanches et régulières, ses fossettes toutes mignonnes et son petit nez retroussé. Allie lui sourit le plus naturellement du monde.

— Oui, ça m'arrive tout le temps. Si tu traînes avec moi, ça se reproduira, c'est sûr, dit-elle, l'œil malicieux.

— Génial ! s'exclama Jo, rayonnante. On va s'amuser.

Tandis qu'Allie sortait son bloc-notes, Jo murmura :

— Tu ne trouves pas Jerry plutôt mignon pour un vieux ? J'étais amoureuse de lui en première année.

Allie examina le prof. Il ressemblait à un papa. Un gentil papa. Mais un papa quand même. Elle décida de ne pas se mouiller et changea de sujet.

— Je trouve chouette qu'on appelle les profs par leurs prénoms ici. Dans mon dernier lycée, les adultes étaient trop stricts – c'était tout juste s'il ne fallait pas dire « monsieur l'agent ».

Jo éclata de rire, l'air de ne pas trop savoir si c'était du lard ou du cochon.

— Il faut que tu me racontes ta vie, décréta-t-elle. J'ai l'impression qu'elle est beaucoup plus drôle que la mienne.

« À ta place, je ne compterais pas là-dessus », pensa Allie. Elle se contenta néanmoins de sourire.

Jo lui montra à quelle page du livre la classe s'était arrêtée.

— C'est dégoûtant, chuchota-t-elle d'un ton gai. Je crois qu'aujourd'hui, nous allons disséquer.

Comme pour confirmer ses soupçons, Jerry réclama le silence.

— Aujourd'hui nous allons examiner la structure interne générale des amphibiens, grâce au dévouement de notre amie, ici présente.

Il chercha sous son bureau et sortit un plateau de dissection sur lequel était épinglée une grenouille morte, les pattes écartées, son ventre pâle et vulnérable offert au sacrifice.

— Oh merde, grimaça Jo.

— Qui peut me dire pourquoi nous disséquons une grenouille plutôt que n'importe quelle autre créature innocente ? demanda Jerry en regardant la classe par-dessus ses lunettes. Pourquoi torturer ces pauvres petits habitants des mares ? Allie ? Une idée ?

Allie se sentit pâlir.

— Je… euh… peut-être parce que…

Une voix d'homme, profonde et agréable, s'éleva derrière elle.

— Parce que l'anatomie de la grenouille rappelle beaucoup celle de l'être humain.

— M. West a la bonne réponse, comme toujours, grommela Jerry en jetant un coup d'œil glacial à son élève, mais ça ne le dispense pas d'attendre son tour. L'anatomie de la grenouille est en effet assez similaire à l'anatomie humaine…

Allie se retourna pour voir son sauveur et reconnut aussitôt le garçon du foyer. Il la fixait de ses grands yeux ténébreux. Quelque chose dans son expression la surprit cependant – il semblait presque en colère contre elle.

Avec un froncement de sourcils perplexe, elle se remit face au tableau. La biologie n'était pas sa matière forte, alors autant oublier un instant « M. West » pour se concentrer sur la leçon de Jerry.

Elle tint sa bonne résolution jusqu'à la fin de l'heure.

— Tu as pris des kilomètres de notes, dit Jo tandis qu'elles sortaient de la salle. Je suis trop excitée d'avoir une fan de sciences comme nouvelle copine. Juste ce qu'il me fallait !

— En réalité, ce n'est pas vraiment mon truc, avoua Allie. Au contraire, je vais devoir travailler à fond pour rattraper le niveau. Ce groupe est bien plus avancé que mon ancienne classe.

— Cimmeria est une école très dure, admit Jo. Mais elle a des côtés sympas aussi. Si on fait abstraction des tonnes de consignes débiles écrites dans le règlement intérieur.

— Carrément, acquiesça Allie.

Feignant de retourner la sangle de son sac, elle demanda d'un ton détaché :

— Eh, qui est ce gars qui m'a sauvée de la question sur la grenouille ? Jerry l'a appelé « M. West ».

Jo lui lança un regard chargé de sous-entendus, puis elle baissa la voix et glissa sur le ton de la confidence :

— Carter West. Il est super sexy. Mais bizarre. Alors à ta place, j'éviterais.

Allie était si intriguée qu'elle n'essaya même pas de simuler l'indifférence.

— Bizarre dans quel sens ?

— Il passe sa vie en colle. Il est persuadé de tout savoir et pense que les autres sont trop superficiels. Il est exaspérant. La moitié des profs le déteste et l'autre moitié le traite comme si… je ne sais pas… comme s'il faisait partie de leur famille, tu vois ? À part ça, c'est un séducteur. Dès qu'il obtient ce qu'il veut, il te jette comme un vieux Kleenex. À mon avis, tu ferais mieux de creuser la piste Sylvain. Ça a l'air bien parti.

Allie rougit.

— Il n'y a rien du tout entre Sylvain et moi.

— Oh, d'après moi, dans la tête de Sylvain, il y a bien quelque chose, affirma Jo en lui donnant un petit coup de coude.

— Non, j'ai même entendu dire qu'il avait une copine à Paris.

Jo ouvrit des yeux ronds.

— Hein ? Première nouvelle. Qui t'a sorti ça ?

— La rousse. Comment s'appelle-t-elle… Katie ?

— Ah, Katie, fit Jo d'une voix qui transpirait le mépris. Quelle peste, celle-là ! N'écoute pas un mot de ce qu'elle raconte. Elle a toujours eu un faible pour Sylvain, mais lui ne s'est jamais intéressé à elle. Ça doit vraiment l'énerver qu'il ait craqué si vite pour toi.

Allie garda un visage impassible mais, à l'intérieur, elle bouillait. Alors Katie avait menti. Très bien.

« On remet les compteurs à zéro. La partie reprend. »

Au fil de la journée, Allie fut entraînée dans un tourbillon étourdissant de nouvelles classes, de nouveaux professeurs et de nouveaux camarades. Son cerveau fatigué n'arrivait plus à compter la quantité de devoirs qu'elle devrait fournir. Elle avait Zelazny en histoire – son pire cauchemar. Heureusement, en dehors d'un bref regard noir au moment de franchir la porte de la classe, il ne lui avait réservé aucun traitement spécial.

Ensuite, elle suivit le séminaire d'anglais d'Isabelle. Lorsqu'elle entra dans la salle, ses yeux tombèrent immédiatement sur Sylvain, appuyé contre un bureau, ses longues jambes étirées devant lui avec grâce. Il était en train de discuter avec un garçon installé à côté, mais il s'arrêta presque instantanément pour la regarder passer quand elle s'approcha d'Isabelle.

— Bonjour, Allie, dit la directrice en souriant. Comment se déroule cette première journée ?

— Pour le moment, bien.

Allie ne mentait qu'à moitié.

— Tant mieux. (Isabelle lui tendit un emploi du temps.) Nous allons lire Robert Browning aujourd'hui. Connais-tu un peu son œuvre ou pas du tout ?

Pendant la pause déjeuner, Allie avait parcouru un poème qui figurait dans le manuel.

— J'ai lu « Une vie dans un amour ».

— Qu'en as-tu pensé ?

— J'ai bien aimé..., répondit-elle en se trémoussant.

Isabelle pencha la tête sur le côté, pas très impressionnée à l'évidence.

— C'est ton compte rendu de lecture complet ?

Allie détestait la poésie, mais ce n'était sûrement pas le moment de le signaler. Elle s'appuya sur le bord d'une table tout en se creusant la tête pour trouver les mots qui reflétaient le mieux ses sentiments.

— Pour être honnête... ça m'a semblé un peu... obsessionnel... vous voyez.

L'espace d'une seconde, la directrice parut sur le point de contester, puis elle se ravisa et tendit à Allie le programme du cours.

— À développer, mais pourquoi pas... Tiens. Assieds-toi où tu veux.

Les tables étaient disposées en cercle, ce qui rendait le choix plus compliqué. Après une brève hésitation,

Allie finit par opter pour une chaise au hasard. En s'asseyant, elle s'aperçut que Sylvain l'observait toujours. Elle agita timidement la main et il lui sourit avant de se retourner vers son voisin.

Isabelle prit place au centre du cercle et s'appuya contre une table inoccupée.

— J'espère que tout le monde a lu du Browning hier soir. Je suis curieuse d'entendre vos avis. Son style unique défiait les canons de la poésie de son temps, alors j'ai pensé que certains d'entre vous s'identifieraient peut-être à sa démarche rebelle. Je présume que vous avez déjà tous rencontré notre nouvelle élève, Allie. Allie, sans vouloir te mettre mal à l'aise, aurais-tu la gentillesse de lire les premières lignes ?

« Et merde. »

Gênée, elle se mit debout et s'éclaircit la voix en se cachant derrière son livre.

M'échapper ?
Jamais,
Bien-aimée !
Tant que je serai moi et que tu seras toi,
Aussi longtemps que l'univers nous contiendra tous deux,
Moi qui t'aime et toi qui me repousses,
Tant que l'un voudra fuir, l'autre devra poursuivre[1].

Au signal d'Isabelle, Allie se glissa de nouveau sur sa chaise avec grâce.

— Alors, que nous dit Browning dans cet extrait ?

---

1. Extrait d'« Une vie dans un amour ». Robert Browning, *Poèmes*, trad. par Paul Alfassa et Gilbert de Voisins, Éd. Grasset, 1922.

La classe fixait le professeur en silence. Allie croyait connaître la réponse mais elle était résolue à ne plus ouvrir la bouche.

— Le poème parle d'obsession amoureuse.

Carter West avait dû entrer sur la pointe des pieds pendant qu'elle lisait. En tout cas, il était maintenant assis à quelques sièges seulement de distance du sien.

Isabelle hocha la tête.

— Tu veux bien développer ?

— Tant qu'ils existeront tous les deux sur la même planète, rien ne pourra le séparer d'elle, continua Carter. Il est amoureux d'elle, mais ça va au-delà. Elle est tout pour lui. Il est persuadé qu'ils sont faits l'un pour l'autre, mais elle, non. Alors il va consacrer sa vie entière à tenter de l'en convaincre.

— Théorie intéressante, répondit Isabelle en jetant un coup d'œil à Allie. Qui d'autre ?

Allie se tassa sur sa chaise. Elle vit avec soulagement la directrice se tourner vers une brune dont les traits lui étaient vaguement familiers.

— Ismay, peux-tu lire les vers suivants, s'il te plaît ?

Allie risqua un regard en biais dans la direction de Carter puis elle détourna vivement les yeux : il la dévisageait.

— Qu'est-ce qu'ils ont, les garçons, ici ?

Allie et Jo marchaient côte à côte vers la bibliothèque. Après les cours, Jo l'avait interceptée sur le trajet de sa chambre pour lui proposer de réviser ensemble.

— Comment ça ? demanda Jo.

— Ils me fixent, répondit Allie. Sans arrêt.

Jo sourit.

— Tu es jolie. Et nouvelle en plus. Il n'y a rien d'anormal à ce que les garçons reluquent les jolies nouvelles.

— D'abord je ne suis pas si jolie que ça. Et personne ne me regardait avec autant d'insistance à Londres.

— Moi, je te trouve jolie. Peut-être qu'ils veulent juste se faire remarquer.

Jo haussa les épaules et elles se mirent à pouffer. Allie fit mine de crouler sous le poids de son sac rempli de livres.

— Je n'en reviens pas de tout le travail qu'ils nous ont donné.

— C'est toujours comme ça l'été, répondit Jo. Ils nous noient sous les devoirs parce que, en principe, les élèves qui passent l'été ici font partie des plus… prometteurs.

— Prometteurs ? répéta Allie en plissant le front.

— Oui. Ils nous poussent parce qu'ils estiment qu'on a un gros potentiel, expliqua Jo d'un air désinvolte. Bref. Tu sais, il y a plusieurs sortes d'élèves dans cette école. Certains sont ici parce qu'ils sont bourrés de fric, d'autres parce que leurs parents sont passés avant eux. Et puis il y a ceux qui sont super intelligents. Ceux-là restent à l'internat presque toute l'année, alors que les premiers partent en vacances d'été. Je crois qu'on nous prépare à devenir les maîtres du monde, ou un truc dans ce genre-là.

Allie se demanda comment elle arrivait à dire des choses pareilles sans paraître ultraprétentieuse.

— Moi, ça ne me dérange pas de ne pas avoir de grandes vacances, ajouta Jo en poussant la porte de la bibliothèque. On a le manoir et le parc entiers rien que pour nous et, en plus, il ne reste que les gens les plus cool, conclut-elle à voix basse.

Allie ruminait dans son for intérieur : « Moi, je ne suis pas ici parce que je suis super intelligente. »

Tandis qu'elles traversaient ensemble l'atmosphère feutrée de la bibliothèque, elle respira l'odeur puissante du cuir mêlée à celles des vieux livres et de l'encaustique parfumée au citron. Une forêt d'étagères en bois sombre s'étendait à perte de vue. Les rayonnages montaient du sol jusqu'au plafond, à plus de cinq mètres de hauteur. Chaque rangée avait sa propre échelle mobile qui permettait d'accéder aux tablettes les plus élevées. Le plancher était couvert de tapis d'Orient épais dans lesquels les chaussures s'enfonçaient sans un bruit. Des lustres anciens en fer forgé, qui devaient autrefois contenir des bougies, pendaient du plafond au bout de chaînes solides d'un bon mètre de longueur, de sorte que les livres des rangées supérieures étaient plongés dans l'ombre. Des fauteuils en cuir entouraient des tables en bois massif surmontées de lampes vertes. La plupart étaient déjà occupés par des élèves qui semblaient minuscules à côté des pyramides d'ouvrages empilés autour d'eux.

Intimidée par les mines studieuses et tout l'attirail qui allait avec, Allie sentit l'incertitude la gagner. Elle avait déjà tellement de retard : comment arriverait-elle jamais à rattraper les autres ? Pour la première fois depuis très longtemps, elle tremblait à l'idée d'échouer.

Elle suivit Jo qui, en habituée des lieux, zigzaguait habilement en direction d'une table bien placée, d'où elles pourraient voir l'essentiel de la salle de lecture tout en étant à l'abri des regards de la bibliothécaire. Là, elles posèrent leurs livres et s'installèrent dans les gros fauteuils. Elles étaient absorbées dans leur leçon d'histoire quand deux bras musclés enveloppèrent Jo pour la clouer à son siège. Elle étouffa un cri, puis éclata de rire en découvrant le beau blond qui venait de surgir derrière son dos. Il l'embrassa délicatement dans le cou.

— Gabe, arrête ! Tu ne connais pas Allie. Et c'est bien dommage pour toi, parce qu'Allie est une déesse.

Devant le visage rayonnant de Jo, Allie sentit un petit pincement d'envie, aussitôt chassé par une bouffée de remords.

Gabe lui adressa un sourire chaleureux. Ses yeux noisette pétillaient à la lueur de la lampe. Il passa un bras autour des épaules de Jo, et tendit à Allie une main nerveuse, avec des ongles carrés bien nets.

— Bonjour, Allie. C'est la première fois que je rencontre une déesse.

Elle lui rendit son sourire et accepta sa poignée de main.

— Il faut une première fois à tout.

Après avoir déposé un baiser furtif au sommet du crâne de Jo, il s'assit face à elle, de l'autre côté de la table, et tira son bloc-notes devant lui afin d'y jeter un coup d'œil.

— Alors, sur quoi travailles-tu ? Ah, l'histoire. J'aime te voir étudier avec zèle et application.

Jo regarda Allie et leva les yeux au ciel.

— Gabe a un an d'avance sur nous. Il croit que ça l'autorise à faire des grandes phrases et à se montrer donneur de leçons.

Hilare, il effleura le bras de sa petite amie avec le bout d'un stylo.

— Je ne donne pas de leçons. Seulement des conseils.

Elle pouffa et il se tourna vers Allie.

— Tu es donc la célèbre Allie Sheridan dont tout le monde parle.

— Quoi ? s'étonna Allie. Pourquoi tout le monde parlerait de moi ?

— Eh, pas de panique ! s'exclama-t-il en souriant. C'est juste parce que tu viens d'arriver. Un peu de chair fraîche ! Quand on reste enfermé à Cimmeria douze mois sur douze, on finit par se sentir coupé du monde. Du coup, dès qu'une nouvelle tête se pointe, c'est l'événement du siècle. Sans parler de cette histoire avec Sylvain…, ajouta-t-il d'une voix traînante, pleine de sous-entendus salaces.

Jo et lui la contemplaient maintenant avec un sourire béat, comme si elle avait réussi un formidable exploit. Mais « cette histoire avec Sylvain » commençait à lasser Allie.

— Oh, par pitié… Désolée de vous contredire mais il ne se passe strictement rien avec Sylvain.

Jo se pencha vers Gabe.

— Elle se réfugie dans le déni. Moi, je pense qu'ils sont faits l'un pour l'autre.

Allie la foudroya du regard.

— Je ne suis pas dans le déni.

— En tout cas, reprit Gabe d'un ton doucereux, tu lui plais, c'est évident, et l'école entière est très intriguée.

— Qu'est-ce que ça a de si captivant ?

Gabe consulta silencieusement Jo, qui fit un signe d'assentiment.

— Sylvain est un peu… spécial. Ses parents sont des gens très importants – il descend d'une grande famille. Lui-même est un personnage assez fascinant. Des tas de filles tentent d'attirer son attention depuis des années. Jusqu'à présent, aucune n'y était parvenue.

— Hop ! te voilà, et il tombe aussitôt éperdument amoureux, renchérit Jo.

Allie, qui détestait qu'on mette la pression sur elle, se rebiffa.

— Eh bien, pardon de décevoir tout le monde mais qui vous dit que je suis intéressée, moi ?

Jo prit un air exaspéré.

— Je crois qu'elle en pince pour un autre.

Gabe haussa les sourcils en attendant des détails.

— Carter, lâcha-t-elle en fronçant le nez.

— Oh non. Sérieusement, Allie, dit-il avec véhémence. Ne fais pas ça. N'importe qui, mais pas West. Tu ne peux pas tomber sur pire.

— Merci du compliment, Gabe. J'ignorais que mon cas te tenait à cœur.

Allie reconnut aussitôt la belle voix profonde et en resta pétrifiée dans son fauteuil. Elle aurait voulu se fondre dans le cuir pour ne plus jamais reparaître.

Gabe ne se démonta pas.

— Oh, ça va, Carter. Tu sais que c'est la vérité. Tu ne t'es pas vraiment fait une réputation de petit ami fidèle et digne de confiance.

Jo jeta un coup d'œil contrit à Allie et commença à empiler ses livres en hâte.

— J'allais justement au foyer pour faire une pause avant le dîner. Vous venez avec moi ?

Gabe se leva aussi, mais Allie, en plus d'être paralysée par la honte, refusait de passer pour une dégonflée. Elle se redressa.

— Non, merci. Je vais travailler encore un peu.

Par-dessus l'épaule de Carter, elle vit Jo remuer les lèvres : « Désolée », lut-elle.

Quand ils furent seuls, Carter s'adjugea le siège libre en face d'elle tandis qu'elle feignait d'écrire une note dans son cahier d'histoire. Son esprit allait à mille à l'heure.

« Maintenant il doit s'imaginer que je suis raide dingue de lui. Tant pis, après tout. Je me fiche pas mal de ce qu'il pense. »

Elle compta deux inspirations et deux expirations.

— Salut, dit-il.

Elle leva le nez de sa page et vit qu'il s'était penché au-dessus de la table, avançant son visage à quelques centimètres seulement du sien, ses yeux sombres rivés dans les siens. Elle pensa sottement qu'il avait de très longs cils, ainsi que des sourcils fins et bien dessinés.

Elle réussit à garder une expression impassible mais ses pommettes en feu trahirent sûrement son embarras.

— Je ne crois pas que nous ayons été convenablement présentés. Je m'appelle Carter West.

— Moi, c'est Allie Sheridan.

Elle écouta avec satisfaction sa voix posée et pleine d'assurance – pour une fois, ses cordes vocales coopéraient. Elle soutint son regard sans ciller, en espérant paraître sûre d'elle.

— Je sais, répondit-il en se renversant dans le fauteuil. (Son sourire cynique éveilla la méfiance d'Allie.) Nous devrions parler.

— Ah bon ? dit-elle sèchement. De quoi ?

— De toi.

— Génial. Eh bien, ma couleur préférée est le bleu et j'adore les chiots. À ton tour.

— Très drôle, commenta-t-il, avec l'air tout sauf amusé.

— Ah oui, et je suis très drôle. Pardon, j'avais oublié.

À en juger par son attitude excédée, il appréciait de moins en moins son humour.

— Ces informations sont passionnantes, je te remercie. Mais je me demandais plutôt ce que tu faisais à Cimmeria. C'est assez rare que de nouveaux élèves arrivent au milieu de l'été.

Refroidie par le ton inquisiteur, elle s'appuya contre son dossier et croisa les bras. Il voulait la vérité ? Et puis quoi encore ? Il serait capable de s'en servir contre elle après.

Elle fit tourner son stylo entre ses doigts.

— J'ai gagné un concours.

— Ha ! ha ! fit-il avec une mine agacée. Sérieusement. Il ne faut jamais avoir peur d'être honnête. Qu'est-ce qui t'a vraiment amenée ici ?

« Il refuse de lâcher l'affaire. Très bien. »

Elle leva le menton et le défia du regard.

— Je me suis fait arrêter. Il haussa les épaules.

— Et alors ?

— Trois fois.

— Oh.

— En l'espace d'une année.

Il siffla tout bas.

— D'accord. Mais se faire arrêter ne conduit personne à Cimmeria. Ce n'est pas une maison de redressement. Pourquoi es-tu ici ?

Vexée, elle sentit la moutarde lui monter au nez mais elle conserva son sang-froid.

— Pour être franche, je n'en ai pas la moindre idée. Mes parents m'ont annoncé qu'ils m'inscrivaient ici et quatre jours plus tard, je débarquais. Ils prétendent que l'établissement est « spécialisé dans l'accueil de jeunes comme moi ». Une idée de ce que ça signifie ?

— Intéressant.

Il l'étudia avec curiosité, comme un spécimen exotique dans la vitrine d'un musée. Elle lui jeta un coup d'œil glacial.

— En quoi est-ce intéressant ?

— On a des jeunes à problèmes, mais ils ne viennent pas l'été. Tous ceux qui restent l'été suivent un cursus avancé.

Un éclair de ressentiment la parcourut. Elle avait envie de l'étrangler. « Y aurait-il "Trop bête pour être ici" tatoué sur mon front ? » Elle rangea ses livres d'un geste rageur.

— Puisque, apparemment, on ne peut pas être à la fois intelligent et *à problèmes*, je ferais mieux de continuer à travailler, non ? s'emporta-t-elle. Il va falloir que je bosse vraiment dur pour rivaliser avec vous, les grands génies !

— Eh ! s'écria-t-il, surpris. Ne prends pas la mouche. J'essaie juste de te comprendre.

Ce fut la goutte d'eau. Après Katie, Julie, Zelazny, ses parents et la police, elle en avait assez entendu. Elle poussa ses livres dans son sac et toisa Carter.

— N'essaie pas de me comprendre, d'accord ? Arrête de m'analyser. Et, pendant que tu y es, cesse de m'insulter. Tu me croises en cours, tu surprends une conversation et tu crois me connaître ? Tu ne sais *rien* de moi !

Elle sortit de la bibliothèque comme un ouragan et monta l'escalier en courant.

«… trente-deux, trente-trois, trente-quatre pas… »

À l'instant où elle franchit le seuil de sa chambre, l'orage éclata. Son sac tomba de ses doigts inertes. Elle s'appuya contre la porte et se laissa glisser jusqu'au sol. Le visage enfoui dans le creux de ses mains, elle se mit à sangloter en silence. Pourquoi était-elle venue ici ? Tout le monde la traitait comme l'idiote du village, ou une intruse qui se serait infiltrée dans le dos du gardien. Sa respiration devint plus courte. Elle était au bord de la crise de panique. Déjà, son champ de vision rétrécissait.

Elle compta ses inspirations, les lattes du parquet, les livres sur les étagères et les carreaux de sa fenêtre. Peu à peu elle reprit le contrôle et sa vue s'éclaircit.

Quand elle se sentit mieux, elle se remit debout. Elle s'assura que le couloir était désert avant de se précipiter dans la salle de bains pour asperger son visage d'eau froide. Elle était en train de tirer ses cheveux en arrière lorsque la porte s'ouvrit. Julie fit irruption. Elle avisa les joues baignées de larmes d'Allie et une lueur d'inquiétude passa au fond de ses yeux.

— Bonjour, Allie. Alors, tu t'adaptes ?

Allie n'avait pas envie de faire semblant. Mais elle n'était pas d'humeur à se confier non plus. Elle aurait voulu être à mille lieues de Cimmeria.

— Super bien, Julie, répondit-elle, incapable d'adoucir le ton sarcastique de sa voix. Tout le monde est adorable avec moi. C'est… que du bonheur.

Là-dessus, elle détala dans le couloir sans laisser le temps à Julie de réagir.

Elle ne s'était jamais sentie aussi seule de sa vie.

Allie se réveilla en sursaut, le dos en compote. Elle se redressa sur sa chaise en bois et constata que sa lampe de bureau était restée allumée.

« Quelle heure est-il ? »

Un peu dans les vapes, elle orienta le réveil vers elle. Deux heures du matin.

Elle s'était endormie à son bureau, devant la fenêtre ouverte, le nez dans les papiers. Son coup de cafard lui avait coupé l'appétit la veille, alors elle avait sauté le dîner et en avait profité pour terminer ses devoirs. Ensuite elle avait décidé de combler son retard en lecture. Elle s'était assoupie en parcourant la copie du règlement intérieur qu'elle venait de sortir de son tiroir.

Elle n'avait jamais vraiment pris le temps de le lire jusque-là. Il était truffé d'interdictions incompréhensibles et si étranges qu'elle avait d'abord cru à une blague.

Bienvenue, Allie.

L'école privée Cimmeria est un lieu d'enseignement unique et nous sommes très heureux de te compter dorénavant parmi nous. Depuis de nombreuses années, l'établissement fonctionne selon des règles établies voilà bien longtemps par ses fondateurs.

Chaque nouvel élève reçoit un livret à son arrivée. Celui-ci contient les règles de conduite qui devront désormais le guider. Ceci est ton livret personnel. Nous te prions de le conserver et de faire bon usage des informations fournies. Il y a beaucoup à apprendre mais voici pour commencer les consignes les plus importantes.

1. La journée commence à sept heures et ne finit pas après vingt-trois heures. En dehors de ce créneau, tu dois impérativement te trouver à l'étage réservé aux chambres des filles. Si tu déambules à l'extérieur de ce périmètre passé onze heures du soir, tu seras sanctionnée.

2. Personne n'a le droit de quitter le parc sans la permission exceptionnelle de l'équipe enseignante et des parents. La moindre infraction est sévèrement punie et peut justifier un renvoi immédiat.

3. Les bois qui entourent le domaine accueillent une faune sauvage et ne sont donc pas sans danger. Pour ta sécurité, nous te recommandons de ne pas t'y aventurer après le coucher du soleil, ni sans être accompagnée.

4. L'accès aux salles de classe n'est autorisé que pendant les cours. Sauf cas exceptionnel, tu ne dois pas t'y rendre en dehors des heures signalées sur ton emploi du temps.

5. Seuls les professeurs sont habilités à circuler dans l'aile qui leur est réservée. Si tu as besoin de parler à un membre de l'équipe pédagogique en dehors des heures de cours, merci d'en avertir ta déléguée.

6. Tu as le droit d'écrire à ta famille et à tes amis aussi souvent que tu le désires, mais les appels téléphoniques sont réservés aux cas d'urgence – la définition du cas d'urgence étant laissée à l'appréciation de la directrice.

7. Les élèves de niveau avancé prennent part aux Nocturnes de la Night School, un cycle d'études spécial dont les cours ont lieu de nuit, afin de mieux se préparer à ce qui les attend après Cimmeria. Tu entendras donc de temps en temps des camarades travailler tard le soir. Cette chance n'est offerte qu'à quelques rares élèves triés sur le volet. Si tu n'en fais pas partie, tu ne dois pas interférer ni même tenter d'observer le déroulement des Nocturnes.

Soudain elle identifia le bruit qui avait dû la réveiller : une sorte de grattement sur le toit. Elle éteignit sa lampe et poussa les papiers afin de grimper sur le bureau pour regarder dehors.

Elle n'entendit plus rien pendant un moment, puis un cri retentit au loin. Quelques secondes plus tard, un hurlement étouffé lui fit écho. Allie se pencha en avant et scruta l'obscurité. C'était une nuit sans lune ; des nuages cachaient les étoiles. Elle ne distinguait rien. Un son plus discret résonna tout près d'elle – un craquement, comme un pas sur une brindille sèche. Il provenait clairement du toit.

« Mais qu'est-ce que ça peut bien être ? » s'inquiétat-elle.

En contrebas, elle crut voir une ombre traverser le gazon à toute vitesse en direction des bois. Elle retint son souffle. Cette fois, il lui sembla reconnaître… un rire ? Enfin, après quelques minutes, elle perçut un murmure, si faible qu'elle se demanda si elle ne l'avait pas imaginé :

— Tout va bien, Allie. Va te coucher.

Elle balaya la pièce du regard. Elle était pourtant seule. « C'est à croire que je suis toujours endormie », pensa-t-elle en secouant la tête. Elle referma soigneusement la fenêtre et gagna son lit en marmonnant :

— Je deviens folle.

Tandis qu'elle s'assoupissait, cependant, la même petite voix ricana doucement. Elle en aurait mis sa main au feu.

5.

À sept heures, la sonnerie stridente du réveil tira Allie d'un sommeil profond. Groggy, elle dut lancer son bras à plusieurs reprises avant de trouver enfin le bouton pour l'éteindre.

Assise dans son lit, elle s'étira longuement, tout alanguie. Encore un rêve bizarre. Qu'est-ce que c'était que cette voix ? Elle lui avait semblé si réelle. Elle jeta la faute sur le règlement intérieur.

« Cette école me fait perdre les pédales. »

Après un petit déjeuner rapide, elle alla en cours avec quelques minutes d'avance. Jo était déjà installée à sa place. Elle remarqua que Carter, en revanche, n'était pas présent. Jo bouillonnait de questions. Elle put à peine attendre qu'Allie l'ait rejointe à leur bureau.

— Qu'est-ce qui s'est passé hier soir après notre départ ? Tu avoueras, ce n'était pas de pot qu'il débarque pendant qu'on parlait de lui ! Tu ne peux pas savoir comme Gabe s'en voulait de t'avoir mise dans cette situation.

Allie s'interrogea : était-il nécessaire de rapporter toute la conversation ? Elle se rappela la maxime de Carter : « Il ne faut jamais avoir peur d'être honnête. »

« Ouais. D'un autre côté, Carter est un sale type. »

— On a discuté pendant un moment, mais tout ce qui l'intéressait, c'était de savoir comment j'avais atterri à Cimmeria. Alors je me suis énervée et je suis partie, conclut-elle en haussant les épaules.

Jo parut surprise.

— Pourquoi tu t'es énervée ?

Allie espéra ne pas passer pour une gamine boudeuse et puérile.

— Je ne sais pas. J'ai eu l'impression qu'il estimait que je n'avais rien à faire à Cimmeria. Que je n'étais pas quelqu'un d'assez bien pour mériter une place ici.

Jo se pencha vers elle et baissa la voix.

— Allie, je ne suis pas une grande fan de Carter, comme tu le sais, mais ce que tu me racontes là ne lui ressemble pas. On peut tout dire de lui, sauf qu'il est snob. D'ailleurs, il n'arrête pas de critiquer les autres sur leur arrogance et leur prétention. C'est une des raisons pour lesquelles les gens ne l'aiment pas.

Jerry réclama l'attention de la classe. À regret, elles se tournèrent toutes les deux face au tableau. Jo sortit un morceau de papier et se mit à griffonner furieusement. Tandis que Jerry commençait à dessiner des poumons sur le tableau blanc, la porte s'ouvrit et Carter fit son entrée.

Jo glissa le papier en travers du bureau. Allie le prit et déchiffra : « Tu as dû mal comprendre, je te jure. »

Lorsqu'elle leva le nez, Carter passait justement à côté d'elle en la dévisageant. Elle baissa aussitôt les yeux et cacha le petit mot sous sa main.

Poussant un gros soupir, elle secoua la tête comme pour débarrasser son cerveau de ses idées folles. Machinalement, elle se remit à jouer avec son stylo.

« Une, deux, trois pirouettes. »

Elle écrivit en bas de la feuille : « OK, je te crois », et la repassa à Jo, qui parut satisfaite.

Suite à quoi elle s'efforça de se concentrer sur la leçon de Jerry. Elle n'allait quand même pas se laisser distraire par Carter West à chaque cours.

— Il passe son temps à me regarder bizarrement, se plaignit Allie. Il me fixe.

Jo et elle déjeunaient au réfectoire. Elles torturaient des feuilles de salade du bout de leurs fourchettes pendant qu'autour, la foule diminuait.

Jo plissa son nez mutin.

— Il a sans doute envie de te plaire. Carter veut plaire à tout le monde.

— Dans ce cas, c'est raté. C'est fou, l'énergie qu'on dépense à discuter d'un garçon qu'on n'aime pas. Parle-moi plutôt de Gabe. Depuis combien de temps êtes-vous ensemble ?

Jo s'illumina.

— Voyons voir... Cela fait plus d'un an maintenant. Quand je suis arrivée ici, je suis sortie avec Lucas, et puis j'ai rencontré Gabe et ça a été... le coup de foudre. C'est le garçon le plus cool, le plus drôle, le plus sexy, le plus... tout ! s'exclama-t-elle en riant de son propre emballement.

— Un an ? Je suis impressionnée, dit Allie. Vous êtes le plus vieux couple que je connaisse.

Jo reposa sa fourchette.

— Pour ça, c'est drôle, Cimmeria. Les couples qui se forment tendent à rester ensemble. Voilà pourquoi Carter fait autant parler de lui. Les relations d'une nuit, ici, c'est du jamais-vu. Je ne sais pas pourquoi. Il faut dire que nous passons tellement de temps ensemble. Certains élèves ne rentrent pratiquement jamais chez eux. Ils sont toujours là. Comme si Cimmeria était leur véritable maison. Et nous leur famille.

— Qui, par exemple ? demanda Allie, curieuse.

— Eh bien, Carter justement. Gabe. Et puis… moi.

Allie ne put dissimuler sa surprise.

— Tu ne rentres jamais chez toi ?

— C'est une longue histoire, répondit Jo dans un haussement d'épaules.

Elle balaya la salle presque vide du regard.

— Oh non ! Il est quelle heure ?

Elles attrapèrent leurs sacs et quittèrent le réfectoire en courant. Elles traversèrent le hall ventre à terre puis montèrent l'escalier quatre à quatre. Arrivées au premier palier, elles pouffaient toutes les deux comme des hystériques.

— Encore en retard ! s'écria Allie tandis qu'elles descendaient le couloir dans une grande glissade, avant de se séparer pour rejoindre leurs salles de classe respectives.

— À quoi on ressemble, franchement ? lança Jo en haletant, morte de rire.

Allie s'arrêta devant la porte close de la salle d'histoire le temps de reprendre son souffle. Lorsqu'elle l'ouvrit discrètement, elle fut accueillie par un silence angoissant. Tous les élèves tournèrent la tête vers elle comme un seul homme.

— Mademoiselle Sheridan…

M. Zelazny insistait pour garder un vieux tableau noir à craie dans sa salle. Il se tenait devant à cet instant précis, et considérait la retardataire d'un œil mauvais.

— La leçon a commencé il y a deux minutes. Je sais que vous êtes nouvelle, mais vous devez connaître les règles de l'établissement concernant les retards ?

Allie confirma d'un hochement de tête.

— Oui ? Bien. Vous viendrez me voir après la classe.

Elle marcha péniblement jusqu'à sa chaise, les yeux baissés.

« Pourquoi faut-il que je fasse toujours tout de travers ? »

Elle avait beau s'efforcer de changer le cours des choses, rien ne fonctionnait comme elle voulait. Elle semblait programmée pour s'attirer des ennuis.

À la fin de l'heure, elle attendit que la pièce se vide en feignant de ranger ses livres. Une fois que les autres furent partis, elle s'avança vers M. Zelazny. Il était derrière son bureau, en train d'écrire. Elle se racla timidement la gorge pour signaler sa présence. Elle dut attendre un bon moment avant qu'il daigne lever la tête et poser sur elle un regard dur.

— Je trouve fort regrettable de devoir vous avertir deux fois en l'espace de deux jours. C'est de très mauvais augure pour la suite de vos études à Cimmeria. Je sais que les autres professeurs vous trouvent prometteuse mais, en ce qui me concerne, je ne vois rien qui incite à l'optimisme pour le moment.

Les joues empourprées de colère, elle se mordit la lèvre et resta muette. Il lui tendit un bout de papier manuscrit.

— Voici votre bulletin de colle. Demain matin à six heures trente, vous rejoindrez le reste du groupe devant la chapelle et vous le donnerez au professeur.

Allie tomba des nues.

— Six heures trente ? Mais on est samedi, demain !

Son désarroi ne troubla pas l'expression indifférente de M. Zelazny.

— Estimez-vous heureuse. Vous n'êtes collée que pour la journée, mademoiselle Sheridan. En cas de nouveau retard, ce sera une semaine.

Lorsqu'elle se rendit à son cours d'anglais, un petit nuage de morosité presque visible planait au-dessus de sa tête. Isabelle lui jeta un regard interrogateur mais elle se pencha sur son livre et tenta de se faire oublier. Quand la directrice commença son exposé du jour, Allie, soulagée, s'enferma dans sa bulle et se laissa aller à s'apitoyer sur son sort. Elle demeura ainsi dans son cocon jusqu'à ce que Carter arrive, cinq minutes plus tard.

Isabelle s'interrompit.

— Carter, tu arrives souvent après tes camarades et je veux bien fermer les yeux sur un léger retard, mais là, tu passes les bornes. As-tu une excuse ?

— Je suis juste en retard, Isabelle, répondit-il en haussant les épaules. Ça peut arriver.

Elle soupira et rédigea une note sur un bout de papier.

— Tu connais le règlement, Carter. Tu viendras me parler avant de sortir.

Lorsque s'engagea un débat sur le poète T. S. Eliot, Allie était déconnectée. Elle se tracassait au sujet de sa retenue ; elle se demandait si Jo avait écopé d'une colle elle aussi – elle l'espérait même secrètement, malgré un petit pincement de remords. Ce n'était pas gentil de souhaiter que son unique amie à Cimmeria soit punie, mais elle craignait tant d'être seule.

Soudain une voix familière éveilla son intérêt. Envoûtée par les mots qu'elle prononçait, Allie l'écouta de toutes ses oreilles. Elle avait toujours détesté la poésie mais elle n'avait jamais rien entendu de tel.

Et je te montrerai quelque chose qui n'est
Ni ton ombre au matin marchant derrière toi
Ni ton ombre le soir surgie à ta rencontre ;
Je te montrerai ton effroi dans une poignée de poussière[1].

Elle glissa un coup d'œil à l'autre bout du cercle de tables et vit Carter se rasseoir. Leurs yeux ne se croisèrent pas, pourtant Allie eut le sentiment qu'il était conscient de l'attention qu'elle lui portait.

— Alors, que nous dit le poète ici ? Qu'entend-il par « ton effroi dans une poignée de poussière » ?

Isabelle ne s'adressait pas à un élève précis. Allie prit la parole sans réfléchir, et le regretta aussitôt. La directrice l'encouragea d'un signe de tête.

— On a l'impression que…, hésita-t-elle, avant de prendre une seconde de réflexion et de poursuivre sous le regard patient et tranquille du professeur. Enfin, moi, ça m'évoque un avertissement. Il lui dit : « Méfie-toi de moi. Je risque de te blesser. »

Isabelle opina.

— En effet, il y a quelque chose de l'ordre de l'avertissement ou de la menace là-dedans. Quelqu'un d'autre a-t-il une idée ?

— Il parle de la mort, intervint Carter sans attendre qu'on lui donne la parole.

Le cœur d'Allie se mit à battre plus fort.

— Il est question du temps qui passe, de ce qu'on ne peut arrêter, de l'inévitable. De quoi tout le monde a-t-il le plus peur ? De la mort.

---

1. Extrait de « La terre vaine ». T. S. Eliot, *Poésie*, trad. par Pierre Leyris, Éd. du Seuil, 1976.

Allie fixait sa table. Mais elle sut sans même lever le menton que Carter la dévisageait.

— Quel emmerdeur, ce Zelazny ! s'écria Jo, furieuse. Tu avais, quoi… deux minutes de retard ? Je ne comprends pas pourquoi il est aussi sévère avec toi alors que tu viens à peine d'arriver.

De son côté, elle avait échappé à la punition. Son professeur de français était si occupé à discuter les détails d'un voyage à Paris imminent avec quelques élèves avancés qu'il n'avait pas remarqué qu'elle était en retard et que le cours aurait dû commencer. Allie serait donc seule. Jo eut du mal à trouver les mots pour la réconforter.

— Je me suis fait coller tant de fois que j'ai perdu le compte. Ça arrive souvent ici. Le règlement est strict et si tu t'en écartes un tant soit peu… (Elle mima un pistolet avec ses doigts et fit semblant de tirer en l'air.) Il y a toujours une bonne dizaine d'élèves en retenue, au moins. Arme-toi de courage parce que ça ne rigole pas. On trime d'arrache-pied.

— Quoi ? Je croyais que ce serait une étude encadrée, répondit Allie, déconcertée.

— Oh non…, la détrompa Jo d'un ton ironique. On ne fait rien comme les autres à Cimmeria. Un travail épuisant t'attend. Tu vas peindre un mur, arracher des mauvaises herbes, planter ou défricher… C'est la surprise du chef. En tout cas, tu vas transpirer, crois-moi. Ça ne dure que deux heures mais ça peut être très pénible en fonction de la corvée. Regarde le bon côté des choses : au moins, tu auras l'occasion de rencontrer les autres fauteurs de troubles.

Allie leva les yeux au ciel.

— Oh, fantastique. Quelle chance. Comme si je ne connaissais pas déjà assez de fauteurs de troubles.

Il était tard et le réfectoire était calme. Tranquillement attablées, elles regardèrent la pièce se vider de ses derniers occupants.

— Sortons d'ici. Tu as déjà exploré le parc ou tu es restée cloîtrée à l'intérieur depuis ton arrivée, avec moi et des livres poussiéreux pour seule compagnie ?

Bras dessus bras dessous, elles quittèrent la salle sans se presser. Le flot des élèves s'éloignait en tourbillonnant dans différentes directions. Elles suivirent l'affluent qui coulait vers la porte d'entrée.

Elles empruntèrent l'allée. Dans la lumière du soir, celle-ci avait perdu son éclat ivoire. Maintenant elle ressemblait à n'importe quel sentier de gravillons gris. Les pelouses vertes et uniformes du parc s'étendaient tout autour du manoir. Jo entraîna Allie sur l'herbe, où les ombres longues des arbres convergeaient vers elles.

— Où est Gabe ce soir ? s'enquit Allie.

— Il travaille sur un projet spécial. Je crois que ça va l'occuper jusqu'au couvre-feu, soupira Jo avec un sourire indulgent. Bon, que je t'explique. Tu vois ce chemin qui coupe à travers bois ? (Elle pointa l'index vers une rangée de pins qui bordait le gazon, côté est. Allie discerna avec difficulté un petit sentier qui s'enfonçait entre les arbres.) Il mène à la chapelle. C'est là que tu dois aller demain. (Jo se tourna ensuite face à l'ouest et désigna un autre chemin qui partait du bâtiment et descendait jusqu'à la lisière des arbres.) Et là-bas, il y a un pavillon dans une clairière, tout près de l'orée du bois. Parfois on y organise des pique-niques.

— Et plus loin, on trouve quoi ?

Jo la regarda d'un air bête.

— Ben... des arbres !

Allie éclata de rire.

— Non, je veux dire : il y a d'autres bâtiments ? Des trucs à faire… ?

— Je crois que certains profs et membres du personnel ont leur maison dans le coin, mais je n'en suis pas sûre. On s'aventure rarement dans la forêt. Les adultes nous en dissuadent pour des raisons de santé… ou de sécurité. En tout cas tu vas aimer la chapelle. Elle est très ancienne.

Elles contournèrent l'aile ouest de la bâtisse et se promenèrent derrière. Une volée de marches en pierre permettait de traverser une succession de pelouses en terrasses encadrées de parterres de fleurs colorées. Au-delà du dernier terrain, le sol s'élevait de façon abrupte et une colline faiblement boisée apparaissait.

— Il y a une tour au sommet.

Jo la montra du doigt et Allie entrevit vaguement les contours d'un édifice.

— Il semblerait qu'il y ait eu un château autrefois, mais il ne reste plus que des ruines maintenant. La tour est plutôt cool. On peut grimper tout en haut et admirer le panorama. Certains prétendent qu'on aperçoit Londres par beau temps mais moi, je ne vois que des arbres et des champs.

En suivant le pied de la colline, elles atteignirent un grand mur de pierre.

— Qu'est-ce que c'est ? demanda Allie.

— Patience.

Après quelques minutes de marche, elles arrivèrent devant une vieille porte en bois scellée par un cadenas à combinaison moderne dont la présence paraissait incongrue dans un tel décor. D'une main experte, Jo tourna les trois molettes numérotées et la serrure s'ouvrit dans un cliquetis.

Elle poussa la petite porte et avança en se penchant pour ne pas se cogner au linteau. Allie l'imita et Jo referma soigneusement derrière elles après avoir fourré le cadenas dans sa poche.

— Ouaaah ! soupira Allie en découvrant l'immense potager clos.

Les légumes poussaient en rangs parfaitement rectilignes, droits comme le canon d'un fusil ; des arbres fruitiers, les cimes découpées sur le soleil couchant, se bousculaient vers le fond ; et de part et d'autre, des fleurs déversaient des cascades de pétales roses, blancs et violets.

Un chemin empierré longeait les côtés. Jo s'y engagea.

— Bienvenue dans mon petit coin de paradis !

— C'est incroyable ! Comment as-tu trouvé cet endroit ? Et comment ça se fait que tu connaisses la combinaison ?

— Euh… c'est le hasard. On m'a envoyée ici purger une colle d'une semaine la première année. Au début, j'ai détesté. Me lever à six heures tous les jours pour venir là ! Et puis, à la fin, j'ai su que ça allait me manquer. Je ne sais pas pourquoi. Je suis plutôt douée pour le jardinage et ce lieu est si… paisible.

Allie se demanda ce qu'elle avait fait pour mériter une semaine de retenue, mais puisque Jo n'offrait pas d'explication, elle décida de ne pas l'interroger. Et puis, se faire coller n'était guère un exploit à Cimmeria.

Jo bifurqua à gauche, sur une allée qui coupait à travers les jardins. Elle passa à côté d'une fontaine classique où une jolie jeune fille en robe flottante et au nez légèrement abîmé était condamnée à vider son pichet d'eau sur des pierres pour l'éternité. Elle contourna ensuite un fourré de myrtilles pour retrouver le sentier de granit de l'autre côté.

— Maintenant je me porte volontaire pour jardiner certains soirs après les cours et les week-ends. Parfois je viens aussi quand j'ai envie d'intimité.

Un banc en bois était dissimulé sous un rideau de glycine mauve luxuriante. Jo se percha dessus et fit signe à Allie de prendre place à côté d'elle. Celle-ci s'assit sur ses talons et entoura ses genoux de ses bras en respirant le parfum frais des fleurs.

— On peut discuter ici, affirma Jo. C'est peut-être même le seul endroit dans tout le parc de Cimmeria où personne ne pourra surprendre notre conversation. Comme tu l'as remarqué, les gens ont tendance à se mêler de ce qui ne les regarde pas dans cette école. Alors, comment vas-tu ? Tu dois te sentir bizarre, non ? Je me rappelle mes premiers jours – j'étais dans une panique totale.

— Eh bien, ça va te paraître dingue mais… d'un côté, je déteste cet endroit, et de l'autre, je l'aime beaucoup.

Jo afficha un sourire décontracté.

— Figure-toi que je comprends très bien ce que tu veux dire.

— Cimmeria est radicalement différent des lycées où je suis allée avant. Et il y a une tonne de boulot. Mais… justement ça me change, tu vois ? C'est ça qui me plaît. C'est un virage à cent quatre-vingts degrés par rapport à ce que j'ai vécu ces deux dernières années – et j'aurais signé pour n'importe quoi plutôt que de continuer cette vie-là.

Jo la regardait, la mine grave.

— Quand je suis arrivée ici, raconta-t-elle à son tour d'une voix hésitante, je m'étais fait virer de mon lycée. On était entrés par effraction, avec mon copain de l'époque, après avoir bu une bouteille entière de vodka. Ils nous ont trouvés ivres morts sur le toit et… Bref, mes parents l'ont très mal pris. C'était censé être un lycée génial, le top du top, alors qu'en réalité il était… nul – des cours niveau élémentaire, des classes remplies de gosses de riches qui attendaient de pouvoir aller à Oxford ou à Cambridge… On s'ennuyait comme des rats morts.

Elle glissa une jambe dans le vide et la balança d'avant en arrière.

— Alors mes parents m'ont inscrite ici. Je pense qu'ils ont cru que j'allais détester, mais passé la surprise du début, j'ai adhéré à fond. J'aime tout à Cimmeria : le fait que ce soit très dur, et bizarre aussi. Surtout les profs ! C'est l'école rêvée pour moi. Depuis, je vais bien. Même super bien. Comme si j'avais vraiment trouvé ma place.

Allie appuya le menton sur ses genoux et réfléchit un moment.

— Je traverse une période un peu… dingue… (Après une brève pause, elle décida de poursuivre.) J'avais une vie parfaite avant. J'étais une fille modèle, j'avais des bonnes notes, mes parents m'adoraient… Et puis un jour, il y a environ un an et demi… tout a basculé. (Elle leva les yeux.) Tu sais, je n'ai jamais raconté cette histoire à personne. Jamais.

Jo hocha la tête et attendit patiemment. Allie respira profondément et la suite lui vint d'une traite.

— Quand je suis rentrée à la maison, un soir après les cours, la police était là. Ma mère pleurait et mon père hurlait après les flics. Je voyais bien qu'il avait envie de pleurer lui aussi. C'était le chaos… Mon grand frère avait disparu. Et ils ne l'ont jamais retrouvé.

— Allie ! s'écria Jo en posant une main sur le bras de son amie. C'est horrible. Que s'est-il passé ? Est-ce qu'il est…

— Mort ? Qui sait ? On n'a plus jamais entendu parler de lui.

— Je ne comprends pas. Qu'est-ce qui lui est arrivé ?

Allie reprit ses explications, avec plus d'assurance à présent.

— Christopher et moi, on était très proches. Il a toujours été mon meilleur ami. D'autres frères et sœurs se disputent, mais nous, jamais. On passait énormément de temps ensemble. Malgré nos deux ans d'écart, il restait toujours gentil. Il ne se lassait jamais de moi comme l'auraient fait certains grands frères. Quand j'étais petite, il me retrouvait chaque jour à la sortie de l'école et il me raccompagnait à la maison. Il m'aidait à finir mes devoirs, il regardait la télé avec moi. Mes parents travaillent beaucoup, mais ça ne m'a jamais dérangée parce que Christopher était là pour veiller sur moi. Même plus tard, pendant mes années de collège, il continuait de s'occuper de moi. Il se pointait juste après les cours, comme par hasard, et il faisait ses devoirs en même temps que moi. Si je butais sur un problème, il m'aidait.

« Six mois environ avant sa disparition, il a commencé à avoir un comportement bizarre. Il rentrait très tard la nuit, il s'engueulait avec nos parents. On ne le voyait presque plus et, quand il était là, il ne décrochait pas un mot. J'avais l'impression de le perdre, en quelque sorte. Chaque fois que j'essayais de lui parler, que je lui demandais comment il allait, il fuyait. Au sens propre : il se levait et il quittait la maison, parfois pour plusieurs heures. Ses notes ont dégringolé. Papa et maman flippaient complètement, mais ils ne trouvaient pas de solution. Christopher refusait leur aide.

Elle s'arrêta en se remémorant les disputes interminables et les portes qui claquaient. Un oiseau nocturne entonna une jolie mélodie.

Quand elle reprit la parole, toute trace d'émotion avait disparu de sa voix.

— Il a laissé une note. Mes parents n'ont pas voulu me dire ce qu'elle contenait, mais je l'ai su en écoutant maman en cachette un jour, pendant qu'elle téléphonait. Elle l'avait apprise par cœur. C'est la chose la plus méchante que j'aie jamais entendue. Elle disait : « Je pars. Je ne suis pas malade, je ne me drogue pas. Je ne veux juste plus faire partie de cette famille. Je ne vous aime pas. Aucun de vous. Ne me suivez pas. N'essayez pas de me retrouver. Je n'ai pas besoin de votre aide. Vous ne me reverrez jamais. »

— C'est affreux, murmura Jo en essuyant d'un revers de main ses yeux embués de larmes. Oh, Allie…

Allie s'efforçait de rapporter les faits avec détachement et recul, comme si tout cela était arrivé à quelqu'un d'autre.

— Là, nos vies se sont effondrées. J'ai fait une sorte de dépression nerveuse. Je n'arrivais plus à parler. Je restais assise dans la chambre de Christopher toute la journée. Je ne suis pas allée au lycée pendant des mois. On m'a obligée à consulter un psy que je haïssais. Mes parents s'engueulaient. J'étais devenue un… fardeau pour eux. On aurait dit qu'en partant, Christopher avait emporté avec lui tout ce qu'il y avait de bon et de positif dans notre existence. Papa et maman ne m'aimaient plus. Et moi, je ne ressentais plus rien. (Elle poussa un soupir et frissonna.) Il en fallait beaucoup pour me toucher ; je devais aller loin. Alors je me suis mise à boire.

Malheureusement ça a abouti au résultat opposé à celui que je recherchais, tu vois ce que je veux dire ? (Jo fit signe qu'elle comprenait.) Je traînais avec des gens qui se blessaient entre eux. Je me suis enfoncée dans les ennuis jusqu'au cou. Me faire arrêter me procurait vraiment des émotions fortes, alors je me suis arrangée pour que ça se produise plusieurs fois. Je me suis... (Elle montra trois minuscules cicatrices blanches, bien nettes, entre son poignet et l'intérieur de son coude gauches.) Je me suis scarifiée pendant un moment. Ça fait mal, d'où l'intérêt. C'était aussi très bête, et un peu artificiel – si tu te le fais à toi-même, ça ne compte pas vraiment. Du coup j'ai arrêté.

Elle conclut son récit à toute vitesse comme si elle avait hâte d'en avoir terminé.

— Après ma dernière arrestation, mes parents en ont eu ras le bol. Et me voilà ! Maintenant ils n'ont plus qu'une maison vide et moi… il ne me reste rien du tout.

Jo se jeta spontanément à son cou et la serra fort contre elle. Puis elle s'écarta et la tint par les épaules en la regardant droit dans les yeux.

— OK. C'est une véritable tragédie, ce qui t'est arrivé. Mais tu es ici maintenant. Et tu es vivante. Je viens juste de te rencontrer, Allie, pourtant je sais déjà que tu es géniale. Que ta famille parte en vrille ou pas, à partir de maintenant, tu prends les commandes de ton existence. Je veux que tu me promettes que tu vas essayer de t'adapter à Cimmeria. Laisse une chance à cette école. Elle m'a remise sur les rails. Elle est devenue ma maison, et ses autres habitants ma famille. Pourquoi ça ne te réussirait pas aussi, à toi ?

Allie lui rendit son étreinte et refoula ses larmes.

— D'accord, chuchota-t-elle, la voix tremblante. Je te le promets.

Jo attira la tête d'Allie contre son épaule, et elles restèrent ainsi, tranquillement assises sur le banc, perdues dans leurs pensées. Allie se sentait bizarre. Un peu barbouillée. Épuisée.

— C'est drôle, marmonna-t-elle. On dirait que le temps n'a pas la même durée ici. Il paraît comme condensé. Quand je pense que je suis arrivée il y a seulement deux jours, je n'en reviens pas. Ça va être ma troisième nuit. J'ai l'impression d'être là depuis des semaines.

— Cimmeria nous offre un concentré de vie, acquiesça Jo. Il se passe plus de choses entre ses murs en une semaine que dans le monde extérieur en l'espace d'un mois.

Pelotonnées sur le banc, elles continuèrent de bavarder tandis que le jour déclinait et que les ombres du soir envahissaient le jardin.

— Je vois pourquoi tu aimes cet endroit, dit Allie en s'étirant. Il a un côté magique. Il me rappelle ce livre pour enfants, *Le Jardin secret*[1]. Tu l'as lu ?

Jo hocha la tête.

— J'ai toujours…

Un son violent résonna à l'autre bout du jardin, l'interrompant brusquement. Elles sursautèrent.

— La vache ! Qu'est-ce que c'était ? demanda Allie.

Scrutant l'obscurité, elle remarqua pour la première fois combien il faisait sombre.

— Je ne sais pas, murmura Jo avant de consulter sa montre. Oh, merde ! C'est presque l'heure du couvre-feu. Il faut qu'on rentre.

1. Roman de l'écrivain britannique Frances Hodgson Burnett (1911).

Elle se leva et, tandis qu'elle prenait la main d'Allie, le même fracas se fit de nouveau entendre, suivi d'un bruit de pas.

— Qu'est-ce que…, marmotta Jo.

Puis elle haussa la voix :

— Qui est là ?

Un silence assourdissant lui répondit. Elles demeurèrent clouées sur place à écouter leurs cœurs cogner dans leurs poitrines.

— Jo, et si c'était…

Un grognement sourd fit taire Allie. Jo l'agrippa par le bras.

— Mais c'est quoi, ce truc ? murmura Allie.

— Je ne sais pas.

— On ne devrait pas… ?

— Courir ?

— Ouais.

— À trois. Un. Deux…

Un craquement inquiétant retentit, beaucoup plus près d'elles cette fois. Elles s'élancèrent sur le sentier en poussant un cri. Jo cramponnait la main d'Allie.

— Ne t'éloigne pas de moi, lui dit-elle dans un souffle.

Elles quittèrent le chemin et s'enfoncèrent dans le verger. Elles se mirent à zigzaguer à toute allure entre les arbres, à l'aveuglette. La sensation des fruits mûrs qui s'écrasaient sous ses chaussures dégoûtait Allie. Elle tendit l'oreille, guettant d'autres bruits de pas que les leurs, mais elles couraient si vite qu'il était impossible de distinguer quoi que ce fût.

Puis quelque chose la heurta à la tête et elle hurla en agitant les bras en tous sens. Jo l'attira vers la gauche. Elles franchirent les buissons de myrtilles et se faufilèrent dans une roseraie. Allie sentit les épines lui lacérer les mains et les habits, et des brindilles se casser sous ses pieds.

Soudain Jo fut happée et décolla du sol. En un clin d'œil, elle se retrouva à l'intérieur d'une remise bâtie dans un renfoncement du mur. Elle cria mais quelqu'un plaqua une main sur sa bouche, étouffant sa voix.

— Chuuut ! fit Gabe, un doigt posé sur ses lèvres, les yeux rivés dans les siens.

Lorsqu'elle le reconnut, elle l'enlaça et enfouit son visage dans le creux de son cou.

Il tendit le bras pour attraper Allie, mais quelqu'un d'autre l'avait devancé.

Allie leva la tête, complètement affolée, et découvrit les yeux bleus de Sylvain qui la regardaient calmement dans la pénombre. À son tour, il la fit entrer dans la petite pièce. Malgré l'obscurité, elle put lire un mot sur ses lèvres : « Chut. »

6.

Allie se figea et retint sa respiration.

Pendant que Gabe enveloppait Jo de ses bras protecteurs, Sylvain faisait un bouclier de son corps à Allie. Ils regardaient à travers l'entrebâillement de la porte, prêts à intervenir.

Un objet non identifié traversa le jardin dans un boucan de tous les diables et Allie se contracta. Par chance, il semblait s'éloigner. Une poignée de secondes plus tard, c'était le silence absolu.

Au bout de quelques instants, le calme revenu, Gabe et Sylvain échangèrent un coup d'œil, comme un signal. Ils s'avancèrent rapidement vers la porte. Gabe étudia la zone qui s'étendait de l'autre côté, puis il se retourna et hocha la tête. Alors ils jaillirent dans le jardin tous les quatre et prirent le sentier qui conduisait jusqu'à l'entrée, avant de regagner enfin la pelouse. Sans un mot, Jo tendit le cadenas à Gabe qui verrouilla la porte.

Allie se rendit compte tout à coup que Sylvain l'enlaçait. Elle se détendit entre ses bras en respirant son odeur épicée bien reconnaissable. Aussitôt son étreinte se resserra.

Une lumière diffuse éclairait encore le ciel quand Gabe les mena par une porte de derrière directement dans le hall du manoir. Sous les derniers rayons du crépuscule, Allie nota la pâleur anormale de Jo qui s'accrochait à son petit ami, les larmes aux yeux. Un filet de sang coulait sur sa joue. Gabe l'effleura du bout du doigt.

— Tu es blessée, dit-il. Je t'emmène à l'infirmerie.

Elle accepta d'un hochement de tête et s'appuya sur son bras pour traverser le grand hall. Allie ne put s'empêcher d'éprouver le picotement familier de la jalousie. Comme s'il pouvait le sentir, Sylvain s'approcha et prit son visage entre ses mains pour l'examiner.

— Et toi, tu es blessée ?

L'inquiétude qui se reflétait dans son regard fit palpiter le cœur d'Allie. Maintenant qu'il ne la serrait plus dans ses bras, elle mourait d'envie de se blottir de nouveau contre lui pour s'imprégner de son parfum. Sitôt que ses mains la frôlaient quelque part, sa peau fourmillait.

Toute tremblante, elle prit une grande inspiration.

— Sylvain, qu'est-ce que c'était, dehors ?

— Je ne sais pas.

Quelque chose sonnait faux dans sa voix et elle le dévisagea avec des yeux inquisiteurs. Elle était persuadée qu'il lui cachait une information – une information importante.

— Nous devons raconter à Isabelle ce qui vient de se passer, déclara-t-elle d'un ton farouche.

— Tu as sans doute raison. Attendons demain, cela dit. Elle doit dormir à l'heure qu'il est. Tout le monde va bien et il n'y a pas lieu de dramatiser, OK ?

Elle fut tentée de le contredire, mais son raisonnement se tenait – après tout, ils n'avaient rien vu.

Pourtant, après la course-poursuite dans le jardin et la décharge d'adrénaline, il lui semblait impossible de rester les bras ballants. Elle voulait retourner dehors mener sa petite enquête. Ou, au minimum, s'asseoir pour discuter de l'incident. De toute façon, elle n'arriverait jamais à s'endormir. Il lui fallait un prétexte pour ne pas regagner sa chambre.

— Et si on allait prendre des nouvelles de Jo ? suggéra-t-elle.

— Inutile de t'inquiéter, Jo va bien et Gabe est avec elle. (Il fit une pause, avant de poursuivre de mauvaise grâce, comme s'il savait à l'avance qu'elle allait râler.) Écoute, l'heure du couvre-feu est déjà passée. Tu devrais aller te coucher et nous nous occuperons de tout cela demain.

Allie n'en croyait pas ses oreilles.

— Quoi, tu es sérieux ? Non, Sylvain ! Je veux qu'on parle de ce qui nous est arrivé dans le jardin. Dis-moi franchement : qu'est-ce que tu as vu ?

— Rien, j'en ai peur, répondit-il prudemment. C'était sûrement un animal. Peut-être avez-vous dérangé un renard ou un blaireau ? (Voyant qu'elle s'apprêtait à protester, il leva la main pour signifier que la conversation était close.) Tu es fatiguée, Allie. Et moi aussi. Il est temps de dormir.

Allie se demanda si enfreindre le couvre-feu et risquer une nouvelle punition l'avancerait à quelque chose, et elle décida que non. Si bien qu'elle finit par accepter, à regret.

— Bon, d'accord. Bonne nuit, Sylvain, lâcha-t-elle, un peu sèchement.

Alors qu'elle se tournait pour s'en aller, il la retint par le poignet.

— Quoi ? Pas de baiser avant de dormir ? dit-il en riant tout bas. Même pas de « Oh ! merci, Sylvain, tu m'as sauvée, tu es mon héros » ? Il ne faut jamais se coucher fâché, *ma belle*[1] Allie.

Une lueur malicieuse dansait au fond de ses yeux bleus. Il l'attira contre lui, exactement ce dont elle rêvait si fort quelques instants plus tôt.

Au début, par pur entêtement, elle résista. Puis il lui murmura à l'oreille :

— Ce serait plus drôle si tu y mettais du tien.

Elle ne put s'empêcher de pouffer. Son accent était complètement irrésistible et ses yeux ensorcelants. Comment lutter ?

Il l'embrassa sur la joue. Ses lèvres s'attardèrent, assez longtemps pour qu'elle souhaite que ça ne finisse jamais. La chaleur de son souffle était si agréable sur sa peau. Elle s'abandonna dans ses bras.

— Maintenant, chuchota-t-il, va dans ta chambre sinon c'est moi qui t'y traîne.

Elle s'efforça de garder son self-control, mais elle fondait à l'intérieur.

— Comme tu voudras, dit-elle.

Elle s'écarta de lui et tourna le dos aussi vite que possible, pour ne pas lui laisser le temps de constater à quel point il lui faisait de l'effet. Mais c'était peine perdue : il le savait déjà pertinemment.

— Fais de jolis rêves, lança-t-il, hilare, tandis qu'elle montait l'escalier en courant.

Le lendemain, elle se leva à six heures. Curieusement, elle se sentait pleine d'énergie, comme si l'adrénaline de

---

1. Dans les répliques de Sylvain, les mots en italique sont en français dans le texte original. (*N.d.T*)

la veille courait toujours dans ses veines. Debout devant sa penderie, elle réfléchit à la tenue la plus appropriée pour travailler à l'extérieur ; elle opta finalement pour un bas de survêtement, des baskets et un T-shirt blanc portant l'écusson de l'école sur la poitrine. Elle tira ses cheveux en arrière et les attacha avec une barrette. Enfin, le bulletin de colle à la main, elle descendit au rez-de-chaussée.

Son estomac gargouillait mais il était sûrement trop tôt pour prendre le petit déjeuner. Au cas où, elle glissa un œil dans le réfectoire et le trouva désert, comme elle s'y attendait. Toutefois elle aperçut une pile de sandwichs au bacon sur un chauffe-plat, ainsi qu'un seau en argent rempli de glaçons et de bouteilles d'eau. Elle entra dans la salle avec hésitation.

« Si ce n'était pas pour nous, qu'est-ce que ça ferait là ? »

Elle attrapa un sandwich, une bouteille, et regarda autour d'elle.

— Merci, murmura-t-elle dans le vide, en brandissant la bouteille en guise de salut.

Elle dévora le sandwich pendant qu'elle traversait le hall d'entrée silencieux et descendait le perron. L'air du matin était frais, le ciel couvert. L'herbe, en caressant ses chevilles, déposait un voile humide de rosée sur sa peau.

Elle songea qu'au bout du compte, ce n'était pas désagréable de se promener seule, tôt, dans le parc.

« Mais je ne voudrais pas le faire tous les jours. »

Elle repassa dans sa tête les événements de la nuit précédente et réfléchit à une façon de les raconter à Isabelle qui ne paraisse ni hystérique ni trop émotionnelle. Ce n'était pas facile.

Après avoir franchi la lisière des arbres, elle pénétra dans les ombres en frissonnant. La température descendait de plusieurs degrés quand on sortait du soleil. Le sentier rectiligne bordé de ronces s'enfonçait sous les pins. Elle remarquait à peine les fougères douces comme des plumes qui lui effleuraient les mollets tant elle était absorbée par sa dissection mentale de l'incident du jardin.

Dix minutes plus tard environ, elle aboutit à un muret de pierre. Le sentier le longeait sur une quinzaine de mètres, jusqu'à une grille qui s'ouvrait sur un cimetière envahi par la végétation et au centre duquel se dressait une vieille chapelle. Une poignée d'élèves étaient massés près de la porte. Ils avaient l'air de s'ennuyer ferme. Allie poussa un soupir de soulagement en notant qu'ils s'étaient tous plus ou moins habillés comme elle. Ne reconnaissant personne, elle se tint en marge du groupe, appuyée contre le tronc noueux d'un if.

Elle ne s'était pas sitôt mise à l'aise que la porte de la chapelle s'ouvrait. Une femme en tenue décontractée – pantalon en lin de couleur sombre et chemise blanche classique – apparut sur le seuil. Elle portait ses longs cheveux bruns noués lâchement au sommet du crâne et tenait un bloc-notes à pince à la main.

— Pourriez-vous m'apporter vos bulletins, s'il vous plaît ?

Elle ramassa les feuilles sans faire de commentaire, jusqu'à ce qu'Allie lui tende la sienne. Là, elle s'arrêta et sourit de toutes ses dents.

— Tu dois être Allie ! s'exclama-t-elle, d'un ton aussi enjoué que si elles se rencontraient autour d'une tasse de thé. Isabelle m'a beaucoup parlé de toi. Je suis Eloise Derleth, la bibliothécaire. Tu devrais passer me voir. Isabelle a laissé quelques livres pour toi dans mon bureau.

Elle replongea le nez dans ses papiers et termina de les rassembler. Quand le paquet fut en ordre, elle éleva la voix afin que tout le monde puisse l'entendre.

— Je suis sûre que vous êtes impatients de connaître la corvée du jour. Rassurez-vous : je ne vais pas vous faire languir. Suivez-moi, je vous prie.

Alors que ses camarades, les yeux levés au ciel, ricanaient en s'attroupant derrière Eloise, Allie, méfiante, resta à l'écart.

Eloise les conduisit à un appentis au fond du cimetière, derrière la chapelle. Le coin était plutôt joli. Des pierres tombales érodées gisaient sur un tapis d'herbe drue et moelleuse, penchées pêle-mêle sous les frondaisons des arbres. Un vieux banc de jardin pourrissait lentement contre le mur, au milieu d'une flaque de soleil. Un homme qui avait revêtu la combinaison de travail noire typique du personnel de l'établissement les attendait.

— Aujourd'hui, vous allez nettoyer le cimetière, annonça Eloise. M. Ellison va vous donner tout ce dont vous avez besoin et vous assigner des tâches précises pour ce matin. Bonne chance !

Avec un sourire radieux, elle retourna d'un pas leste d'où elle était venue.

Allie fit la queue derrière les autres pendant que M. Ellison distribuait les outils.

— Je vais vous répartir en équipes, déclara-t-il d'une voix de baryton, chaude et sonore.

Sa taille était impressionnante. Il devait mesurer au moins un mètre quatre-vingt-dix. Allie admira ses bras épais et puissants, dus sans doute à toute une vie de travail au grand air. Il avait une peau couleur expresso, et des manières merveilleusement apaisantes.

— Voici mes arracheurs de mauvaises herbes, dit-il en désignant un groupe de garçons qu'il avait armés d'outils bruyants. Vous allez rafraîchir les bords des tombes tandis que vous, ajouta-t-il en pointant un doigt vers deux garçons et une fille munis de tondeuses à gazon, vous vous occuperez du gros du nettoyage.

Allie était en bout de file. À son approche, M. Ellison la salua d'un hochement de tête courtois.

— Vous deux, vous allez manier le râteau.

« Nous deux ? »

Allie se retourna d'un geste vif et découvrit Carter debout près d'elle, qui regardait innocemment le jardinier. Alors qu'elle le dévisageait, stupéfaite, Carter prit les deux râteaux que lui tendait M. Ellison dans une seule main, le remercia poliment, puis il pivota sur ses talons et s'en alla à grands pas.

Elle lui courut après, en sautant avec précaution pardessus les tombes et en trébuchant de temps à autre sur le sol inégal. Telle une nuée de moustiques en colère, le bourdonnement des outils de jardinage emplit l'air.

— Qu'est-ce que tu fais là ? Et où tu vas ? demanda-t-elle d'un ton sec.

Comme il l'ignorait, elle s'écria :

— Eh ! On n'est pas censés ratisser au lieu de galoper ?

Son attitude n'eut pas l'air de l'émouvoir.

— Je suis collé. Et toi, pourquoi tu es là ? Tu pourrais te calmer un peu, s'il te plaît ? Ceux qui tondent ont à peine commencé, du coup il n'y a pas grand-chose à ratisser. Donc, le mieux à faire pour le moment, c'est de leur laisser le champ libre.

Il ne s'arrêta qu'au pied de l'if, à côté de l'entrée de la chapelle. Il posa les râteaux contre le tronc et, prenant appui sur une racine saillante, il grimpa sur une branche basse où il s'installa confortablement, les jambes dans le vide. Il tendit une main à Allie et haussa un sourcil d'un air interrogateur.

Elle hésita. Elle s'imagina d'abord répondre : « Non, merci, je préfère rester debout », puis poireauter à côté de lui en gardant ses distances et, tout compte fait, elle préféra accepter la proposition. Elle le rejoignit à contre-cœur. Tandis qu'il la hissait à ses côtés, elle discerna dans son regard une expression indéchiffrable.

Les joues cramoisies, elle se laissa glisser sur la branche noueuse afin de s'écarter de lui. Elle passa une jambe d'un côté, et replia l'autre, le pied à plat sur l'écorce. Carter se tourna face à elle, le dos en appui contre le tronc. Dans cette position, il l'étudia d'un air curieux en faisant tournoyer une brindille entre deux doigts. Feignant d'ignorer son attention, Allie observait les tondeuses à gazon qui dévoraient l'herbe. Le bruit d'un cours d'eau leur parvenait tout là-haut.

— Écoute, dit Carter, je voulais te voir seul à seule pour te présenter mes excuses.

Elle leva des yeux surpris vers lui. Pour une fois, il semblait mal à l'aise.

— Tu t'es fait des idées l'autre jour à la bibliothèque. Je sais que tu t'es méprise sur ce que je voulais dire. Je trouve que tu as autant le droit que n'importe qui d'être ici. D'accord ? Crois-moi, s'il te plaît.

Elle hocha la tête, mais garda sa mine réservée. Il soupira de frustration.

— Je me sens horriblement mal par rapport à ça. Tu dois me prendre pour un vrai salaud.

Elle répéta son geste, mais avec un demi-sourire ironique cette fois. Il éclata de rire. Elle eut beau essayer de toutes ses forces de ne pas sourire franchement, rien n'y fit.

— J'en étais certain. Allie, il faut que tu me croies. Tu as mal interprété mes propos. Je t'assure. Je déteste les petits snobs de cette école et je refuse d'en devenir un. Et si on effaçait tout et qu'on recommençait à zéro ?

Elle n'arrivait pourtant pas à lui faire totalement confiance. « D'un autre côté, pensa-t-elle, je ne fais confiance à personne. » Et que gagnerait-elle à refuser de tirer un trait sur cette histoire ?

— D'accord, finit-elle par répondre.

— Voilà. Maintenant on repart du bon pied. (Il balaya le jardin du regard.) OK. C'est bien gentil tout ça, mais on dirait que nos camarades avancent. On ferait mieux de se mettre au boulot.

Il sauta de l'arbre, atterrit sur l'herbe avec légèreté, et se tourna pour l'aider à descendre. Tandis qu'elle se décalait au bord de la branche en lui tendant les bras, il posa les mains sur sa taille. Au grand étonnement d'Allie, il la souleva sans effort, comme si elle était aussi légère qu'une plume.

— Au travail ! lança-t-il en attrapant les râteaux.

D'une démarche souple, il regagna le cimetière, Allie sur les talons.

Sur les pierres tombales, les épitaphes étaient laconiques – « Ci-gît Emma Littlejohn, épouse bien-aimée de Frederick Littlejohn et mère de Frances Littlejohn, 1803-1849. Que Dieu t'accorde le repos éternel. » Pourtant Allie ne pouvait en passer une sans la lire et songer à celui ou celle qui l'occupait. Elle se demandait si ces personnes avaient vécu des vies heureuses et elle s'interrogeait sur ce qui les avait amenées ici.

« Quarante-six ans. Pas vieille », pensa-t-elle. Sa mère avait sans doute dépassé cet âge.

L'équipe chargée de tondre avait bien progressé ; des feuilles et de longs brins d'herbe jonchaient maintenant les allées. Après avoir fourni un râteau à Allie, Carter se mit à les rassembler en gros tas avec des mouvements de professionnel. Elle l'imita du mieux qu'elle put, en murmurant un petit mot d'excuse devant chaque tombe.

— Pardon de vous déranger, madame Coxon (1784-1827). Je n'en ai pas pour longtemps.

Malheureusement, son tas ne ressemblait à rien et elle perdait la moitié de l'herbe sur le trajet.

— Tu es très douée, persifla Carter.

— La ferme ! s'esclaffa-t-elle. Te moque pas de moi. Je n'avais jamais fait ça.

— Quoi ? Ratisser ? s'exclama-t-il, sincèrement surpris.

— Ouais, c'est la première fois de ma vie que je ratisse, confirma-t-elle en haussant les épaules.

— Comment c'est possible ? Tu ne faisais rien chez tes parents ? demanda-t-il d'un ton désapprobateur.

— Je vis à Londres, Carter. Nous n'avons pas de jardin. On a, genre, un patio avec des plantes en pots et quelques fleurs. Je l'ai balayé plein de fois, mais je n'ai jamais ratissé.

Il travailla en silence pendant quelques minutes, puis il secoua la tête.

— Les jeunes n'apprennent rien à Londres. C'est inconcevable pour moi. Je ne peux pas m'imaginer ne jamais travailler dehors, ne jamais me salir les mains.

Elle s'appuya sur son râteau et observa son coup de main d'un air émerveillé.

— Et toi, tu viens d'où ? s'enquit-elle.

D'un geste évasif, il montra la campagne qui s'étendait autour d'eux.

— De là.

— Quoi, tu as grandi près d'ici ?

— J'habite ici. C'est ma maison.

Déconcertée, elle ratissa un moment avant de s'interrompre de nouveau pour écarter une mèche de cheveux qui lui était tombée sur les yeux.

— Mais avant, tu habitais où ? insista-t-elle.

Il s'arrêta à son tour.

— Nulle part. J'ai passé mon enfance ici. Mes parents travaillaient ici, ils faisaient partie du personnel. J'ai pu m'inscrire grâce à une bourse. Je n'ai jamais vécu nulle part ailleurs.

— Tes parents sont profs ?

Il reprit son travail.

— Non, répondit-il sans la regarder. Mes parents *faisaient* partie du *personnel.*

Allie se mit à tracer des figures dans l'herbe avec les dents de son râteau.

— Donc ils ne travaillent plus ici ?

— Non, rétorqua-t-il d'une voix glaciale. Ici, on ne te laisse plus travailler quand tu es mort.

Elle en fut médusée. Carter travaillait furieusement ; elle voyait ses muscles se contracter à travers son T-shirt.

« Ci-gisent M. et Mme West. Qu'ils reposent en paix. »

— Oh, mon Dieu, Carter. Je suis désolée. Je ne savais pas.

Il continua de ratisser.

— Évidemment que tu ne savais pas. Comment tu aurais pu savoir ? N'en parlons plus.

Elle lâcha son râteau et marcha jusqu'à lui.

— Je suis vraiment navrée, murmura-t-elle en posant une main sur son bras.

Il la repoussa brusquement, le regard noir.

— N'en parlons plus, d'accord ? Bon, tu veux bien m'aider maintenant ? Je n'ai pas l'intention de passer la journée ici.

Vexée, elle ramassa son râteau et s'éloigna de quelques mètres. Pendant vingt minutes, ils s'activèrent en silence. Allie avait des crampes au dos et aux bras, mais elle réussit à réunir plusieurs tas de débris impressionnants. De temps en temps, elle jetait un coup d'œil à Carter qui travaillait d'arrache-pied.

Peu à peu, l'horrible vrombissement des outils diminua, puis il s'éteignit enfin lorsque le dernier coupe-bordures eut terminé sa mission. M. Ellison rangea consciencieusement les ustensiles qu'on lui rendait au fur et à mesure.

— Je pense qu'on a fini.

Allie était si accaparée par sa tâche que les mots de Carter la firent sursauter. Alors qu'elle se penchait pour ramasser le râteau qu'elle venait de faire tomber, sa mèche rebelle s'échappa de nouveau. Elle la plaqua derrière son oreille d'un air distrait.

— Attends, tourne-toi, ordonna Carter.

Elle hésita un instant avec une moue sceptique, mais elle finit par obtempérer. Immobile, elle sentit Carter, debout derrière elle, qui lui lissait les cheveux et les introduisait habilement dans la barrette. Le contact furtif de ses doigts sur sa nuque lui donna la chair de poule.

Une poignée de secondes plus tard, elle fit volte-face : il était déjà reparti en direction de la chapelle en emportant les deux râteaux. Elle se dépêcha de le rattraper, butant sur une touffe d'herbe en chemin.

— Et voilà, Bob ! s'exclama-t-il en tendant les râteaux à M. Ellison.

— Merci. Alors, tu t'es encore fait remarquer, Carter ?

— Comme toujours.

M. Ellison partit d'un éclat de rire sonore. Allie le trouva aussitôt sympathique. Elle fourra ses mains dans ses poches en lui souriant.

— J'espère qu'on a bien travaillé, monsieur Ellison.

— Ça m'a l'air parfait, mademoiselle Sheridan, répondit-il gentiment. Merci de ton aide.

Pendant qu'ils s'éloignaient sur le sentier, il lui cria :

— Ne laisse pas Carter t'entraîner dans ses mauvaises combines !

Ce dernier, sans attendre Allie, traversa le cimetière à grands pas et sortit par la grille.

Allie se tâta : devait-elle essayer de le rattraper ? Elle choisit l'option opposée et marcha à un rythme de croisière en espérant que la distance entre eux se creuserait.

Quelques minutes plus tard, cependant, alors qu'elle tournait à un méandre du chemin, elle le trouva debout sur sa route, en train de donner un coup de pied dans une pierre. Elle l'ignora et le dépassa rapidement, sans un mot.

— Allie, attends !

Il courut pour la rattraper, mais elle ne se retourna même pas. Quand il arriva à sa hauteur, il pivota pour marcher à reculons à côté d'elle, de façon à pouvoir la regarder en face.

— J'ai l'impression que je me suis encore comporté comme un con, dit-il.

— Ne t'inquiète pas, répondit-elle froidement. Au moins, tu es cohérent.

Elle fut surprise de l'entendre rire.

— D'accord, je l'ai bien mérité. Pardon de t'avoir rembarrée. Je suis juste sensible sur… certains sujets.

Ses yeux s'assombrirent. Il balança un coup de pied dans un caillou et l'envoya rouler dans les sous-bois.

Allie repensa à Christopher. Elle aussi se hérissait dès qu'on évoquait sa disparition.

— Ça va, dit-elle, je m'en remettrai.

— Tu es sûre ?

— Carrément.

Satisfait, il se remit dans le sens de la marche.

— Tu n'es pas trop traumatisée par ce qui s'est passé hier soir ? s'enquit-il.

Elle le regarda, étonnée.

— Comment es-tu au courant ?

— Il n'y a pas de secrets à Cimmeria. J'ai entendu dire que Jo s'était blessée en courant dans le noir.

Allie hésita à lui raconter toute la vérité. Elle avait envie de discuter de l'incident avec quelqu'un, mais elle craignait que Carter se moque d'elle.

— J'ai vraiment eu peur, admit-elle.

— Qu'est-ce que tu as vu, exactement ?

— Rien. Il faisait trop sombre. On a juste entendu…

Elle chercha les mots pour décrire les bruits étranges qui les avaient effrayées.

— Vous avez entendu quoi ? la pressa-t-il, la mine sérieuse et impénétrable.

— Une sorte de grognement, expliqua-t-elle, comme celui d'un chien. Et des bruits de pas aussi – ceux d'un être humain. À ton avis, qu'est-ce que ça pourrait être ? Quelqu'un a un chien ici ? Un professeur ou… un membre du personnel ?

— Non, pas de chien, affirma-t-il abruptement.

— Alors il y a une personne qui s'amuse à grogner, marmonna-t-elle.

Il s'arrêta si soudainement qu'elle faillit lui rentrer dedans.

— Tu veux que je te donne franchement mon avis ? dit-il. Je crois qu'on vous a fait une mauvaise blague. Des gars ont sûrement voulu vous foutre la trouille.

Curieusement, Allie n'avait jamais envisagé cette hypothèse.

— Pourquoi ils feraient ça ? C'est stupide.

— Parce que ce sont des gamins. Qu'ils s'ennuient. Et que tu es nouvelle. C'est juste pour s'amuser.

L'idée qu'une bande de garçons veuille la tourner en ridicule lui parut plausible et, bien qu'elle n'en montrât rien, cela l'affecta. La gorge nouée, elle garda les yeux braqués sur ses pieds. Cependant, quelque chose clochait dans cette interprétation. Et Jo, alors ? Elle était là, elle aussi, il ne fallait pas l'oublier.

En réfléchissant bien, elle conclut qu'il n'y avait que deux possibilités. Soit l'incident était une farce préméditée à laquelle Gabe et Sylvain avaient participé. Soit Carter mentait.

Elle lui jeta un petit coup d'œil en coin – il regardait droit devant.

— Tu sais, Gabe et Sylvain sont venus à notre rescousse, dit-elle d'un ton détaché. Tu crois qu'ils étaient dans le coup ?

Carter se rembrunit.

— Oh, ils vous ont sauvées, hein ? Quels héros ! (Il tourna la tête vers elle.) Qu'est-ce qu'il y a exactement entre Sylvain et toi, au fait ? Tu n'es ici que depuis quelques jours, mais apparemment, il te considère déjà comme chasse gardée.

Elle ne put s'empêcher de réagir.

— C'est ridicule. Sylvain est gentil avec moi, c'est tout. Il a l'air sympa comme garçon.

— Sylvain ? Gentil ? se moqua Carter. J'en doute fort.

Elle le fusilla du regard.

— Tu sais quoi ? Sylvain est adorable avec moi depuis mon arrivée. Contrairement à presque tout le monde.

Carter la prit par le bras et l'obligea à se planter face à lui.

— Sois prudente, Allie, dit-il d'un ton véhément. Ici, les choses sont moins simples qu'elles ne le sont dehors.

Malgré son apparente sincérité, Allie s'emporta contre lui et libéra son bras d'un geste rageur. Avant qu'elle ait le temps de répliquer, cependant, la voix suave de Sylvain jaillit des ombres.

— Allie. Te voilà. Je te cherchais justement.

Il remontait le sentier depuis l'école. Carter jeta un coup d'œil lourd de sous-entendus à Allie, auquel elle répondit par un regard noir.

— Carter. Bien sûr. J'aurais dû me douter que tu serais en colle aujourd'hui. Comme toutes les semaines, ajouta Sylvain.

— Alors que toi, ça ne risque pas de t'arriver, rétorqua Carter d'une voix qui dissimulait mal son mépris.

L'échange s'était déroulé sur le ton de la plaisanterie, mais Allie sentait que leurs paroles cachaient des insinuations très sérieuses.

Carter écarta Sylvain de son chemin et se dirigea vers le manoir d'un pas raide.

Le regard soucieux, Sylvain dévisagea Allie.

— Il s'est passé quelque chose ? Tu as l'air contrariée.

— Non, ce n'est rien, assura-t-elle tandis que Carter disparaissait au détour du chemin. Quel emmerdeur, celui-là, hein ?

Lorsque Sylvain souriait, il avait des yeux de chat.

— Oui, ce mot le définit parfaitement. Alors, cette colle, comment c'était ? Horrible ?

— Pas tant que ça. Je n'ai attrapé qu'une ampoule.

Elle lui montra sa paume droite, où une cloque blanche s'était formée à la base de l'annulaire.

— Tragique.

Il porta sa main à ses lèvres et l'embrassa doucement. Allie frissonna. « Et voilà, j'ai encore la chair de poule. »

— Je trouve que tu devrais être dispensée de travaux manuels, décréta-t-il. Ce n'est pas ton style. Ce qu'il te faut, c'est une armée de domestiques qui te serviraient tes repas tandis que, vêtue de soie…

Elle explosa de rire.

— Ouais, ils me tendraient des grains de raisin un à un pendant que je compterais mes diamants…

— Tu plaisantes, mais ça pourrait t'arriver. (Il ne lui avait toujours pas lâché la main et il en profitait maintenant pour l'entraîner avec lui sur le sentier.) Malheureusement, je ne passais pas juste prendre de tes nouvelles. Je viens de la part d'Isabelle. Elle veut te voir.

L'émotion contracta le ventre d'Allie. Elle n'était pas très étonnée qu'Isabelle la demande, puisqu'elle avait déjà écopé d'une retenue. Mais elle aurait bien aimé ne pas être dans le collimateur de la direction, pour changer.

— OK, soupira-t-elle, il fallait s'y attendre.

Elle observa Sylvain alors qu'ils marchaient côte à côte.

— À propos de la nuit dernière…

— Ah oui ! L'agression brutale dans le jardin, plaisanta-t-il.

Allie était très sérieuse, elle.

— C'était qui ? J'ai entendu des bruits de pas et… un chien, ou un truc comme ça.

— Les bruits de pas, je pense que c'était Gabe et moi. Et ce que tu as pris pour un chien devait être un renard.

— Un renard qui grogne ? fit Allie, dubitative.

— Il était peut-être piégé dans un des appentis et en détresse, suggéra Sylvain en haussant les épaules. Ça n'a rien d'exceptionnel.

Allie étudia de près sa réaction quand elle lui dit :

— D'après Carter, il s'agirait d'une bande de garçons qui voulait nous faire une mauvaise blague.

Sylvain fronça les sourcils.

— N'importe quoi ! Je l'aurais su. Il sort vraiment des énormités, parfois.

— Ouais, acquiesça Allie, soulagée par sa réponse, c'est exactement ce que je me disais.

Au moment où le sentier rejoignait le superbe gazon anglais du parc, une idée traversa Allie.

— Pourquoi Isabelle t'a envoyé, toi, pour venir me chercher plutôt qu'un élève des classes avancées ?

— Oh, je l'ai croisée à une réunion des délégués et on a bavardé. Ce n'est pas inhabituel. Elle sait qu'on est… amis.

Elle le regarda d'un air étonné.

— Je ne savais pas que tu étais délégué.

— Ah bon ? s'écria-t-il en l'attirant plus près de lui. Eh bien, maintenant que tu es au courant, tu devras m'obéir en toutes circonstances. Parce que c'est moi, le boss.

Elle pouffa et se dégagea de ses bras.

— Ah, tu crois ça ? C'est ce qu'on verra.

Elle partit comme une flèche. Sylvain s'élança à ses trousses et, quand il la rattrapa enfin sur le perron, elle était écroulée de rire. Elle avançait la main vers la poignée de la porte lorsque celle-ci s'ouvrit à la volée.

L'apparition de Zelazny mit un terme à l'hilarité d'Allie. Le professeur d'histoire portait son éternel costume-cravate, même le week-end.

— Mademoiselle Sheridan, commença-t-il, d'une voix qui suintait la réprobation. Je suis heureux de constater que vous prenez votre sanction très au sérieux.

« J'ai été arrêtée par des policiers plus sympas que lui », pensa-t-elle.

Sylvain s'interposa avant qu'elle ait pu ouvrir la bouche.

— Tout est ma faute, monsieur Zelazny. Ne l'accusez pas à ma place. J'essayais justement de lui remonter le moral parce qu'elle était très triste quand je l'ai croisée sur le chemin. Elle a beaucoup souffert pendant sa matinée de retenue.

Zelazny descendit les marches du perron.

— Une retenue amplement méritée, marmonna-t-il.

— Bien entendu, répondit Sylvain tout en poussant Allie dans le hall d'entrée.

Celle-ci luttait pour ne pas s'esclaffer tout haut. Dès qu'elle fut sûre que Zelazny ne risquait plus de l'entendre, elle se plia en deux de rire, mais Sylvain la fit taire.

— Chut. Pas ici, *ma belle* Allie, murmura-t-il. Il a une ouïe hors du commun.

Elle se plaqua les deux mains sur la bouche pour étouffer ses ricanements.

— Je ne voudrais pas te voir coincée en retenue pour toute une semaine, la sermonna Sylvain. August est très… sensible.

— August ?

— M. Zelazny. C'est son prénom.

— Oh.

— Je dois te laisser maintenant. Isabelle t'attend dans la première salle de classe sur ta droite. Bonne chance.

Il se pencha et lui fit un baisemain.

Allie ne sut comment réagir.

— Salut ! lança-t-elle avec une gaieté un peu forcée, avant de se sauver.

Le couloir était vide et silencieux. La première porte sur sa droite étant fermée, elle frappa légèrement. La voix de la directrice s'éleva aussitôt.

— Entre.

À l'intérieur, Allie trouva Isabelle assise derrière un bureau, encerclée de piles de papier, un ordinateur portable ouvert à côté d'elle. Elle le ferma avant qu'Allie ait pu voir ce qui était affiché sur l'écran, ce qui ne l'empêcha pas de le dévorer des yeux.

« Alors le monde moderne n'a pas disparu », songea-t-elle.

— Assieds-toi, je t'en prie. (Isabelle indiqua une chaise à côté d'elle.) Pardon de te recevoir ici. Chaque fois que je fais les comptes, je mets des papiers partout. Je crois que je pourrais remplir de paperasse une salle des fêtes entière. Du coup je préfère m'installer dans une salle de classe plutôt que dans mon bureau : j'ai plus de place.

Elle retira ses lunettes, se leva et s'étira avant de marcher jusqu'à Allie.

— Comment s'est passée ta retenue ce matin ?

— Euh… bien, répondit Allie en haussant les épaules. Enfin… c'était dur mais ça s'est bien passé.

Isabelle lui sourit gentiment.

— J'estime qu'August a été trop sévère envers toi. Je le lui ai dit, d'ailleurs. Je tenais à ce que tu le saches. Je n'ai pas voulu saper son autorité en annulant sa punition mais elle me paraît excessive.

Ces propos étaient si inattendus qu'Allie ne trouva rien à répondre. Personne ne s'était jamais excusé auprès d'elle d'une injustice quelconque. Elle ignorait même que c'était possible.

— Merci, dit-elle sobrement.

Mais Isabelle lut sur ses traits à quel point ces mots comptaient pour Allie.

— August est connu pour sa sévérité, alors ne le prends pas personnellement surtout, continua-t-elle. Il veille à ce qu'aucune semaine ne s'achève sans qu'il y ait plusieurs élèves collés pour travailler dans les jardins ou dresser des inventaires dans les vieilles réserves. Je lui ai demandé de te laisser du temps pour t'adapter avant de te remettre dans sa liste de victimes.

Elle examina Allie avec curiosité.

— Nous devrions aussi parler de l'incident de la nuit dernière. Sylvain m'a dit qu'un animal sauvage t'avait effrayée dans le jardin ?

— Nous ne savons pas ce que c'était, avoua Allie. Il a déboulé comme ça dans le jardin et… il nous a poursuivies, je crois. On a cru l'entendre grogner. À votre avis, qu'est-ce que ça pouvait être ?

— Sylvain a suggéré un renard. Il y en a beaucoup par ici.

Allie pencha la tête sur le côté, les sourcils froncés.

— Il y a des renards à Londres aussi, mais je n'en ai jamais vu un grogner, et encore moins prendre en chasse des humains.

— Oui, mais c'est la campagne ici, objecta Isabelle. Les renards sont plus sauvages, comparés à ceux de Londres qui sont pratiquement domestiqués. Les femelles peuvent se montrer très agressives si on menace leurs petits. Cela dit, j'ai demandé aux jardiniers et aux gardes forestiers de me signaler la présence d'autres animaux, au cas où. Heureusement, il y a eu plus de peur que de mal.

Sa sincérité toucha Allie. Elle était soulagée que la directrice la prenne au sérieux et ne la fasse pas passer pour une idiote.

Sans transition, Isabelle enchaîna sur un autre sujet.

— Comment vas-tu, dis-moi franchement ? Tu te fais des amis ? Sylvain affirme que tout se passe bien et que vous vous entendez à merveille tous les deux. Je suis ravie de l'apprendre. Il est un de nos meilleurs éléments.

Allie rougit. Sylvain la draguait constamment ; c'était drôle de l'imaginer en train de parler d'elle à la directrice.

— Je vais bien, répondit-elle en se tassant légèrement sur sa chaise. Je suis déjà copine avec Sylvain et Jo. J'ai rencontré quelques personnes en plus. Tout le monde a été plutôt sympa avec moi à part…

Elle se mordit la lèvre tandis qu'Isabelle l'encourageait du regard.

— À part qui ? Tu peux tout me dire.

— Oh… euh…, bredouilla Allie en croisant et décroisant les chevilles. Katie Gilmore… Elle est un peu dure par moments.

Isabelle soupira.

— Tu sais, Allie, j'ai parfois l'impression que Katie est ma croix à porter sur terre. Le destin me l'a imposée pour me mettre à l'épreuve. Elle a été pourrie gâtée toute sa vie par sa famille qui est très riche. Je ne devrais pas te dire tout ça, ce n'est pas très professionnel de ma part, mais je peux me fier à ta discrétion, n'est-ce pas ? À cause de son enfance surprotégée, elle a beaucoup de mal à dialoguer avec des élèves moins privilégiés. Toutefois, elle n'est pas à l'abri d'une punition, aussi puissants ses parents soient-ils. Alors si elle pousse le bouchon trop loin, parles-en à Julie – ou à moi directement. (Elle nettoya les verres de ses lunettes avec un bout de tissu propre.) Ça ne me dérangerait pas de la voir travailler dans le jardin pendant une semaine. Ça lui ferait le plus grand bien de se salir un peu les mains.

Grisée par les marques de confiance de la directrice, Allie éclata de rire puis s'arrêta aussitôt, embarrassée. En voyant Isabelle rire aussi, elle sut qu'elle n'avait pas commis d'impair et poussa un ouf de soulagement.

Isabelle redevint sérieuse.

— Autre chose, à part ça ? Tes notes de contrôle continu semblent bonnes. Tu te débrouilles très bien dans ma classe en tout cas. Rencontres-tu des soucis sur le plan scolaire ?

Allie fit non de la tête. Le niveau était élevé, oui, mais au moins, elle ne s'ennuyait plus comme dans ses anciens lycées. Elle s'apercevait qu'au fond, cela lui plaisait.

— Et la famille ? s'enquit Isabelle. J'ai remarqué que tu n'avais pas demandé à téléphoner à tes parents depuis ton arrivée. Veux-tu les appeler ? Ce serait bien que tu leur racontes tes premiers jours ici.

Allie secoua de nouveau la tête – plus vigoureusement, cette fois.

— Je n'ai pas envie de leur parler maintenant, confia-t-elle en évitant les yeux d'Isabelle. J'ai besoin de temps pour moi.

Quand elle releva le menton, la directrice n'exprimait aucune émotion particulière, mais Allie sentait qu'elle comprenait.

— Bien sûr, répondit-elle. Mais si jamais tu changes d'avis, n'hésite pas à venir me voir.

La conversation s'étant déplacée sur un terrain plus glissant, Allie commença à remuer sur sa chaise en espérant être bientôt relâchée. Et puisque rien n'échappait à l'attention de la directrice, celle-ci se leva et s'étira d'un air las.

— Bon, c'est l'heure du déjeuner, je ferais mieux de te libérer. Profite bien du reste du week-end.

Allie ne se fit pas prier. Elle sauta sur ses pieds et se dirigeait vers la porte lorsque la voix d'Isabelle l'arrêta.

— S'il te plaît, Allie, n'aie pas peur de me consulter, quel que soit ton problème, petit ou gros. Je suis ici pour t'aider. Mon rôle n'est absolument pas de t'attirer des ennuis. Tu es en sécurité avec moi.

Elle prononça apparemment ces paroles du fond du cœur et Allie lui sourit timidement.

— D'accord, acquiesça-t-elle.

Elle se dépêcha de sortir. Pendant qu'elle s'éloignait, elle sentit les yeux sages d'Isabelle l'accompagner dans le couloir.

— Oh, Dieu, s'il vous plaît, faites que cesse cette torture !

Jo se tapait le front sur son livre de biologie.

Assise en face d'elle dans la bibliothèque, Allie la visa avec un stylo.

— Ouais, commenta Gabe en refermant son manuel, on a besoin d'une pause. Il me reste encore quelques trucs à faire, mais rien ne m'empêche de m'en occuper plus tard. On est samedi après-midi, il fait un temps superbe – qui veut aller dehors ?

Sans décoller le front de son livre, Jo leva un bras en l'air.

— Moi, dit-elle, la voix assourdie par les sciences naturelles.

— Allie ? demanda Gabe en rangeant ses livres.

— Non, j'ai eu ma dose de grand air aujourd'hui, merci. Je crois que je vais plutôt explorer le bâtiment.

Le visage de Jo reparut brusquement. Ses cheveux blonds tenaient droit sur son crâne.

— Le manoir est cool. Demande à Eloise de te faire visiter les salles d'étude. Elles sont mortelles.

Elle semblait avoir vite récupéré de sa frayeur de la veille. Sa seule blessure visible, une coupure sur la joue, était suturée par deux petites bandes adhésives très fines, couleur chair. Allie n'avait pas encore eu l'occasion de discuter avec elle de ce qui était arrivé et elle finissait par désespérer d'obtenir quelques minutes en tête à tête : Gabe n'avait pas quitté Jo de la journée. Il rangeait à présent les livres de sa petite amie avec les siens, puis ils se levèrent ensemble pour s'en aller.

— On se retrouve au dîner, au plus tard ? demanda Allie.

— Carrément, répondit Jo avec un sourire.

Après leur départ, Allie s'étira et regarda autour d'elle. La pièce était presque déserte maintenant.

Elle se dirigea vers le bureau de la bibliothécaire. Derrière le grand comptoir en bois, Eloise triait un classeur rempli de fiches de prêt en carton, à l'ancienne mode.

— Euh… bonjour ? fit-elle d'une voix hésitante.

— Oh, Allie, ravie de te revoir ! s'exclama Eloise en se redressant. Comment vas-tu ?

Des boucles brunes s'échappaient de la queue-de-cheval souple de la bibliothécaire ; elle portait, perchées au bout de son nez fin, des lunettes à monture violette.

— Je vais bien, merci. J'étais en train de travailler là-bas, expliqua Allie en désignant vaguement sa table, et j'ai décidé de passer dire bonjour.

Eloise reposa son classeur.

— Tu veux ces livres dont je t'ai parlé ? Je les ai mis de côté.

Elle plongea les mains sous le bureau et en ressortit une pile d'ouvrages, surmontée d'une carte qui disait : « Pour Allie ».

— Je crois que ce sont des lectures facultatives pour le cours d'anglais.

En réalité, Allie avait déjà oublié leur existence et il lui semblait qu'elle avait bien assez de choses à lire comme ça. « Mais bon… »

— Oh super, répondit-elle avec tact, avant de fourrer ses livres dans son sac. En fait, je m'apprêtais à visiter le manoir et Jo m'a parlé de salles d'étude sympas par ici…

Eloise resta muette un long moment, puis son visage s'éclaira.

— Elle devait penser aux box du fond ! Oui, ils valent le coup d'œil. Attends que je trouve les clés.

Elle prit un trousseau surchargé suspendu à un crochet derrière le comptoir et Allie lui emboîta le pas. Elles passèrent devant d'innombrables rangées d'étagères, en foulant une collection de tapis d'Orient sans doute vieille de plusieurs siècles.

— C'est vraiment immense ici, dit Allie en admirant le plafond.

— Estime-toi heureuse de ne pas avoir à faire la poussière, répliqua gaiement la bibliothécaire. Cela dit, il suffirait que tu reçoives une deuxième colle et… tu pourrais avoir cette chance.

Allie ne put se retenir de rire.

— Oh non, pitié !

— Ne t'inquiète pas, sourit Eloise. Si tu es sage, il n'y a pas de raison que ça se produise.

Elles tournèrent au coin d'une allée et la pièce changea légèrement de physionomie. Cette partie-là comportait moins de rayonnages, mais plus de tables et de fauteuils en cuir.

— Cet espace est réservé aux élèves avancés, expliqua Eloise en choisissant une clé sur le trousseau. La voilà.

Les murs étaient recouverts de boiseries sombres délicatement sculptées. Eloise inséra la clé dans une serrure si habilement cachée dans le lambris qu'Allie ne l'avait pas vue. Une porte jusque-là quasi invisible s'ouvrit en silence.

— Ouah, s'extasia Allie. Une porte secrète !

— Ouah, comme tu dis ! plaisanta Eloise en la regardant par-dessus ses lunettes. Ces salles d'étude se trouvent dans la portion la plus ancienne de l'édifice. Nous ne savons pas avec certitude quelle était leur fonction au départ. Mais… eh bien, jette un œil.

Elle appuya sur un interrupteur et s'écarta. Allie pénétra dans une pièce sans fenêtre d'environ deux mètres cinquante de long sur deux mètres de large. Il y avait pour tout mobilier un bureau équipé d'une lampe, un fauteuil en cuir et une petite bibliothèque. Une peinture murale complexe dominait l'ensemble. Allie s'avança jusqu'au centre et tourna lentement sur elle-même pour mieux la contempler. Elle semblait raconter une histoire : des hommes et des femmes armés jusqu'aux dents se battaient dans un champ, sous les regards furieux de chérubins qui voletaient dans un ciel d'orage.

Allie trouva la scène effrayante.

— Comment peut-on étudier devant cette peinture ? s'écria-t-elle. Moi, je passerais mon temps à me cacher sous la table pour me mettre à l'abri.

— Apparemment, ça ne dérange personne. (Eloise examinait les épées brandies d'un air indéchiffrable.) Mais je dois dire que je suis plutôt d'accord avec toi.

Elle sortit de la pièce. Après un dernier coup d'œil, Allie la suivit et Eloise referma à clé derrière elles.

— Elles sont toutes comme ça ?

La bibliothécaire hocha la tête.

— Elles sont très similaires. Les peintures racontent chacune un passage différent de la même histoire. Ça, c'était la bataille principale. Il semblerait que ce soit le dernier tableau de la série.

Elle atteignit le fond du corridor et ouvrit une autre porte camouflée. De nouveau, elle alluma la lumière et fit signe à Allie de l'accompagner à l'intérieur. Les peintures de cette deuxième salle mettaient les mêmes personnages en scène ; les hommes apparaissaient coiffés de chapeaux et bien habillés, les femmes arboraient de somptueuses robes longues. Ils semblaient discuter en cercle, devant une sorte de modèle réduit du bâtiment dans lequel Allie se trouvait en cet instant même.

— Nous pensons que ce tableau-ci est le premier de la série, dit Eloise.

— C'est Cimmeria ? s'enquit Allie.

— Oui, avant les travaux d'agrandissement. La peinture date de cette époque-là – début du XVIIIe siècle.

— De quoi ça parle ? Il y a eu… une guerre ?

Eloise étudia un des visages.

— Personne ne le sait avec certitude de nos jours. La légende veut que le bâtiment ait été construit par une seule famille. À la suite d'un désaccord qui aurait éclaté au sein de ses membres, ils se sont divisés et se sont déclaré la guerre – les vainqueurs ont conservé le manoir. Mais il n'y a aucune trace de tout cela dans les archives, j'en suis certaine. Je suis bien placée pour le savoir, en tant qu'historienne officielle de l'école.

En quittant la pièce, Allie était perdue dans ses pensées.

— C'est curieux… Comment un événement aussi important a-t-il pu tomber dans l'oubli ?

— Ça arrive, répondit Eloise. Surtout si personne ne tient à se le rappeler.

— En tout cas, je n'ai vraiment pas envie de faire mes devoirs dans ces pièces.

— Par chance, tu n'as pas encore le niveau d'études requis pour venir t'asseoir ici. Tu es tranquille pour au moins une année encore, conclut Eloise avec un large sourire.

7.

Tandis qu'elle traversait le hall en direction des salles de classe, Allie songeait encore aux étranges peintures de la bibliothèque. Comme les élèves profitaient du parc, les pièces désormais familières du bas étaient vides et silencieuses. Elle monta l'escalier sans se presser jusqu'au deuxième étage, exclusivement réservé aux cours avancés. Elle espérait y trouver un souffle de mystère, mais elle fut déçue en constatant qu'il ressemblait en tous points aux étages inférieurs : il s'agissait d'un grand couloir au parquet ciré, avec une rangée de salles de part et d'autre. Il n'était éclairé que par la lumière du jour qui filtrait à travers les fenêtres des classes.

Elle avançait à pas feutrés en regardant à l'intérieur des pièces désertes par l'entrebâillement des portes. Les bureaux alignés, inoccupés, offraient une vision spectrale.

Parvenue à la moitié du couloir environ, elle commença à entendre des voix – des chuchotis, si bas au début qu'ils tardèrent à retenir son attention.

Elle s'immobilisa.

Quelqu'un vociférait à présent. Il s'ensuivit un grand tumulte, puis un concert de voix inquiètes qui semblaient tenter d'apaiser la situation.

Allie s'apprêtait à faire demi-tour quand une porte s'ouvrit au bout du couloir. Une silhouette émergea de l'ombre.

Instinctivement, elle plongea derrière la porte la plus proche pour se cacher et tendit l'oreille. Pendant quelques secondes, elle n'entendit plus que le son de sa respiration, puis un bruit de pas étouffé se rapprocha d'elle. Elle compta ses battements de cœur.

«… dix, onze, douze… »

Les pas s'arrêtèrent.

Elle retint son souffle.

— Allie ? murmura Carter d'une voix rauque. Qu'est-ce que tu fous là ?

Il l'attrapa par le bras et l'attira sans ménagement vers la cage d'escalier. Trop surprise pour protester, elle le suivit en titubant. Il l'entraîna dans les marches jusqu'au palier du premier étage, où il la tourna vers lui d'un geste brutal, les doigts enfoncés dans la chair de son bras.

— Qu'est-ce que tu fabriquais au deuxième ?

— Je visitais, répliqua-t-elle en essayant de se libérer.

Elle prit un air détaché mais son intonation agressive trahissait sa nervosité.

— Tu visitais quoi ? Des salles de classe ?

Feignant la nonchalance, elle haussa les épaules.

— Ben ouais. Ce n'est quand même pas interdit, si ?

— Allie, est-ce que tu as pris la peine de lire les informations qu'on t'a données à ton arrivée ? Ou tu crois que le règlement est optionnel pour toi ?

Sa voix sarcastique mit Allie hors d'elle. Elle sentit la colère grandir dans son ventre. « Non mais qu'est-ce qu'ils ont tous dans cette école ? »

— J'en ai lu assez pour savoir que j'allais mourir d'ennui si je poussais jusqu'au bout, lâcha-t-elle d'un ton sec. Bon, tu pourrais arrêter de jouer les psychopathes maintenant et me lâcher ?

— Le deuxième étage est réservé aux élèves avancés et à ceux qui participent aux Nocturnes, expliqua Carter comme s'il parlait à un enfant. Tu pourrais avoir de sérieux ennuis si on t'attrapait là-haut. Tu ne dois *jamais* y monter.

Elle s'arracha à sa poigne de fer.

— C'est pas vrai ! maugréa-t-elle en se frottant le haut du bras. Tu ne crois pas que tu en fais un peu trop ? On dirait que j'ai tué quelqu'un.

Carter demeura inflexible.

— Sérieusement, Sheridan. Je commence à penser que tu aimes être dans la merde.

Elle pivota sur ses talons et descendit l'escalier d'un pas lourd en criant :

— D'après ce que je sais de toi, West, c'est un peu l'hôpital qui se fout de la charité !

Il ne répondit pas.

Incapable de tenir en place, Allie attendit devant le réfectoire ce soir-là tandis qu'un flot continu d'élèves se déversait dans la pièce. Aérienne et rayonnante, Katie passa devant elle à la tête de la petite clique qui l'entourait en toutes circonstances. Elle murmura quelques mots à ses amies qui se mirent à glousser. Allie aperçut Julie au milieu de la bande – c'était la seule à ne pas sourire.

Sans réfléchir, Allie loucha en tirant la langue à l'intention du groupe de pestes, ce qui ne fit qu'augmenter leur hilarité.

— Quelle imbécile, celle-là ! s'écria Katie.

Morte de honte, Allie rougit comme une tomate.

Quelques minutes plus tard, Jo et Gabe apparurent, brillant telles des étoiles éclatantes au milieu d'une constellation d'amis. Jo riait à une plaisanterie sans doute, mais elle était trop loin pour qu'Allie entende la conversation. Celle-ci, mine de rien, attendait avec impatience qu'on la remarque. Une poignée de secondes plus tard, enfin, Jo l'aperçut et lui adressa un immense sourire. Elle la rejoignit d'un pas bondissant et lui prit la main pour l'attirer vers son groupe.

— Allie ! Te voilà ! Viens avec moi – il faut que je te présente les autres.

Une fois à l'intérieur, Allie s'installa à la gauche de Jo, tandis que Gabe s'asseyait à sa droite. Dans le joyeux vacarme qui précédait toujours les dîners, Jo haussa la voix afin que la tablée l'écoute.

— Tout le monde, voici Allie. Allie, tout le monde.

— Allez, Jo, tu pourrais donner un peu plus de détails !

L'élément perturbateur avait à peu près l'âge de Gabe et se tenait assis face à Allie. Ses cheveux châtain clair brillants lui tombaient sur l'œil droit et il arborait un sourire enjôleur. En somme, il était assez charmant.

— Je ne suis pas « tout le monde », ajouta-t-il. Je m'appelle Lucas.

Les autres le huèrent et se moquèrent gentiment, mais son sourire contagieux avait déjà contaminé Allie.

Un à un, les convives se présentèrent en riant. Il y avait une fille menue au sourire timide, Lisa, qui possédait de longs cheveux blonds et lisses. Ruth était athlétique et sérieuse, avec un carré long en bataille, d'une nuance de blond plus foncée que sa voisine. Elle était assise à côté de Phil, un garçon décontracté avec des cheveux bruns très courts et des lunettes branchées. Allie eut l'impression qu'il y avait quelque chose entre ces deux derniers.

Des bribes de conversation se mirent soudain à fuser autour de la table. Dans leur excitation, ils parlaient tous en même temps dans un brouhaha infernal.

— … entendu parler de toi…

— Comment tu trouves Cimmeria ?

— Zelazny est vraiment un…

— Chut ! Fais gaffe, il est juste là !…

— Ça te plaît, ici ?

Puis, aussi soudainement, ils changèrent de sujet.

Préoccupée par les péripéties de la journée, Allie jouait distraitement avec sa nourriture. Le repas n'était pas très bon, ce soir-là. La pluie tambourinait contre les vitres. Le ciel était resté gris tout l'après-midi, et à présent il pleuvait à torrents. Elle était si absorbée dans le tourbillon de ses pensées que les paroles de ses camarades glissaient sur elle sans retenir son attention.

— Vingt pages pour mardi !

— … le plus beau sourire quc j'aie jamais vu…

— C'est quoi, cette viande ?

— De la viande mystère.

Rires.

— J'ai entendu un prof dire qu'il allait pleuvoir pendant trois jours.

Concert de grognements.

Allie leva les yeux.

— On s'ennuie tellement ici dès qu'il pleut, expliqua Jo. Le foyer va être archiplein. On a intérêt à y aller tôt.

Sitôt le repas terminé, Jo et Allie se dépêchèrent de sortir et de traverser le hall. Jo s'adjugea un canapé au milieu du foyer ; elle fit voler ses chaussures d'un coup de talon et ramena ses pieds sous elle. Allie s'enfonça dans un gros fauteuil juste en face. Elles avaient à peine fini de s'installer quand Gabe arriva.

Comme Allie, il avait paru absent toute la soirée.

— Je ne peux pas rester, dit-il en regardant Jo, l'air désolé. C'est à cause de ce foutu projet.

Il l'embrassa, murmura quelques mots à son oreille qui lui arrachèrent un sourire, et repartit en hâte.

Pour la première fois depuis le couvre-feu de la veille, Allie et Jo étaient enfin seules.

— Qu'est-ce qu'on fait ? demanda Jo. Tu veux jouer au Trivial Pursuit ?

— Pas maintenant.

Allie avança les fesses au ras de son fauteuil et se pencha vers son amie.

— Jo, c'était *quoi* hier soir ? chuchota-t-elle. Gabe, qu'est-ce qu'il en pense ?

— Ben… sûrement une sorte de renard fou… je ne sais pas. Tout s'est passé si vite.

Déçue, elle se rassit au fond de son siège.

— C'est ce que prétend aussi Sylvain, mais pour moi les renards ne font pas ce bruit-là.

— Ah bon ? Tu aurais dit quoi, toi ?

Elle secoua la tête.

— Je n'en sais rien. Une bête avec des crocs.

— Un ours ? suggéra Jo, malicieuse. Un dragon ?

— Jo, sois sérieuse ! rétorqua Allie, frustrée. Ce qui s'est passé la nuit dernière n'était pas une hallucination. Gabe et Sylvain ne rigolaient pas du tout sur le moment. Ils n'avaient pas l'air de nous prendre pour des hystériques non plus. Ils semblaient… bon, peut-être pas terrifiés, mais disons… très nerveux. Et maintenant j'ai l'impression qu'on voudrait nous faire croire à une grosse blague. Moi, je dis qu'il y avait bien quelque chose dehors.

Jo fit un geste d'apaisement avec les mains.

— Écoute, Allie, il s'est clairement passé un truc. Mais il faisait noir et personne ne sait si le danger était réel en fin de compte. On s'est peut-être fait une grosse frayeur pour rien. D'après Gabe, plusieurs personnes sont sorties cette nuit pour chercher des indices, mais elles n'ont rien trouvé. (Elle sourit.) Je peux t'assurer que ça ne se produit pas souvent, en tout cas. On se fait assez rarement agresser dans le parc par des créatures sauvages qui nous grognent dessus. Ne t'affole pas trop.

Allie était loin d'être satisfaite par cette réponse mais, ne voulant pas paraître têtue, elle opina de mauvaise grâce.

— Tu as raison. Tu as forcément raison.

— Bon. Revenons à nos moutons. Si le Trivial Pursuit ne te tente pas… une belote alors ? Autre chose ? Un Monopoly ? Un morpion ?

Elle s'efforça de s'intéresser aux jeux de société pour faire plaisir à Jo, mais ce n'était vraiment pas sa tasse de thé.

— Tu as déjà joué aux échecs ?

Son expression dut la trahir. Jo pinça les lèvres d'un air déterminé.

— Sérieux ? C'est un scandale. Nous allons y remédier tout de suite.

Elle sauta du canapé et s'agenouilla à côté de la table de jeu dressée entre elles. De dessous elle tira une boîte en bois de la taille d'un carton à chaussures.

Elle commença à en sortir des pièces lustrées, posa les noires de son côté et tendit à Allie un cavalier blanc.

Celle-ci le fit galoper dans les airs en poussant un hennissement. Jo lui jeta un regard méprisant.

— Petit poney, murmura Allie.

— Un peu de sérieux, voyons. Tu détestes les jeux de société. D'accord. Mais les échecs ne sont pas un jeu de société. Les échecs, au fond, c'est l'art de la guerre.

Comme elle faisait la grimace, Jo ajouta fermement :

— C'est fascinant, tu vas voir. Et, pour ton information, ajouta-t-elle en désignant la figurine en forme de cheval, ceci n'est pas un poney mais un redoutable cavalier.

Montrant un carré sur l'échiquier, elle ordonna :

— Mets-le ici.

Allie prit un air sage et plaça son cavalier comme demandé, pour aussitôt lancer un coup d'œil rebelle à son amie en marmonnant :

— Oh ! le joli dada…

Jo l'ignora et prit un pion.

— Voici tes fantassins. Ils ont une marge de manœuvre très limitée et peu de pouvoir mais, parce qu'ils acceptent de se sacrifier pour leurs supérieurs, tu ne peux pas gagner sans eux.

Elle reposa la petite pièce à tête ronde et en tira une autre qui ressemblait à une tourelle.

— Ça, c'est ta tour, la forteresse du roi – la seule qui soit autorisée à prendre sa place sur l'échiquier à n'importe quel moment. Son rôle est de perturber l'ennemi. Elle va ici.

Elle s'en débarrassa et plongea les deux mains dans la boîte. La droite tomba sur un élément qui évoquait vaguement un minaret.

— Le fou. Fourbe et dangereux, il a beaucoup de pouvoir. Je le considère un peu comme le favori de la reine.

Dans la gauche, elle agitait à présent une pièce longue et élégante.

— Le roi. Il est souvent plus faible que ce à quoi on s'attendrait – toutes les pièces le protègent et lui, il n'aide presque jamais personne. Sinon, il risquerait de mourir.

Allie appuya son menton dans le creux de sa main.

— Ça me rappelle du Shakespeare… en plus naze.

Jo choisit une figure blanche, couronnée et assez fine, qu'elle lui tendit.

— Ta reine. C'est une vraie garce. Mais si tu veux gagner, tu es obligée de collaborer avec elle.

— Génial. Et après, comment ça se passe ? Quand est-ce que je te mets la pâtée ?

Jo lui donna le reste des pièces blanches.

— À condition de t'entraîner très dur, tu peux peut-être espérer me battre pour ton vingt-septième anniversaire. Je joue aux échecs depuis l'âge de cinq ans. Arrange tes pièces comme moi et, ensuite, je t'infligerai ta première correction.

Allie regarda le modèle et disposa son jeu de manière à dessiner une image inversée.

— Parle-moi un peu de tes amis, dit-elle en soulevant sa reine. Lisa et Lucas ont l'air sympas. Ruth et Phil, je ne sais pas trop encore…

Jo hocha la tête.

— Je crois que tu t'entendras très bien avec Lisa. C'est la première amie que je me suis faite à Cimmeria. Ruth est cool, mis à part son côté… un peu… intense. Il faut être d'humeur à le supporter. Phil est chouette

– il sort des vannes nulles quand il se lâche. Mais il est un peu timide avec les nouvelles têtes.

À cet instant, Ruth entra en courant dans la pièce. Les vêtements trempés, les cheveux dégoulinants, elle se planta devant elles.

— Jo !

Elle se tenait la taille, hors d'haleine. Une petite flaque d'eau se forma à ses pieds.

Allie se figea, la reine à la main, tandis que Jo gardait le silence. Ruth n'attendit pas qu'on l'interroge.

— C'est Gabe, dit-elle.

8.

Jo se leva d'un bond, envoyant valser l'échiquier et ses pièces par terre.

— Quoi… ?

Elle semblait désorientée, effrayée.

— Il est blessé. Phil aussi. Ça a mal tourné.

Allie se dressa à côté de son amie.

— Que s'est-il passé ? Où sont-ils ?

Ruth la regarda avec hésitation ; du coin de l'œil, Allie crut voir Jo l'encourager d'un hochement de tête.

— Au pavillon, répondit Ruth.

— Allons-y, dit Allie.

Elle prit Jo par la main et l'entraîna vers la porte, alors que Ruth restait clouée sur place.

Jo et Allie traversèrent le grand hall comme des flèches avant de faire un dérapage contrôlé sur le sol de pierre pour s'arrêter devant la lourde porte en bois. Dehors, il tombait des cordes. Allie fonça sans hésitation mais, au pied du perron, elle s'arrêta et se tourna vers Jo.

— Quel côté ? hurla-t-elle pour se faire entendre par-dessus les grondements du tonnerre.

Jo pointa un doigt vers l'ouest. Elles remontèrent l'allée à toutes jambes, puis s'élancèrent sur l'herbe mouillée en direction des bois. Allie entendait sa respiration saccadée et son sang qui battait dans ses tempes mêlés au crépitement de la pluie.

Quelques minutes plus tard, elle aperçut une rotonde de style victorien à travers les arbres – vide. Elles en montèrent les marches quatre à quatre et regardèrent au loin, tout autour d'elles, le souffle coupé. Allie se plia en deux et demeura ainsi quelques secondes, les mains en appui sur les genoux, cherchant à reprendre sa respiration.

— Là ! s'écria Jo.

Allie scruta le rideau de pluie dans la direction indiquée par son amie, mais elle ne vit personne.

Puis un cri résonna. Il paraissait venir du plus profond de la forêt. Elle tourna la tête vers Jo. Celle-ci fouillait les bois des yeux, la bouche entrouverte, aux aguets.

— Tu l'as entendu, toi aussi ? murmura Allie.

Jo acquiesça en silence, le regard toujours braqué sur les arbres.

— C'était Gabe, chuchota-t-elle.

Elles n'osaient plus bouger. D'autres hurlements retentirent, mais on ne distinguait toujours rien à travers les feuillages. Enfin, au bout de plusieurs minutes, des silhouettes informes entrèrent dans leur champ de vision. Allie reconnut Carter et Gabe qui sortaient des sous-bois. Ils semblaient soutenir une troisième personne qu'elle n'arrivait pas à identifier.

— Oh, mon Dieu, souffla Jo.

Elles sortirent brusquement de leur torpeur.

Pendant que les garçons les rejoignaient en haut du pavillon, Allie constata qu'ils étaient tous mal en point. Carter s'était ouvert le front et saignait abondamment.

Gabe avait du sang plein les mains et le T-shirt. Ce dernier lui jeta un regard noir.

— Qu'est-ce que tu fous ici, toi ?

Carter s'interposa.

— Pas maintenant. On a des problèmes plus urgents.

Ils allongèrent délicatement le troisième blessé. Jo étouffa un cri.

— Phil ! Oh non !

Gabe tenta de la rassurer mais il avait l'air inquiet.

— Je crois qu'il va s'en tirer sans problème. Sylvain est parti chercher de l'aide.

Allie prit son poignet et le retourna, révélant une plaie d'où le sang coulait à gros bouillons. Elle pâlit.

— Oh, Gabe…

« Mais qu'est-ce qui s'est passé ? pensa-t-elle en observant la scène de désolation devant elle. Et pourquoi j'ai l'air d'être la seule à me poser des questions ? »

À genoux près de Phil, Carter arracha une bande de tissu au bas de son T-shirt et l'enroula serré autour de la jambe de son camarade inconscient. Puis il arracha un deuxième lambeau et le tendit à Jo.

— Attache ça autour du poignet de Gabe.

Jo, pétrifiée de terreur, paraissait incapable du moindre geste. Elle tenait le morceau de coton blanc frémissant du bout des doigts, comme si elle n'avait pas la moindre idée de ce qu'il fallait en faire.

— Je vais m'en charger, proposa Allie.

Complètement hébétée, Jo ouvrit les doigts, mais Allie rattrapa le bandage de fortune avant qu'il ne s'envole.

— Tends ton bras, ordonna-t-elle à Gabe.

Il obéit sans protester. Elle lui banda le poignet et la main avec des gestes d'experte. Elle fit un pansement bien ajusté et rentra l'extrémité du lambeau à l'intérieur pour s'assurer qu'il tienne bien.

— Garde la main au-dessus du cœur jusqu'à la fin du saignement, dit-elle machinalement.

Alors qu'elle allait se pencher vers Phil, elle remarqua que Carter la dévisageait.

— Tu saignes, toi aussi, lui dit-elle.

— Ce n'est rien.

— Bien sûr. Il faudra soigner cette coupure.

En entendant des bruits de pas précipités dans l'herbe, Allie leva les yeux. Un groupe d'hommes accourait. À mesure qu'ils se rapprochaient, elle reconnut Sylvain en tête, puis Zelazny et Jerry sur ses talons. Le professeur d'histoire ne semblait pas très heureux de la voir.

— Que fait-elle ici ? demanda-t-il d'un ton accusateur.

Le regard de Sylvain se posa très brièvement sur Allie, avant de revenir à Zelazny.

— Nous discuterons de cela plus tard, suggéra-t-il d'une voix apaisante. D'abord, occupons-nous de lui.

— C'est grave ? s'enquit Jerry en examinant le garrot.

— Assez, répondit Carter, préoccupé. Il a besoin d'un médecin. Il perd beaucoup de sang.

— Et toi, comment te sens-tu ?

Un filet de sang dégoulinait sur le visage de Carter, jusque sur son T-shirt blanc imbibé de pluie.

— Ça ira, affirma-t-il pourtant. J'ai juste besoin d'un ou deux points de suture.

— D'accord. Gabe et toi, allez à l'infirmerie. Sylvain, aide-moi à porter Phil. Les autres, retournez à l'intérieur. Immédiatement ! ajouta-t-il avec autorité.

Sitôt que Jerry eut prononcé ce mot, tout le monde détala. Sylvain et lui passèrent les bras de Phil autour de leurs épaules afin de le soulever, tandis que Zelazny courait devant eux. Comme sous l'effet d'un électrochoc, Jo revint à elle. Elle se tourna vers Gabe et se blottit contre lui.

De son côté, Allie s'approcha de Carter pour glisser un bras autour de sa taille et le soutenir mais il se dégagea avec brusquerie.

— Je vais bien, insista-t-il.

Elle s'écarta en rougissant.

— Si c'est à ça que tu ressembles quand tu vas bien, marmonna-t-elle, je n'aimerais pas te voir mal.

Il lâcha un rire un peu arrogant et continua de marcher à côté d'elle en silence, à une trentaine de centimètres de distance. Dès qu'elle fut certaine que personne ne pouvait plus les entendre, elle s'écria :

— C'est quoi, ce bordel, Carter ? Qu'est-ce qu'ils ont tous à se la jouer ninja, subitement ? Ça fiche la trouille, je te jure.

— Ce n'était rien. Un accident. Ça arrive.

— *Ça arrive* ? répéta-t-elle, incrédule. Un accident dans les bois, sous une pluie battante, pendant lequel la moitié des élèves se vident de leur sang… *ça arrive* ?

Il lui lança un regard meurtrier, d'autant plus impressionnant que le sang ruisselait sur son visage.

— On t'a déjà dit que tu avais une légère tendance à exagérer ?

— Non. On t'a déjà dit que tu étais con ?

Après cela, ils ne s'adressèrent plus la parole.

Alors que des trombes d'eau s'abattaient sur eux, elle lui jeta un coup d'œil en biais. Ses cils étaient si chargés de gouttelettes qu'elle avait l'impression de le regarder à travers une cascade. Il contemplait l'horizon, la mâchoire crispée.

Quand ils atteignirent les marches du manoir, Isabelle se tenait sur le perron, vêtue d'un long imperméable blanc. La pluie s'écrasait sur sa capuche en plastique dans un bruit sourd.

— Carter ! Allie ! Vous allez bien ? Carter, tu es dans un état épouvantable !

— Non, ça va, s'entêta-t-il. Quelques points de suture et il n'y paraîtra plus.

Isabelle l'examina sous toutes les coutures ; puis elle se tourna vers Allie.

— Et toi ? Tu es blessée ?

Allie fit signe que non. La pluie coulait maintenant en continu le long de l'arête de son nez.

— Tant mieux. Carter, file à l'infirmerie. Allie, tu veux bien me suivre, s'il te plaît ?

Sans attendre sa réponse, Isabelle s'empressa de rentrer au sec.

Allie s'apprêtait à lui emboîter le pas lorsque Carter l'intercepta en la prenant par le coude. Il lui faisait de plus en plus penser à une victime dans un film d'horreur.

— Rejoins-moi avant le couvre-feu, dit-il. Je serai dans la grande galerie.

Sur ces mots, il pénétra dans le bâtiment en pataugeant, laissant derrière lui une longue traînée d'eau.

Allie l'accompagna des yeux, les sourcils froncés.

— C'est ça, marmotta-t-elle.

Elle dut courir pour rattraper la directrice. Ensemble elles passèrent devant le foyer, puis franchirent une porte si bien cachée dans les boiseries qu'Allie ne l'avait jamais remarquée. De l'autre côté se trouvait un bureau spacieux, sans fenêtre, équipé d'une cheminée sculptée sur laquelle des bougies éteintes étaient alignées. Une tapisserie occupait un mur entier. Elle représentait un chevalier avec une épée et sa damoiselle près d'un cheval blanc. Isabelle tendit une serviette toute douce à Allie et celle-ci se frictionna rapidement les cheveux avant de s'envelopper dedans, frissonnante. Elle se sentait transie jusqu'aux os à présent.

— Assieds-toi, s'il te plaît, dit Isabelle en lui indiquant deux fauteuils en cuir face à elle.

Perchée sur le bord de son bureau, elle considéra son élève attentivement. Allie distinguait la sonorité discrète de baffles invisibles qui émettaient de la musique classique.

— Tu es sûre que tu vas bien ? demanda Isabelle. (Allie acquiesça en silence.) Tant mieux. Je voudrais seulement te parler une minute, ensuite tu pourras aller enfiler des vêtements secs. Je ne suis pas fâchée contre toi, mais je veux savoir exactement ce qui s'est passé ce soir.

Allie la regarda, déconcertée.

— Je ne…

— Ma question est la suivante : que faisiez-vous, Jo et toi, au pavillon ? Raconte-moi tout depuis le début.

Allie resserra la serviette autour de ses épaules et réfléchit. Si elle disait la vérité, cela risquerait-il d'attirer des ennuis à quelqu'un ? « À moi, pour commencer ? »

— On était juste en train de… chercher Gabe, répondit-elle prudemment. Jo voulait le surprendre en arrivant à l'improviste mais on ne savait pas où le trouver. On est allées au pavillon pour s'abriter de la pluie et c'est là qu'on a vu les garçons sortir du bois.

Elle n'aimait pas mentir à Isabelle mais elle sentait que quelque chose clochait. Ruth paraissait terrifiée en arrivant au foyer. Elle était blanche comme un linge. Même si elle ne la connaissait pas très bien, l'instinct d'Allie la poussait à la couvrir. « Ruth n'était pas censée nous dire quoi que ce soit, c'est clair. »

Isabelle la dévisageait avec attention.

— Et après ?

— On a compris tout de suite qu'il y avait un problème mais personne n'a voulu nous donner d'explication, dit-elle d'une voix plaintive.

Et ce n'était pas seulement pour attendrir Isabelle. Elle en avait vraiment assez que tout le monde fasse des cachotteries.

— C'est tout ?

La directrice ne laissait transparaître aucune émotion. Allie en conclut qu'elle la croyait, et décida de l'interroger à son tour.

— Vous savez ce qui est arrivé, vous ? Carter refuse de me le dire et les autres me regardent comme si j'avais commis un crime.

Isabelle se pencha en avant.

— J'en suis désolée, Allie. Ils ne devraient pas t'en vouloir. Tu es nouvelle et tu ne peux pas tout savoir. Je n'ai pas encore très bien compris comment les événements se sont enchaînés ni comment les garçons en sont venus à se blesser, mais j'ai la ferme intention d'éclaircir la situation.

— Ce n'était vraiment pas beau à voir, dehors…

Isabelle se leva.

— Je suis certaine que ça paraissait plus grave que ça ne l'était en réalité. On m'a informée qu'aucune blessure sérieuse n'était à déplorer. Parfois les jeux dégénèrent un peu. Tu n'as pas à t'en inquiéter. Je discuterai avec les personnes concernées.

Elle posa une main sur l'épaule d'Allie et la pressa légèrement tandis qu'elle contournait son fauteuil pour lui ouvrir la porte.

— Merci, Allie. Je suis contente que tu ailles bien. Ne te fais pas de souci pour Phil, l'équipe médicale est en train de s'occuper de lui. Quant à Carter et Gabe, pour moi, il ne fait aucun doute que leurs blessures sont superficielles.

Allie hésita à exiger davantage de réponses. La réaction d'Isabelle lui semblait un peu courte. D'un autre côté, son explication n'était pas invraisemblable. Les garçons s'attiraient toujours des ennuis – elle avait vu Mark et Harry se blesser des tas de fois. Ils avaient tous les deux fini aux urgences en plusieurs occasions après des virées nocturnes qui avaient mal tourné.

« Mais qu'est-ce qui a pu arriver pour qu'ils se fassent mal tous en même temps dans les bois ? Et pourquoi personne ne veut rien me dire ? »

De retour dans sa chambre, elle se changea sans tarder. Elle enfila une jupe et un pull secs, abandonnant ses vêtements mouillés par terre. Elle tenait absolument à retourner au rez-de-chaussée avant le couvre-feu afin de prendre des nouvelles des autres.

Tandis qu'elle appliquait une couche de gloss rose pâle sur ses lèvres devant le miroir, sa main s'immobilisa. « Faut-il vraiment que j'aille voir Carter ? »

Elle n'en avait aucune envie – ce garçon se révélait de plus en plus insupportable. Mais elle ne pouvait s'empêcher d'éprouver une certaine curiosité. Pourquoi réclamait-il un tête-à-tête ? Et pourquoi dans la grande galerie ? Elle n'y était pas retournée depuis qu'Isabelle la lui avait montrée le jour de son arrivée.

Elle vérifia l'heure sur son réveil. Dix heures seulement. Il lui restait encore plein de temps avant le couvre-feu.

Elle descendit l'escalier en vitesse puis longea sur la pointe des pieds le couloir qui menait à la grande galerie.

— Allie !

En reconnaissant la voix chaude de Sylvain, elle fit volte-face et se trouva nez à nez avec lui.

— J'espérais justement te croiser. J'étais inquiet. Tu vas bien ?

Il l'attira contre lui et la serra dans ses bras. Après un instant de flottement, elle lui rendit son geste. Les doigts de Sylvain glissèrent délicatement le long de sa colonne vertébrale avant de se poser sur sa taille.

« C'est reparti pour la chair de poule », pensa-t-elle.

Il s'écarta un peu pour l'examiner.

— Tu es encore trempée. Je suis soulagé que tu ne sois pas blessée.

— Non, je vais bien.

Elle se creusa la cervelle afin d'inventer une excuse pour pouvoir filer. Sylvain ne serait pas ravi d'apprendre qu'elle avait rendez-vous avec Carter. « Autant qu'il l'ignore, se dit-elle, c'est mieux pour tout le monde. »

— Euh… je cherchais Jo…

— Je crois qu'elle est avec Gabe.

Il tenait le menton d'Allie maintenant et l'obligeait à le regarder droit dans les yeux. Son souffle lui caressait la joue. Il sentait bon le genièvre frais.

— Qu'est-ce que vous fabriquiez, Jo et toi, dans le pavillon, hein ? demanda-t-il d'un ton détaché. Zelazny était furieux de vous rencontrer là-bas.

Quelque chose dans son attitude alarma Allie. « Il mène une enquête sur moi ou quoi ? »

— Je ne comprends pas pourquoi vous vous énervez tous contre nous parce qu'on se promenait dehors alors que le couvre-feu n'était même pas passé, se défendit-elle. On avait envie de sortir, c'est tout. Ce n'est pas interdit.

— Sous une pluie battante ?

Elle en avait vraiment assez d'être questionnée.

— Oui, ça nous paraissait drôle, riposta-t-elle. Et, tu sais quoi ? Je pourrais te retourner la question. Qu'est-ce que *toi*, tu fabriquais dehors sous une pluie battante ?

Il l'étudia avec intérêt, comme s'il venait de découvrir un nouveau détail de son visage qu'il n'avait pas remarqué avant.

— OK, tu marques un point, *ma belle*, répondit-il d'un ton un peu froid.

Elle avait apparemment touché un point sensible. Elle tenta de détourner la conversation vers un terrain moins glissant.

— Comment va Phil ?

— Ça va – mais il a perdu pas mal de sang. Il va lui falloir un ou deux jours pour se rétablir. Il a fait une mauvaise chute.

Voyant qu'elle ouvrait la bouche pour l'interroger sur l'accident, il s'empressa d'ajouter :

— Tu devrais boire une boisson chaude. Viens avec moi. Il y a du chocolat chaud dans les cuisines.

— Non ! s'écria Allie, un peu paniquée.

Surpris, Sylvain haussa un sourcil pendant qu'elle bafouillait, cherchant un prétexte.

— Je… j'ai un truc à faire. On reparle de tout ça demain ? Je dois…

Sans terminer son explication, elle déguerpit et partit se réfugier à la bibliothèque. Celle-ci était déserte – même le bureau de la bibliothécaire était vide. Allie courut sur les tapis moelleux en direction des étagères du fond et se cacha dans l'ombre entre deux hauts rayonnages.

Elle entendit la porte s'ouvrir et se refermer. Sylvain l'appela deux fois, tout doucement. Au bout d'un moment, la porte se rouvrit et claqua de nouveau. Pour plus de sûreté, Allie se tint immobile pendant quelques minutes encore. Elle compta lentement jusqu'à deux cents puis, n'ayant saisi aucun nouveau bruit, elle s'éloigna des étagères et alla vérifier dans le couloir si la voie était libre. Sylvain avait disparu. Elle soupira de soulagement.

La porte de la grande galerie pivota sur ses gonds en silence. La lumière était éteinte à l'intérieur mais Allie discerna une faible lueur au bout de l'immense salle de bal vide. Elle s'y dirigea sans hésitation.

— Carter ? murmura-t-elle.

Une voix poussa un « whouuuu » spectral qui résonna tout autour d'elle.

— Arrête ça, West.

Il pouffa.

En s'approchant du point lumineux, elle constata qu'il était affalé dans un fauteuil, un pied posé sur une table entre deux bougies allumées. Un pansement ornait son front. Il tenait un livre, qu'il lâcha négligemment par terre à son arrivée. Il désigna un autre fauteuil à côté de lui.

— Assieds-toi.

— Ne me donne pas d'ordres, grommela-t-elle en s'installant.

Il afficha un sourire énigmatique.

— Pardon, je voulais seulement être poli.

Elle ignora sa remarque.

— Comment va ta tête ?

Il fit un vague mouvement de la main pour éluder la question.

— Ça va.

Après cela, ils se turent un moment.

— Alors, quoi de neuf ? demanda Allie pour briser le silence. Pourquoi tu voulais me voir ici ? Au cas où tu te ferais des illusions, je ne sais pas danser.

Il haussa les épaules.

— J'aime bien cette pièce. J'y viens toujours. Ils ne vérifient jamais s'il y a quelqu'un dedans, je ne sais pas pourquoi.

Décollant son pied de la table, il se tourna face à elle.

— Je voulais savoir comment Blondie et toi, vous vous étiez retrouvées au pavillon tout à l'heure, pile au moment où la soirée a dégénéré. Gabe vous laisse en sécurité au foyer toutes les deux, sur le point de papoter de trucs de filles – chaussures, rouge à lèvres ou je ne sais quoi –, et quinze minutes plus tard, vous voilà au pavillon sous des trombes d'eau en train de faire des pansements. Comment tu expliques ça, Allie ?

Elle esquiva son regard.

— Jo cherchait…

— Oh, arrête ! la coupa-t-il. Garde tes mensonges pour Isabelle.

Surprise par sa véhémence, elle se mit à bafouiller.

— Je… euh… enfin…

Il la fixait, immobile, en attendant la suite.

Comme face à Isabelle, l'instinct d'Allie l'incitait à garder la vérité pour elle. Mais elle devait découvrir ce qu'il se tramait ici et Carter était forcément au courant.

— Ruth est venue nous chercher.

À la lumière des bougies, son regard semblait impénétrable. Elle riva ses yeux dans les siens pendant un long moment, guettant une réaction – en vain.

— Qu'a-t-elle dit ? demanda-t-il sèchement.

Allie croisa les bras sur sa poitrine. Elle visualisa Ruth plantée face à elle. Ses cheveux qui gouttaient par terre. La peur sur son visage.

— Que Phil et Gabe étaient blessés. Et elle a ajouté un truc bizarre : « Ça a mal tourné », je crois.

Carter se leva d'un bond de son fauteuil, si vite que le cerveau d'Allie n'eut pas le temps d'enregistrer son mouvement. Lorsqu'il la prit par les épaules, elle se sentit minuscule et ne put s'empêcher d'avoir un mouvement de recul.

Sa bouche à quelques centimètres du visage d'Allie, Carter murmura d'une voix dure :

— Tu ne dois répéter les paroles de Ruth à personne d'autre. Jamais. Promets-le.

L'espace d'une seconde, les lèvres d'Allie remuèrent sans que le moindre son en sorte. Puis elle parvint à articuler :

— Oui. Bien sûr. D'accord, je ne dirai rien. Putain, Carter !

Comme s'il prenait subitement conscience de son geste, il la libéra.

— Tu fous les jetons, dit-elle en se frottant l'épaule. C'est quoi, ton problème ?

Il s'appuya contre une colonne, l'air faussement désinvolte.

— Désolé. Mais Ruth a fait une bêtise. Elle n'aurait jamais dû parler. Si ça se savait, elle aurait de gros ennuis. Alors il vaut vraiment mieux la fermer.

— D'accord, dit-elle, glaciale. Pas de souci. Tant qu'on en est à jouer cartes sur table, tu pourrais m'éclairer sur votre petite performance de ce soir ? Comment vous êtes-vous retrouvés découpés en morceaux au milieu de la forêt, tous ?

Il croisa les bras et la considéra froidement. Un long silence s'ensuivit.

— Eh bien, merci pour l'interrogatoire, les menaces et le reste. J'ai passé un moment formidable. Mais je vais y aller maintenant, soupira Allie en feignant un ennui profond.

Elle comprit en l'observant que Carter était devant un dilemme : garder le silence ou lui faire une confidence. Lorsqu'il se décida enfin, elle lut sa décision sur ses traits. Il bottait en touche.

— Tu es douée pour les bandages, dit-il. Tu as appris où ? En Irak ?

Elle faillit se lever et le planter là, mais elle n'y arriva pas. Peut-être était-ce la curiosité qui la maintenait rivée à son siège.

— À Londres, répondit-elle. Formation de premiers secours. Chez les scouts.

La mine sardonique, il haussa un sourcil.

— Tu as été scout ? Je ne te crois pas.

Après s'être transformé en Hannibal Lecter, Carter était redevenu charmant et jovial. Allie songea qu'elle ne le comprendrait jamais. Elle joua pourtant le jeu.

— Si si, quand j'étais petite. C'est le genre de trucs qu'on n'oublie jamais. Bander une plaie. Attraper des papillons. Faire de la confiture. J'ai des tas de talents.

Il partit d'un rire bruyant. Allie, elle, resta d'un sérieux imperturbable.

— Franchement, qu'est-ce qui se passe ici, Carter ? Qu'est-ce qui vous est arrivé cette nuit ? Vous vous êtes battus ? Vous aviez l'air vraiment en danger.

S'il lui avait claqué une porte au nez, il n'aurait pas été plus clair. Les yeux vitreux, il répliqua :

— Laisse tomber. Et n'interroge personne à ce sujet. D'abord ça ne t'avancera à rien et, en plus, tu auras des problèmes si on sait que tu poses trop de questions. (Il consulta sa montre.) Il est presque onze heures. On devrait y aller.

Il souffla les bougies et la pièce fut brusquement plongée dans le noir.

En marchant dans la direction qu'elle supposait être celle de la porte, Allie trébucha sur quelque chose. Carter la rattrapa et, pendant une fraction de seconde, ils se retrouvèrent dans les bras l'un de l'autre. Malgré l'obscurité, Allie crut déceler une expression désolée sur son visage.

« Je me trompe sans doute. »

— Par ici !

Il la prit par la main et la guida avec la confiance de celui qui connaît le chemin par cœur.

Malgré le contact agréable de ses doigts chauds et forts, Allie le suivait d'un pas raide. Elle n'avait aucune envie qu'il la touche.

Quand ils émergèrent dans le couloir désert, la lumière crue des ampoules les fit cligner des yeux. Carter affectait l'indifférence la plus totale.

— Il est onze heures, Sheridan. Je te conseille de te dépêcher si tu ne veux pas te faire coller une deuxième fois.

— Ouais, bien sûr, rétorqua-t-elle d'un ton ironique. Le sang qui gicle partout, ce n'est rien. Mais Allie hors de sa chambre après le couvre-feu ? Ça, ce serait une catastrophe !

— Bonne nuit, Sheridan, répondit-il avec fermeté.

Elle se tourna vers l'escalier.

— C'est ça, Carter.

— Tu dois me faire confiance, Allie.

Le regard de Carter était d'une intensité troublante. Pourtant elle résista.

— Pourquoi je me fierais à toi ? Tu me fais confiance, toi, peut-être ?

Des bougies brillaient aux quatre coins de la grande galerie – sur les rebords des fenêtres, sur les tables et dans d'immenses candélabres. Elles dégageaient une vive chaleur. Leurs reflets dansaient dans les yeux de Carter.

— Je te jure que je peux t'aider…

Quelqu'un frappa à la porte. Fort. De façon menaçante. Allie sentit son cœur s'emballer.

— Ils sont ici, dit-il.

Le martèlement redoubla contre le battant, plus insistant. Il faisait un bruit épouvantable. Allie se boucha les oreilles.

— Qui est-ce ? Qui est là, Carter ?

— Tu dois m'accorder toute ta confiance, la supplia-t-il. Tu veux bien ?

Par-dessus son épaule, elle vit la porte commencer à craquer sous la pression des coups.

— Oui ! cria-t-elle en lui tendant la main. Oui ! C'est d'accord.

Le souffle coupé, elle se redressa dans son lit en serrant sa couette entre ses poings.

Un claquement sonore la fit sursauter, mais ce n'était que son volet. La fenêtre était ouverte et un courant d'air venait de le projeter contre le mur.

Elle grimpa sur son bureau pour regarder dehors et constata qu'une tempête s'était levée pendant la nuit – les arbres tanguaient et les feuilles arrachées aux branches tourbillonnaient haut dans le ciel.

Elle aspira une bonne bouffée d'air frais, referma sa fenêtre avec soin et remonta dans son lit.

En tirant la couette sur elle, elle marmonna :

— Sors de ma tête, Carter West.

9.

À la reprise des cours, le lundi matin, Allie eut l'impression un peu vexante d'avoir rêvé les événements du week-end. Ses camarades s'installèrent dans leurs sièges habituels, à l'heure habituelle, comme si de rien n'était. Jerry et Zelazny semblaient avoir complètement oublié qu'ils l'avaient vue soigner des blessures sous une pluie battante.

Sylvain était absent en anglais et Carter arriva en retard, évidemment. Il se contenta de sourire quand Isabelle lui jeta un regard exaspéré. S'il n'était pas apparu avec un pansement sur le front, Allie aurait sans doute fini par se demander si elle n'avait pas tout inventé.

Pendant l'interclasse, elle retrouva Jo à la bibliothèque. À voix basse, elles échangèrent les dernières nouvelles. Selon Jo, Gabe n'avait même pas eu besoin de points de suture, au bout du compte, et l'infirmière s'était extasiée sur le bandage d'Allie.

— Maintenant Gabe veut absolument savoir pourquoi on est allées au pavillon toutes les deux… Je ne lui ai rien répété à propos de Ruth, mais je ne comprends pas pourquoi tu ne veux pas qu'on lui dise la vérité.

Allie se pencha vers elle.

— Je ne peux pas t'expliquer… Mais c'est important.

Elle avait passé la moitié de la nuit à se tourner dans son lit en se demandant quel prétexte elle devait fournir à Jo. Elle ne voulait pas mentir à sa seule amie à Cimmeria. D'un autre côté, elle était engagée par sa promesse envers Carter.

— J'ai… entendu dire que ça pourrait attirer des ennuis à Ruth.

Jo médita cette réponse un moment.

— D'accord mais, dans ce cas, comment je justifie notre présence là-bas ?

Allie jouait nerveusement avec son stylo. Elle le faisait passer entre les doigts de sa main droite, du pouce jusqu'à l'auriculaire, sans s'arrêter.

— On n'a qu'à dire qu'on jouait à « Action ou vérité » et qu'on s'était lancé un défi. Ou que j'avais envie de courir sous la pluie et que toi, tu essayais de me convaincre de rentrer.

Jo inclina la tête sur le côté.

— La première proposition est légèrement moins nulle que la deuxième.

Allie sourit.

— Merci, Jo.

Au cours des jours suivants, les on-dit allèrent bon train au sujet de ce qui s'était produit dans les bois ce soir-là. Tout le monde savait que plusieurs élèves étaient blessés, mais on nageait dans la confusion la plus totale dès qu'il s'agissait de donner les causes de l'incident. Les élèves n'avaient plus le droit de sortir dans le parc, ce qui ne fit qu'alimenter les rumeurs. Apparemment, la présence de Jo et d'Allie au pavillon était un secret bien gardé car personne ne l'évoquait. Le bruit le plus répandu voulait que les garçons aient croisé le même renard que celui rencontré par les filles dans le jardin quelque temps plus tôt, même si on s'accordait à dire que c'était très improbable.

Phil ne se présenta pas en classe de la semaine. D'après Ruth, cependant, il se sentait mieux et serait bientôt de retour.

Puisqu'on les séquestrait – du moins Allie le vivait-elle ainsi –, le mauvais temps était presque une consolation. La pluie tomba du lundi jusqu'au dimanche – moins dru que le week-end précédent, mais sans discontinuer. Il n'y eut pas la moindre éclaircie pour illuminer ne serait-ce que quelques instants le ciel gris.

Les devoirs pleuvaient aussi. Les professeurs paraissaient survoltés et cela devint bientôt le sujet de conversation principal pendant les repas et les récréations. Les élèves discutaient avec un étonnement grandissant de la somme de travail à fournir. Allie et Jo s'efforçaient de ne pas prendre de retard en restant à la bibliothèque tous les soirs jusqu'au couvre-feu.

Le jeudi, alors qu'elle sortait chercher une tasse de thé pour se remonter, Allie croisa Sylvain devant la bibliothèque. Il l'accompagna sur le chemin du réfectoire.

— Tiens, tiens ! Bonjour, *ma belle* Allie. Comment vas-tu ? Je ne t'avais pas vue depuis le week-end dernier.

Elle sentit son cœur accélérer mais elle tâcha de garder un air détaché. Elle espérait qu'il n'allait pas lui demander où elle avait disparu après leur conversation.

— Ça va. J'essaie de ne pas me laisser complètement submerger par les devoirs.

Il hocha la tête.

— Je comprends. Je ne sais pas quelle mouche a piqué les profs.

Elle se tourna vers lui.

— Ils ne sont pas toujours aussi méchants ?

Il répondit par un grand sourire.

— Non, c'est inhabituel, même pour Cimmeria, dit-il, les yeux pétillants de malice. Je crois qu'ils tentent par tous les moyens de nous empêcher de mettre le nez dehors.

Allie eut du mal à cacher sa surprise.

— À cause de l'autre nuit ? demanda-t-elle.

— C'est fort possible.

Elle jeta un regard envieux vers la porte d'entrée.

— J'avoue que j'aimerais bien sortir…

— Tu t'ennuies, *ma belle* ?

Sans lui donner le temps de réagir, il la prit par le poignet et l'attira contre lui.

— Et si je lisais les lignes de ta main ? Ça t'amuserait ? Je pourrais voir au plus profond de ton âme.

— Tu sais faire ça, toi ? s'exclama Allie d'une voix un peu dubitative.

Le contact des doigts de Sylvain sur les siens n'était pas pour lui déplaire, en tout cas.

— Bien sûr, affirma-t-il en souriant. Pas toi ? C'est facile.

Il tourna sa paume vers le ciel et suivit les sillons peu profonds d'une caresse aussi légère qu'une moustache de chat.

— Tu as une ligne de vie très longue, murmura-t-il en faisant glisser son doigt du poignet d'Allie jusqu'au milieu de sa paume. Ta ligne de cœur est marquée. Et tu vois celle-ci ? (Elle frémit lorsqu'il effleura une troisième ligne qui se terminait entre son pouce et son index.) Tu sais ce qu'elle me révèle ?

Muette, elle fit signe que non.

— Que tu es amoureuse de quelqu'un. Ou que tu le seras bientôt.

Des frissons dans tout le corps, Allie cherchait une repartie spirituelle quand la porte de la bibliothèque s'ouvrit.

— Eh, Allie ! cria Jo. Pense au…

Lorsqu'elle aperçut Sylvain, sa voix s'étrangla.

— Oups ! Oh, zut, je crois que j'ai oublié mon…

Sur cette improvisation peu convaincante, Jo retourna à l'intérieur. Un moment plus tard, la porte se rouvrit et un groupe d'élèves sortit en bavardant. Allie entendit son amie murmurer :

— Non, attendez une seconde…

Sylvain lui lâcha la main avec un sourire plein de regret.

— Nous reprendrons cette conversation une autre fois.

— Oui, répondit-elle, troublée. Bonne… bonne idée.

— On pourrait se retrouver après le dîner samedi pour… parler ? proposa-t-il.

— Bien sûr, couina-t-elle, la gorge serrée.

— Super, dit-il en souriant. Rendez-vous au réfectoire. À samedi alors.

— À samedi, répéta-t-elle comme un perroquet.

Le rythme scolaire ne faiblit pas de la semaine. Pour couronner le tout, on attribua à chaque élève un devoir de recherches à rédiger pendant le week-end. Quand M. Zelazny distribua les sujets en cours d'histoire, Allie tomba sur ces phrases menaçantes, tracées à la main d'une écriture soignée :

Trois mille mots sur l'impact socio-économique de la guerre civile sur la société agraire anglaise de l'époque. Pour lundi. Sans faute. Aucune excuse ne sera tolérée.

La bibliothèque était si bondée le vendredi après-midi que les élèves qui ne trouvaient pas de place à l'intérieur durent s'installer par terre, en grappes, dans le couloir, avec leurs manuels et leurs feuilles étalés autour d'eux.

— On ressemble à des réfugiés, rouspéta Jo pendant qu'Allie et elle, les bras chargés de livres, se dirigeaient vers un coin libre dans le hall d'entrée.

— C'est dingue. Combien de temps ils vont nous imposer cette cadence infernale ?

Allie portait une tasse de thé en porcelaine en équilibre sur un ouvrage d'histoire centenaire. Elle se baissa avec précaution pour s'asseoir au sol.

— Bonne question, fit Jo, qui ôta la tasse de son perchoir précaire avant qu'elle ne finisse en morceaux sur les dalles de pierre.

— Merci.

Allie s'adossa au mur tandis que Jo sirotait une gorgée de son thé.

— J'aurais dû m'en servir un, moi aussi. Tant pis, je vais boire le tien.

— On a oublié les biscuits.

— On est trop bêtes.

Le front barré par un pli de concentration, Allie organisa ses affaires devant elle.

— Où est Gabe aujourd'hui ? On ne les a presque pas vus de la semaine, Sylvain et lui.

— Sais pas, répondit Jo en cherchant un cahier. Il a dit qu'il avait un truc à faire et qu'il s'occuperait de ses devoirs ensuite.

— Bizarre, commenta Allie. Les profs nous surchargent de boulot et eux, ça ne leur fait ni chaud ni froid.

Jo haussa les épaules.

— Gabe refuse de m'expliquer ce qui se passe. On s'est même engueulés à ce sujet alors que normalement, on ne se dispute jamais.

— Les garçons, ça craint, décréta Allie en ouvrant un livre.

Ayant enfin déniché le bon cahier, Jo se mit à tourner les pages distraitement.

— En tout cas, ajouta-t-elle, je sais que les élèves de la Night School sortent dans le parc tous les soirs et je suis persuadée que ça a un rapport avec l'autre nuit. Mais, évidemment, c'est top secret.

Allie se figea, une page jaunie et sèche entre les doigts, et fixa sa camarade.

— Attends un peu. Tu connais les noms de ceux qui participent aux Nocturnes ?

Jo fut trahie par son air coupable.

— Non. Pas vraiment. Enfin… disons que j'ai deviné. Il y en a pour qui c'est évident, de toute manière.

— Qui, par exemple ?

— Ben… je n'en suis pas sûre, se défendit-elle prudemment. Comme ça… d'instinct… je dirais Sylvain et Phil. Peut-être Lucas. Sans doute Gabe et Carter. Mais qui sait ?

Elle mentait si mal qu'Allie aurait éclaté de rire si elle n'avait pas été aussi surprise.

— Tu soupçonnes ton propre petit ami d'en faire partie, mais tu n'en es même pas certaine ?

Jo regarda autour d'elle afin de s'assurer que personne ne les écoutait, puis elle se pencha vers Allie.

— C'est ultraconfidentiel, tu saisis ? chuchota-t-elle. Si quelqu'un apprend que tu en as parlé, tu es dans la merde. Je ne rigole pas.

— Alors on ferait mieux de changer de sujet ? murmura Allie.

— Oui, siffla Jo.

Allie retourna à son livre. Elle le feuilletait lentement, page après page, mais son esprit continuait de bouillonner.

Elle finit par craquer et s'inclina vers Jo.

— Pas de filles ?

Celle-ci lui jeta un coup d'œil lourd de sous-entendus.

— Peut-être Julie, chuchota-t-elle. Et Ruth.

Allie écarquilla les yeux.

— Sans rire ? s'exclama-t-elle, incrédule.

— J'ai une tête à rire ?

Pendant une demi-heure, elles travaillèrent côte à côte sans bavarder. Seuls le crissement des stylos sur le papier et le bruissement des feuilles perturbaient le silence. Puis, tout à coup, Allie leva le nez de ses devoirs.

— Ça explique la réaction de Carter samedi dernier, dit-elle, comme si la discussion ne s'était jamais interrompue.

Jo parut intriguée.

— Hein ? Quoi ? Quand ?

Allie lui raconta la manière dont Carter l'avait chassée du deuxième étage.

— Intéressant. Je ne savais pas qu'ils avaient parfois cours dans le bâtiment. De jour, en plus ? J'avoue que je trouve ça un peu louche.

Elle se remit à jouer avec son stylo et se tacha le tranchant de la main avec de l'encre. Elle se frotta avec énergie – en vain.

— Qu'est-ce qu'ils font exactement ? Jo resta plongée dans son livre.

— Aucune idée.

— Carter m'a toujours paru très bien informé. Ceci expliquerait cela.

La jolie blonde posa soudain les yeux sur sa copine.

— Quoi ? demanda Allie.

— Rien.

Comme Jo continuait de la fixer, elle la poussa un peu en répétant :

— Mais *quoi* ?

Elles ne purent se retenir de glousser.

— Ben c'est juste que… tu vois… Carter et toi.

Allie s'arrêta de rire.

— Quoi, Carter et moi ?

— Je ne sais pas. On dirait qu'il est toujours en train de t'asticoter.

— Ouais, j'avais remarqué. Il est complètement cinglé.

— Non… enfin… C'est marrant, cette façon qu'il a d'en avoir toujours après toi.

Allie fronça les sourcils.

— Tu parles de quoi, là ?

— Oh, rien. Au début, je croyais que vous vous plaisiez tous les deux et maintenant, on dirait que vous vous détestez.

Elle haussa les épaules.

— Ça peut arriver.

Jo paraissait sceptique.

— Hum…

— Il n'y a pas de « hum » qui tienne. Il passe son temps à me donner des ordres et à m'expliquer ce que je dois faire ou ne pas faire. Il est beau, d'accord, mais je ne l'aime pas.

Elle traça une ligne onduleuse sur son cahier et la repassa plusieurs fois pour l'épaissir, avant de lui dessiner une langue fourchue au bout.

— Tu sais, tous ces trucs que Gabe et moi, on t'a dits à propos de Carter ?

Allie hocha la tête.

— C'était vrai. Mais il a changé depuis ton arrivée. Je ne l'ai pas vu avec une seule fille depuis que tu es là.

— Quoi ? s'écria Allie, un grand sourire sur les lèvres. Pas une seule en deux semaines ? Ouah, c'est un signe. Il doit être fou amoureux de moi !

Elles s'écroulèrent de rire.

— Trêve de plaisanterie. Tu veux des nouvelles sérieuses ? Sylvain m'a donné rendez-vous demain soir après le dîner. J'ai l'impression que c'est un rencard.

— Ouh, un vrai rencard, sourit Jo. Bon, oublie mes bêtises à propos de Carter. Je raconte n'importe quoi. Je suis trop excitée que ce soit toi qui mettes le grappin sur Sylvain ! Toutes les filles vont être hyper jalouses.

— Du coup, elles vont enfin devenir adorables avec moi, répondit Allie d'un ton ironique.

— Si tu es la copine de Sylvain, elles n'oseront pas se montrer désagréables, répliqua Jo d'un air entendu.

Avant qu'Allie ait pu lui demander ce qu'elle entendait par là, elle ajouta :

— Bon, assez badiné. Il nous reste mille cinq cents mots à écrire avant le dîner, qui a lieu dans… (elle consulta la fine montre en or à son poignet) trois heures.

— Fasciste, rétorqua Allie.

Mais elle s'était déjà remise au travail.

Au dîner ce soir-là, les rumeurs selon lesquelles le parc de Cimmeria était de nouveau accessible aux élèves « dans la limite du raisonnable » alimentaient toutes les conversations. Personne ne savait ce que cela signifiait exactement.

— Ça veut dire qu'on peut retourner dehors sans se faire tuer ? demanda Lisa en rejetant ses longs cheveux derrière son épaule.

— Personne n'est mort, Lisa, lui rappela Gabe, un peu trop sèchement au goût d'Allie.

Lisa haussa les épaules et continua de grignoter sa salade.

— Je parie que ça ne risque rien, affirma Phil d'une voix calme. Mais je préfère aller au foyer.

— Moi aussi, s'empressa d'ajouter Gabe.

— Pas moi. Je sors. Je n'en peux plus de rester enfermée, déclara Jo avec emphase.

Elle semblait éviter sciemment le regard de son petit ami, qui la dévisageait avec intensité. Son expression n'annonçait rien de bon.

— Jo..., commença-t-il.

Elle le défia des yeux.

— Quoi ?

Il jeta sa serviette, repoussa sa chaise et se leva en marmonnant :

— Je n'ai plus faim.

Là-dessus, il quitta la salle en trombe sans se retourner.

Il s'ensuivit un bref silence gêné à table. Les autres feignaient de ne rien avoir remarqué, mais Allie vit Phil et Lucas échanger un coup d'œil inquiet.

Ruth essaya de dérider ses camarades en racontant une anecdote d'expérience scientifique amusante mais, devant le peu de succès que rencontrait son histoire, elle finit par renoncer.

— Bon, voilà, j'ai à peu près terminé. On y va, Jo ? lança Allie.

Jo adressa un sourire reconnaissant à son amie et la suivit hors du réfectoire. Une fois loin des oreilles indiscrètes, Allie s'écria :

— C'était quoi, ce délire ?

Jo remontait le couloir à grandes enjambées. Elle ne s'arrêta que plusieurs mètres plus loin et répondit, pleine d'amertume :

— Eh bien, apparemment, Gabe ne veut pas que j'aille dehors parce que c'est dangereux. Il me traite comme si j'étais une petite fille. Il se prend pour mon père et il estime qu'il a le droit de me dire ce que je dois faire. Ça *m'énerve* ! J'ai déjà deux parents qui ne me servent à rien – je n'en veux pas un troisième, merci bien.

Elle traversa le hall d'entrée si vite qu'Allie dut courir pour ne pas se laisser distancer. Jo ouvrit la porte d'entrée d'un geste impatient et elles s'immobilisèrent côte à côte en haut du perron.

Allie contempla le ciel du soir d'un bleu pur.

— Ça m'a l'air tout à fait sûr, décida-t-elle.

— J'espère que tu te trompes, plaisanta Jo. La dernière à mourir a perdu !

Riant à gorge déployée, elle dévala les marches, Allie sur ses talons. Elles s'élancèrent ensemble sur la pelouse déserte. Pendant quelques minutes, elles tournoyèrent et dansèrent en rond sur le gazon, grisées par l'air frais et la sensation de liberté retrouvée.

Puis, hors d'haleine, Allie posa une main sur le bras de son amie.

— Attends. Où on va ?

Elles ralentirent et se mirent à trottiner.

— Bonne question. Là où Gabe ne me retrouvera pas. Sinon il va m'attraper par les cheveux et me traîner à l'intérieur comme un homme des cavernes. (Elle réfléchit un moment.) Tu connais la chapelle ?

Allie fit la grimace.

— Je ne suis pas entrée dedans, mais j'ai ratissé derrière.

— Ah oui. J'avais oublié. Elle est plutôt cool. Elle est super vieille, et sur les murs on peut lire des vers anciens écrits dans… un million de langues différentes !

La chapelle se trouvait au beau milieu des bois. Allie jeta un regard hésitant dans sa direction. L'attitude surexcitée de Jo commençait à l'angoisser.

— Tu ne penses pas que ça craint d'y aller maintenant ? Après tout ce qui s'est passé ?

— Je ne crois pas, répondit Jo avec un sourire malicieux. Tu viens ou quoi ?

Sur ces mots, elle fila comme une flèche vers les arbres.

10.

Le soleil jouait dans les beaux cheveux blonds de Jo tandis qu'elle courait sur l'herbe. Allie hésita un bref instant avant de la suivre, mais quand ses jambes l'entraînèrent à toute allure à travers le gazon, elle sentit monter en elle une vague d'euphorie si puissante qu'elle se mit à rire tout haut. Il ne lui fallut que quelques secondes pour rattraper Jo, et la dépasser.

— Dépêche-toi ! lui cria-t-elle.

Une fois dans la forêt, cependant, lorsqu'elle perdit de vue le ciel et que la lumière déclina brusquement, un peu de son courage la quitta. Elles poursuivirent leur chemin en marchant.

— Il fait toujours si sombre ici. Jo ne semblait pas inquiète, elle.

— Toutes les forêts sont comme ça. Vous, les filles de la ville, vous n'y connaissez rien. Et il n'y a qu'une chose à faire dans les sombres forêts… (Elle donna une petite bourrade à Allie.) Courir !

Jo bondit sur le sentier, aussitôt imitée par son amie. Les fougères qui bordaient le chemin leur chatouillaient les chevilles. Leurs éclats de rire répercutés par les arbres résonnaient dans les futaies. Pourtant Allie restait nerveuse. Le moindre bruit – le vent dans les branches, le cri d'un oiseau, une brindille qui se cassait sous ses pieds – la faisait sursauter.

Maintenant qu'elle y repensait, ce n'était pas une très bonne idée.

— On devrait peut-être rentrer, dit-elle au bout d'un moment. On pourrait faire un jeu à la place ou… voir ce que fabriquent les autres.

Sans se retourner, Jo affirma d'un ton rassurant :

— On y est presque.

« Il n'empêche que je suis inquiète », songea Allie.

Quelques minutes plus tard, Jo la regarda en souriant.

— Tu vois ? On est arrivées.

Le mur du cimetière venait de surgir devant elles. Là, les arbres s'espaçaient et la lumière entrait à flots. Dès qu'elle pénétra dans les rayons du soleil, Allie se sentit mieux. Jo, elle, se trouvait déjà devant la porte. Elle glissa ses deux mains à l'intérieur de l'anneau de fer, souleva le loquet et poussa le battant avec l'épaule. La porte céda dans un gémissement et elles entrèrent. À l'intérieur de la chapelle, la faible clarté se brisait en éclats bigarrés sur les vitraux jaunes et rouges si bien que, malgré la fraîcheur naturelle du sol et des murs de pierre, la pièce semblait chaude.

Debout sur le seuil, Allie n'en croyait pas ses yeux.

— La vache ! murmura-t-elle.

Jo l'observait d'un air satisfait.

— Chouette, non ?

Allie s'avança sur la pointe des pieds jusqu'au centre et tourna lentement sur elle-même. Les parois étaient couvertes d'images et d'inscriptions peintes. La plupart ressemblaient fort à des poèmes. Les couleurs fanées se composaient d'un ocre brun tirant sur le rouge, d'un jaune soufre et d'un noir délavé, mais on imaginait sans peine qu'elles étaient vives autrefois.

— Celle-ci me fiche les jetons, dit Jo.

Elle marcha jusqu'au fond de la chapelle, où une peinture de facture presque naïve montrait un diable en train de torturer des âmes nues en détresse avec sa fourche et de leur infliger un éventail de sorts plus horribles les uns que les autres, le tout avec l'aide de démons jubilants aux allures d'hommes préhistoriques.

Allie plissa le nez.

— Berk !

— Carrément. Celle-là est plus jolie.

Jo lui montra une autre peinture à proximité, qui représentait un if aux branches noueuses chargées de fruits et d'oiseaux. Les racines s'entortillaient pour former les mots « Arbre de vie ».

Autour de chaque œuvre apparaissaient des inscriptions dans diverses langues anciennes. Allie examina avec curiosité des caractères cyrilliques.

— Tu y comprends quelque chose ?

— Un peu, répondit Jo. Il y a du grec, expliqua-t-elle en désignant vaguement un jubé. Et ça, c'est une forme de gaélique, ajouta-t-elle en se tournant vers le mur. Tout le reste est en latin, ou presque.

Au-dessus de la porte, une phrase avait été tracée en lettres élégantes, d'un rouge si vif qu'Allie se demanda si elle avait fait l'objet d'une restauration. Elle recula pour mieux l'admirer.

— *Exitus acta probat*, lut-elle, avant de regarder Jo d'un air interrogatif. Tu sais ce que ça signifie ?

— « La fin justifie les moyens », traduisit celle-ci sans hésiter.

Allie réfléchit à voix haute en étudiant les mots.

— Curieux. C'est un peu bizarre comme phrase de bienvenue dans une église. Qu'est-ce que ça fait là, à ton avis ?

— Si je le savais !

Jo descendit l'allée en tournant sur elle-même dans une danse étourdissante.

Allie la suivit des yeux avec un froncement de sourcils perplexe, puis elle s'intéressa à la représentation complexe d'un dragon, dont la queue s'entortillait sur elle-même presque jusqu'au sol tandis qu'une colombe échappait de justesse à ses griffes.

— Incroyable, souffla-t-elle.

— Maintenant que tu l'as bien vue, si on rentrait ?

Allie sursauta en apercevant Carter appuyé contre le cadre de la porte, les bras croisés, attentif.

— Carter ! Merde ! Tu m'as fait peur.

Contre toute attente, cependant, elle se sentit soulagée de le voir. Le comportement de Jo l'effarait un peu maintenant et elle n'était pas contre l'idée de se faire raccompagner par une troisième personne.

De là à sauter au cou de Carter, il ne fallait pas exagérer.

— Ce n'est pas bien de s'insinuer sournoisement pour surprendre les gens, l'accusa-t-elle d'un ton acerbe.

— Je ne me suis pas insinué sournoisement, répondit-il froidement. J'ai marché. Comme toi. Comment ça va, Jo ? lança-t-il d'une voix plus chaleureuse.

De dos, la mâchoire obstinément crispée, celle-ci feignait de contempler une peinture à l'autre bout de la chapelle.

— Tout va très bien, merci, Carter. Tu peux dire à Gabe que je n'ai pas besoin de son secours.

Il joua l'apaisement.

— Eh, je ne suis pas le larbin de Gabe. Il commence à faire sombre dehors et je pensais vous proposer une escorte, mesdemoiselles. Pourquoi ? Il te cherche ?

Elle lui jeta un coup d'œil méprisant.

— Arrête ton numéro, Carter. Je sais qu'il t'a envoyé. Il me fait toujours suivre partout.

— Franchement, Jo, Gabe ne sait pas que je suis ici. Vous vous êtes engueulés, tous les deux, ou quoi ?

Carter paraissait sincère et Allie fut tentée de le croire. Mais Jo s'éloigna de lui le plus possible, se réfugiant du côté de l'autel.

— T'occupe, répondit-elle sèchement.

Faisant mine d'étudier les peintures murales, Allie se rapprocha de Carter. Tout en fixant les traits délicats d'une rose blanche, elle murmura :

— Comment tu nous as trouvées ?

— Je vous ai suivies, chuchota-t-il.

Leurs yeux se croisèrent pendant une fraction de seconde. Allie ressentit soudain des picotements dans tout le corps.

— Qu'est-ce qui se passe ? demanda-t-il en bougeant à peine les lèvres, la tête légèrement inclinée vers Jo.

— Je ne sais pas. On dirait que… qu'elle n'est plus elle-même.

— Des messes basses ! Encore des messes basses !

Interrompus par les cris furieux de Jo, ils firent volte-face. Elle se tenait debout derrière l'autel, les mains à plat sur la chaire, le regard noir.

— Vous feriez mieux de tirer un bon coup, une fois pour toutes, qu'on en finisse !

Allie dévisagea Jo, bouche bée, comme si elle venait de recevoir un crochet en plein ventre. « C'est quoi, son problème ? » Elle s'efforça cependant de dissimuler sa douleur.

— Eh, Jo, c'est vraiment pas cool de dire ça. Écoute, il commence à faire noir et j'aimerais rentrer. Tu viens ?

Elle lui tendit la main. Jo la considéra un instant, puis elle traversa la nef pour la rejoindre.

— OK. Si tu veux. Allons-y.

Elle semblait redevenue raisonnable et elle serra affectueusement la main d'Allie en la prenant dans la sienne. Pourtant cette dernière avait le sentiment désagréable que quelque chose ne tournait toujours pas rond.

Dehors, la lumière baissait et les bois étaient de plus en plus sombres et menaçants.

En équilibre sur la pointe des pieds devant l'entrée, Jo lança :

— Eh, Allie, tu te rappelles ce que je t'ai dit tout à l'heure ? Sur le fait qu'il n'existe qu'une seule façon de traverser des bois effrayants ?

Allie la fixa d'un air perplexe.

— Quoi ? Tu veux te remettre à courir ?

Jo se rua sur le sentier à une vitesse surprenante tandis que Carter et Allie restaient figés sur place à la suivre des yeux.

— Qu'est-ce qu'elle fout ? s'exclama Carter en scrutant le ciel, comme s'il s'attendait à y découvrir une réponse.

— Je ne comprends pas ce qui se passe dans sa tête, avoua Allie. Je crois qu'après sa dispute avec Gabe, elle a… perdu les pédales. Et pas qu'un peu.

— Oh, génial, soupira-t-il. J'espérais qu'elle en avait fini avec ces conneries.

— Quoi ? s'étonna-t-elle. C'est déjà arrivé ?

— Elle avait l'habitude de piquer sa crise dès qu'elle était contrariée avant, mais ça ne s'était plus produit depuis assez longtemps, expliqua-t-il, exaspéré. Si je ne m'assure pas qu'elle rentre saine et sauve au manoir, Gabe va m'écharper. Tu vas t'en sortir toute seule ? Je reviendrai te chercher si tu veux.

— Pas la peine, je peux courir aussi vite que toi.

Ils quittèrent le cimetière à fond de train. Au début, elle collait à son rythme, foulée pour foulée. Mais tandis qu'ils s'enfonçaient dans les ténèbres des bois, quelque chose lui revint.

— On a oublié de fermer la porte ! s'écria-t-elle en réduisant sa vitesse.

— Quoi ? Celle de la chapelle ?

Carter s'arrêta. Après un moment de réflexion, il se mit une tape sur le front.

— Merde. Tu as raison. Je devrais y retourner.

Comme pétrifié, il jeta un coup d'œil dans la direction du manoir, puis dans celle de la clairière, sans parvenir à se décider.

Allie comprit ce qu'il lui restait à faire pour le délivrer de son dilemme.

— J'y vais, proposa-t-elle. Toi, tu essaies de rattraper Jo.

— Tu es sûre ? Il fait presque noir et l'heure tourne. Ce sera bientôt le couvre-feu.

Mais Jo agissait de manière irrationnelle et elle était en train de galoper, seule, dans une forêt plongée dans l'obscurité. Même si l'idée de se retrouver isolée dans les bois n'enchantait pas Allie, elle savait que c'était le bon choix. Il lui semblait cependant que Carter ne se laisserait pas convaincre aussi facilement.

— On va s'attirer des ennuis si on laisse tout ouvert, argumenta-t-elle. En plus, ce n'est vraiment pas le moment que Zelazny cuisine Jo. Et puis… et si un renard entrait dans la chapelle et dévorait Jésus ?

Carter éclata de rire et son expression préoccupée s'évanouit complètement l'espace d'une seconde.

— OK, acquiesça-t-il. Mais dès qu'elle est arrivée à bon port, je reviens sur mes pas.

— Ne t'inquiète pas pour moi – je n'ai pas peur du noir, affirma-t-elle en pensant exactement le contraire. Ça ira.

— Merci, Sheridan, dit-il avec soulagement.

Il repartit aussitôt vers l'école. Une brise porta ses derniers mots jusqu'aux oreilles d'Allie :

— Je reviens tout de suite.

— Ne t'embête pas, je vais me débrouiller ! cria-t-elle, sans savoir s'il pouvait l'entendre.

Sitôt que Carter disparut de son champ de vision, son courage l'abandonna. « Je pourrais laisser ouvert, après tout, se dit-elle en regardant le sentier avec angoisse. Personne ne se doutera que c'était nous. »

Puis elle songea que si cette chapelle fantastique s'abîmait par sa faute – s'il pleuvait toute la nuit, par exemple, et que l'eau délavait l'arbre de vie –, elle s'en voudrait terriblement. Alors elle brava le crépuscule et rebroussa chemin.

La flaque de lumière dorée qui illuminait le cimetière plus tôt dans la soirée avait disparu et la porte de la chapelle béait telle une bouche obscène dans la pénombre.

Allie inspira à fond, puis elle se précipita vers la porte et s'arc-bouta sur ses jambes pour la pousser de toutes ses forces. Comme le battant ne bougeait pas d'un millimètre, elle s'aperçut qu'il était retenu par un crochet en métal noir. Même une fois libéré, cependant, il restait incroyablement lourd. Allie appuya dessus de tout son poids et la porte se refermait enfin en grinçant, comme à contrecœur, quand Allie crut déceler un mouvement à l'intérieur.

Elle se figea et scruta l'ombre. Voyant que le battant continuait de pivoter sur ses gonds, elle attrapa la poignée à deux mains et planta ses talons dans le sol pour tenter de le retenir. Mais la vieille porte était têtue ; à présent qu'elle était décidée à se refermer, rien ne pourrait l'arrêter. Le loquet s'enclencha dans un cliquetis métallique dont l'écho résonna jusque dans la forêt.

Allie fixait la porte close, le cœur battant.

« Qu'est-ce que c'était que ça ? »

Des oiseaux s'envolèrent subitement d'un arbre tout près d'elle et leurs battements d'ailes la firent sursauter.

Les doigts crispés sur l'anneau de fer épais de la porte, elle pesa ses options.

Il y avait clairement quelqu'un à l'intérieur – elle l'avait vu. À moins que ce ne soit une illusion créée par le clair-obscur.

« Je devrais rentrer, pensa-t-elle. Je suis terrifiée et mon imagination commence à me jouer des tours. »

Puis elle réfléchit à la manière dont Carter aurait agi à sa place. Il aurait rouvert sans hésiter et aurait exigé de connaître l'identité de l'intrus.

— Mais Carter est un grand malade, murmura-t-elle entre ses dents, sans vraiment y croire.

De toute façon, cela ne changeait rien. Elle savait déjà qu'elle allait le faire.

Elle tourna l'anneau, tira fort sur la porte et pencha le buste à l'intérieur.

— Hou-hou ? cria-t-elle.

La pièce était si sombre qu'elle distinguait à peine les dessins sur les murs.

— Il y a quelqu'un ?

Seul l'écho de sa voix lui répondit. Il s'ensuivit, comme souvent dans les édifices anciens, un silence d'une épaisseur troublante et elle sentit ses poils se hérisser. Elle s'apprêtait à franchir le seuil quand elle perçut des bruits de pas précipités derrière elle.

Elle fit volte-face et s'accroupit par réflexe, comme pour éviter un coup… Personne.

En dehors du vent soufflant dans les branches, on n'entendait plus un bruit.

Elle plissa les yeux et examina les fourrés qui poussaient le long des murs de la chapelle. Le moindre son la faisait sursauter.

« Et puis merde ! »

Rassemblant toute son énergie, elle referma le battant et, sans perdre une seconde, elle se rua vers la grille du cimetière. Elle la claqua derrière elle à toute volée et se sauva en regardant droit devant. À mesure que ses muscles se décontractaient, elle prit de la vitesse et bientôt elle traversait les sous-bois à une rapidité vertigineuse. Mais alors qu'elle prenait un virage à toute allure dans la pénombre, elle glissa sur une pierre et s'étala de tout son long. Elle percuta le sol avec une telle violence qu'elle en eut le souffle coupé. Pantelante, elle croisa les bras sur son ventre en cherchant sa respiration.

Une fois le choc passé, elle se redressa en grattant la terre avec ses ongles et elle se prépara psychologiquement à inspecter son genou. Du sang suintait d'une coupure superficielle et coulait le long de sa jambe. Elle espéra que ce n'était pas trop grave.

Gémissant de douleur, elle se releva et vérifia si sa jambe pouvait soutenir son poids. Marcher la faisait souffrir, mais elle n'avait rien de cassé. Elle se mit à boitiller en jurant entre ses dents.

Le sentier lui paraissait interminable à présent. Au bout d'un moment, elle s'arrêta pour reposer sa jambe. Elle avait l'impression d'avoir parcouru des kilomètres. Le trajet aller avait été beaucoup plus court, non ? S'était-elle trompée de route ?

Un bruissement dans le feuillage interrompit ses pensées agitées. Elle retint son souffle et tendit l'oreille.

— Carter ? fit-elle timidement.

Il lui sembla entendre le même bruit, mais de l'autre côté du sentier. Elle pivota sur ses talons et força sur ses yeux pour essayer d'entrevoir quelque chose entre les arbres. Tremblante, elle tenta d'affermir sa voix.

— Ohé ? Qui est là ?

Silence.

— Si c'est une blague, je ne la trouve pas drôle, hurla-t-elle dans le noir.

Elle attendit quelques secondes et reprit sa course boiteuse. «… vingt-cinq pas, vingt-six, vingt-sept… », compta-t-elle, en allant le plus vite possible.

Le craquement sec d'une brindille la cloua soudain sur place. « Cette fois, le son venait de plus près. Beaucoup plus près. »

Ignorant la douleur, elle partit comme une fusée. Elle balançait les bras en cadence en sautant par-dessus les racines et en gardant tant bien que mal l'équilibre malgré les pierres qui roulaient sous ses pieds.

Après une minute, elle tourna la tête pour s'assurer que personne ne la suivait – la voie était déserte. Mais quand elle se remit face au chemin, quelqu'un se dressait juste devant elle.

Elle poussa un cri et s'arrêta brusquement. Sylvain la rattrapa avant qu'elle ne dérape et l'attira contre lui.

— Eh… Eh ! (Il la regarda d'un air inquiet.) Ça va ? Tu saignes. Que s'est-il passé ?

Essoufflée, elle articula dans un débit haché :

— Il… y avait… quelqu'un… à la chapelle… dans les bois.

Elle était terrifiée.

Les doigts de Sylvain s'enfoncèrent dans ses bras.

— Quelqu'un t'a blessée ?

Elle fit signe que non.

— Je… suis tombée. Mais… un homme… tout près… Je crois… qu'il me guettait. Je l'ai entendu respirer.

— Tu trembles, dit Sylvain en l'étreignant sur son torse. Allons, fichons le camp d'ici.

Appuyée sur le bras de Sylvain, elle clopina vers l'école.

Tout à coup, ils se figèrent.

— Tu as entendu ça ? murmura-t-elle.

Sylvain acquiesça en silence et, poussant Allie derrière lui, il se tourna dans la direction d'où provenait le bruit. Elle ne put s'empêcher de regarder par-dessus son épaule et découvrit Carter qui émergeait des sous-bois. Son visage s'assombrit quand il aperçut Sylvain.

— Je ne savais pas que tu étais là, dit-il froidement. Quel est le problème, Allie ? Tu vas bien ?

Elle s'écarta de Sylvain et hocha la tête. Elle se sentait bête.

— J'ai fait une chute. Et j'ai entendu un truc bouger dans les bois.

— Ça devait être moi. J'ai pris un raccourci. À moins que ce ne soit Ruth – je l'ai envoyée te chercher.

On devrait la ramener, ajouta-t-il à l'intention de Sylvain. Tu veux que je l'accompagne ?

Sylvain réfléchit.

— Non, c'est bon. Je rentre avec elle. Toi, tu as du travail. Vérifie bien que le périmètre est sûr.

La réticence de Carter sautait aux yeux, mais Sylvain ne lui laissa pas le temps de protester. Il prit Allie par le bras et l'entraîna vers le manoir.

Sa jambe lui faisait de plus en plus mal et marcher devint vite un calvaire. Elle serra les dents mais elle ne put retenir une larme. Sylvain ne manqua pas de le remarquer.

— C'est ton genou ? demanda-t-il en lui essuyant la joue.

— Désolée. Je suis un vrai bébé.

— Ne sois pas ridicule.

Il la souleva de terre sans crier gare et poursuivit sa route comme si de rien n'était.

— Tu ne peux pas me porter, je suis trop lourde, protesta-t-elle.

— Moi, je ne pourrais pas porter une fille ? rétorqua-t-il. Passe tes bras autour de mon cou.

Elle obéit sans discuter. Maintenant que sa jambe était soulagée de son poids, la douleur refluait. « Il est fort », pensa-t-elle en constatant que Sylvain ne se fatiguait pas du tout. Elle posa sa tête sur son épaule et profita de l'étrange sensation d'apesanteur. La dernière fois qu'on l'avait portée ainsi, elle était encore une petite fille.

Ils se trouvaient plus près de la bâtisse qu'elle ne l'aurait cru. Quelques minutes plus tard, ils montaient le perron. À peine avaient-ils atteint la dernière marche que la porte s'ouvrit. La silhouette de Zelazny se découpait en contre-jour dans l'embrasure.

— Que s'est-il passé ? aboya-t-il.

— Elle est tombée à cause de l'obscurité, répondit Sylvain.

— Si elle était rentrée avant le couvre-feu, ce ne serait pas arrivé ! riposta Zelazny d'un air menaçant.

— Mais c'était avant le couvre-feu, affirma Sylvain pour la couvrir.

Allie se blottit contre la poitrine de son chevalier.

— Emmène-la se faire soigner, grogna le professeur, que l'épisode mettait de très mauvaise humeur. Une autre élève a chuté plus tôt – l'infirmière est justement en train de s'occuper d'elle dans le réfectoire. Vous n'aurez qu'à faire la queue.

Puis il s'éloigna en marmonnant :

— … d'une maladresse incurable, si vous voulez mon avis…

— Je n'ai pas besoin de voir l'infirmière, assura Allie. Sylvain l'ignora et la conduisit droit au réfectoire.

Une dame vêtue d'un uniforme blanc marqué de l'écusson de Cimmeria terminait de bander la cheville d'une fille. Sylvain installa Allie sur une chaise.

— Foulure, soupira l'inconnue. J'ai eu un petit accident en jouant au « night tennis » dans le noir.

Elle s'en alla, le bras dans une attelle.

— Tss tss, fit l'infirmière en examinant le genou d'Allie.

Elle nettoya la plaie avec une solution antiseptique qui piquait tellement qu'Allie aurait déguerpi si Sylvain ne l'avait pas retenue. Ensuite elle appliqua délicatement une pommade et des bandages. Allie les sentit à peine.

Sylvain resta debout près d'elle du début à la fin, une main sur son épaule.

— À condition de ne pas courir de marathons pendant les jours qui viennent, tu te porteras bientôt comme un charme, petite, promit gaiement l'infirmière.

En quittant le réfectoire, Allie prit conscience que l'heure du couvre-feu devait être dépassée depuis belle lurette à présent. Elle parcourut les couloirs silencieux au côté de Sylvain, puis celui-ci l'aida à monter l'escalier en direction de l'étage des filles.

— Tu veux que je te raccompagne jusqu'à ta porte ? demanda-t-il sur le palier.

Son sourire sexy transforma son offre généreuse en proposition indécente.

— Je crois que je vais m'en sortir toute seule, s'esclaffat-elle. Merci de m'avoir secourue. Encore une fois. Ça va devenir une habitude.

Alors qu'elle s'éloignait, il lui prit la main et l'obligea à revenir sur ses pas. Avant qu'elle ait le temps de réagir, il se pencha et l'embrassa. Il lui donna un long baiser passionné qui la laissa légèrement essoufflée.

— Il n'y a pas de quoi, murmura-t-il.

Toute chamboulée, elle recula trop vite, s'emmêla les pinceaux et heurta le mur derrière elle. Le rouge lui monta aux joues.

— Je… euh… merci… Bonne nuit, bredouilla-t-elle en se redressant.

Lorsqu'elle lui tourna le dos pour se diriger cahin-caha vers sa chambre, elle crut le voir réprimer un sourire.

11.

— Alors, tu peux m'expliquer ce qui s'est passé hier soir ?

Le foyer était tranquille en ce samedi matin. Allie et Jo étaient assises chacune à un bout du canapé en cuir, l'air absent. Elles portaient le même ensemble – un long short bleu foncé assorti d'une chemise blanche à manches courtes –, et tenaient dans la main droite une tasse blanche remplie de thé à ras bord. Elles venaient d'arriver du réfectoire, où Gabe avait brillé par son absence au cours du petit déjeuner.

Pendant un moment, les yeux bleu clair de Jo papillonnèrent avec anxiété d'un objet à l'autre, pour finalement se poser sur Allie.

— Gabe peut se montrer… autoritaire. Il aime contrôler la situation.

Elle prononça les derniers mots si bas qu'Allie dut se pencher pour les entendre. Après un silence, Jo fit un geste vague de la main gauche comme pour chasser cette pensée désagréable.

— Et ça m'énerve. Parfois.

Elle se tut. Allie attendit patiemment la suite.

— Donc, soupira Jo, hier, il s'est un peu trop pris pour mon père. « Fais ci, fais pas ça. Ne me pose pas de questions. » S'il s'imagine que je vais rester docile, il se trompe. Et… maintenant on ne se parle plus. Il était ici quand Carter et moi, on est rentrés…

Elle s'interrompit et jeta un regard soucieux à Allie.

— Au fait, Carter est retourné te chercher, hein ?

Allie hocha la tête.

— C'est une longue histoire, ça aussi. Mais raconte la tienne d'abord.

Jo but une gorgée de thé.

— Gabe a réagi de façon super arrogante. Style : « Je t'avais bien dit de ne pas sortir… Tu aurais dû m'écouter… » Le genre de trucs qui me rend… (Elle brandit son poing droit en guise d'illustration.) Alors je lui ai répondu qu'il pouvait se mettre ses conseils où je pense et je suis allée me coucher. Je ne l'ai pas revu depuis. J'espère que tu n'as pas trop flippé hier soir. Je ne pensais pas que Carter te laisserait seule. Tu as dû avoir un peu peur. C'est la première fois que tu te retrouvais dans les bois en pleine nuit, non ?

Allie fut tentée de lui reprocher sa coupure à la jambe, mais elle s'abstint.

— Non, ça allait. On s'inquiétait pour toi. Je… j'ai insisté pour qu'il te suive.

Jo posa sa tasse sur la table et replia ses genoux contre sa poitrine.

— Qu'est-ce qui s'est passé après mon départ ? Tu n'as pas eu de problèmes ? Carter était préoccupé. Il m'a engueulée. Il m'a dit qu'à cause de moi, il avait été obligé de t'abandonner dans la forêt.

— Ah bon ? s'étonna Allie.

Carter paraissait surtout irrité quand elle l'avait revu.

— Il est revenu me chercher mais, entre-temps, j'étais tombée sur Sylvain. Et il est arrivé un truc bizarre, Jo.

Allie se tourna face à son amie et croisa les jambes.

— Sylvain a pratiquement ordonné à Carter de dégager, chuchota-t-elle. Genre : « Toi, retourne bosser ! » Qu'est-ce que ça signifie, à ton avis ? Carter n'avait pas envie d'obéir mais il a fini par s'en aller.

Jo leva les yeux au ciel.

— N'importe quoi ! À mon avis, ça a un lien avec les Nocturnes. Sylvain doit avoir un grade supérieur, j'imagine.

Allie se laissa glisser sur le canapé de façon à pouvoir poser la tête sur le dossier et à allonger les jambes sous la table. Ce faisant, elle dévoila malgré elle son bandage blanc et propre.

— Oh, Allie, qu'est-ce qui est arrivé à ton genou ?

Elle afficha un petit sourire désolé.

— Je suis tombée sur le chemin hier soir. Comme une grosse empotée. (Elle leva sa main gauche pour montrer les égratignures sur sa paume.) Marquée à vie.

— Oh non, c'est ma faute ! Pardon d'avoir pété un câble, Allie ! J'ai tout gagné. Maintenant Gabe est fâché et toi, tu es blessée. Je suis vraiment nulle.

Elle semblait sincèrement navrée.

— Ne dis pas de bêtises, la rassura Allie. Ce n'est rien. Je le sens à peine. (Elle poussa un cri aigu et se cacha le visage entre ses mains.) Oh ! Je ne t'ai toujours pas raconté, c'est dingue ! Sylvain m'a embrassée !

— C'est vrai ? s'exclama Jo en redressant le buste. Où, quand, comment ?

La voix étouffée, Allie répondit :

— Il m'a portée jusqu'au manoir à cause de ma jambe.

— Oh là là ! Il t'adore, soupira Jo. Quel héros ! Parle-moi du baiser.

Allie glissa un coup d'œil entre ses doigts.

— Ce n'était pas un petit bisou sur la joue. C'était un vrai baiser. Avec la langue.

Jo la poussa un peu en riant.

— Et alors ? C'était bien ?

— Euh… ouais, fit Allie en s'enfonçant dans les coussins, les joues cramoisies. Oui. C'était carrément bien.

— Tu n'as pas plus ou moins rendez-vous avec lui ce soir ? s'écria Jo en lui donnant une deuxième bourrade. Tu passeras dans ma chambre après, je veux *tout* savoir ! (Elle se raidit subitement.) Eh, ça me fait penser ! Le bal d'été a lieu dans trois semaines. Sylvain va sûrement te proposer d'être sa cavalière ! Qu'est-ce que tu vas porter ? Dis-moi.

Elle exprimait un tel enthousiasme qu'Allie ne put s'empêcher d'éclater de rire.

— Arrête, on dirait une petite fille ! Je n'étais même pas au courant qu'il y avait un bal. Et toi, tu vas mettre quoi ?

— Je me suis acheté une robe la dernière fois que je suis rentrée chez moi.

Rayonnante de joie, Jo décrivit la minirobe moulante à paillettes argentées qu'elle avait trouvée dans une boutique de Bond Street, ainsi que ses sandalettes assorties. Elle regarda Allie en plissant les yeux.

— Et toi, tu as une robe ?

Allie se trémoussa dans le canapé.

— Ben… pas vraiment. Il y en a quelques-unes dans ma penderie, en particulier une robe vintage que j'adore. Mais je ne sais pas comment je vais faire pour les chau…

— Tu vas venir dans ma chambre ! l'interrompit Jo, ravie. J'ai… je ne sais pas… un million de paires de chaussures. Problème résolu. (Elle prit la main d'Allie.) On se préparera ensemble, entre filles ! Je m'occuperai de ton maquillage et de ta coiffure, et vice versa. On sera sublimes !

Allie hésita une seconde avant de confier :

— Écoute, je ne suis encore jamais allée à une soirée dansante. Pas une vraie. Mes anciens lycées n'organisaient pas ce type d'événement.

Jo balaya ses soucis d'un grand revers de la main.

— Tu vas adorer. C'est démodé sans être… guindé, tu vois. Tout le monde est sur son trente et un. Même les profs. Certains soignent leur look, tu n'en reviendras pas ! C'est génial. Dès que Sylvain t'en parle, tu dis oui.

Allie était à moitié affalée sur le canapé à présent.

— Mais… s'il n'aborde pas le sujet, qu'est-ce que je fais ?

Elles se turent un moment. Et si elles n'avaient pas de cavaliers pour la soirée ? Elles contemplèrent en silence l'horreur de la situation.

— Je pourrais toujours y aller avec Zelazny, plaisanta Allie. Il est si gentil.

Elles se tordirent de rire.

Ce soir-là, à la fin du dîner, Gabe entra dans le réfectoire et se dirigea droit vers leur table pour enlever Jo. Lorsqu'ils repartirent ensemble, Allie, Ruth, Lisa et Lucas échangèrent des coups d'œil entendus.

— Séance de bécotage intensive en vue, prédit Lisa. Il faut ça pour se réconcilier.

— Si on sortait ? suggéra Ruth. J'ai trop chaud ici et le ciel est magnifique cette nuit. On n'est pas forcés de s'éloigner du bâtiment. On pourrait juste rester assis dans l'herbe et bavarder.

Lucas ne semblait pas très motivé. Il ouvrit la bouche pour protester, mais une voix s'éleva derrière Allie et lui coupa la parole.

— Je suis d'accord. C'est la nuit idéale pour jouer au croquet, vous ne trouvez pas ?

Allie se retourna et aperçut Sylvain dans son dos.

Lucas le fixa en levant un sourcil ; en le voyant hocher la tête presque imperceptiblement, il haussa les épaules.

— OK. Allons-y.

Lorsque Allie se leva, Sylvain lui attrapa la main et ils sortirent en marchant côte à côte.

— Je pense que ça va te plaire, lui glissa-t-il à l'oreille. Le croquet est parfois ennuyeux dans la journée mais de nuit, ça devient beaucoup plus drôle.

Son souffle la chatouillait et elle frissonna de plaisir. Elle lui sourit, puis se mit à courir dans le couloir, toute guillerette, en tirant sur son bras.

— Alors viens vite. Ne traîne pas !

Il pouffa et la suivit en pressant le pas. Dehors, les autres étaient déjà en train de sortir l'équipement d'un appentis situé près de la porte d'entrée. Tous ensemble, ils plantèrent les cerceaux dans le gazon.

— Il nous faut un sixième joueur, fit remarquer Lucas.

— Je vais chercher Phil, annonça Ruth, avant de filer à l'intérieur.

Les rougissements de Lisa, enchantée d'être la coéquipière de Lucas, n'échappèrent pas à Allie. Malheureusement l'intéressé, lui, n'y prêta aucune attention.

— Puisqu'on attend Phil, dit brusquement Sylvain, ça ne vous ennuie pas si je m'absente un instant ? J'ai un truc important à faire. Allie, tu veux bien venir m'aider ?

— Bien sûr.

— On revient tout de suite, promit-il aux autres.

Il prit Allie par la main et l'entraîna à toute allure derrière le bâtiment. Dès qu'ils eurent tourné à l'angle de la bâtisse, il s'arrêta. Elle regarda autour d'elle, déconcertée.

— Où on va… ?

Soudain il la plaqua contre le mur de pierre et l'embrassa avec fougue. La surprise céda aussitôt la place au désir ; elle se pendit à son cou, le serra contre elle et lui rendit ses baisers. Elle le trouvait très doué – elle n'avait encore jamais embrassé personne de cette manière et elle aurait voulu que ça dure toujours.

Quand il se redressa, ils haletaient tous les deux en se dévorant des yeux.

— Je suis désolé. Je ne pouvais pas attendre une minute de plus, dit-il en respirant fort, ses prunelles bleues rivées dans celles d'Allie.

— Encore, réclama-t-elle en s'accrochant à ses épaules.

Il sourit.

— Si tu insistes…

Le deuxième baiser fut plus long et, chose extraordinaire, encore plus passionné. Les lèvres de Sylvain explorèrent le cou d'Allie tandis que ses mains se posaient sur ses hanches. Elle sentait son haleine chaude sur sa gorge. Après quelques minutes, il chuchota à regret :

— On devrait rejoindre les autres. C'est vraiment contre ma volonté, mais ils risquent de se demander où on est passés, ajouta-t-il en caressant doucement la bouche d'Allie avec son pouce.

— Je les déteste, murmura-t-elle.

Il recula sans lui lâcher la main, son visage illuminé par un sourire.

— Et maintenant, croquet !

— Youpi, soupira Allie. Une partie de croquet…

Lorsqu'elle émergea de l'ombre et longea de nouveau la façade, Allie constata que tout le monde les attendait, dont Carter qui discutait avec Lucas. À son expression, elle devina qu'il savait exactement pourquoi ils étaient partis se cacher.

— Allie ! Sylvain ! lança-t-il d'un ton moqueur. Ce n'est pas trop tôt. Qu'est-ce que vous fabriquiez ?

Surprise par son agressivité, elle rougit de colère. Elle qui croyait qu'ils avaient partagé un moment de complicité dans le bois, qu'ils s'étaient enfin compris et qu'ils pourraient même envisager de devenir amis ! Elle s'était trompée. Carter semblait plus que jamais disposé à se montrer désagréable.

Sylvain se colla contre Allie.

— Malheureusement, Carter, les équipes sont déjà faites. Nous n'avons pas besoin d'un autre joueur.

— Je ne suis pas venu pour *jouer*, rétorqua celui-ci avec dédain. Je voulais seulement m'assurer qu'Allie se portait bien après sa chute d'hier soir.

Allie sentit tous les yeux se braquer sur elle.

— Je… je vais bien, Carter. Merci.

Elle chancela sous le poids de son regard accusateur.

— Tant mieux. C'est vrai que tu as l'air en pleine forme, continua-t-il sur le même ton sarcastique. Tu t'es blessée aux lèvres aussi ? Elles sont toutes gonflées. À moins que ça n'ait aucun rapport ?

Un peu honteuse, elle mit une main devant sa bouche. Sylvain s'avança vers Carter d'un air menaçant.

— Tu devrais déjà être parti, dit-il, glacial.

Carter le fixa sans ciller.

— Je voulais juste vérifier un truc.

— Tu es satisfait, tes soupçons sont confirmés ? gronda Sylvain, les mâchoires serrées.

— Eh, les gars ! s'écria Ruth en s'interposant. Du calme. Vous n'allez pas monter sur vos grands chevaux.

Carter l'ignora.

— Oh oui, j'en ai vu assez, Sylvain. Tu sais à l'avance ce que je vais te dire, non ?

Ruth jeta l'éponge et s'éloigna en soufflant. Les deux garçons, face à face, séparés par une trentaine de centimètres au plus, se défiaient en silence. Mal à l'aise, Allie s'enveloppa dans ses bras.

— Non, je n'en ai pas la moindre idée, répondit Sylvain.

— Laisse-la tranquille. (Carter fit un pas de plus, si bien que son front touchait presque celui de son rival à présent.) Ce que tu fais est mal, tu le sais.

Sylvain sourit, amusé.

— Merci de ton conseil, Carter. Si tu nous laissais jouer notre partie maintenant, hein ?

Ils restèrent ainsi à se toiser avec une rage froide pendant un moment, puis Carter finit par se tourner vers Allie.

— Ne crois pas un mot de ce qu'il te raconte. C'est un menteur.

Malgré son trouble, Allie leva fièrement le menton.

— Je n'ai pas besoin de tes recommandations, Carter. Je suis assez grande pour savoir ce que je fais.

Furieux, il partit comme un ouragan vers les bois.

« Il est malade ou quoi ? » pensa-t-elle, les mains tremblantes.

— On se serait bien passés de cette scène, déclara Sylvain en balançant négligemment un maillet au bout de son bras. Bon, on y va ? Allie, on prend les bleus ?

Elle hocha la tête alors que l'avertissement de Carter résonnait toujours à ses oreilles.

Quand elle eut une seconde au cours de la partie, elle prit Sylvain à part.

— Il faisait allusion à quoi, Carter ? chuchota-t-elle.

Il écarta d'un geste délicat des mèches folles tombées sur son front.

— Je crois que tu lui plais, *ma belle*. Peut-être qu'il est jaloux.

Tandis qu'il s'éloignait pour jouer son tour, elle fronça les sourcils. « À moins qu'il essaie de me faire peur pour que je me détache de Sylvain ? » À en juger par son attitude, il était très peu probable qu'il ait un faible pour elle.

Elle s'imaginait que la soirée serait gâchée pour de bon après cela, mais elle se trompait. Au bout du compte, elle s'amusa beaucoup. Les cerceaux et les boules de couleur, recouverts d'une peinture phosphorescente, brillaient dans le noir, et les maillets étaient équipés de diodes LED qu'on activait par un interrupteur sur le manche, de sorte que le jardin s'éclaira à mesure que la nuit tombait. À la fin, les joueurs ne se voyaient presque plus entre eux mais ils pouvaient suivre les mouvements des autres grâce à leurs accessoires lumineux.

Ruth était très habile et elle enseigna à Allie quelques techniques pour bien maîtriser la trajectoire de sa boule. Quand Allie réussit à chasser une des boules de Phil de l'aire de jeu, Ruth éclata de rire.

— Tu as trop bien retenu la leçon !

À la fin de la partie, pendant qu'ils rangeaient le matériel, Allie plaisanta gaiement avec Ruth, l'esprit léger. Elle s'appuya contre Sylvain sans aucune arrière-pensée, tandis qu'il passait tranquillement un bras autour de ses épaules. Leurs yeux se croisèrent et elle sentit des petits frissons d'excitation dans ses membres.

— Tu as des yeux magnifiques, dit-il. Ils sont aussi transparents, aussi purs que ton âme.

Il souhaita bonne nuit aux autres, puis il lui murmura à l'oreille :

— On fait une balade ?

Elle accepta avec enthousiasme, la gorge nouée par l'émotion.

Ils se promenèrent autour de l'école dans le crépuscule. Lorsqu'ils furent parvenus près de la porte de derrière, il l'enlaça.

— J'ai passé un très bon moment, Allie. Je suis content que Carter n'ait pas complètement foutu la soirée en l'air. Il te veut rien que pour lui, c'est tout.

Elle en doutait fort. Cependant, elle n'en laissa rien paraître.

— Moi aussi, je me suis bien amusée, dit-elle en lui souriant.

Il la serra contre lui et blottit son visage dans le creux de son cou. Lorsqu'il l'embrassa, elle sentit tous ses soucis s'envoler. Il faisait des choses incroyables avec ses lèvres. Le cœur d'Allie battait la chamade ; sa respiration devint courte et saccadée tandis qu'il lui léchait l'ourlet de l'oreille et mordillait délicatement le lobe. Elle leva les bras et croisa ses poignets derrière la nuque de Sylvain.

Quelques minutes plus tard, Zelazny apparut dans l'encadrement de la porte et hurla :

— Couvre-feu !

Sylvain leva la tête à contrecœur. Mais Allie n'avait pas l'intention d'être raisonnable.

— Continue, insista-t-elle.

Il lui sourit. Ses mains étaient chaudes contre sa taille.

— C'est l'heure. Il faut rentrer.

— Juste une fois ?

Il se pencha sur elle avec un regard terriblement sexy. Elle leva le menton et écarta les lèvres dans l'attente du baiser, mais il déposa une bise furtive sur sa joue.

— À l'intérieur, jeune fille, avant qu'on ne vous inflige une retenue.

— Couvre-feu ! cria Zelazny pour la deuxième fois. Dernier appel !

Sylvain la tint pressée contre lui d'un geste possessif. En se joignant à la foule massée près de la porte, ils passèrent à côté de Katie et de Julie. Quand Allie découvrit la mine fielleuse de Katie, elle lui adressa un sourire béat.

« Allie : un. Katie : zéro. »

12.

Lorsque Allie descendit petit-déjeuner le lendemain matin, Jo trépignait devant le réfectoire.

— Comment c'était ? interrogea-t-elle à brûle-pourpoint, en suivant son amie à l'intérieur. Raconte-moi tout !

Allie remplit son assiette d'œufs brouillés et de toasts.

— Toi, tu es une petite curieuse, se moqua-t-elle.

— Il t'a encore embrassée, pas vrai ? (Comme Allie confirmait d'un hochement de tête, elle poussa un petit cri.) Je suis sûre qu'il fantasme à fond sur toi ! Il t'a invitée au bal ?

— Nan. Peut-être qu'il veut seulement m'embrasser, rien de plus.

— Il *va* te demander d'être sa cavalière, affirma Jo d'un ton péremptoire.

Elles se dirigèrent vers leur table habituelle.

— Carter nous a fait un de ces sketchs hier soir.

Les sourcils froncés, Jo écouta Allie raconter le déroulement de la soirée.

— C'est… étrange, dit-elle. Tu crois qu'il est jaloux ?

— Impossible, répondit Allie, sûre d'elle. Il me déteste. Tu aurais dû le voir… J'ai l'impression de le dégoûter. Et je ne sais pas d'où vient le conflit entre Sylvain et lui, mais ils se haïssent. J'ai cru qu'ils allaient en venir aux mains à un moment.

— Carter n'oserait pas, assura Jo. Il aurait de gros ennuis. De toute façon, ça n'a pas d'importance. Sylvain t'adore ! Et il va bientôt t'inviter au bal.

Pendant toute la semaine, on ne parla que du bal d'été dans les couloirs de Cimmeria – en particulier des couples de cavaliers qui se formaient pour l'occasion et des tenues de gala que chacun porterait. Allie apprit que, exceptionnellement, les élèves avaient droit au champagne et que le couvre-feu était aboli le temps de la soirée.

Sylvain étant impliqué dans un mystérieux projet, Allie le vit peu. Mais la manière dont il la dévisageait chaque fois qu'ils se croisaient ne laissait pas de place au doute : ce qui s'était passé samedi soir n'était pas arrivé par hasard. Il ne pouvait pas s'empêcher de poser les mains sur elle. Chaque fois qu'ils se rencontraient dans le hall, il l'attirait contre lui ou lui caressait le bras. Après ces brefs instants d'intimité, elle repartait toujours un peu essoufflée et sur sa faim.

Mais il ne l'avait toujours pas invitée au bal.

Carter, lui, la snobait complètement. Dès qu'elle l'apercevait, il détournait le regard. En classe, il s'arrangeait pour ne lui montrer que son profil. Bref, il la traitait comme si elle n'existait pas. Le vendredi, Allie décida que la situation avait assez duré. Elle était déterminée à découvrir pour de bon la nature du problème. Seulement, elle ne savait pas comment s'y prendre.

Après les cours, elle fonça à la bibliothèque dans l'espoir de trouver un obscur livre de poésie cité par Isabelle. Quand elle poussa la porte, elle heurta un camarade qui s'apprêtait à franchir le seuil en sens inverse.

— Oh ! pardon.

Elle se figea en reconnaissant Carter qui la foudroyait des yeux.

Alors qu'il s'en allait sans lui adresser la parole, elle éclata.

— Hé ! murmura-t-elle d'un ton sec. Qu'est-ce qui ne va pas chez toi ?

— Rien, répondit-il d'un air distant.

— Ah bon ? Alors pourquoi t'es asocial ?

Elle entra dans la bibliothèque en le bousculant au passage. Elle entendit la porte claquer derrière elle. Il l'attrapa par le bras et l'obligea à faire volte-face.

— Tu ne me parles pas comme ça ! siffla-t-il.

Son mouvement de colère n'impressionna pas Allie.

— Je te parle comme je veux, Carter, répliqua-t-elle en se dégageant. Ton attitude ces jours-ci n'est pas normale. C'est même du grand n'importe quoi.

— Qu'est-ce qui est normal, Allie ? chuchota-t-il d'une voix pleine de rage. Donne-moi une définition. Pour toi, Sylvain est *normal*, par exemple ?

Elle sentit un frisson remonter sa colonne vertébrale.

— C'est quoi, cette question ? Quel est le rapport entre Sylvain et la façon dont tu me traites ?

— Il n'y en a pas.

Il mentait, à l'évidence. Elle étudia son visage, ses yeux noirs profonds, ses sourcils bruns froncés, et perçut la tension nerveuse contenue en lui, prête à exploser.

— Non, au contraire, c'est tout le problème. Comment peux-tu être aussi stupide ? Je te croyais intelligente, mais tu n'es qu'une idiote comme les autres. Tu ne sais rien de lui, tu ne connais pas Cimmeria, mais ça ne t'empêche pas de le bécoter devant tout le monde et de te donner en spectacle.

Elle écarquilla les yeux.

— Je ne me…

— Quoi ? Tu ne craques pas pour ses reparties de grand séducteur, peut-être ? Tu es sûre ? On ne dirait pas !

Il était tellement furieux qu'elle commença à s'affoler. Elle essaya de le raisonner.

— Carter, je ne pige pas. OK, je sors avec Sylvain en ce moment. Et alors ? Qu'est-ce que ça change pour toi ? Tu me détestes.

Il se tenait si près d'elle que son souffle lui caressait la joue. Il sentait bon le café et les épices.

— Tu crois que je te déteste ? C'est faux. Je te croyais plus futée, c'est tout.

Alors qu'elle ouvrait la bouche pour se défendre, il la fit taire en posant un doigt sur ses lèvres. Ils se regardèrent droit dans les yeux pendant quelques secondes. Elle pouvait goûter le sel de sa peau sur le bout de sa langue. Puis il étouffa un juron, pivota sur ses talons et partit.

Le samedi matin, Allie retrouva Jo dans sa chambre.

— Voici la question du jour, Allie : veux-tu porter tes cheveux relevés ou lâchés ?

Un gros peigne à la main, Jo étudiait le crâne de son amie avec une moue concentrée. Allie était assise devant elle, face à un miroir. Les robes sorties de sa penderie et la collection impressionnante de chaussures de Jo occupaient toute la pièce. Cette dernière avait insisté sur le fait qu'elles devaient « s'entraîner ».

Allie entortilla une mèche de cheveux autour de son doigt et la dénoua.

— Quelle importance ? Le bal est dans deux semaines et Sylvain ne m'a toujours pas invitée. Je pourrais aussi bien me teindre les cheveux en vert et me raser à l'iroquoise.

Jo approcha une paire de souliers d'une robe, observa l'effet, puis en essaya une autre.

— Il ne va pas tarder à te proposer d'être sa cavalière, affirma-t-elle. Je le tiens de source sûre.

Allie leva des yeux pleins d'espoir.

— C'est vrai ?

— Oui. (Jo braqua un talon fin sur elle d'un air menaçant.) Alors sois un peu sérieuse. Relevés ou lâchés ?

— Euh… je n'en sais rien. (Allie ramassa une brosse et la passa dans ses cheveux.) Alors… Lucas va au bal avec qui ?

— Lisa bien sûr, répondit Jo d'une voix étouffée.

Elle était en train de tirer une énième paire d'escarpins d'un placard.

— Et Carter ?

— Il paraît qu'il a invité Clare. (Elle posa les chaussures au milieu des autres.) Moi, j'opterais pour une coiffurc haute.

— Va pour une coiffure haute. Qui est Clarc ?

— Une petite blonde, plutôt mignonne. Elle est en bio avec nous. Troisième rangée. Je crois qu'elle est en anglais avec toi aussi. Il l'a pécho l'an dernier et puis il l'a larguée après. Tout le monde lui en a voulu à mort parce qu'elle est super gentille. On dirait qu'ils sont en train de se remettre ensemble.

Allie contempla son reflet dans la glace. « Qu'est-ce que j'en ai à cirer, d'abord ? Carter dansera avec qui il voudra. » Elle remonta ses cheveux à l'aide de ses deux mains.

— Quel salaud. Oui, je crois que tu as raison. Relevés, ça peut le faire.

Jo sourit.

— Excellent. Dès qu'on aura choisi la robe, je me mets au boulot.

Elle étendit les trois robes côte à côte sur le lit et les examina d'un œil critique.

— Bien. Déshabille-toi et essaie-les. On décide aujourd'hui.

Allie enfila en premier une robe noire près du corps, avec un col montant et un dos-nu. Elle lui tombait aux chevilles et lui donnait une allure sophistiquée.

— Très joli, commenta Jo en appréciant la coupe. Mais ça fait un peu vieillot sur toi.

— Carrément. J'ai l'air d'avoir, genre, trente ans.

Allie l'ôta par le haut et la jeta sur le lit. Elle attrapa la deuxième, qui était blanche, avec une longue jupe droite et des bretelles spaghettis.

— Sublime ! décréta Jo. Fraîche. Parfaite pour l'été. Virginale.

Allie plissa le nez en se tournant devant le miroir.

— Elle est un peu moulante, objecta-t-elle, sceptique.

La robe soulignait ses moindres courbes, laissant peu de place à l'imagination.

— Oui, mais ça te va bien. Elle s'accorde parfaitement avec ta teinture et j'ai les chaussures idéales pour aller avec.

La troisième et dernière robe était la préférée d'Allie. Sa jupe pleine était coupée au niveau des genoux ; elle était en soie bleu foncé, avec un jupon en organza cousu à l'intérieur. Son décolleté en V plongeant et bordé de perles descendait pile à la bonne profondeur devant, tandis qu'elle remontait haut dans le dos. Les manches étroites s'arrêtaient juste sous le coude. Elle lui allait comme un gant.

Quand Allie zippa la fermeture Éclair sur le côté et se redressa, Jo retint son souffle et posa sa main sur son cœur.

— Tu es ma-gni-fique, déclara-t-elle d'un air théâtral. C'est une robe que tu devrais mettre tous les jours jusqu'à la fin de ta vie. Sauf le soir du bal d'été.

— Pourquoi ?

— C'est une robe d'hiver. Toutes les filles seront habillées de tissus légers pendant que toi, tu vas transpirer sous la soie. Garde-la pour le bal d'hiver. En plus, il est beaucoup plus important que le bal d'été. En attendant, cache-la bien ! La nuit où tu battras toutes tes rivales à plate couture, c'est cette tenue-là que tu arboreras.

Jo semblait si sûre d'elle qu'Allie ne songea même pas à discuter. D'autant qu'elle n'y connaissait pas grand-chose, ayant toujours été du genre à porter jean et baskets. Elle ne s'était habillée qu'en de rares occasions – pour des mariages, par exemple – et chaque fois sa mère avait choisi ses tenues à sa place. Mais elle devait reconnaître que la robe blanche la mettait en valeur.

Jo lui montra une paire de sandalettes argentées à petits talons.

— Qu'en penses-tu ? Elles sont parfaites ou elles sont parfaites ? demanda-t-elle, rayonnante de fierté.

Allie leva les mains, la mine résignée.

— Euh… elles sont parfaites ? s'esclaffa-t-elle.

— Maintenant, passons à ta coiffure…

Jo la raccompagna jusqu'à la chaise et la fit asseoir. Elle passa le peigne à travers ses mèches souples et épaisses, puis les tira en une queue-de-cheval haute.

Sans le henné qu'elle utilisait chez elle pour se les teindre en rouge flamboyant, les cheveux d'Allie reprenaient peu à peu leur couleur naturelle châtain foncé.

Jo s'activa en silence pendant un moment, mais Allie voyait bien qu'une question lui brûlait les lèvres.

— Dis-moi, pourquoi tu t'intéresses à la cavalière de Carter ? demanda-t-elle subitement.

Allie gigota sur la chaise, embarrassée.

— Oh, je m'en fiche… Simple curiosité, en fait. Comment peux-tu être sûre que Sylvain va m'inviter ?

Jo entortilla une mèche pour dessiner une jolie torsade et la fixa avec une épingle.

— C'est mon petit doigt qui me l'a dit. Et mon petit doigt ne se trompe jamais.

— J'aimerais bien qu'il se décide, marmonna Allie en regardant son amie dompter ses mèches indisciplinées. Toutes les filles ont déjà un cavalier, sauf moi.

— Et voilà !

Jo recula en lui souriant dans la glace, visiblement satisfaite.

— Sylvain aurait bien de la chance de t'avoir à son bras.

Les cheveux rebelles d'Allie, à présent lisses et soyeux, étaient rassemblés en un chignon pas trop sévère et maintenus par un ruban en soie blanche. Quelques boucles libres encadraient son visage ovale et faisaient ressortir ses yeux gris.

— C'est fantastique ! s'exclama-t-elle en se dévisageant avec stupéfaction.

— Voilà comment tu seras coiffée le jour J, ajouta Jo, avant de conclure modestement : Si ça te plaît, bien sûr.

Allie la serra dans ses bras.

— J'adore ! Où as-tu appris à faire ça ?

— À l'académie pour devenir une vraie fille, plaisanta Jo. Dans laquelle tu viens d'être enrôlée à ton tour, je crois.

Allie demeura muette pendant si longtemps que Jo, qui s'affairait à ramasser les chaussures par terre, s'arrêta et la regarda d'un air soucieux.

— Ça va ? Je ne sous-entendais rien de particulier.

Allie lui sourit.

— Ça va, ne t'inquiète pas. C'est juste qu'une idée bizarre m'a traversé l'esprit.

— Laquelle ? demanda Jo, déjà repartie dans son rangement.

— Malgré tout ce qui se passe en ce moment – entre Carter qui est insupportable, Sylvain qui persiste à ne pas m'inviter au bal et les cours qui sont super durs –, en dépit de tout ça, je crois que je suis… heureuse.

— Ça prouve bien que tu es complètement folle !

— Non, je ne rigole pas. Je suis vraiment heureuse. Pour la première fois depuis très longtemps. Tu sais, je me figurais que j'allais détester vivre ici. Je m'étais persuadée que ça ne me plairait pas. Et si tu m'avais dit il y a un mois que je me préoccuperais de robes, de bals, de chaussures ou de ma coiffure, je t'aurais ri au nez. Et au bout du compte… j'aime bien, en fait.

Agenouillée à côté de la penderie où elle triait ses paires de chaussures, Jo tourna la tête vers elle.

— C'est une bonne nouvelle, non ?

— Ouais, dit Allie, songeuse. J'imagine que oui.

Environ une heure plus tard, Allie rapporta les robes dans sa chambre et les remisa au fond de sa penderie. Elle défit sa coiffure et attacha de nouveau ses cheveux en queue-de-cheval basse, en prenant soin de mettre les rubans de côté dans le tiroir du haut de son bureau.

Elle jeta un coup d'œil à son réveil et partit en hâte – il ne restait plus que vingt minutes avant la fermeture du réfectoire. Elle devait se dépêcher si elle voulait déjeuner.

Une voix s'éleva derrière elle dans le couloir.

— Salut, Allie.

Elle se retourna et vit Julie qui marchait dans sa direction. « Génial. Exactement ce qu'il me fallait. »

— Oh, salut, Julie.

Comme toujours, pas un cheveu ne dépassait de son carré blond impeccable et elle portait ses jolies Birkenstock roses. Allie n'en revenait toujours pas qu'elle jouisse du privilège de porter ses propres chaussures. « C'est trop injuste ! »

— Je me demandais si tu allais au bal. Tu devrais. Je sais que tu es nouvelle, mais c'est une expérience à ne pas rater. Tu n'as même pas besoin d'avoir un cavalier.

Allie se hérissa en entendant la dernière phrase.

— Oui, j'ai prévu d'y aller, répondit-elle.

— Oh, génial ! Ç'aurait été vraiment dommage que tu ne voies pas le bal d'été au moins une fois dans ta vie, au cas où tu ne resterais qu'une saison ici.

Allie fronça les sourcils.

— Pourquoi je ne passerais pas d'autre été à Cimmeria ?

Julie parut déconcertée.

— Oh, je disais ça comme ça. C'est juste que… en général, il n'y a que les meilleurs élèves l'été. J'ai cru comprendre que tu étais ici pour… d'autres raisons.

Allie eut l'impression d'avoir reçu un coup.

— Qu'est-ce que tu entends par là ? Quelles autres raisons ?

— Oh, tu ne savais pas ? fit Julie, de plus en plus gênée. Isabelle a pris des dispositions spéciales pour ce trimestre en ce qui te concerne. Ensuite, je suppose que tu te joindras aux autres… enfin, aux élèves normaux.

Allie se raidit et s'avança vers sa camarade.

— C'est quoi, le message, Julie ? Que je suis trop nulle pour être ici ?

Julie fit un pas en arrière.

— Non ! Bien sûr que non ! se défendit-elle. J'espère que je ne t'ai pas vex…

— Vexée ? Évidemment que tu m'as vexée !

Allie lui tourna le dos et descendit le couloir à toute vitesse, en serrant si fort les poings que ses ongles gravèrent des petits croissants de lune à l'intérieur de ses paumes.

Au pied de l'escalier, elle prit le virage à fond de train, manquant rentrer dans Sylvain. Il l'intercepta et la souleva dans ses bras en riant.

— Tu ne marches donc jamais ?

Malgré elle, elle répondit d'un ton brusque :

— Seulement quand c'est nécessaire.

Elle respira lentement et tenta de se calmer.

— Il y a un problème ? s'enquit-il en étudiant son visage d'un air inquiet. Tout va bien ?

Elle haussa les épaules.

— Je viens de tomber sur Julie. Elle… Oh, ça ne vaut pas la peine d'en parler. C'est juste une peste.

— Oh, Julie… Elle est un peu… pénible, parfois, concéda Sylvain, amusé. Mais il ne faut pas la prendre trop au sérieux. Elle n'est pas méchante.

Incapable de résister à l'éclat malicieux de ses yeux, elle lui rendit son sourire.

— Tu as raison. Je ne devrais pas me laisser déstabiliser.

— J'espérais te croiser, pour être honnête.

Il s'adossa au mur sous la cage d'escalier et l'attira près de lui pour plus d'intimité.

« Comment fait-il pour être aussi cool ? » s'interrogea-t-elle.

— Je voulais te demander si tu avais déjà un cavalier pour le bal.

Allie sentit ses joues brûler et son cœur battre fort dans sa poitrine. « Garde ton sang-froid. »

— Non, pas encore.

Il riva ses yeux dans les siens.

— J'espérais que tu accepterais d'y aller avec moi.

« Tu rigoles ou quoi ? Un peu que je veux y aller avec toi ! Je veux tomber amoureuse de toi, t'épouser et te faire des tas de bébés, acheter une maison, m'installer en France… »

— Ce serait sympa, répondit-elle tranquillement.

— Fantastique. J'ai hâte, ajouta-t-il avec un demi-sourire sensuel.

Ils restèrent plantés là un moment, comme réticents à s'éloigner l'un de l'autre, puis Sylvain porta la main d'Allie à ses lèvres, la baisa doucement et la relâcha.

— Tu ferais mieux d'aller déjeuner avant que ça ferme.

Elle hocha la tête.

— À plus tard.

— À bientôt.

Allie lévitait presque quand elle entra dans le réfectoire ; elle flottait sur un nuage de félicité, si bien qu'elle faillit ne pas voir Jo qui lui faisait signe de se joindre à elle à leur table habituelle. Son amie mangeait une assiette de salade verte.

— Régime salade jusqu'au bal, expliqua-t-elle, sinon je ne rentrerai jamais dans ma robe… Ben qu'est-ce qui t'arrive ?

Grisée par la passion amoureuse, Allie se contenta de la fixer bêtement.

— Tu fais une drôle de tête. Il vient de se passer un truc. Dis-moi quoi, exigea Jo.

Allie sourit d'un air rêveur.

— Sylvain m'a invitée.

Jo sauta de son siège en poussant un cri et se mit à danser autour de la table avant de serrer sa copine dans ses bras.

— Je le savais ! Qu'est-ce que je t'avais dit ? Je suis… euh… omnisciente !

— Tu es un vrai génie, s'esclaffa Allie. Et je crois que j'ai intérêt à manger de la salade, moi aussi, si je dois porter cette robe blanche.

Jo se rassit et lui tendit le saladier.

— Ce sera le plus beau bal d'été de toute l'histoire.

Mais tandis qu'Allie remplissait son assiette, elle leva les yeux et aperçut par hasard Carter qui la fixait d'un air furieux depuis une table voisine. Quand il comprit qu'elle l'avait vu, il se leva et quitta la salle, raide comme la justice.

13.

Les deux semaines qui précédèrent le bal furent interminables. Allie avait le sentiment que l'école entière vivait au ralenti, en suspens. Les cours traînaient en longueur. Les professeurs refusaient d'abdiquer face à l'apathie et à la distraction des élèves, si bien que les devoirs continuaient de pleuvoir mais, pour la première fois, la bibliothèque était presque déserte le soir.

— Si je prends du retard cette semaine… eh bien, tant pis, déclara Jo. (Le contraste entre son ton emphatique et le fait qu'elle était assise sur son lit en train de jouer avec un diadème produisait un effet assez comique.) Je me rattraperai la semaine prochaine.

— Bien dit ! s'écria Allie, allongée à plat ventre par terre et très occupée à étudier les conseils de coiffure d'un magazine. Et si je me coupais les cheveux ?

Elle montra à son amie la photo d'un mannequin au minois mutin. Jo pointa le diadème dans sa direction.

— Changer de tête remonte toujours le moral, jeune Allie. Ne l'oublie jamais. Mais, pour ton information, cette coupe est trop courte par rapport à la forme de ton visage.

Allie tourna la page.

— Bien dit, Josephine. Bien dit.

Dans sa chambre, la robe blanche accrochée à la porte de sa penderie et les chaussures argentées rangées juste dessous semblaient lui faire de l'œil. Tous les matins, au réveil, c'était la première chose qu'elle voyait en ouvrant les paupières ; et tous les soirs, au coucher, elle cochait un jour supplémentaire sur un calendrier mental.

Quoique décidée à ne pas prendre de retard dans son travail, elle avait beaucoup de mal à se concentrer. Ainsi, quelques jours avant le bal, comme elle lisait le même paragraphe dans son livre d'histoire pour la cinquième fois consécutive, elle finit par jeter l'éponge. Elle se leva de sa chaise de bureau et s'étira en regardant le soleil par la fenêtre.

« J'ai besoin de bouger. »

Elle enfila son jogging et se fit une queue-de-cheval avant de sortir sur la pointe des pieds. Elle ne croisa qu'un seul élève dans l'escalier et, lorsqu'elle marqua une halte sur le palier du premier pour se pencher et jeter un coup d'œil au rez-de-chaussée, elle ne vit absolument personne. Dehors, le soleil cognait sur l'herbe verte et tendre. Depuis le perron, elle distingua plusieurs camarades en train de se faire griller sur des serviettes ou des couvertures tendues sur le gazon. Elle ne voyait vraiment pas l'intérêt de rester couché au soleil, alors elle choisit plutôt de se diriger vers le pavillon en joggant à une allure rapide. Courir la rassérénait toujours et elle se jeta à corps perdu dans l'exercice, gagnant en vitesse à mesure qu'elle progressait sur le sentier. Elle comptait ses foulées à voix basse.

— Deux cent quatre-vingt-seize. Deux cent quatre-vingt…

— Pourquoi tu fais ça ?

La voix surgie de nulle part lui fit si peur qu'elle trébucha et faillit tomber. Elle se rattrapa à une branche.

Carter se dressait au bord du chemin, les mains sur les hanches. Essoufflée, elle se pencha en avant et resta immobile, le temps de reprendre sa respiration. Puis elle raidit le buste et rejeta sa queue-de-cheval derrière son épaule.

— Quoi ? Tu m'adresses la parole maintenant, Carter ? Je suis honorée.

Depuis leur altercation à la bibliothèque, il l'avait évitée et elle ne s'en était pas plus mal portée.

Il ignora ses sarcasmes.

— Ton truc avec les nombres, ce n'est pas la première fois que je l'entends. Pourquoi tu fais ça ?

— Mêle-toi de ce qui te regarde ! Cesse de me suivre et barre-toi.

Elle lui tourna le dos et se remit à courir, mais il lui emboîta le pas, s'adaptant sans difficulté à sa cadence.

— C'était juste une question.

Allie lâcha un cri de frustration et accéléra. La rage lui donnait des ailes. Cependant il ne se laissa pas distancer. Elle finit par hurler d'une voix hachée par l'effort :

— Tu ne peux pas… ignorer… quelqu'un… pendant des semaines… et puis… après… lui poser… des questions personnelles. Enfoiré !

— Eh ! on se calme.

— C'est ça.

Elle se retint très fort de continuer de l'injurier et un long silence s'ensuivit.

— Allie, méfie-toi de Sylvain, lâcha brusquement Carter.

— Je ne t'écoute pas.

— Je ne peux pas te donner de détails. Mais il n'est pas celui que tu crois.

Elle s'arrêta et lui jeta un regard noir.

— Qu'est-ce que ça signifie, au juste ?

Il ouvrit la bouche pour répondre, puis se ravisa. Avec une moue dégoûtée, elle repartit sur le sentier. Au bout d'un moment, les bruits de pas de Carter s'éteignirent derrière elle.

Quand le toit du pavillon apparut au-dessus des arbres, Allie oublia sa colère et retint son souffle. Les circonstances et la pluie ne lui avaient pas vraiment permis de l'admirer la semaine précédente. Le bâtiment était magnifique – c'était une construction élégante, avec un toit pointu et fin qui culminait à plus de sept mètres de hauteur, soutenu par six colonnes délicatement sculptées, et carrelé de céramique mauresque aux couleurs vives et aux motifs complexes.

Allie monta les marches qui menaient à la terrasse ombragée. Une rampe et des bancs de pierre en délimitaient le pourtour. Elle s'assit sur un siège frais et contempla les bois, le menton posé dans le creux de sa main. Carter était invisible.

Où voulait-il en venir avec ses insinuations ? La jalousie le poussait-elle à raconter n'importe quoi ou était-il sérieux ? « Il a l'air sérieux. »

Elle réfléchit. Sylvain avait-il dit ou fait quoi que ce soit qui puisse éveiller ses soupçons ? Avait-elle la moindre raison de douter de lui ? Il était toujours là quand elle avait besoin de lui. Il l'avait protégée de Zelazny. Elle comprenait que son côté joli cœur puisse agacer les autres garçons et, oui, apparemment, il était super riche, mais ça ne le rendait pas snob. Il semblait gentil au contraire. Carter, lui, était compliqué, arrogant, et toujours en train de juger les autres – quand il ne les menaçait pas carrément.

À l'évidence, le premier méritait plus sa confiance que le second.

« Je voudrais juste comprendre pourquoi Carter insiste autant. »

Ce soir-là, quand Allie arriva dans le réfectoire, Jo, Lisa et Ruth bavardaient à voix basse. La conversation paraissait animée.

— Tu dois le faire, Lisa, disait Jo. C'est la tradition.

— Même moi, j'y vais, et tu sais combien je déteste ce genre de trucs, argumenta Ruth.

Clairement réticente, Lisa jouait avec la nourriture dans son assiette, à moitié cachée derrière ses longs cheveux raides qui tombaient comme deux rideaux de part et d'autre de son visage.

— Je ne sais pas… Je trouve ça un peu bizarre…

— Qu'est-ce qui est bizarre ? s'enquit Allie en tirant une chaise. On mange quoi ce soir ? J'espère que c'est des lasagnes.

— Le bain de minuit ! s'écria Jo, les yeux pétillants. Il a toujours lieu la nuit qui précède le bal d'été et Lisa ne veut pas participer. Mais elle est obligée. Et je croyais que tu ne mangeais plus que de la salade, toi.

— Oh zut, marmonna Allie. J'avais oublié pour la salade. Un bain de minuit ?

Elle prit le pichet sur la table et se servit un verre d'eau.

— Oh, désolée. J'avais complètement oublié de t'en parler, avoua Jo. (Elle lâcha le bras de Lisa et se tourna vers Allie.) C'est une coutume. Les élèves de première sortent discrètement à minuit la veille du bal et vont nager dans l'étang.

Étonnée, Allie dévisagea Lisa.

— Et c'est quoi, le problème ? Tu ne sais pas nager ?

Lisa leva le menton et jeta à Jo un regard lourd de reproches.

— On ne fait pas que nager. Dis-lui toute la vérité.

Jo leva les yeux au ciel.

— OK, très bien. On plonge tous à poil. C'est le principe du bain de minuit. On t'a déjà dit que tu étais prude, Lisa ? Ça va être génial !

Allie avala sa gorgée d'eau de travers.

— Quoi ? Tout le monde ? Les garçons et les filles ensemble ? Tous nus ?

Ruth la tapa dans le dos.

— Il fera nuit, Allie, rétorqua Jo d'un ton exaspéré. Ce n'est pas la mer à boire. Tu plonges et ensuite tu ressors vite fait et tu remets tes vêtements. On ne tourne pas un porno, non plus. C'est une distraction tout ce qu'il y a de plus saine et une tradition ancestrale. De toute manière, vous êtes obligées de venir parce que je ne veux pas y aller seule.

Allie se pencha vers elle.

— Attends, que je comprenne bien : toi, moi, Ruth, Lisa, plus nos cavaliers de vendredi soir et un groupe d'inconnus, on va plonger à poil dans un étang. Ensemble. Pour le fun.

— Exactement ! s'exclama Jo avec gaieté. Et pas question de se laisser tomber, les filles, hein ?

Lisa semblait au bord de la nausée.

— Allie n'est pas invitée, lança Katie en se plantant à côté de leur table, plus belle que jamais. Elle est arrivée trop tard à Cimmeria. C'est réservé aux élèves qui sont là toute l'année.

— Oh, dégage, Katie. Je ne plaisante pas.

Jo la fusillait du regard, mais elle ne se laissa pas démonter.

— Moi non plus, Jo. Je suis sérieuse. Ce serait injuste qu'elle vienne. Je vais en parler à Julie.

— Tu ne peux pas en parler à Julie, abrutie. Ce n'est pas un événement officiel. Déléguée ou pas, que veux-tu qu'elle y fasse ?

— Jo, dit Allie, la mâchoire crispée, rappelle-moi quand il a lieu, ce bain de minuit.

— Jeudi soir, répondit Jo avec une lueur malicieuse dans les yeux.

— Génial. J'y serai.

Katie se tourna vers Allie et lança d'un ton glacial :

— S'il t'arrive quelque chose, inutile d'aller pleurer dans le bureau d'Isabelle après. Je t'aurai prévenue.

Tandis qu'elle s'éloignait, Allie marmonna :

— Ouais, merci de te soucier de moi, Katie. Tu es ma meilleure amie.

Jo ricana.

— T'occupe pas d'elle. Je suis contente que tu viennes. J'attends ça depuis que je suis à Cimmeria. Si Lisa et Ruth nous accompagnent, ce sera encore plus drôle !

Lisa fixait son assiette d'un air malheureux. Allie souriait, elle, mais le cœur n'y était pas. Elle regrettait déjà de s'être engagée sur un coup de tête. D'un autre côté, que pouvait-il se passer de si terrible ?

— Comment on sort de l'école sans se faire choper ? se renseigna-t-elle. À moins que les profs nous laissent plonger dans un étang au beau milieu de la nuit sans protester ?

Elle lut la réponse sur le visage de Jo avant même que celle-ci ait prononcé le moindre mot.

— Ils font tout ce qu'ils peuvent pour nous en empêcher, au contraire. Imagine la colère des parents si l'un de nous se blessait. (Elle afficha un grand sourire.) C'est ça qui est marrant, justement !

Lorsque les portes s'ouvrirent pour laisser passer le personnel chargé de plats de lasagnes, Allie grommela :

— Je me demande ce qui me soûle le plus : sauter les lasagnes ou nager à poil avec Katie Gilmore.

— Gabe et moi, on a un plan pour s'évader, murmura Jo. On en discute après le dîner. Viens dans ma chambre à huit heures, on va comploter. J'adore comploter, ajouta-t-elle en remplissant son assiette de salade.

À 20 h 10 ce soir-là, Allie se tenait dans le couloir devant la chambre de Jo. Des voix résonnaient à l'intérieur. Elle leva le poing pour taper, hésita, le baissa, et finit par se lancer. Elle cogna à la porte, tourna la poignée sans attendre et entra.

Jo, Lisa, Ruth, Gabe et Lucas étaient assis en rond par terre autour d'une carte. Allie s'installa entre Ruth et Lucas ; elle replia les jambes et entoura ses genoux de ses bras. Gabe pointait l'index sur une petite zone de la carte.

— … donc, au vu de tout ce que j'ai dit, je pense que l'unique issue se situe ici, au niveau des salles de classe.

Lucas avait l'air sceptique.

— Attends… La seule chose dont on soit certains, c'est que les autres portes seront surveillées. Pourquoi pas celle-là ?

— Pour deux raisons, répondit Gabe. D'abord, parce que, d'après le règlement, les élèves ne doivent jamais aller dans ce couloir en dehors des heures de cours, sous aucun prétexte – donc nous prendrions un gros risque en nous faisant attraper ici. Ensuite, parce qu'elle est censée être équipée d'une alarme.

— Comment on va faire pour ne pas la déclencher ? s'enquit Allie.

La réponse de Gabe fut simple :

— En réalité, il n'y en a pas.

Elle provoqua un tollé. Gabe, qui semblait s'amuser de leur étonnement, leva les mains pour réclamer le silence.

— Il n'y aucune alarme nulle part dans le bâtiment. Tous les panneaux qui indiquent le contraire sont des leurres.

Abasourdis, ses camarades restèrent muets. Puis la petite voix de Lisa brisa le silence :

— Pourquoi ?

— Je n'en sais rien.

En observant Gabe avec attention, Allie eut le sentiment qu'il mentait. Il savait pertinemment pourquoi. Il ne voulait juste pas le révéler.

« Pas d'alarme incendie, pas de système anticambriolage. Bref, un dispositif de sécurité inexistant », pensa-t-elle.

— Donc, continua Jo, écartant le sujet de l'alarme, comment on pénètre dans l'aile des salles de classe sans attirer l'attention ?

— Ça, je sais, répondit Lucas. Voilà comment on va s'y prendre…

14.

— Aïe !

Jo se mit à sautiller en se tenant l'orteil.

— Chuuuut ! fit Allie, un doigt sur la bouche, comme si son amie pouvait la voir dans le noir.

Elles se figèrent. Il était onze heures et demie. Elles avaient passé l'essentiel de la nuit du mercredi, ainsi que la moitié de la journée du jeudi, à peaufiner leur plan. Allie était fermement convaincue à présent que s'évader du bâtiment serait le moment le plus drôle de la soirée.

Les pieds nus sur le plancher froid du palier, elles tendirent l'oreille, guettant le moindre son, le moindre signe qui trahirait la présence d'un adulte, mais les couloirs étaient silencieux. Au bout d'un moment, elles commencèrent à descendre prudemment l'escalier en tenant leurs chaussures d'une main et en s'agrippant à la rampe de l'autre. Lucas leur avait rappelé que la troisième marche en partant du bas grinçait et elles veillèrent à la sauter. Une fois au rez-de-chaussée, Allie jeta un coup d'œil vers le bureau d'Isabelle – pas de rai de lumière sous la porte. La voie était libre.

Ses yeux s'étaient habitués à la pénombre et elle distinguait un peu mieux les objets qui l'entouraient maintenant.

Alors qu'elles traversaient le hall à pas feutrés en direction des salles de classe, elle s'arrêta.

— Tu as entendu ça ? murmura-t-elle, osant à peine bouger les lèvres.

Jo fit signe que non mais elle s'immobilisa lorsque le son parvint à ses oreilles. Des bruits de pas. Tout près.

Allie tourna sur elle-même à toute vitesse, en cherchant une place où se cacher. Elle repéra vite une colonne de pierre et courut se glisser derrière en entraînant Jo avec elle. Quelques secondes plus tard, une silhouette légère et agile traversait le hall. Allie se plaqua contre le mur mais Jo ne put réfréner sa curiosité. Elle se pencha en avant, les yeux plissés. Avant qu'Allie ait pu l'en empêcher, elle s'élança à la poursuite de l'ombre mystérieuse.

— Jo ! chuchota Allie.

Elle n'obtint aucune réponse. Elle se tâta un moment, puis elle décida de la suivre. Elle avança à l'aveuglette et finit par rentrer dans Jo qui se tenait à l'autre bout du hall en compagnie de Lisa.

— Trouvée ! murmura Jo, ravie.

Lisa paraissait beaucoup moins excitée, elle. Allie se demanda pourquoi elle était venue en fin de compte. Chaque fois qu'elles avaient abordé le sujet, elle s'était montrée si réticente. À demi voûtée, elle se balançait nerveusement d'un pied sur l'autre, telle une danseuse morte de trac avant son spectacle. Ses yeux effarés lui mangeaient tout le visage. Allie lui adressa un regard plein de compassion, puis elle montra du doigt la porte qui conduisait aux salles de classe.

Jo hocha la tête.

— Et Ruth ? chuchota Allie.

— Elle est en retard, on ne peut pas attendre.

Allie tourna la poignée. Si la porte grinçait, elles étaient mortes.

Mais elle s'ouvrit en silence : Gabe avait pris soin de huiler les gonds cet après-midi-là.

Elles se glissèrent de l'autre côté, puis elles remontèrent le couloir en courant ventre à terre. Au bout, elles découvrirent l'issue de secours entourée de pictogrammes menaçants, de panneaux réglementaires signalant la présence de diverses alarmes et d'une liste de numéros à appeler en cas d'urgence. Allie se demanda qui répondrait si elle les composait.

Elles échangèrent un bref regard. Chacune leur tour, elles posèrent une main sur le battant et, lorsque Jo donna le signal d'un hochement de tête, elles poussèrent en chœur.

La porte céda sans un bruit.

Elles se précipitèrent dehors en empruntant un sentier de gravillons. Comme les minuscules cailloux leur rentraient dans la plante des pieds, elles se mirent à sautiller en rond tout en essayant d'enfiler leurs chaussures sans crier. Elles offraient une vision comique, et même un peu ridicule. Allie dut réprimer un fou rire.

— Allez, allez ! murmura Jo.

Elles filèrent comme des dératées dans la nuit, les bras écartés afin de se tenir la main.

Quand elles atteignirent la lisière des bois, Jo et Lisa étaient essoufflées. Elles firent une pause pour reprendre leur respiration.

— On va où maintenant ? siffla Allie, un peu inquiète de s'arrêter si près du manoir.

Jo hocha le menton vers la droite et Allie pressa ses amies de repartir. Elles poursuivirent leur chemin à un rythme plus tranquille.

À mesure qu'elles s'enfonçaient dans les futaies, des bruissements et des craquements de brindilles sèches remplacèrent le silence. Allie serra les doigts de Jo et attira son attention sur les bruits suspects. Jo sourit et ses dents blanches brillèrent dans l'obscurité.

— C'est les copains ! murmura-t-elle.

D'autres sons s'élevèrent bientôt : loin de l'école, les élèves insouciants lâchaient des ricanements étouffés ; les maladroits poussaient des jurons lorsqu'ils trébuchaient ; d'autres imitaient des cris d'oiseaux avant de pouffer. Allie sentit un peu de la tension qui s'était accumulée entre ses omoplates s'en aller.

Jo s'immobilisa si soudainement que ses deux camarades faillirent lui tomber dessus pêle-mêle.

— On est arrivées, murmura-t-elle, avant de disparaître derrière un buisson.

Allie avait beau scruter le paysage nocturne, elle ne discernait aucune étendue d'eau – seulement des arbres et des broussailles. Néanmoins, Lisa et elle accompagnèrent Jo dans sa cachette.

— Pourquoi on se planque ? demanda Lisa.

— Personne ne doit savoir qui est là avant minuit, expliqua Jo. C'est la tradition.

— Comment tu sais ça ? s'enquit Allie.

— Mon frère me racontait tout à l'époque où il était élève ici.

Jo portait au poignet une montre dont le cadran s'allumait dans le noir. Elles gardèrent toutes les trois les yeux rivés dessus tandis que les aiguilles s'approchaient inexorablement de l'heure fatidique.

— Où est Ruth ? chuchota Allie.

Jo leva les mains en signe d'ignorance.

— Elle était censée nous retrouver soit dans l'école, soit sur le trajet. J'imagine qu'elle est déjà là, quelque part. (Elle consulta sa montre.) Plus que quelques secondes, annonça-t-elle avec un grand sourire. Préparez-vous.

Allie sentait Lisa trembler à côté d'elle. Elle aurait aimé la rassurer mais elle éprouvait elle-même un tel trac qu'elle doutait d'en être capable. Elle respira à fond et regarda dans la direction supposée de l'étang.

« Dans quoi je me suis fourrée ? Quelle idée de prendre un bain de minuit ! Ça ne se fait plus que dans les films, non ? »

À cet instant, une belle voix masculine résonna dans la forêt paisible. Elle sursauta.

— C'est l'heure, les enfants ! On tombe les pantalons !

Sans hésitation, Jo commença à ôter son short. Mais lorsqu'elle remarqua que ses copines n'esquissaient pas le moindre geste, elle se figea et fronça les sourcils.

— Vous feriez mieux de vous bouger les fesses. Ce serait vraiment bête d'être venues jusqu'ici et de rentrer sans s'être mouillées.

Lisa et Allie se regardèrent, terrifiées.

— Je me lance si tu te lances, finit par articuler Lisa.

Allie percevait maintenant de grands *plouf* et des éclats de rire. Elle soupira.

— Oh, et puis merde.

En la voyant baisser son bas de survêtement, Jo poussa un cri de victoire et envoya valser son short. Une minute plus tard, elles étaient nues. Alors que Lisa et Allie croisaient les bras sur leur poitrine pour se protéger, Jo les prit par la main.

— Quitte à se jeter à l'eau, autant le faire fièrement, décréta-t-elle en les entraînant vers le chemin.

Dans le noir, Allie devinait l'étang confusément. Elle apercevait des morceaux de chair par flashs tandis que ses camarades plongeaient et se hissaient sur la rive.

— À trois, dit Jo en gloussant. Un. Deux…

Elles brisèrent la surface de l'eau sombre et glacée en provoquant de grandes éclaboussures. Allie entendit les fous rires s'assourdir et céder la place au silence à mesure qu'elle s'enfonçait. Elle fut surprise par la profondeur de l'étang, elle qui n'avait jamais été très bonne nageuse. Tandis qu'elle battait des bras pour remonter, un souvenir lui revint brusquement en mémoire. C'était une journée chaude et ensoleillée. Elle avait sept ans et Christopher la taquinait en lui disant qu'elle ressemblait à un lapin dans la piscine. « Tu vas finir par couler au fond comme une pierre… », s'était-il moqué alors qu'elle faisait le petit chien avec des mouvements affolés.

Sitôt qu'elle eut émergé, elle avala une grande goulée d'air, puis elle chercha les filles en crachotant et en frémissant.

Jo et Lisa n'étaient nulle part.

— Jo ?

Comment avait-elle pu les perdre en l'espace de quelques secondes ? Des élèves hilares se bousculaient tout autour d'elle maintenant. Elle s'agita dans l'eau froide en quête d'un visage familier – en vain. Elle ne reconnaissait personne. Elle se sentit envahie par la panique. Elle était seule et nue au milieu de parfaits inconnus. Des larmes de peur et de honte lui piquèrent les yeux. C'est alors qu'elle se rendit compte qu'elle luttait pour respirer. Elle n'avait pourtant pas eu de crise de panique depuis des semaines. Elle entendit sa gorge siffler pendant qu'elle luttait pour se maintenir à flot.

« Je ne peux plus… respirer… »

Elle commença à couler et poussa fort sur ses jambes. Sous l'eau, un pied heurta violemment son tibia et elle fut saisie d'une douleur fulgurante. Elle resta muette : elle n'avait même plus assez d'air dans les poumons pour hurler.

Les vagues se refermèrent au-dessus de sa tête. Elle tentait tant bien que mal de ne pas se noyer lorsque deux mains puissantes l'attrapèrent par les bras et la hissèrent à la surface. D'abord, la gratitude la submergea ; mais lorsqu'elle reconnut son sauveur, elle se débattit comme une possédée tout en essayant de cacher ses seins.

— Ça va aller, Allie. Regarde-moi, dit Carter d'une voix calme et autoritaire. Respire lentement par le nez. Ne détourne pas les yeux. Respire lentement.

Elle voulut lui expliquer qu'elle était en train de mourir. Malheureusement les mots refusaient de sortir.

— Inspire, insista-t-il en lui montrant l'exemple d'un air encourageant. Maintenant, expire.

Il souffla en exagérant volontairement. Quand elle voulut l'imiter, un sifflement dérisoire s'échappa de sa bouche. La terreur s'empara d'elle. Elle n'allait pas y arriver.

« Tant pis. Ce n'est pas grave. Si je pouvais au moins me reposer un instant… »

Ses yeux papillotèrent, se fermèrent et l'obscurité l'enveloppa.

La gifle de Carter fut un tel choc qu'elle hoqueta et aspira par réflexe une petite bouffée d'oxygène. Cela suffit à lui redonner espoir.

— Tu peux le faire, Allie. Vas-y. Avec moi.

Bien que Carter fît son possible pour garder son sang-froid, elle comprit au ton de sa voix que sa vie était réellement en danger.

De nouveau, il prit une profonde inspiration et elle s'appliqua à faire pareil. Elle sentit une légère différence cette fois.

— C'est bien ! dit-il. Beaucoup mieux ! Recommence.

À la troisième tentative, le nœud qui lui enserrait la poitrine commença à se relâcher. Alors que Carter l'exhortait à poursuivre ses efforts, elle fut prise de violents tremblements et, après une quatrième inspiration réussie, elle fondit en larmes.

— Tout va bien, Allie, la rassura-t-il en la prenant délicatement dans ses bras. Continue de respirer, ne pense à rien d'autre.

Utilisant son corps en guise de paravent, il l'aida à sortir de l'eau et l'accompagna au bord de l'étang. Elle entendait les autres rire et s'éclabousser. Elle ne savait pas s'ils se moquaient d'elle, et ça lui était bien égal.

— Où sont tes vêtements ?

— Je n'en sais rien, murmura-t-elle d'une voix rauque.

— Tiens donc ! s'exclama-t-il avec un sourire en coin.

Il la conduisit derrière un gros tronc d'arbre qui procurait une relative intimité.

— Ne bouge pas d'ici. Je vais te chercher quelque chose à enfiler.

Tandis qu'il s'éloignait, elle admira les muscles de ses hanches et de son dos qui jouaient sous sa peau. « Il est vraiment beau », songea-t-elle en se forçant à rester concentrée sur sa respiration.

Quand il réapparut quelques minutes plus tard, il avait passé un short. Il lui tendit un T-shirt d'homme et un short de fille.

— Désolé, je n'ai rien trouvé de mieux, se justifia-t-il.

Comme il était torse nu, elle supposa que le haut lui appartenait.

Elle se détourna pour mettre le short, puis elle fit volte-face afin de prendre le T-shirt. Il le lui donna sans un mot. Elle distinguait mal ses traits dans l'obscurité, mais au moment où le T-shirt trop grand lui tomba sur les épaules, elle sentit son cœur battre si fort dans sa poitrine qu'elle craignit que Carter s'en aperçoive.

— Prête ? dit-il d'une voix tremblotante.

— Oui.

Il la prit par la main et l'aida à sortir de sa cachette afin de retourner sur le chemin. La chaleur de sa large paume la revigorait et elle mêla ses doigts aux siens.

— Je n'ai pas pu te dégoter de chaussures, avoua-t-il d'un air navré. Tu risques de te faire mal aux pieds. Tu veux les miennes ? Ou tu préfères que je te porte, peut-être ?

Malgré la souffrance causée par les gravillons pointus, elle secoua la tête.

— Non, ça va.

À mesure qu'ils s'éloignaient, les cris et les rires diminuèrent derrière eux. Quelques minutes plus tard, seul le bruit de leur respiration troublait la paix de la forêt.

Quand elle fut certaine que personne ne pouvait les épier, elle s'arrêta et se tourna vers lui.

— Carter… merci.

Il lui lâcha la main et baissa la tête.

— Oh, ce n'est rien.

— Si, au contraire, dit-elle en lui reprenant la main. C'est beaucoup.

Il n'avait jamais paru si vulnérable. Ils se dévisagèrent un long moment, comme ensorcelés. Mais alors que Carter s'apprêtait à parler, la voix de Jo brisa le charme.

— Allie ! Carter !

Elle se précipitait vers eux, avec Gabe et Lisa sur les talons.

Jo attrapa Allie par les épaules et la secoua un peu.

— J'étais morte d'inquiétude ! Où étais-tu passée ? Tu vas bien ? Je t'ai cherchée partout.

Allie dut batailler pour refouler ses larmes.

— Oui, ça va… Je ne te voyais plus. Carter m'a… (elle se décala un peu pour le regarder) aidée, murmura-t-elle.

Il avait disparu.

Le lendemain matin, le petit déjeuner se déroula dans un calme inaccoutumé, les élèves ayant mis une sourdine à leurs bavardages habituels. Ceux qui avaient passé une bonne partie de la nuit dans les bois étaient facilement reconnaissables à leur coupe de cheveux « saut du lit » et aux cernes sous leurs yeux. Jo et Allie n'échangeaient que des monosyllabes pendant que, à côté d'elles, Lisa bâillait à s'en décrocher la mâchoire. Aucune des trois n'avait faim. Allie se cramponnait à une tasse de thé fumante comme si c'était la seule chose qui la maintenait en vie ; Jo, elle, émiettait un bout de toast entre ses doigts.

Allie avait dormi sur le plancher de la chambre de son amie après avoir regagné l'école en catimini. Elles étaient rentrées en empruntant la même porte qu'à l'aller une heure plus tôt.

Elles avaient discuté jusqu'à quatre heures du matin, après quoi Allie avait déclaré à Jo qu'elle se sentait mieux – ce qui était faux. « Je viens de faire une crise de panique à poil devant la moitié de l'école. Comment on se remet d'un truc pareil ? »

Au moins, grâce à leur conversation, elle avait compris ce qui s'était passé après leur plongeon dans l'étang. Jo lui raconta toute l'histoire au cours de la nuit. Gabe et Lucas, qui attendaient dans l'eau, avaient repéré les filles au moment où elles s'approchaient. À peine Jo avait-elle brisé la surface de l'étang que Gabe l'avait attrapée et attirée vers le coin où il barbotait avec son copain, près d'un arbre. Jo avait réussi à entraîner Lisa avec elle – Lisa qui, à ce moment-là, ne pensait qu'à une chose : s'abriter du regard de Lucas. Dans toute cette agitation, elles avaient perdu Allie.

— L'étang s'est rempli tellement vite et il faisait si sombre que quand je suis retournée à l'endroit d'où je croyais qu'on avait sauté, tu étais introuvable, expliqua Jo. Ensuite, Julie s'est pointée avec Ruth – elle ne voulait pas venir toute seule, en fin de compte. Elle m'a dit qu'elle t'avait aperçue avec Carter et que tu avais l'air malade. Du coup, elle a pensé qu'on avait bu et elle m'a incendiée. Sinon, je t'aurais rejointe plus tôt.

— Je n'ai pas vu Sylvain là-bas. D'un autre côté, je n'ai vu personne, soupira Allie.

— Moi non plus. À part lui, il me semble que tout le monde était là.

Allie, qui s'était préparé un couchage en empilant des manteaux et des pulls par terre, enfouit son visage dans un oreiller prêté par Jo.

— Je me demande combien de personnes m'ont surprise en train de piquer ma crise…

Jo s'allongea sur son lit et s'étira en bâillant.

— Pas beaucoup, ça, c'est sûr. Personne n'était capable de me dire où tu étais, à part Julie.

— Mais elle va le crier sur tous les toits.

— Non ! Elle est déléguée. Elle est plus ou moins obligée de te soutenir. Et puis, d'abord, qu'est-ce qui s'est passé exactement ?

Allie lui fit un compte rendu complet de l'incident, en omettant seulement de lui décrire ce qu'elle avait éprouvé quand Carter l'avait tirée de l'eau et aidée à respirer. Ainsi que les idées qui lui avaient traversé l'esprit pendant qu'elle le regardait marcher, nu, au clair de lune. Elle se contenta d'insister sur son sang-froid et le brio avec lequel il avait géré la situation.

Jo réfléchit un instant, avant de formuler sa réponse avec prudence.

— Carter a une mauvaise image ici parce qu'il donne souvent l'impression de se sentir supérieur aux autres et parce qu'il a fait souffrir beaucoup de filles ces dernières années – un jour, il joue l'amoureux transi ; le lendemain, il ne t'aime plus… Et puis, il se tient un peu à l'écart. Je suis même surprise qu'il soit allé à l'étang hier soir… enfin, cette nuit… ou ce matin, ajouta-t-elle en consultant son réveil. Bref, c'est le genre d'événement qu'il préfère éviter, en général. Du coup on s'imagine qu'il est distant. Mais il peut être sympa, au fond. (Elle bâilla de sommeil.) Il faut reconnaître qu'il ne fait pas beaucoup d'efforts pour être aimé non plus. S'il ne t'apprécie pas, ou qu'il te trouve superficiel, il ne te l'envoie pas dire.

— C'est ce qui me plaît chez lui, murmura Allie, les paupières closes. Au moins, il est franc.

— La franchise a du bon, admit Jo en éteignant sa lampe. Et du moins bon, aussi.

Ces derniers mots restèrent en suspens dans l'obscurité, comme désincarnés.

À présent qu'elles touillaient leurs céréales dans le réfectoire, elles ne trouvaient plus rien à se dire. Lisa était la plus joyeuse de la tablée – elle avait survécu au bain de minuit et, en plus, Lucas l'avait raccompagnée au manoir. Elle commençait à croire en ses chances. Cependant la fatigue ne l'épargnait pas, elle non plus.

— Je vais avoir besoin d'une bonne sieste si je veux tenir le coup ce soir, avoua-t-elle, le menton dans le creux de la main. Je suis crevée.

— Je suis grave dans le pâté, renchérit Jo en tendant la main vers le sucre. Moi qui croyais que dormir ne servait à rien.

— Pâté – ça résume bien la situation pour moi aussi, dit Allie en sirotant son thé bouillant entre deux bâillements.

Jusqu'à présent, personne ne lui avait fait de réflexion au sujet de son attaque de panique. On ne chuchotait pas sur son passage. Peut-être Jo avait-elle raison. Avec un peu de veine, personne ne l'aura vue perdre les pédales.

La coutume voulait que les cours finissent à midi le jour du bal d'été. Allie avait lutté pour rester éveillée toute la matinée, prenant des notes totalement illisibles – ce dont elle ne se rendrait compte que bien plus tard.

Carter mit un point d'honneur à l'ignorer en bio. En anglais, comme elle somnolait en attendant le début du cours, elle ne le vit pas entrer. Lorsqu'elle ouvrit les yeux, elle constata qu'il était présent mais il regardait dans la direction opposée. En définitive, cela l'arrangeait. Plus que huit heures et elle se rendrait au bal avec Sylvain. Ce n'était pas le moment de se remémorer les quelques minutes passées dans l'eau avec lui. Nue. Entre ses bras.

Elle replaça son paquet de feuilles sur son bureau et sortit un livre de son sac.

« Non, vraiment pas le moment. »

Isabelle se planta à l'intérieur du cercle formé par les bureaux et balaya la classe du regard.

— Eh bien ! Certains d'entre vous ont une mine épouvantable. Vous avez mal dormi peut-être ?

Ceux qui se sentaient visés se trémoussèrent sur leurs sièges, un peu gênés. Un élève ricana.

— Il paraît qu'il y avait un vacarme pas possible du côté de l'étang hier soir. J'espère que ça ne vous a pas dérangés, au moins.

D'autres rires nerveux fusèrent. La directrice garda son expression énigmatique tandis qu'elle remontait ses lunettes sur son nez.

— Je suis sûre que la plupart d'entre vous sont déjà en train de s'imaginer au bal, mais nous avons quand même un cours à assurer, dit-elle en ouvrant son livre. Alors j'ai pensé que nous pourrions aborder des œuvres à caractère romantique aujourd'hui. Commençons par un magnifique poème sur le thème de l'amour secret, à la fois beau, touchant et sans fioriture. « Silentium Amoris » a été écrit par Oscar Wilde, que vous connaissez sans doute mieux pour ses textes humoristiques.

Elle lut les deux premières strophes de sa voix suave et puissante. Bercé par la musique des vers, l'esprit d'Allie se mit aussitôt à vagabonder. Elle dessina mollement un papillon sur son cahier. Elle était en train de décorer ses ailes lorsqu'elle entendit prononcer son nom. Embarrassée, elle se redressa. Tout le monde la regardait.

— Pardon ? dit-elle en rougissant.

— Bonjour, répondit Isabelle d'un ton moqueur pendant que la classe riait sottement. Je répète : veux-tu lire la troisième strophe, s'il te plaît ?

Allie se leva, son livre à la main. Elle s'éclaircit la voix et commença sa lecture à toute vitesse, ralentissant au fur et à mesure que les mots prenaient sens.

Il n'est doute que mes yeux ne t'aient prévenue
De mon silence et du désaccord de mon luth.
Peut-être vaut-il mieux séparation fatale
Et que tu partes, toi, vers des lèvres plus mélodieuses
Et moi, de mon côté, avec le souvenir
De baisers non donnés et de chants non chantés[1].

1. Extrait de « Silentium Amoris ». Oscar Wilde, *Œuvres*, trad. par Bernard Delvaille, Éd. Gallimard, « Bibliothèque de la Pléiade », 1996.

Une vague de tristesse inexplicable la submergea. Elle crut qu'elle allait pleurer l'espace d'une seconde, mais elle parvint à se ressaisir.

« Qu'est-ce qui m'arrive ? »

— Que t'évoque ce poème, Allie ?

Elle aurait donné n'importe quoi pour qu'Isabelle reporte son attention sur un de ses camarades. Mais comme la directrice ne semblait pas décidée à la laisser s'en tirer si facilement, elle se creusa la cervelle et répondit, presque dans un murmure :

— Il a peur de dire à l'autre ce qu'il ressent, mais ça le rend triste que cette personne n'ait pas conscience de l'amour qu'il lui porte.

— Et pourquoi aurait-il peur de lui dévoiler ses sentiments ? demanda Isabelle.

— Parce qu'elle pourrait ne pas les partager.

Allie ne fut pas étonnée d'entendre la voix de Carter. Elle baissa les yeux sur son cahier et traça des petits cercles entrelacés comme des maillons autour du papillon.

— Cela l'angoisse tellement qu'il préfère ne jamais découvrir si c'est le cas ou pas.

— D'abord, signalons que ce poème pourrait tout à fait s'adresser à un homme mais, si cela facilite la discussion, nous pouvons l'interpréter de façon plus conventionnelle. Donc, pourquoi préfère-t-il rester dans l'ignorance ? insista Isabelle en traversant la pièce sans se presser pour venir s'appuyer contre un bureau inoccupé. Elle ressent peut-être la même chose, mais s'il ne se lance pas, il ne le saura jamais.

— Il craint d'être blessé, chuchota Allie en dessinant une spirale au bout de sa chaîne.

Les yeux d'Isabelle se posaient tantôt sur Allie, tantôt sur Carter, avec une expression intriguée.

— C'est une possibilité, oui. En parlant de blessure, je vous propose un autre poème écrit dans une veine sensiblement différente par la femme de lettres américaine Dorothy Parker…

Allie crut que le cours ne finirait jamais. Sitôt l'heure écoulée, elle se leva de son bureau et se dirigea tête baissée vers la porte, bien déterminée à ne croiser aucun regard.

Surtout pas celui de Carter.

Elle atteignit l'escalier la première et monta les marches précipitamment en comptant ses pas lourds en silence : «… trente et un, trente-deux, trente-trois… »

Arrivée dans le sanctuaire de sa chambre, elle referma derrière elle, puis elle colla son dos contre la porte en contemplant la pièce propre et familière.

« Qu'est-ce qui vient de se passer ? Est-ce que Carter essaie de me faire comprendre que je lui plais ? Ou est-ce moi qui extrapole ? Sylvain a peut-être raison, finalement. »

Elle était si fatiguée qu'elle jugea plus raisonnable de remettre les réflexions sérieuses à plus tard. Elle n'avait pas dormi dans son lit depuis la veille et celui-ci lui tendait les bras. Elle lâcha son sac par terre, régla l'alarme de son réveil sur six heures et tira le volet pour bloquer la lumière éblouissante du soleil. Elle fit une brève pause le temps de se débarrasser de ses chaussures, puis elle grimpa dans son lit tout habillée. Comme c'était bon d'être enfin seule, dans la pénombre fraîche ! Elle songea encore à Carter un bref instant, avant que le sommeil n'efface toutes ses pensées.

15.

Quand Allie se présenta dans la chambre de son amie à six heures et demie ce soir-là, Jo et Lisa avaient déjà étalé des robes et semé des chaussures aux quatre coins de la pièce. Allie se sentait beaucoup mieux – du moins, un peu plus dans son état normal. Le sommeil l'avait apaisée. Elle était décidée à s'amuser au bal et à profiter de la nuit sans souci du lendemain. D'accord, la nuit précédente avait été mouvementée. Et alors ? Elle avait connu pire. Elle se fichait royalement de ce que les gens pensaient d'elle avant d'arriver à Cimmeria et elle n'allait pas commencer à s'en préoccuper maintenant.

Lisa allait au bal avec Lucas – «mais seulement en copains, tu vois ? », avait-elle précisé. Ses pommettes cramoisies trahissaient son émotion.

— Je trouve que c'est la robe parfaite !

Devant son enthousiasme contagieux, Allie se sentit aussitôt pleine d'entrain.

— Ce sera magnifique, j'en suis sûre.

— Franchement, la simple idée de passer un peu de temps avec Gabe suffit à mon bonheur, soupira Jo. Je l'ai à peine croisé ces derniers jours.

— Une idée de ce qui l'a accaparé ? demanda Allie en accrochant sa robe en soie blanche à la porte de la penderie.

Jo secoua la tête.

— Pas la moindre. Je sais juste qu'il « travaille sur ce projet… », dit-elle en adoptant la voix grave et l'attitude du garçon sur la défensive.

Elle imitait si bien Gabe que Lisa et Allie se mirent à pouffer.

— Sylvain, c'est plutôt : « On s'occupe de choses très importantes », renchérit Allie en prenant un accent français à couper au couteau.

Elles se tordirent de rire.

Un plateau de sandwichs et des pichets de jus de fruits traînaient sur le bureau de Jo. Cette dernière tenait à ce qu'elles grignotent toutes quelque chose avant de quitter la pièce.

— L'an dernier, j'ai failli m'évanouir au bal. J'étais tellement excitée que je n'avais rien avalé de la journée.

Aussi frêle et délicate qu'une pâquerette, Lisa picora la pointe d'un sandwich au concombre avant de le reposer sur une serviette en papier. Jo lui jeta un regard réprobateur.

— Mange, Lisa.

— Mais je n'ai pas faim…, protesta celle-ci en repoussant le sandwich.

Allie, qui avait sauté le déjeuner pour aller dormir, en attrapa un au fromage et mordit dedans à pleines dents.

— Oh, mon Dieu, comment peux-tu ne pas avoir faim ? Je meurs de faim.

Lisa, qui n'avait toujours pas d'idée de coiffure et commençait à paniquer, compulsait un magazine en silence. Elle l'ouvrit sur la photo d'une starlette blonde avec un chignon sophistiqué.

— Tu devrais faire confiance à mes doigts de fée au lieu de te morfondre, lui dit Jo. Tu seras beaucoup plus jolie que ça. D'ailleurs, Allie, je vais m'occuper de tes cheveux tout de suite. J'ai le pressentiment qu'il va me falloir une éternité pour coiffer Lisa.

Allie fourra le reste de son sandwich dans sa bouche.

— Mmmph, marmonna-t-elle de plaisir en s'installant sur la chaise.

— Bien d'accord avec toi, répondit Jo.

Elle brossa ses mèches souples, puis commença à les torsader délicatement avec le ruban.

— J'adore me faire coiffer, soupira Allie, les yeux fermés. C'est comme un massage du cuir chevelu.

— Si ce bahut hors de prix ne m'ouvre pas tant de portes que ça, au bout du compte, j'ouvre un salon à Mayfair, en plein Londres, déclara Jo en relevant adroitement une boucle avant de la fixer avec une épingle. Je l'appellerai MayHair.

Allie éclata de rire.

— Je vois que tu y as pensé sérieusement. Bon, d'accord. Si ton éducation dans le privé foire, je serai ta première cliente.

Ainsi que Jo l'avait prédit, elles mirent des heures à se préparer. La chevelure de Lisa réclama un temps infini. Finalement, après de longs débats, Jo l'entortilla et la releva en un chignon haut tout simple qui mettait son long cou fin en valeur.

— C'est parfait, commenta Lisa en se souriant dans le miroir. Jo, tu es géniale.

— Je sais, répondit celle-ci, très occupée à se lisser les cheveux pour se donner un style garçonne – qui lui allait à merveille. Devinez quelle heure il est ?

Allie consulta sa montre et grogna.

— On accélère le mouvement, mesdemoiselles ! Il nous reste dix minutes.

Elles se jetèrent sur leurs robes.

— Ça devait arriver, dit Jo en enfilant sa minirobe par la tête.

Allie lui remonta la fermeture Éclair dans le dos.

— Oui, tu nous avais prévenues. Et ça n'a rien changé.

Pendant qu'elle mettait sa longue robe blanche, Jo se baissa pour attacher les lanières de ses sandalettes. Lorsqu'elle se redressa, Allie la contempla avec admiration.

— Tu ressembles à une star de cinéma !

— Possible, ma chère, mais toi, tu es une vraie princesse de conte de fées.

Lisa, quant à elle, portait une robe soyeuse d'un bleu argenté avec des bretelles fines et un châle en soie assorti qu'elle drapa sur ses épaules. Quand, après des préparatifs interminables, elle chaussa ses escarpins, Jo et Allie applaudirent avec ironie.

— Tu es superbe, mais qu'est-ce que tu es lente ! se moqua Jo.

Lisa ramassa sa pochette et sourit sans rancœur.

— Tout le monde me le dit.

— Attendez ! Personne ne sort de cette chambre avant que j'aie pris une photo, fit Jo en agitant un petit appareil.

Elle attira Allie et Lisa en face du miroir en pied et elles se serrèrent les unes contre les autres en gloussant. Quand elles furent toutes dans le reflet, elle leva l'appareil et appuya sur le déclencheur.

— Parfait ! s'exclama-t-elle en vérifiant l'image. On est magnifiques.

— On ne sera sans doute plus jamais aussi belles de toute notre vie, dit Lisa d'un air sombre.

Allie et Jo la regardèrent avec stupéfaction pendant une seconde avant d'exploser de rire.

— Tu es impossible, Miss Je-Vois-Tout-En-Noir ! s'esclaffa Jo en la serrant dans ses bras. Arrête, tu vas me faire gâcher ta coiffure.

Elles franchirent la porte ensemble à huit heures pile. Quand elles atteignirent le palier, elles constatèrent qu'une foule bruyante de garçons en smoking s'était rassemblée au pied de l'escalier.

Le silence se fit à mesure qu'ils levaient les yeux et les découvraient. Elles s'immobilisèrent un instant. Pour Allie, ce moment semblait surnaturel. C'était comme un rêve. La nuit précédente, elle avait failli se noyer toute nue dans l'étang et, à peine quelques heures plus tard, elle paradait dans une robe sublime, entourée de bonnes copines. Elle avait l'impression de vivre la vie d'une autre par procuration.

Sylvain, Lucas et Gabe se trouvaient parmi l'attroupement au rez-de-chaussée. Pas Carter, en revanche.

Elle gonfla la poitrine et rentra le ventre. Jo lui adressa un clin d'œil en lui proposant sa main. Elle l'accepta, tendit l'autre à Lisa, et elles descendirent les marches côte à côte dans un délicat froufrou d'étoffe.

Très concentrée afin de ne pas perdre l'équilibre sur ses talons, Allie garda les yeux rivés sur ses pieds. Quand elle arriva en bas, elle s'aperçut que Sylvain s'était avancé à sa rencontre. Il se dressait juste devant elle avec son sourire parfait. Elle lâcha aussitôt la main de Jo.

Il prit le temps de l'admirer sans se cacher, puis il lui baisa la main et passa son coude sous le sien.

— Tu es splendide, dit-il.

La passion et le désir brûlaient dans ses yeux. L'estomac d'Allie fit un petit looping.

Elle leva le menton et lui rendit son sourire.

— Toi aussi.

Et, en effet, son costume noir impeccablement taillé flattait sa carrure. La coupe faisait ressortir ses épaules et son torse musclés.

Elle eut soudain un bref accès de doute. « Et si je faisais fausse route ? Et si Carter disait la vérité à son sujet ? »

Ses traits durent trahir ses soupçons, car Sylvain lui caressa doucement le front, comme pour écarter une frange invisible – ou une pensée indésirable.

— J'ai hâte de danser avec toi. Allons-y.

Sa voix était si rassurante, et ses gestes si confiants, qu'elle le suivit sans réticence.

Ils se joignirent au flot d'élèves en tenue de gala qui se déversait dans la grande galerie. Du personnel en queue-de-pie se tenait près de la porte, avec des plateaux entiers de grandes flûtes à champagne sur les bras. Chacun en prenait une en entrant.

Allie, qui s'attendait à tomber sur une ambiance disco à l'intérieur, fut surprise. Un décor délicieusement anachronique se présenta à elle. Un petit orchestre installé dans un coin jouait une valse. Partout des bougies étincelaient – sur les tables, le manteau de la cheminée, dans les lustres et les bougeoirs fixés au mur. Une profusion de vases remplis de fleurs blanches agrémentait toutes les surfaces. Les tables étaient tendues de nappes en lin blanc, et les sièges ornés de rubans en soie de la même couleur. Un parfum de jasmin flottait dans l'air.

Isabelle apparut dans une robe de mousseline vaporeuse, blanche elle aussi, et ceinte à la taille par une cordelette dorée. Allie ne put s'empêcher de se dire que, comparée à celle d'Isabelle, sa propre robe blanche faisait petite fille. Elle tira sur le bras de Jo pour éveiller son attention et désigna Isabelle d'un hochement de tête.

Jo sourit et haussa les épaules.

— Que veux-tu ? Notre directrice est sexy. On ne fait pas le poids.

Gabe les conduisit vers une table dans un coin et ils restèrent debout derrière les chaises d'un air emprunté.

— Qu'est-ce qu'on attend ? murmura Allie à l'oreille de Jo.

— Tu vas voir.

Quelques minutes plus tard, Isabelle tapota une cuiller en argent contre une flûte à champagne pour réclamer le silence.

— Bienvenue au deux cent vingt-troisième bal d'été de Cimmeria.

La salle applaudit avec enthousiasme et elle dut patienter avant de poursuivre son discours.

— Chaque année, nous nous rassemblons lors de cette occasion très spéciale afin de célébrer notre école, son histoire et ceux qui l'écrivent : vous. Vous êtes le futur de Cimmeria. Nombre de vos parents ont assisté à ce bal il y a des années, et nombre de vos grands-parents et arrière-grands-parents avant eux. Jeunes et pleins d'espoir, ils se tenaient à l'époque exactement au même endroit que vous aujourd'hui. Vous faites maintenant partie de la chaîne. Une chaîne toujours intacte. (Elle brandit son verre.) Portons un toast au bal d'été. Et à Cimmeria !

— Au bal d'été, reprirent les élèves en chœur. Et à Cimmeria !

— Profitez de votre soirée ! cria Isabelle en riant des applaudissements tapageurs.

En voyant Sylvain tirer une chaise à son intention, Allie s'étonna de son comportement cérémonieux, puis elle se rendit compte que Gabe et Lucas faisaient la même chose pour Jo et Lisa.

« La tradition, j'imagine. »

Elle n'avait jamais avalé plus de quelques gouttes de champagne à Noël, et le goût lui rappela le cidre qu'elle buvait souvent en douce avec Mark et Harry. « Depuis combien de temps je n'avais pas pensé à eux ? » se dit-elle en fixant le verre. Elle se demanda ce qu'ils devenaient. S'ils s'attiraient toujours autant d'ennuis. Elle balaya la pièce du regard. « Quoi qu'ils fassent en ce moment, en tout cas, il y a peu de chances pour que ça ressemble à ça. »

Elle leva son verre de nouveau. La deuxième gorgée de champagne fut plus agréable.

L'orchestre se mit à jouer un air merveilleux. Allie trouvait la mélodie assez exotique, mais elle n'aurait su la définir plus précisément. Était-ce une musique hongroise ? Ou turque peut-être ? L'ambiance devint électrique dans la grande galerie. L'excitation était palpable. Quelques couples se mirent à glisser en rond en suivant un motif compliqué de spirale tourbillonnante, si étourdissant qu'au bout d'un moment Allie dut détacher ses yeux des danseurs car la tête lui tournait.

— C'est une chanson traditionnelle de Cimmeria, expliqua Sylvain qui l'observait. Elle a été écrite pour l'école il y a très longtemps par un ancien élève, un compositeur égyptien.

— Je n'ai jamais rien entendu d'aussi beau, avoua Allie.

Elle aurait volontiers demandé plus de détails, mais des serveurs passèrent à ce moment-là avec des plateaux de petits-fours. Gabe, Sylvain et Lucas se servirent copieusement tandis que Jo et Allie se contentèrent d'un seul chacune. Lisa, elle, déclina l'offre. Comme Jo la regardait en fronçant les sourcils, elle haussa les épaules avec une expression innocente.

— Tout est somptueux, dit Allie en mordant dans un beignet de crevette.

— Une équipe y a travaillé d'arrache-pied depuis hier, affirma Jo. Je les entendais donner des coups de marteau encore ce matin.

— Oui, c'est parfait, acquiesça Sylvain en souriant à sa petite amie. On devrait danser. Finis ton champagne d'abord.

Docilement, elle sirota son verre ; les bulles lui chatouillaient les narines et elle plissa le nez.

— Plus on en boit, meilleur c'est, le champagne, songea-t-elle à voix haute.

Les autres éclatèrent de rire.

— Oui ! s'écria Gabe. On s'y habitue vite.

— Ne le bois pas trop rapidement quand même, l'avertit Jo en jetant un coup d'œil lourd de reproches à Sylvain.

Allie prit sa remarque à la légère et répondit avec un sourire :

— Je te rappelle, maman, que j'ai un certain entraînement.

Jo ne parut guère impressionnée.

— Le champagne de Cimmeria est assez fort, Allie.

— Elle ne risque rien, affirma Sylvain. (Il se leva et lui tendit la main.) Puis-je avoir cette danse ?

Elle frissonna à son contact.

— Je ne sais absolument pas danser sur cette musique, Sylvain. Ça sent l'humiliation.

— Oh, je parie que ça n'ira pas jusque-là.

Il dégageait un tel aplomb qu'elle faillit le croire. Ils marchèrent jusqu'au bord de la piste où les couples tournoyaient toujours en traçant leurs cercles complexes. Ils se déplaçaient à une vitesse folle et avec l'aisance de danseurs expérimentés. Allie les contempla avec admiration. Elle voyait Isabelle se déplacer avec grâce dans les bras d'un bel inconnu aux cheveux bruns. Elle était incroyablement élégante et Allie poussa un soupir d'envie.

— Où ont-ils tous appris à danser comme ça ?

— La plupart d'entre nous avons suivi des cours depuis l'enfance.

— C'est dingue. Je croyais que ça ne se faisait plus.

— Ah bon ?

Il la plaqua contre lui et lui tint le menton afin de l'obliger à le fixer droit dans ses magnifiques yeux bleus. Puis il plaça sa main droite dans le creux de ses reins et la pressa contre son torse tandis que la gauche enveloppait la main opposée de sa cavalière.

— Moi, c'est l'inverse qui me paraît dingue : que tout le monde n'apprenne pas. Ce soir, je vais t'enseigner un pas facile. Suis-moi. Nous allons commencer lentement. C'est gauche droite gauche gauche droite. Comme ça.

Il fit la démonstration et elle l'imita prudemment. Bien sûr, elle lui écrasa les orteils et ne put s'empêcher de baisser les yeux, mais il lui releva le menton avec son index.

— Ne regarde jamais tes pieds. Regarde-moi dans les yeux, ce sont eux qui te diront où aller. Et c'est toujours gauche droite gauche gauche droite. Prête ?

— Non.

Il éclata de rire, puis il l'entraîna sur la piste.

— Gauche droite gauche gauche droite… Gauche droite gauche gauche droite…, marmonna-t-elle, les prunelles rivées sur le visage de Sylvain.

Ils décrivirent trois cercles lents sans qu'elle se trompe. Puis un quatrième. Et un cinquième !

Allie n'en revenait pas.

— Tu es magicien ou quoi ? s'exclama-t-elle, incrédule. Je t'assure, Sylvain, d'habitude je suis nulle.

La ligne de ses yeux s'élevait et s'abaissait à chaque mouvement.

— On y arrive parce que tu me fais confiance. Je mène, tu suis. C'est très simple, dit-il en souriant. Et puis… on bouge très, très lentement…

À mesure qu'elle prenait de l'assurance, il augmenta peu à peu la cadence et, quelques pirouettes plus tard, ils glissaient harmonieusement sur le tempo.

Quand elle fut plus à l'aise, il l'embrassa délicatement dans le cou, juste sous l'oreille. Tous les sens d'Allie s'enflammèrent.

— Tu es si jolie ce soir, Allie, murmura-t-il. Merci d'avoir accepté de m'accompagner.

Elle sentit le sang lui monter aux joues et son corps s'alanguir contre celui de Sylvain, qui la serrait de plus en plus fort. Ils continuèrent à virevolter avec la régularité d'un métronome. Allie fut rapidement tout étourdie.

Les murs de la salle se fondaient en un flou d'aquarelle. Sylvain et elle étaient seuls au monde.

— C'est incroyable, chuchota-t-elle.

Après seulement quelques minutes, leurs mouvements de toupie les ramenèrent au bord de la piste et

Sylvain la raccompagna vers leur table, un bras autour de sa taille.

La tête d'Allie lui tournait et elle se cramponnait à lui pour garder l'équilibre.

— J'ai le vertige.

— C'est la danse. Tu n'es pas habituée.

Elle jeta un coup d'œil derrière elle et observa les danseurs. Certains couples montraient moins d'assurance et les autres tourbillonnaient autour d'eux, comme de l'eau coulant sur des pierres.

D'une main, Sylvain attrapa deux verres sur un plateau qui passait.

— Ce qu'il te faut, c'est un peu de champagne.

Allie accepta la coupe avec un sourire reconnaissant.

— Merci. J'ai tellement soif. (L'alcool était froid et rafraîchissant, elle le but d'une traite.) Tu sais, je commence vraiment à aimer le champagne.

Il eut un petit rire chaleureux. Allie se tenait si près de lui qu'elle le sentit vibrer dans sa poitrine.

— J'ai l'impression, oui.

Elle chercha Jo dans la foule. Elle était facile à repérer avec sa robe archicourte – clairement la plus mini de toute l'assistance. Gabe et elle se mouvaient avec souplesse sur la piste, de même que Lucas et Lisa, dont la robe bouffait joliment autour d'elle.

Allie remarqua à peine que Sylvain remplaçait sa flûte vide par une pleine.

En parcourant l'assemblée des yeux, elle aperçut Ruth et Phil qui marchaient vers la piste en se tenant la main. Ruth portait une belle robe en soie rose pâle qui mettait en valeur sa silhouette athlétique. À proximité, Jerry discutait tranquillement avec la bibliothécaire, Eloise ; cette dernière arborait une petite robe noire sexy avec un dos-nu et ses longs cheveux flottaient librement sur ses épaules.

— Elle est plutôt jeune, dit Allie, surprise.

— Qui ?

— Eloise. J'ai toujours cru qu'elle était vieille. Enfin… plus vieille, quoi.

Sylvain sourit.

— Oui, je crois qu'elle se vieillit exprès. Elle a peur qu'on ne la prenne pas assez au sérieux. Elle était élève ici il y a à peine six ans. (Il jaugea Eloise d'un petit coup d'œil.) Très attirante.

Allie lui donna un coup de poing dans le bras.

— Hé ! attention. Rappelle-toi qui est ta cavalière.

Il eut un sourire malicieux.

— Comment pourrais-je l'oublier ? D'ailleurs, je crois qu'il est temps pour ma cavalière de m'offrir une nouvelle danse. Allez, cul sec.

Il termina son verre et attendit qu'elle vide le sien avant de lui tendre la main.

Tandis qu'ils se dirigeaient vers la piste, Allie vacilla un peu sur ses jambes. Alors qu'elle se rattrapait au coude de Sylvain pour se stabiliser, Carter apparut devant eux. Lorsque leurs yeux se croisèrent, elle repensa à ses propos ambigus du matin, en cours d'anglais, et crut sentir une étincelle d'électricité dans l'air. Ce n'est qu'ensuite qu'elle nota la présence à son bras d'une fille menue en robe de taffetas bleu. Elle était mignonne, avec ses longues boucles blondes. Avant qu'Allie ait pu lui adresser la parole, il se tourna délibérément vers sa cavalière avec un grand sourire, puis il murmura quelques mots à son oreille et elle se mit à pouffer.

Allie rougit. Elle dut se contracter car Sylvain sursauta et chercha la cause de sa distraction. En reconnaissant

Carter, il plissa les yeux et sa main se crispa sur la taille d'Allie.

— Tout va bien ? demanda-t-il froidement.

Elle l'entraîna vers la piste avec un rictus forcé.

— On ne peut mieux, répondit-elle en balbutiant légèrement.

Elle fronça les sourcils. Pourquoi avait-elle la langue pâteuse subitement ?

« Non ! Je suis soûle ? Déjà ? »

Sylvain esquissa les premiers pas de danse.

— Tu ressembles à un ange, susurra-t-il.

Allie s'imagina Carter au bord de la piste en train de l'observer. Elle percevait presque le poids de son regard sur ses épaules. « D'accord, se dit-elle. Puisque c'est comme ça… Il veut du spectacle ? Il va en avoir… »

Elle se blottit contre Sylvain.

— Un ange ou un démon ?

Il rit à gorge déployée. Peu à peu, ils accélérèrent. Cette fois, Allie était plus à l'aise. Elle se détendit, se laissant emporter par le mouvement, la musique et les gestes de son partenaire. La tête légère, elle s'abandonna avec délices à ce tourbillon de sensations.

Les lèvres de Sylvain frôlaient son oreille ; quand il lui mordilla le lobe, elle retint un cri et manqua de trébucher. Mais il la tenait fermement.

Il resta muet pendant si longtemps après cela qu'elle leva des yeux inquiets vers lui.

— Ça va ?

— Pardon, dit-il d'une voix tendue. Oui, ça va. Tu es irrésistible.

Son expression intense la rendit nerveuse.

Habilement, il se dirigea vers le bord de la piste et la conduisit précipitamment hors de la pièce. Un peu dans les vapes, elle le suivit dans la nuit noire, pendue à son bras. Ils passèrent à côté d'un petit attroupement près de la porte de derrière, puis ils contournèrent l'angle du bâtiment et se sauvèrent vers un coin désert et tranquille, loin des regards.

— Où on va… ? s'enquit Allie en s'efforçant d'articuler distinctement.

Tout à coup, Sylvain la plaqua contre le mur et elle poussa un cri. Bien qu'atténué par les effets de l'alcool, le choc fut violent.

— Arrête, Sylvain ! Tu me fais mal.

Ses yeux luisaient au clair de lune et elle découvrit sur son visage une expression proche de la férocité.

— Oh non, je n'arrêterai pas.

Il l'embrassa si brutalement que la tête d'Allie heurta le mur et elle se mordit la langue. Ses yeux se remplirent de larmes. Elle se débattit en frappant des deux poings le torse de Sylvain, cependant son cerveau était tellement brumeux qu'au bout de quelques instants, elle ne savait plus très bien contre quoi elle luttait.

Un vague souvenir des paroles de Carter remonta à la surface de son esprit embrouillé : « Ne crois pas un mot de ce qu'il te raconte. C'est un menteur. »

Sylvain la força à relever le menton et l'embrassa dans le cou. Elle apprécia au début mais quand il se mit à la mordre, elle retint son souffle en tentant de nouveau de se libérer. Elle eut beau s'arc-bouter contre le mur, pousser, se tortiller – impossible de bouger. Les bras de Sylvain l'emprisonnaient. C'est lorsqu'elle sentit ses mains quitter sa taille et se glisser jusqu'à ses seins qu'elle commença à paniquer pour de bon. Une larme roula sur sa joue. Elle s'épuisa à le repousser.

Rien n'y fit. Il ne semblait même pas remarquer ses efforts.

— Tu as envie de moi, murmura-t-il.

Sa main gauche se referma sur la gorge d'Allie et la cloua au mur. Il l'étranglait presque.

— Arrête ! l'implora-t-elle dans un souffle.

Elle enfonça ses ongles dans ses poignets, en pure perte.

— Dis-le, insista-t-il en l'écrasant. Dis que tu as envie de moi.

— J'ai une question, Sylvain : si elle prononce les mots sous la menace, ça compte vraiment ?

L'emprise de Sylvain se relâcha juste assez pour qu'Allie puisse respirer normalement, mais il ne la laissa pas s'échapper. Il tourna la tête vers Carter avec un sourire cruel.

— Oh, dégage, Carter.

Celui-ci ne flancha pas.

— Tu voulais la forcer à dire quoi, Sylvain ? Je crois que j'ai deviné mais j'aimerais t'entendre le répéter.

— Ça ne te regarde pas. Ta jalousie est pathétique.

— Plains-toi à Isabelle. Et pendant que tu y es, raconte-lui ce que tu t'apprêtais à faire subir à Allie. Ensuite vous pourrez reparler du règlement.

Étourdie et hébétée, Allie luttait toujours pour se dégager. Ses yeux se posaient tour à tour sur les deux garçons. Elle s'humecta les lèvres avec la langue et tenta de s'exprimer sans bafouiller.

— Carter, je ne comprends pas…

Il garda son attention rivée sur Sylvain.

— Non, mais Sylvain comprend très bien, lui. N'est-ce pas, Sylvain ?

Ils se toisèrent d'un œil glacial. Allie avait le sentiment que Sylvain ne s'avouerait jamais vaincu et elle se demanda comment allait réagir Carter. Et puis, soudain, Sylvain la libéra et s'écarta.

— Très bien, Carter. Joue les héros si ça t'amuse. Sauve la demoiselle en détresse. Mais nous savons tous les deux que tu te fais des films ridicules. Et que c'est moi qu'elle veut.

Les épaules raides, Carter serra les poings et fit un pas en avant, furieux. Il s'apprêtait sans doute à bondir lorsque des hurlements épouvantables déchirèrent l'air. Les deux garçons se figèrent.

Carter pivota vers Allie. Son visage ne portait plus la moindre trace de colère. Son expression était alerte, vigilante.

— Allie, reste ici. Surtout ne bouge pas.

Sylvain partit en courant avec lui sans un regard pour sa petite amie. Ils disparurent à l'angle du bâtiment.

Tremblante, Allie tâta l'arrière de son crâne du bout des doigts et sentit une bosse.

« Comment ai-je pu devenir soûle aussi vite ? Et qu'est-ce qui vient de se passer ? »

Elle serra ses bras autour d'elle. Elle avait mal partout, en particulier à la tête. Nul doute qu'elle serait couverte de bleus le lendemain. Sylvain avait perdu la boule, mais elle devait admettre qu'elle s'était mal défendue.

« Trop bourrée, pensa-t-elle avec dégoût. À moins que… qu'il ait mis un truc dans mon verre ? » À l'instant où cette idée lui traversa l'esprit, elle se décomposa.

Elle savait d'expérience qu'elle tenait bien l'alcool – elle pouvait boire une bouteille de cidre entière sans être éméchée. Or, cette fois, elle n'avait avalé que trois coupes de champagne.

« Sylvain serait-il capable de faire une chose pareille ? » s'interrogea-t-elle d'un air horrifié.

Des cris perçants interrompirent le fil de ses réflexions. Ils semblaient venir d'assez près – du coin de la bâtisse, peut-être. Elle se colla contre le mur, disparaissant dans l'ombre.

Elle perçut des bruits de chute. Puis il lui sembla que deux personnes se bagarraient. Cela ne dura pas longtemps. Bientôt un silence troublant régnait.

Elle retint sa respiration.

Des pas se firent entendre dans le noir. Quelqu'un courait dans sa direction. À toute vitesse.

— Carter ? dit-elle d'une voix hésitante.

Les pas s'arrêtèrent.

Elle hoqueta en prenant conscience de son erreur. La montée d'adrénaline dissipa les brumes de l'alcool et elle appuya son dos contre les briques rugueuses et froides en se faisant aussi petite que possible. Bien qu'elle ne vît rien, elle savait qu'elle n'était pas seule – elle sentait une présence qui l'observait. Figée, le souffle coupé, elle compta les battements de son cœur.

« ...dix, onze, douze... »

Les pas s'approchèrent de nouveau. Plus lentement.

Allie s'écarta du mur et fonça à toutes jambes vers la porte de l'école. Le martèlement des chaussures sur l'herbe s'accéléra derrière elle.

Alors qu'elle pressait l'allure afin d'échapper à son poursuivant, elle se prit les pieds dans quelque chose de mou. Elle poussa un cri, perdit l'équilibre et fit la culbute.

Elle se roula en boule sur le gazon frais et humide et se protégea la tête en prévision de l'attaque. Mais rien ne se passa. Elle entendit l'inconnu s'éloigner en hâte, le son de ses pas s'évanouissant peu à peu dans la nuit.

Allie demeura immobile un long moment. Quand elle fut bien sûre d'être seule, elle s'assit prudemment et regarda autour d'elle.

Ses mains étaient couvertes d'une matière humide et poisseuse. À mesure que ses yeux s'habituaient à l'obscurité, elle s'aperçut qu'elle était tombée sur une fille vêtue d'une robe pâle, étendue face contre terre. Elle la toucha avec précaution mais n'obtint aucune réaction. Alors elle la prit par les épaules et la fit rouler sur le dos.

— Eh, ça va ?

Elle retint son souffle.

Le monde fut brusquement englouti par le silence.

Prise de panique, Allie s'écarta à quatre pattes, incapable de détacher les yeux du corps inanimé.

Abasourdie, elle se mit debout tant bien que mal et tituba en direction de la porte qui donnait sur l'arrière du manoir. À l'intérieur, les lumières étaient éteintes. Les couloirs étaient plongés dans le noir et le chaos. Une odeur de fumée flottait dans l'air. Des gens affolés passaient à côté d'elle en hurlant. Allie se sentait étrangement détachée. Elle traversa cette vision de cauchemar en regardant droit devant elle, ses mains ensanglantées écartées à hauteur de ses hanches.

Les mêmes mots revenaient en boucle dans sa tête : « Ce n'est pas réel. Ça ne peut pas être réel. Ce n'est pas… »

Plus elle s'approchait de la salle de bal, plus la fumée s'épaississait et lui piquait les yeux. La grande galerie – si belle auparavant avec ses mille bougies scintillantes et ses bouquets de fleurs blanches s'était transformée en brasier. Les uniques sources de lumière provenaient d'une poignée de lampes torches brandies par les professeurs et du feu lui-même. Dans cette pénombre, des garçons en smoking battaient les flammes avec des nappes humides pendant que des filles en robe de soirée apportaient de l'eau en utilisant tout ce qu'elles pouvaient trouver : seaux à glace, bols de punch, vases… Le sol était jonché de chaussures à talons abandonnées et de flûtes à champagne brisées.

Les foyers – de dimension réduite, par chance – commençaient déjà à s'éteindre. Il était évident que les élèves étaient en passe de remporter la bataille. Mais la fumée dense représentait le principal danger : l'atmosphère devenait irrespirable.

— Ouvrez une fenêtre ! hurla quelqu'un.

— Surtout pas ! Ça risque de relancer le feu. Sortez si vous avez besoin d'une pause.

La voix familière de Zelazny, malgré sa sévérité, rassura Allie. Paralysée par le choc, elle restait plantée au centre de la pièce, incapable de prendre la mesure des événements.

Jo apparut, le visage noir de suie, un vase vide à la main.

— Allie ! Tu vas bien ? Oh, mon Dieu ! D'où vient tout ce sang ? Tu es blessée ?

Elle lâcha le vase, tourna son amie face à elle et l'examina au cas où elle présenterait des plaies visibles. Allie secouait la tête, sans voix. Ses lèvres remuaient mais aucun son ne sortait de sa gorge.

— Allie, tu me fais peur ! s'écria Jo, au bord des larmes. Je t'en prie, je t'en prie, dis-moi que tu vas bien !

Ces paroles la tirèrent enfin de sa torpeur. Ce fut comme si elle recevait une décharge et, soudain, la vérité jaillit de sa bouche.

— Oh, Jo. Il y avait des cris et… du sang… partout.

Terrifiée, Jo écarquillait ses beaux yeux bleus et lui serrait les mains si fort qu'elle lui faisait mal.

— Allie, s'il te plaît, essaie d'expliquer – d'où vient le sang ?

— C'est le sang de Ruth, répondit-elle en fixant ses paumes tachées. Elle est dehors. Elle a la gorge… ouverte. Je crois qu'elle est morte.

Jo avala sa salive puis, d'un geste vif, elle pivota sur elle-même.

— Jerry ! appela-t-elle d'un ton pressant.

À travers l'obscurité et la fumée, Allie la vit se précipiter vers son professeur. Les joues couvertes de suie, celui-ci tentait d'étouffer des braises fumantes à l'aide d'une nappe imbibée d'eau. Eloise se tenait non loin, ses longs cheveux entortillés dans le dos. Elle avait ôté ses talons aiguilles et, pieds nus, projetait de la mousse carbonique avec un extincteur.

Jo parlait à toute vitesse, d'un air épouvanté. Allie n'arrivait pas à saisir ses mots.

Jerry et Eloise échangèrent un bref coup d'œil. La bibliothécaire tendit l'extincteur à un autre adulte et ils se ruèrent ensemble hors de la salle.

Quand Jo revint à ses côtés, Allie regardait autour d'elle.

— Où est Lisa ?

Jo se mordit la lèvre.

— Je vous ai cherchées toutes les deux mais je ne vous trouvais nulle part, ni l'une ni l'autre.

— Alors tu ne l'as pas vue ? s'exclama Allie, gagnée par l'hystérie. Jo, elle est peut-être blessée ! Si elle était… comme Ruth ?

Elle lutta pour refouler ses larmes. Jo lui prit les poignets et tenta de l'apaiser.

— Reste calme, Allie. Je n'ai pas vraiment eu le temps d'inspecter partout. L'incendie est maîtrisé maintenant, affirma-t-elle en vérifiant autour d'elle. Allons-y ensemble.

Rapide comme l'éclair, elle remonta la grande galerie en traînant son amie derrière elle. Dans l'écran de fumée persistant, elles scrutèrent les visages de toutes les personnes qu'elles croisèrent.

Aucun signe de Lisa.

— Plus loin, dit Jo.

Elles s'arrêtèrent brusquement en atteignant le hall d'entrée du manoir. Un corps frêle habillé d'une robe bleu argent était couché sur le sol de pierre, sans mouvement, un long châle vaporeux flottant de part et d'autre de son cou, comme soulevé par une brise. Un grand bougeoir en bois gisait en travers de son corps.

— Oh non, murmura Jo.

Elles bondirent vers Lisa. Allie s'agenouilla à côté d'elle et lui prit la main.

— Elle est vivante.

Jo enleva le bougeoir et s'en débarrassa, pendant qu'Allie écartait doucement les mèches de cheveux blonds, révélant une profonde entaille sur la joue de leur amie. Jo lâcha un petit cri et fondit en larmes.

— Lisa ? Lisa, réveille-toi. Tu m'entends ? Il faut que tu te réveilles, répétait Allie, si fort que ses paroles résonnaient sous la verrière.

Surprise de voir des gouttes tomber sur la robe bleue, elle mit un moment à comprendre qu'elle pleurait, elle aussi. Elle se cacha derrière ses mains et laissa éclater ses sanglots.

— Réveille-toi !

16.

Durant les heures chaotiques qui suivirent l'attaque, les professeurs réunirent les élèves dans le réfectoire sombre et tentèrent de juguler la panique. Des adultes distribuaient des lampes torches tandis que les infirmières isolaient les blessés légers des cas plus graves dans un coin. Les premiers faisaient ensuite la queue sur place en attendant de recevoir des soins. Les blessures allaient de la simple coupure à la brûlure au deuxième degré, en passant par l'entorse et le membre cassé.

La fumée étouffante qui s'était durablement immiscée dans les couloirs avait à peu près épargné cette pièce. À la place, l'air était envahi par les sanglots étouffés des élèves et les conversations efficaces, pour ne pas dire brutales, du personnel soignant.

— Donne-moi ces pansements.

— Il me faut un bain de glace pour cette cheville, il en reste ?

— Antibiotique par injection.

Lisa, qui n'avait pas repris conscience, fut emportée à l'infirmerie par deux employés taciturnes. Au début Jo et Allie insistèrent pour l'accompagner, virevoltant autour de la civière comme des oiseaux affolés. Mais Eloise réussit à les persuader de rester où elles étaient.

La bibliothécaire, pieds nus et maculée de suie, portait toujours sa petite robe noire. Les yeux brillants et grands ouverts, elle semblait infatigable.

— Je vous promets qu'elle va se remettre. Il faut qu'elle se repose et nous avons besoin de vous ici. S'il vous plaît, les filles, dites-moi que je peux compter sur vous.

Elles acquiescèrent à contrecœur. Eloise les envoya se changer et laver leurs mains couvertes de sang.

À mesure qu'elles grimpaient l'escalier, bras dessus bras dessous, vers les chambres, le silence et le noir complet remplacèrent la confusion épouvantable qui régnait au rez-de-chaussée. Le sang battait dans les tempes d'Allie. Elle avait l'estomac retourné et se sentait sur le point de vomir.

Quand elles se séparèrent sur le palier, Jo dit :

— On est en sécurité, ici, hein ?

— Bien sûr, sinon Eloise ne nous aurait pas demandé de monter, répondit Allie, dont le ton manquait cependant d'assurance.

— OK. Dépêche-toi. Je te retrouve dans la salle de bains.

Allie ouvrit lentement la porte de sa chambre et alluma sa lampe torche pour vérifier qu'elle était vide. Elle lui paraissait différente dans la pénombre – comme si c'était la chambre d'une autre et que ses affaires avaient été éparpillées là par hasard. Elle la traversa en hâte et fouilla rapidement dans sa commode, attrapant les premiers vêtements qui lui tombaient sous la main.

Plus tard, sous une douche froide, éclairée seulement par la lampe torche posée sur les sandalettes argentées que Jo lui avait prêtées, elle se récura avec acharnement. La température et le contact de l'eau lui éclaircirent les idées. On aurait dit qu'elle se rinçait des événements de la nuit passée. Jo l'attendait à côté d'un lavabo, en balançant le rayon de sa lampe d'un coin à l'autre de la pièce. De temps en temps, elles s'appelaient pour se rassurer.

— Tu es toujours vivante ?

— Ouais. Et toi ?

— Je crois.

Quand elle eut terminé, elle laissa la robe blanche, désormais inutilisable, et les chaussures étincelantes dans le vestiaire de la douche.

Elles se précipitèrent en bas où le vent de panique était tombé. L'heure était à présent au remue-ménage.

Des rayons lumineux dansaient dans les couloirs pendant que des élèves transportaient les meubles brûlés hors de la salle de bal. Près de la porte de derrière, un groupe électrogène ronronnait et de gros câbles noirs s'enfonçaient comme des serpents dans le couloir jusqu'à la grande galerie où les lampes à arc qu'ils alimentaient jetaient dans l'espace encore enfumé une lueur irréelle.

Des professeurs armés de blocs-notes orchestraient le travail. Certains se tenaient debout sur des chaises et criaient leurs instructions tandis que d'autres, rassemblés en petits groupes le long des murs, discutaient à voix basse.

Jo et Allie examinèrent la pièce.

— On devrait chercher Eloise, dit Allie d'une voix tremblante.

À la place de la bibliothécaire, elles trouvèrent Isabelle, dangereusement perchée au sommet d'une chaise en bois branlante. Elle donnait calmement des ordres aux adultes et aux élèves qui grouillaient autour d'elle. À part plusieurs taches de suie sur sa robe blanche et quelques longues mèches échappées de sa coiffure qui retombaient en vagues sur ses épaules, elle était toujours aussi parfaite.

Elle parut soulagée de les voir – surtout Allie. Elle s'accroupit pour lui prendre les mains et l'attirer près d'elle. D'une voix si basse que seule la jeune fille pouvait l'entendre, elle dit :

— Je suis désolée que tu aies assisté à ça. Tu vas bien ?

Tandis qu'elle fixait la mine inquiète de la directrice, un flot d'émotions contradictoires envahit Allie. Elle avait envie de pleurer la mort de Ruth, de pleurer sur son propre sort et de serrer Isabelle dans ses bras pour la remercier de son soutien. Mais elle réprima ses larmes et la rassura d'un hochement de tête. Isabelle lui serra les mains une dernière fois avant de se relever. La professionnelle en elle reprit immédiatement le dessus.

— Bon, vous deux, prenez ceci, dit-elle d'une voix ferme en leur tendant un bloc-notes muni d'un stylo attaché au bout d'un fil. Il est impératif de recenser tout le monde. Il y avait cinquante-deux élèves inscrits pour ce trimestre. Identifiez autant de personnes que vous le pourrez. Faites le tour du rez-de-chaussée, mais ne perdez pas de temps dans les ailes et les étages. Et n'allez dehors sous aucun prétexte.

Comme un groupe de professeurs s'approchait, elle se tourna pour répondre à leurs questions.

Allie et Jo se sentirent submergées par la tâche au début – il faisait très sombre et les gens passaient à côté d'elles à toute vitesse, à demi camouflés derrière le rideau de fumée. Puis elles mirent au point un système : elles cochèrent d'abord les noms des camarades qu'elles connaissaient et avaient déjà aperçus, avant de poursuivre par ceux dont le visage ne leur était pas familier.

Le travail leur permit de transformer leur nervosité en énergie positive. Elles déambulèrent de salle en salle en vérifiant leur liste. Le nombre d'élèves manquants à l'appel diminua peu à peu. Au bout d'une heure environ, l'électricité fut rétablie, ce qui leur rendit la tâche beaucoup plus facile. L'odeur âcre de brûlé persistait mais l'air commençait à s'assainir.

Pendant toute la durée de l'opération, Allie ressentit une étrange sensation de détachement – un peu comme si elle se regardait à la télévision en train d'arpenter les couloirs de l'école. Elle ne ressentait même pas la fatigue. Son corps, branché sur pilotage automatique, vaquait à ses occupations sans que sa volonté intervienne.

Lorsque le soleil se leva, il restait encore vingt et un noms à cocher sur la liste, parmi lesquels ceux de Gabe, Carter, Sylvain, Julie et Lucas.

— À ton avis, ils sont où ? demanda Allie.

Jo se massait le front.

— Aux Nocturnes, répondit-elle d'un ton las. Ils en font tous partie. On a cherché partout – inutile de continuer. Allons rendre les papiers.

Après un saut dans le réfectoire et la bibliothèque, elles finirent par trouver Isabelle en compagnie de Jerry et d'Eloise dans la grande galerie vide. La puanteur du bois et du plâtre grillés soulevait le cœur. L'électricité ne fonctionnait toujours pas dans cette portion du bâtiment et, le groupe électrogène ayant été éteint, elles discernaient à peine le bout de leurs pieds. Un mince filet de lumière naturelle entrait toutefois dans la pièce et illuminait les poussières en suspension dans l'air.

Aux yeux d'Allie, elles ressemblaient à de minuscules cristaux de couleur sombre. Elle constata qu'un mur entier était noirci du plancher au plafond. De petits tas de débris fumaient encore çà et là. Mais, globalement, la pièce avait subi moins de dommages qu'elle ne l'aurait cru.

Isabelle parcourut rapidement la liste du regard, puis la tendit à Jerry qui l'examina à son tour et hocha la tête.

— Merci à toutes les deux, dit Isabelle. Vous avez fait du bon boulot.

— Mais il reste encore plein de disparus ! protesta Allie.

Isabelle semblait épuisée. En voyant ses yeux creusés et rougis, Allie se sentit un peu coupable de l'importuner.

— Nous savons où ils sont et ils se portent bien, affirma-t-elle en passant un bras autour des épaules d'Allie. Ne t'inquiète pas.

— Ce sont ceux qui participent aux Nocturnes, pas vrai ? demanda Jo en croisant les bras sur sa poitrine.

— Tu sais que nous ne pouvons pas en parler avec toi, Jo, répondit sèchement Eloise. Je suppose que tu connais la réponse à ta question, de toute façon.

Jo refusa de capituler.

— Pardon, Eloise, mais vu les circonstances, je crois qu'un peu de transparence s'impose.

Isabelle pressa doucement l'épaule d'Allie avant de se tourner vers Jo.

— Un grand nombre de professeurs te donnerait raison, avoua-t-elle, à la grande surprise d'Allie. Cependant la priorité, pour l'instant, c'est de franchir le cap des vingt-quatre prochaines heures.

— Combien de personnes sont… mortes ? s'enquit Allie d'une petite voix.

— Une, soupira la directrice, le visage empreint de compassion. Je suis tellement navrée, Allie. Si tu veux parler de ce que tu as vu avec l'un d'entre nous, nous sommes à ta disposition – quand tu veux.

Allie, qui croyait que plus rien ne pouvait la toucher, fut étonnée de sentir une larme couler sur sa joue. « Tiens ! D'où vient-elle, celle-là ? » songea-t-elle en s'empressant de l'essuyer.

Avant de s'éloigner, Jerry lui tapota le bras et Eloise l'enlaça dans une accolade chaleureuse.

— Accroche-toi, ma belle, murmura-t-elle.

Quand ils furent repartis, Jo s'adressa de nouveau à Isabelle.

— Comment va Lisa ? On peut lui rendre visite ?

— Elle ne s'est pas encore réveillée. Le docteur dit qu'il lui faut surtout du repos. (Isabelle les considéra avec une expression soucieuse.) Il y a à manger au réfectoire. J'aimerais que vous fassiez une pause et que vous alliez grignoter un morceau. J'irai vous chercher là bas si j'ai besoin de vous.

Avaler quelque chose leur paraissait inenvisageable tant elles avaient la gorge nouée, mais elles n'osèrent pas protester et quittèrent sagement la salle sombre.

Une vision de lendemain de bataille les attendait dans le réfectoire. Les lueurs de l'aube ruisselaient sur les grandes fenêtres avec une gaieté déplacée. Dans un silence de cimetière, des élèves sales et épuisés somnolaient, à demi affalés sur les tables, des assiettes à moitié pleines devant eux. Contre le mur, des piles de sandwichs se dressaient sur le buffet près de grosses bouilloires remplies de thé et de café fumants.

Allie et Jo restèrent plantées devant à fixer la nourriture. Manger maintenant était décidément incongru. Mais elles remplirent deux assiettes et se trouvèrent une table inoccupée. Elles se firent de la place en poussant les tasses et les soucoupes sales, puis elles grignotèrent du bout des dents. Jo était assise dans la position du lotus ; ses cheveux clairs ébouriffés autour de son crâne lui dessinaient une auréole un peu froissée. Allie posa un pied sur sa chaise et appuya son coude sur son genou. Elle avait la mine blême et songeuse. Après avoir terminé son sandwich, elle écarta son assiette et demanda tout à trac :

— Qu'est-ce que tu as vu ?

Jo parut déconcertée.

— Cette nuit ? fit-elle en écarquillant les yeux.

Allie hocha la tête.

Jo reposa sa tasse de thé et son regard s'assombrit.

— Oh, Allie, c'était dingue… Où étais-tu d'ailleurs ? Au début, la soirée se déroulait à merveille. Je dansais avec Gabe et puis, soudain, il y a eu un grand bruit, comme une explosion. Les lumières se sont éteintes. Ensuite, comme il faisait noir, la situation est devenue très confuse. Tout le monde s'est jeté plus ou moins dans la direction des portes. Des gens se sont mis à hurler qu'ils étaient coincés et qu'ils ne pouvaient pas sortir. Une table s'est renversée. C'est là que le feu a démarré et la fumée… C'était horrible. Horrible. Gabe et moi, on s'est allongés à plat ventre pour mieux respirer et on s'est fait des sortes de masques avec des serviettes. On s'est éloignés du feu et Gabe m'a dit qu'il devait aller voir plus loin d'où venait le problème. On ne comprenait pas pourquoi personne ne sortait. Et là, il a… il a disparu.

Tandis qu'Allie attendait la suite, Jo se mit à émietter la croûte de son sandwich sans un mot.

— Et après ? insista-t-elle.

— Il faisait noir. Je ne voyais plus rien. J'entendais juste les cris. L'air est devenu irrespirable. La porte a dû se débloquer d'un coup parce que, subitement, il y a eu un grand fracas et un courant d'air frais est entré. Mais ça a ravivé les flammes. Alors on a commencé à essayer d'éteindre le feu avec de l'eau et des extincteurs. Des personnes ont enfin réussi à sortir. Et tu es arrivée.

Jo soupira en se forçant à prendre une autre bouchée de sandwich.

— Tu as revu Gabe depuis ? demanda Allie.

Jo fit non de la tête. Une larme roula sur sa joue.

— J'essaie de me raisonner. Eloise affirme que tout le monde va bien, donc il va bien. Mais il m'a… plantée là. Au milieu d'un incendie.

Elle cacha son visage dans le creux de ses mains et Allie comprit qu'elle pleurait. Alors elle caressa l'avant-bras de son amie en cherchant des paroles de réconfort.

— Oh, ma puce… Il a commencé par s'assurer que tu étais en sécurité, non ? Et tu sais quoi ? Il a confiance en toi. Il sait que tu es forte et capable de te débrouiller seule. Et ça, c'est cool.

Jo opina, bien qu'elle n'eût pas l'air très convaincu. Elle ferma les paupières et s'appuya sur son coude.

— Je suis crevée.

Allie rapprocha sa chaise et inclina doucement la tête de Jo sur son épaule.

— Moi aussi.

En quelques secondes, elles dormaient dans les bras l'une de l'autre.

Elles furent tirées du sommeil peu de temps après par un changement d'atmosphère dans la pièce. Les élèves des Nocturnes étaient de retour.

Gabe fut le premier à franchir la porte. Dès qu'elle l'aperçut, Jo se leva d'un bond, traversa la pièce en courant et se jeta sur lui. Ils disparurent dans le hall en bavardant à voix basse.

Sylvain n'était pas loin derrière. Allie, qui n'avait pas eu l'occasion de repenser à ce qui s'était passé entre eux la nuit précédente, ne se sentait pas prête à le revoir. Elle s'enfonça sur son siège et plongea les yeux dans sa tasse de thé vide en espérant qu'il ne la remarquerait pas.

Qu'est-ce qui était arrivé exactement ? Pourquoi s'était-elle retrouvée aussi vite dans un état d'ébriété plus qu'avancé ?

Tout en retournant ces questions dans son esprit, elle palpa distraitement la bosse à l'arrière de son crâne. Elle avait désenflé mais restait douloureuse.

Allie vit avec soulagement Carter et Lucas entrer à leur tour quelques instants plus tard, éreintés, le visage couvert de crasse et les cheveux poisseux à cause de la transpiration.

Elle faisait toujours profil bas, si bien que Carter se remplit une assiette et se servit du café sans la repérer, contrairement à Lucas qui se rua aussitôt vers elle.

— Des nouvelles de Lisa ? s'enquit-il.

Elle fit signe que non.

— Pas encore.

Il pinça la bouche.

— Je m'en veux tellement de… J'aurais voulu être avec elle.

En le voyant à ce point exténué et abattu, Allie le serra dans ses bras.

— Isabelle nous a assuré qu'elle allait vite se rétablir et je la crois. (Elle le sentit hocher la tête contre son épaule.) Tu devrais aller te pieuter, Lucas. Tu as une sale tronche.

Cette remarque lui arracha un sourire.

— Merci, Allie. On croirait entendre Carter – il vient juste de me dire la même chose.

Tandis que Lucas s'éloignait, Allie chercha Carter des yeux. Celui-ci était installé tout seul à une table reculée, les jambes tendues devant lui. Il mangeait avec des gestes d'automate, l'attention rivée sur son assiette comme s'il refusait de jeter le moindre coup d'œil en dehors de sa bulle.

Elle attendit qu'il ait terminé ses sandwichs avant de le rejoindre. La fatigue lui donnait une expression vulnérable et fragile. « On dirait un petit garçon », pensa-t-elle, stupéfaite. Mais il reprit son air bourru en moins de deux. Elle tira une chaise sans attendre qu'il l'invite à s'asseoir.

— Salut.

— Salut, répondit-il d'une voix distante.

Elle examina scs traits.

— Comment ça va ?

— Pas mal, marmonna-t-il en levant les yeux. Et toi ?

Elle haussa les épaules.

— J'ai survécu.

— J'ai entendu, pour Ruth…

Elle l'interrompit d'un geste brusque de la main.

— Je ne veux pas en parler.

— Désolé.

— Tu n'y es pour rien. (Le souvenir du corps de Ruth s'imposa à son esprit et elle s'efforça de chasser ces images sordides.) Je… je ne peux pas en parler maintenant. Je ne suis pas prête.

— D'accord.

Il y eut un long blanc pendant qu'il sirotait son café. Allie compta jusqu'à trois et se lança.

— Carter ?

— Quoi ?

— Tu as vu Phil ? Il tient le coup ?

Il secoua la tête.

— Non. Il est dévasté. Il se reproche de ne pas avoir été à ses côtés quand c'est arrivé, le pauvre vieux. Il va retourner chez lui un moment.

Allie se donna quelques secondes pour digérer cette information avant de reprendre la parole.

— À propos d'hier soir…

— Allie…, grommela-t-il en lui jetant un regard noir.

Elle ignora son avertissement.

— J'étais bourrée, tu crois ? Ou… peut-être… droguée ? Enfin… j'avais déjà bu de l'alcool et je sais l'effet que ça fait, évidemment. Mais je n'ai bu que *trois* flûtes hier. Et pourtant je me sentais toute… euh…

— Toute quoi, hein, Allie ?

Son ton accusateur la vexa et elle se renversa dans sa chaise.

— Eh ! ce n'est pas juste.

Une colère froide se reflétait dans les prunelles sombres de Carter.

— Tu veux mon point de vue ? Je crois que tu as picolé et que tu t'es fiée bêtement à Sylvain. J'avais essayé de te prévenir !

— Je sais ! C'est bon, lâcha-t-elle – énervée elle aussi, mais contre elle-même. C'est ma faute. Je regrette de ne pas t'avoir écouté. Je suis une abrutie. Là, ça va ? Tu me pardonnes maintenant ?

Carter se radoucit.

— Écoute, Allie, c'est juste que… Comme je te l'ai déjà dit, tu es trop nouvelle pour bien comprendre comment ça marche ici. Alors fais gaffe, OK ? Les apparences sont parfois trompeuses. Les gens ne sont pas toujours tels qu'on les imagine.

Quoique prononcées sur un ton plus gentil, ces paroles lui glacèrent le sang.

« C'est quoi, cette école de dingues ? Où j'ai atterri ? » L'angoisse lui brûlait le ventre. « Y a-t-il seulement une personne à qui je puisse faire confiance ? Carter ? C'est un emmerdeur fini mais est-ce qu'il m'a jamais menti ? »

Elle étudia son visage grave et posa une main sur son bras.

— Merci, Carter.

Surpris, il haussa un sourcil.

— De quoi ?

— Tu m'as tirée d'un mauvais pas dans lequel je m'étais fourrée toute seule hier soir. Ça fait deux fois en vingt-quatre heures que tu me sauves la peau. Dans certains pays, je devrais te sacrifier ma vie, mon premier-né ou un truc comme ça.

Il afficha un demi-sourire, tout en demeurant sur la défensive.

— Bon… mais la prochaine fois, tu me croiras ?

Elle opina du chef avec vigueur.

— D'accord.

Son café refroidissait. Tandis qu'il se calait contre le dossier de sa chaise en buvant une gorgée, il regarda derrière Allie et plissa les yeux. En se tordant le cou, elle découvrit Sylvain, assis à l'autre bout de la salle, seul. Il les dévisageait et il dégageait des irradiations massives de fureur.

Carter lui retournait son regard noir sans ciller.

— Oh, merde, marmonna-t-elle.

— Il va te créer des problèmes, la prévint Carter. Il a un certain pouvoir ici, et quand il n'obtient pas ce qu'il veut, il n'est pas content. Or, ce qu'il veut, c'est toi.

— Eh bien, dommage pour lui. Parce qu'il ne m'aura pas, déclara Allie en le fixant, elle aussi, sans trembler.

Elle repoussa sa chaise et marcha vers Sylvain d'un pas raide. Son attitude intimidante ne l'impressionnait plus. Elle était dégrisée maintenant. Elle se pencha en avant et s'appuya sur les accoudoirs de son siège. Le nez à quelques centimètres du sien, elle lui dit d'une voix sourde et agressive :

— C'était le pire rencard de ma vie. Plus jamais ça. Tout est fini entre nous.

Elle attendit un peu, le temps d'apprécier l'expression de surprise sur son visage, puis elle se dirigea vers la porte. Du coin de l'œil, elle aperçut Carter qui souriait.

Elle commença à compter chacun de ses pas en montant l'escalier. Il lui en fallut soixante et un exactement pour atteindre la porte de sa chambre.

Tout se trouvait dans l'état où elle l'avait laissé plusieurs heures plus tôt quand, paniquée, elle était venue chercher de quoi se changer – les tiroirs de la commode étaient ouverts et des habits jonchaient le sol.

Elle prit une profonde inspiration et fit le soixante-deuxième pas pour entrer. Elle entreprit de tout ranger afin de rendre la pièce de nouveau présentable et agréable à habiter. D'abord elle ramassa les vêtements éparpillés par terre, ensuite elle remit de l'ordre sur son bureau – qui n'en avait guère besoin. Puis elle referma sa penderie. Quand tout fut impeccable, elle ferma le volet, se débarrassa de ses chaussures d'un coup de talon et s'allongea directement sur sa couette. Elle était absolument épuisée.

Mais bien trop tendue pour dormir.

Pendant une demi-heure, elle gigota, se tourna et se retourna. Les événements de la nuit passée tourbillonnaient dans son esprit comme les danseurs sur la piste de la grande galerie la veille. « Qui a tué Ruth ?... Carter doit vraiment me prendre pour une garce... Est-ce que j'étais soûle ? Jo m'avait bien avertie que le champagne était fort... Ruth était... Elle était... »

Elle revoyait le corps ensanglanté de Ruth. Ses souvenirs brumeux lui donnèrent des haut-le-cœur et elle se redressa sur son lit. Son cœur battait fort, ses paumes dégoulinaient de sueur.

Elle ne pouvait plus respirer.

« De l'air. J'ai besoin d'air. »

Elle sauta de son lit et grimpa sur son bureau pour ouvrir grand la fenêtre. La lumière du jour entra à flots et elle aspira une grande bouffée d'air tiède...

— Aïe !

Le cri la fit sursauter. En voulant reculer précipitamment, elle manqua tomber de son bureau. Cramponnée à son fauteuil comme à un bouclier, elle tenta de reprendre le contrôle de sa respiration sifflante.

— Qui... ?

— Allie ? Qu'est-ce qui ne va pas ?

— Carter ? s'étrangla-t-elle. Qu'est-ce... que... tu fabriques... ?

Ignorant sa question, il se pencha par la fenêtre et l'attira contre lui. Son corps glissa sans résistance sur la surface lisse de son bureau.

— Tu te rappelles ce que tu as fait l'autre soir ? demanda-t-il, la mine grave. Eh bien, recommence. Inspire par le nez. Lentement. Et expire par la bouche.

Allie essayait tant bien que mal de démêler cette drôle de situation.

— Est-ce que… tu… m'espionnais ?

Il lui jeta un regard noir.

— Merde, Allie. Tu ne pourrais pas te taire et te concentrer sur ta respiration ?

Elle se plongea tout entière dans les yeux ténébreux de Carter et, ses mains dans les siennes, elle respira en épousant son rythme. Son souffle, heurté et court au départ, devint peu à peu plus régulier. Quand la crise fut passée, il la libéra. Sitôt remise de ses émotions, Allie le noya sous un torrent de questions.

— Est-ce que tu ne serais pas un gros pervers, par hasard ? Qu'est-ce que tu fabriquais là-haut ? Comment tu as trouvé ma chambre ? Et…

Assis sur le rebord extérieur de la fenêtre, Carter éclata de rire.

— Allie ! J'ai vécu dans cette école toute ma vie. Je la connais par cœur. Y compris le toit. Sur lequel il est, d'ailleurs, super facile de monter. Je suis très étonné que tu n'aies pas encore essayé.

Elle l'examina en se demandant s'il se fichait d'elle ou pas. Son air exaspéré semblait indiquer que non.

— Tu arrives de ta chambre ? (Elle marqua une pause et jeta un coup d'œil dehors.) D'ailleurs, elle est où, ta chambre ?

Il montra du doigt l'extrémité du manoir.

— L'étage des garçons se situe tout en haut du bâtiment principal. Ma fenêtre est la troisième, là, sous les combles, tu la vois ?

Elle compta les lucarnes et hocha la tête.

— C'est un jeu d'enfant de venir de là-bas jusqu'ici, assura-t-il.

Un vague souvenir remonta soudain à la mémoire d'Allie. Elle le scruta et dit d'un ton accusateur :

— Tu es déjà venu. Il y a quelques semaines, à mon arrivée, j'ai cru entendre quelqu'un au-dessus de ma fenêtre, tard, un soir. C'était toi, hein ?

Il eut le bon goût de paraître gêné.

— Oh, mince. Je ne savais pas que je t'avais dérangée. Désolé.

— Tu m'as foutu les jetons, Carter. Qu'est-ce que tu faisais là ?

Il s'agita, mal à l'aise.

— J'étais… en chemin pour aller rendre visite à quelqu'un d'autre, et tu as ouvert ta fenêtre. Tu as failli me faire tomber du toit. Je te jure que je ne suis pas un voyeur.

Allie ne put s'empêcher de se demander qui il allait voir. Jo l'avait bien prévenue que c'était un briseur de cœurs en série. Elle l'étudia d'un œil inquisiteur.

« Qui es-tu, au fond, Carter West ? »

Allie savourait la situation. Pour une fois que c'était elle qui contrôlait l'échange, et lui qui devait se justifier ! Elle croisa les jambes et posa ses coudes sur ses genoux.

— Et pourquoi es-tu ici maintenant, Carter ? Encore en route vers un rendez-vous galant ?

Il s'appuya contre le cadre de la fenêtre, le regard fuyant. Son mouvement délogea un petit caillou du rebord et Allie l'entendit retomber dans un bruit sec deux étages plus bas.

— Non, bien sûr que non… J'étais juste… inquiet pour toi, je suppose. On a passé une nuit horrible et comme tu as ces attaques de panique, j'étais un peu… ben… préoccupé, quoi.

Ils se dévisagèrent un long moment. Mais les prunelles de Carter étaient si noires qu'elles semblaient ressusciter les ténèbres de la nuit précédente. Allie se couvrit les yeux pour se protéger des images effroyables qui la harcelaient.

— Je n'arrête pas de repenser à Ruth et de me rappeler… C'était atroce, Carter. Vraiment atroce. Il faisait noir mais j'ai bien vu qu'elle était égorgée. Il y avait tellement de sang… Et puis il y a eu ces bruits de pas. J'ai cru que j'étais la suivante sur la liste.

— Quels bruits de pas ?

Elle prit subitement conscience qu'au milieu de toute cette folie, elle n'avait eu l'occasion de raconter à personne ce qui s'était passé dehors. Alors elle expliqua à Carter comment les événements s'étaient enchaînés. Celui-ci ne cessait de revenir sur les mêmes détails.

— Tu es certaine que les pas venaient de l'intérieur de l'école au début et qu'ils se sont éloignés vers l'extérieur après ?

Allie confirma en silence. Avec une moue concentrée, Carter fit travailler ses méninges.

— Combien de pas as-tu entendus ? Je veux dire, à ton avis, il y avait combien de personnes ? demanda-t-il.

— Une seule, je crois. Je n'en suis pas sûre. J'avais tellement peur. Carter, qui a pu commettre un crime pareil ? Tu penses que ça peut être un autre élève ? Ou… un prof ?

Jusqu'à présent, l'idée ne l'avait pas effleurée. En y réfléchissant bien, pourtant, cette hypothèse se tenait, même si elle donnait le tournis. Elle espéra que Carter allait l'écarter d'un rire moqueur. Malheureusement il n'en fit rien.

Il se contenta de se frotter les yeux.

— Je n'en sais rien. Je ne pense pas… Enfin, là, j'avoue que je suis un peu déboussolé…

— Pourquoi il ne m'a pas tuée, moi aussi ? gémit-elle, incapable de retenir plus longtemps les questions qui la hantaient depuis la veille au soir. Pourquoi je suis toujours vivante ?

Carter contemplait le parc de Cimmeria. Il se tut pendant plusieurs minutes.

— Je l'ignore, Allie, admit-il enfin, la gorge serrée. En tout cas, le tueur a dû te voir. Et s'il s'imagine que toi, tu l'as vu aussi… alors tu devras être très prudente à l'avenir.

Malgré la chaleur du soleil, Allie frissonna.

— Carter, qu'est-ce qui se passe ici ? murmura-t-clle.

Elle lut dans ses yeux qu'il brûlait de lui dire quelque chose. Et puis cette émotion fugace s'envola et il secoua la tête.

— Je ne peux rien te révéler, Allie. C'est impossible.

Morte de fatigue, elle n'eut pas l'énergie de discuter. Elle n'avait presque pas dormi depuis deux jours. Elle posa le front sur le dos de sa main et bâilla en fermant les paupières.

— Je prends n'importe quel assassin quand il veut… mais un peu plus tard. Là, je suis trop crevée, soupira-t-elle. Je ne tiens vraiment pas à rester seule maintenant, Carter. Je peux te garder un peu ?

Un long silence s'ensuivit. Allie, s'étant à demi assoupie, le remarqua à peine.

— Pousse-toi, dit Carter, après mûre réflexion.

Elle lui fit de la place sur le bureau et il passa avec agilité par la fenêtre avant de la refermer derrière lui.

Une brusque montée d'adrénaline réveilla Allie.

— Si Julie nous chope, on est cuits, dit-elle – même si, au fond, elle s'en fichait complètement.

— Oh, je peux gérer Julie.

Il s'installa par terre à côté du lit et étendit ses jambes avec un grognement de plaisir. Sa grande carcasse était restée comprimée sur le rebord de la fenêtre, et il avait sans doute galopé toute la nuit.

— De toute façon, c'est tellement n'importe quoi aujourd'hui que personne ne remarquera rien. Couche-toi et essayons de dormir.

Après une seconde d'hésitation, elle descendit du bureau à son tour et grimpa sur son lit. Feignant la décontraction, elle attrapa la couverture bleue pliée au bout et la lui tendit. Mais quand leurs doigts se touchèrent, tous deux se figèrent un instant.

— Tu as besoin d'un oreiller ? demanda-t-elle en s'efforçant de garder un ton posé.

— Merci – non, ça ira.

Lui aussi s'exprimait d'une voix très calme. Néanmoins, Allie n'était pas dupe. Elle remarqua sa mâchoire crispée tandis qu'il dépliait la couverture.

Elle s'étira et tenta de se détendre – en vain. Tout son corps était raide, ses moindres muscles tendus, comme prêts à prendre la fuite. Elle passa ses mains sur son visage et les y laissa.

— Je ne peux pas. Je n'arriverai jamais à dormir comme ça.

Carter souleva une de ses mains pour la regarder dans les yeux.

— Je t'ai déjà dit que j'avais des crises de panique autrefois ?

Surprise, Allie roula sur le côté, face à lui.

— Ah bon ? Quand ?

— Il y a quelques années. (Il s'allongea sur le dos et fixa le plafond.) Je traversais une période difficile et j'ai commencé à avoir ces… attaques. Un bon copain m'a aidé à m'en sortir. Et une des choses les plus importantes qu'il m'ait apprises, c'est d'arrêter de penser à des trucs flippants pour me concentrer à la place sur des images qui m'apaisent. Ou qui me font plaisir. À me rentrer dans le crâne des idées positives. Qu'est-ce qui te rend heureuse, Allie ?

Elle réfléchit. « Avoir un frère vivant, bien portant et normal. Appartenir à une famille normale. Vivre ici. Enfin… jusqu'à la nuit dernière. »

— Je ne sais pas, murmura-t-elle.

Carter ne dit rien pendant un moment. Il ne lui avait pas lâché la main et la tenait maintenant contre son torse. Quand il rouvrit la bouche, elle sentit sa voix résonner dans sa poitrine à travers le bout de ses doigts.

— Imagine que… nous sommes ailleurs. Dans un endroit très beau. Peut-être une plage de sable fin, au bord d'une mer turquoise.

Elle essaya de se visualiser assise avec Carter à l'ombre d'un palmier, du sable doré entre les orteils.

— Tu te sens bien ici, en parfaite sécurité. Plus tard nous irons nager avec un masque et un tuba pour admirer les poissons. Des poissons tout bariolés. Tu les vois ?

Concentrée sur les paroles douces et rassurantes de Carter, elle se représentait la scène. Des reflets colorés chatoyaient sur les flots. Elle commença à entendre le roulement régulier des vagues. Ses épaules se décontractèrent enfin tandis que des bancs lumineux de minuscules poissons tropicaux bleus, rouges et jaunes se dispersaient dans son esprit. Son pouls ralentit. Elle s'enfonça dans l'eau chaude, lentement, avec délices.

— C'est beau, dit-elle d'une voix engourdie par le sommeil.

— Oh oui…

Lorsqu'elle refit surface, un bateau voguait à l'horizon, toutes voiles dehors. Elle s'endormit.

17.

Quand elle rouvrit les yeux, Allie se trouvait de nouveau seule dans la chambre. Mais elle sentait que Carter l'avait veillée aussi longtemps que possible – ce qui n'était pas pour lui déplaire. Des cauchemars l'avaient tirée du sommeil à plusieurs reprises et chaque fois, à travers sa conscience embrumée, elle avait cru l'entendre murmurer :

— Tout va bien. Rendors-toi.

Elle s'assit et consulta son réveil. Il était un peu moins de sept heures.

« Du matin ou du soir ? » s'interrogea-t-elle.

Elle jeta un coup d'œil par la fenêtre et la lumière crépusculaire lui fournit une réponse. Elle avait dormi toute la journée.

Tandis qu'elle étirait ses muscles endoloris, son ventre gargouilla si fort qu'elle se demanda pendant un instant d'où ce bruit venait.

— C'est un estomac qui crie famine, annonça-t-elle dans le vide.

Elle sauta du lit et se dirigeait droit vers la porte lorsqu'elle croisa son reflet dans le miroir. Elle s'arrêta net. Ses cheveux se dressaient sur son crâne, son visage était encore taché de suie et les vêtements qu'elle avait enfilés au milieu de la nuit étaient si froissés maintenant qu'elle ne les reconnaissait plus.

Elle grimaça. « Oh merde. Même moi, je ne peux pas sortir dans cet état-là. »

Elle attrapa une brosse à cheveux sur son bureau et s'efforça de la passer à travers ses mèches emmêlées. Ensuite elle se changea rapidement, en commençant par les chaussures. Bien sûr, quand elle voulut mettre sa jupe, celle-ci s'accrocha aux semelles et elle se mit à sautiller en rond sur une jambe en pestant tout bas.

Elle finit d'attacher sa ceinture devant le miroir, essuya les traînées noires sur ses joues et se précipita sans plus tarder hors de sa chambre. Après avoir descendu le couloir désert, elle marqua une pause sur le palier.

Le manoir était calme. Trop calme.

Une pensée angoissante lui traversa l'esprit : « Et si tout le monde était parti pendant que je dormais ? Et s'ils m'avaient oubliée ? »

Elle avait beau savoir que c'était absurde, une peur panique la poussa à dévaler l'escalier. Dans le silence, le bruit discret de ses semelles sur les marches semblait assourdissant. À l'approche du rez-de-chaussée, cependant, elle aperçut des groupes d'élèves qui marchaient vers le réfectoire, muets et sans entrain. Elle ralentit. Elle se sentait vraiment bête.

Évidemment qu'ils étaient encore là.

« Tu perds la tête », se dit-elle. Elle expira à fond pour se calmer et se joignit à la foule.

Elle plissa le nez en respirant les odeurs de cuisine mêlées aux relents de brûlé. Alors qu'elle cherchait désespérément un visage familier autour d'elle, Allie remarqua plusieurs personnes avec des bandages. Il y avait même un camarade qui sautillait sur une paire de béquilles.

Dans le réfectoire, le personnel avait pris soin d'effacer toute trace du cataclysme de la nuit, mais les tables n'étaient pas dressées comme d'habitude, avec la porcelaine, les verres en cristal et les bougies. « Encore heureux ! » songea Allie, qui n'était pas sûre de supporter la vue d'une flamme après l'incendie. Des piles d'assiettes attendaient sur chaque nappe et les élèves se les faisaient passer en s'asseyant en silence dans une ambiance morose.

Elle repéra Jo, Gabe et Lucas à leur table attitrée et, soulagée, elle s'apprêtait à courir vers eux quand Carter apparut à ses côtés.

— Salut.

Son cœur s'emballa un peu quand elle se tourna vers lui. Il devait sortir de la douche, à en juger par ses joues rosies et les pointes de ses cheveux mouillés. Sa tenue était différente aussi, et ses traits plus reposés. Subitement intimidée, elle fourra ses mains dans les poches de sa jupe.

— Salut.

— Tu as bien dormi ?

Elle fit signe que oui en essayant de rester cool, comme si des garçons dormaient dans sa chambre tous les jours. Mais ses pommettes cramoisies la trahirent.

— Et toi ? Tu es parti quand ?

— Il y a environ une heure.

Il parlait si bas qu'elle était obligée de se pencher tout près de lui pour l'entendre, ce qui donnait un petit air de confidence intime même à la plus ordinaire des conversations.

— Il fallait que je me change, continua-t-il. Je n'ai pas voulu te réveiller – tu avais mis si longtemps à t'endormir.

La tension entre eux était insupportable. Leurs bras se frôlaient et Allie en avait des frissons partout. Elle se demandait qui baisserait les yeux le premier, bien décidée à ne pas craquer avant lui.

« Qu'est-ce qui m'arrive ? pensa-t-elle. Je ne peux pas être attirée par Carter. C'est… impossible. »

— Ouais, fit-elle, le souffle court. Euh… moi aussi, j'avais besoin de me changer.

En observant les autres élèves autour d'eux, Carter nota que la plupart étaient déjà assis.

— On a intérêt à se dépêcher si on ne veut pas que Zelazny nous gueule dessus.

Il la précéda vers la table et attendit qu'elle s'installe avant de prendre place sur la chaise voisine. Allie tomba des nues. Jamais il ne dînait avec son groupe de copains, d'ordinaire. Elle eut du mal à dissimuler sa joie, mais fit comme si de rien n'était.

Gabe n'eut pas autant de scrupules.

— Carter ! s'écria-t-il en s'appuyant contre le dossier de sa chaise avec un sourire narquois. Quel honneur de t'avoir parmi nous !

Carter haussa les épaules.

— Oh, tu me manquais, Gabe. Je n'en pouvais plus d'être loin de toi.

Jo, qui semblait toujours aussi fatiguée, s'inclina vers Allie.

— Tu as dormi ?

— Oui, j'ai fini par y arriver. Et toi ?

— Pas vraiment, répondit-elle d'un air las. En revanche, je meurs de faim. Tu crois que ça fait de moi un monstre ?

— Dans ce cas, on sera deux. Qui aurait cru que les déchaînements de violence pouvaient avoir un impact négatif sur les régimes basses calories ?

— Des nouvelles de Lisa ? s'enquit Carter.

— J'ai fini par débusquer Eloise il y a une heure, répondit Lucas. Elle m'a dit que Lisa s'était réveillée et qu'elle allait bien. On devrait bientôt pouvoir lui rendre visite.

Pour la première fois depuis la nuit précédente, Allie n'eut pas à se forcer pour sourire. L'atmosphère devint moins pesante et, pendant un moment, la discussion se déroula presque normalement.

Puis la voix de Lucas s'éleva au-dessus du brouhaha.

— Eh, vous avez entendu au sujet de l'annonce ?

Allie observa ses voisins de table et comprit que personne ne savait de quoi il parlait.

— Quelle annonce ? demanda Carter.

— Isabelle va prononcer une sorte de speech ce soir à propos de ce qui est arrivé. D'après les rumeurs, ils vont renvoyer tout le monde à la maison et ils vont fermer le manoir jusqu'à la fin de la saison.

— Oh non ! s'exclama Jo.

Allie lui jeta un coup d'œil, surprise par sa véhémence, tandis que Gabe posait une main sur son bras.

— Ils ne peuvent pas nous faire ça, ajouta-t-elle dans un cri de détresse. Impossible.

— Je suis sûr que ça n'arrivera pas, lui assura son petit ami.

Allie détourna le regard pendant qu'il s'efforçait de la tranquilliser.

Les portes des cuisines s'ouvrirent pour laisser passer les serveurs en ordre de marche. Disciplinés et vêtus de noir, ils portaient des soupières et des plats fumants entre les mains. Bien qu'elle fût affamée, Allie les suivit des yeux avec un étrange détachement.

Manger lui paraissait tellement déplacé après tout ce qui s'était passé.

Elle surprit un mouvement du coin de l'œil et s'aperçut que Carter était en train de lui remplir son assiette de viande en sauce. Il afficha un petit sourire coupable.

— Hum… Ce ragoût a l'air excellent, dit-il sans conviction, et elle ne put s'empêcher de rire.

Il empila ensuite des légumes par-dessus, mais quand il attrapa un petit pain, elle décida de le freiner.

— D'accord, d'accord. Stop ! J'ai pigé. Je vais manger. C'est promis. (Elle prit une bouchée consciencieusement et se mit à mâcher avec un enthousiasme qui ne trompa personne.) Tu vois ?

Occupé à vider sa propre assiette, Carter ignora ses sarcasmes. D'ailleurs, surprise par le goût de la première bouchée, Allie en avala aussi sec une deuxième qui coula encore plus facilement. Au bout du compte, elle termina son assiette et sauça même le fond avec son pain, avant de se caler dans son fauteuil avec un soupir satisfait.

— Tu avais vraiment faim, commenta Carter, amusé.

— Mon frère dit toujours que je mange comme un vrai mec…, dit-elle sans réfléchir.

Son sourire s'effaça aussi soudainement qu'il était apparu. Elle ne parlait jamais de Christopher.

Le bourdonnement confus des conversations enfla dans la pièce à mesure que la nouvelle circulait au sujet de l'annonce imminente. Allie apprécia de retrouver l'ambiance habituelle du réfectoire, ne serait-ce qu'un court moment. Jo, quant à elle, mangeait du bout des dents, la mine blafarde et soucieuse. Avant qu'Allie ait le temps de lui adresser un mot, une voix s'éleva au bout de la salle.

— Votre attention, s'il vous plaît !

Élégante dans un pantalon noir parfaitement repassé et un cardigan bleu clair, Isabelle patienta jusqu'à obtenir un silence complet. L'homme avec qui elle avait dansé la veille se tenait un mètre derrière elle, les mains croisées sur le ventre. Malgré son calme apparent, il promenait son regard vif aux quatre coins de la pièce. Aucun détail ne lui échappait. Allie sentit son cœur battre plus vite lorsque Sylvain franchit la porte à son tour. Il resta à proximité des deux adultes, comme s'il faisait partie d'un triumvirat.

« Qu'est-ce qu'il fabrique ? »

Hormis son visage plus sombre que de coutume, Isabelle était égale à elle-même.

— Je sais que beaucoup d'entre vous sont restés debout toute la nuit. Vous devez être épuisés. Sachez que nous vous sommes très reconnaissants des efforts fournis pour maîtriser l'incendie.

Allie jeta un coup d'œil à Carter et vit qu'il observait la directrice, les sourcils froncés.

— Ce qui s'est produit hier soir constitue un fait sans précédent à Cimmeria. Tout cela est très troublant et les réparations exigeront un travail considérable de notre part. Le feu a endommagé des parties anciennes du bâtiment. Des morceaux de notre histoire sont partis en fumée. Mais nous restaurerons le manoir, n'en doutez pas, et l'école continuera de fonctionner comme elle l'a toujours fait.

Les applaudissements hésitants des élèves la prirent au dépourvu ; elle attendit quelques instants avant de reprendre la parole.

— Je suis sincèrement désolée de ce qui est arrivé. Nous sommes tous bouleversés. Nos pensées vont à ceux d'entre vous qui étaient proches de Ruth Janson – c'était une fille adorable, quoique perturbée, et elle nous manquera terriblement. La nouvelle de son suicide a constitué un choc épouvantable.

Allie étouffa un cri en plaquant une main sur sa bouche. « Son suicide ? Mais qu'est-ce qu'elle raconte ? »

— Nous savons que certains d'entre vous auront du mal à accepter sa disparition et nous sommes, les professeurs et moi-même, disposés à vous recevoir à tout moment si vous avez besoin de conseils ou simplement d'une oreille bienveillante. Vous n'avez pas à souffrir seuls, chacun dans votre coin, ajouta-t-elle d'une voix pleine de compassion.

Un murmure parcourut la salle et Allie se rendit compte que certains de ses camarades pleuraient. Gabe avait passé un bras autour des épaules de Jo, qui se mordait la lèvre en cherchant à retenir ses larmes.

— Une messe du souvenir aura lieu à la chapelle la semaine prochaine. Je suis sûre que ceux d'entre vous qui la connaissaient bien voudront y assister.

Elle laissa quelques secondes à son auditoire pour digérer ces informations, puis elle poursuivit son discours sur un ton plus animé :

— Certains élèves blessés dans l'incendie nous quitteront demain pour se reposer à leur domicile. Nous leur souhaitons un prompt rétablissement. Nous espérons vous voir tous de retour pour l'automne. Pour ceux qui restent, les dégâts causés par les flammes étant considérables, je vous informe que les travaux devraient durer un bon mois. Il risque d'y avoir des perturbations dans l'intervalle – c'est malheureux, mais inévitable. Bien entendu, la grande galerie est interdite d'accès pour l'instant. (Elle commença à reculer en direction de la porte.) Pour finir, sachez que le couvre-feu est avancé ce soir : nous aimerions que vous ayez regagné vos chambres pour vingt et une heures. Jusqu'à nouvel ordre, et au minimum pour les quarante-huit heures à venir, nous vous demandons de rester impérativement à l'intérieur du manoir, de jour comme de nuit.

Dès qu'elle eut terminé de parler, les professeurs se rassemblèrent autour d'elle pendant que les élèves quittaient la salle à la queue leu leu en bavardant à voix basse.

Allie se tourna vers Carter.

— Qu'est-ce que… ?

Les lèvres pincées, il lui fit signe de se taire en secouant la tête.

Allie reporta son attention sur Isabelle et se leva d'un geste énergique.

— Je veux savoir quand on pourra rendre visite à Lisa. On se tient au courant.

Carter la saisit par le bras.

— Allie…, marmonna-t-il.

— T'inquiète, je gère, dit-elle en se dégageant. Je promets de ne pas faire de bêtises. Je veux juste me renseigner au sujet de Lisa.

— Je te retrouve plus tard, répondit Carter en suivant Gabe et Lucas d'un pas pressé.

Allie s'approcha du groupe de professeurs et fit le pied de grue en attendant qu'ils aient fini de conférer. Ils semblaient très agités, mais ils chuchotaient si bas qu'elle ne relevait que des bouts de phrases de temps à autre.

— … trop dangereux…

— Renvoyons-les chez eux ! tonna Jerry, qu'on pria de se taire.

— … et concernant Nathaniel…

C'est Eloise qui la remarqua.

— On peut t'aider, Allie ?

Les adultes se turent sur-le-champ en faisant volte-face. Nerveuse, Allie croisa les chevilles inconsciemment.

— Je me demandais juste si on pouvait passer dire bonjour à Lisa.

Elle vit Isabelle s'extraire de l'attroupement.

— Elle va bien, Allie, affirma-t-elle en posant une main dans son dos. Elle est réveillée mais encore groggy. Tu pourras lui rendre visite demain.

Allie soutint le regard de la directrice d'un air de défi. De près, elle paraissait plus anxieuse. Dès cernes violacés entouraient ses yeux. Mais elle ne se laissa pas déstabiliser.

— Tu voulais me demander autre chose, Allie ?

Pendant une seconde, Allie s'imagina en train de rétorquer : « Oui : pourquoi essayez-vous de nous faire croire que Ruth s'est tranché la gorge d'une oreille à l'autre sans l'aide de personne ? » Mais ce n'était ni le bon moment ni le bon endroit pour provoquer Isabelle.

— Non… merci, dit-elle avant de s'éloigner en hâte.

Lorsqu'elle atteignit le seuil, elle entendit les chuchotis recommencer derrière elle.

Jo la guettait à la sortie du réfectoire, appuyée contre le mur. Elle avait repris des couleurs, mais elle se tordait les doigts d'une façon inquiétante.

Elle s'illumina brièvement lorsque son amie lui communiqua les bonnes nouvelles concernant la santé de Lisa. Néanmoins, à l'évidence, quelque chose clochait toujours.

Pendant qu'elles montaient les marches de l'escalier qui conduisait à leurs chambres, Allie l'observa du coin de l'œil. Elle fixait ses pieds, au bord des larmes.

— Qu'y a-t-il, Jo ? Qu'est-ce qui t'arrive ?

— Ce n'est rien, Allie, dit-elle en évitant son regard.

Allie savait qu'elle mentait ; elle renonça toutefois à insister : cela ne servirait à rien.

Effrayée à l'idée de la laisser seule, elle raccompagna Jo jusqu'à sa chambre et entra avec elle. Elle sentait qu'il se passait quelque chose de grave. Jo s'assit sur son lit et envoya valser ses chaussures comme à son habitude, mais elle continuait de martyriser ses doigts.

Allie s'appuya contre le bureau et demanda calmement :

— Jo, je peux faire quelque chose pour toi ?

— Il faut que je parle à Gabe, répondit-elle, avant de répéter la phrase sous différentes variantes : Je dois… parler à Gabe. Il faut que je voie Gabe.

— On vient juste de le quitter ! s'exclama Allie, déconcertée.

— Oui, mais il faut que je discute avec lui seule à seul. Je ne me sens pas bien. Il saura quoi faire.

Allie examina son visage blême et décida de ne pas tergiverser.

— OK, ne t'inquiète pas. Je vais aller le chercher. En attendant, fais-moi plaisir et repose-toi un peu, d'accord ? Tu as l'air épuisé.

— Je ne suis pas fatiguée. De toute façon, je suis beaucoup trop énervée pour dormir.

— C'est ce que je croyais, moi aussi. Essaie quand même, hein ? Allonge-toi. Je vais rester avec toi jusqu'à ce que tu t'endormes. Après je m'occupe de Gabe, promis.

— Je dois lui parler, insista Jo une dernière fois, d'une voix à peine articulée tant la fatigue l'accablait.

Ses yeux papillotèrent et se fermèrent. Une larme coula sur sa joue. Elle finit par se coucher sur les oreillers.

— Repose-toi, rien qu'une seconde, chuchota Allie. Je vais dénicher Carter et lui demander de t'envoyer Gabe.

— Et comment vas-tu trouver Carter ?

Debout près de la fenêtre ouverte, Allie huma la brise fraîche et parfumée. Des ombres s'étiraient sur la pelouse en contrebas.

— Ça, ce n'est jamais un problème.

Quand Jo fut profondément endormie, Allie repoussa la fenêtre puis le volet en silence, et sortit sur la pointe des pieds. La porte se referma dans un minuscule *clic*.

Le rez-de-chaussée, qui grouillait d'élèves quelques minutes plus tôt, était presque désert à présent. Tout le monde s'était réfugié dans sa chambre. Par où commencer à chercher ? Allie ne s'était jamais rendue à l'étage des garçons et elle ne savait même pas comment y aller – sauf à passer par le toit, bien sûr, ce qui ne semblait pas une excellente idée.

C'est alors qu'elle entendit un drôle de bruit au bout du hall. Elle se retourna et découvrit Julie qui marchait d'un air décidé, un bloc-notes serré contre la poitrine, les semelles de ses Birkenstock roses claquant contre ses talons nus à chaque pas.

Et si Jo avait raison ? Si Julie côtoyait Gabe et Carter aux Nocturnes ?

Allie se mit en travers de son chemin.

— Salut, Julie. Comment ça va ?

Son ton amical surprit la déléguée.

— Bonjour, Allie.

Elle ralentit, mais ne s'arrêta pas. Allie lui emboîta le pas.

— Tu sais où sont Gabe et Carter ?

— Pourquoi ? demanda Julie d'un ton suspicieux.

Allie tenta de l'embobiner par une fausse confidence.

— C'est une longue histoire, un truc de dingue. Carter a quelque chose à moi dont j'ai vraiment besoin, là. Jo pensait qu'il était peut-être avec Gabe. Tu sais, toi, enfin… où ils sont ?

Julie la dévisagea.

— Non, répondit-elle sèchement en hâtant le pas.

Allie, qui la maudissait en silence, courut derrière elle.

— Écoute, Julie. C'est super important. Sinon je ne t'en parlerais pas.

La déléguée fit volte-face.

— Ils sont en réunion au fond du fameux couloir auquel tu n'as pas accès, d'accord ? Si tu traînes près de la porte, tu les attraperas sans doute quand ils sortiront. Je te préviens : je ne sais absolument pas combien de temps ça va durer.

Allie avait envie de la secouer comme un prunier.

— Et, fit-elle innocemment en traçant une ligne droite par terre avec son gros orteil, tu vas où maintenant ?

Julie cala son bloc-notes sous son bras en affectant une patience d'ange.

— Où veux-tu en venir, Allie ?

— Ben… si tu vas à cette réunion, tu pourrais m'envoyer Carter, s'il te plaît ? Tout de suite ? Ou au moins lui signaler que j'attends ici et que j'ai besoin de lui parler ? C'est important.

L'air de ne pas en croire ses oreilles, Julie se remit en chemin.

— Bien sûr, Allie. Tu veux que je t'apporte un thé et des chocolats pendant que j'y suis ? Ça tombe bien, je n'ai vraiment rien de mieux à faire aujourd'hui.

Allie lui fit un doigt d'honneur derrière son dos.

— Non, merci, répliqua-t-elle gaiement. Je me débrouillerai pour le thé.

Julie s'éclipsa à l'angle du couloir, mais sa voix lointaine parvenait encore jusque dans le hall :

— Ravie de l'apprendre.

— Merci, et bonne journée à toi aussi, marmonna Allie.

Adossée au mur, les bras croisés sur la poitrine et une semelle appuyée contre les vieilles boiseries, elle patienta. Au bout de dix minutes, elle se laissa glisser par terre et croisa les jambes. Dans cette position, elle disparaissait derrière une de ces tables baroques en marbre qu'on trouvait ici et là dans le manoir, si bien qu'Isabelle ne la vit pas lorsqu'elle remonta le couloir en compagnie de son cavalier du bal quelques minutes plus tard.

— … il faut qu'elle sache que Nathaniel est devenu incontrôlable, disait-elle d'une voix glaciale et rageuse. Ce qui s'est passé hier soir est inacceptable. Elle doit réagir. Au moins choisir son camp. Il y a eu des blessés, Matthew ! Des *enfants* ont été blessés. Ça ne peut pas continuer ainsi.

Allie ne put distinguer la réponse de Matthew.

— Dans ce cas, je veux que tu ailles la voir en personne, répliqua sèchement Isabelle tandis qu'ils s'éloignaient tous les deux.

Allie tremblait, sous le choc. Elle se pencha pour suivre la directrice des yeux derrière les pieds en acajou travaillés de la table.

Alors il ne s'agissait ni d'un élève ni d'un professeur, en fin de compte. Elle ramena ses genoux contre sa poitrine et les entoura de ses bras. Un étrange soulagement l'envahit. L'assassin n'était pas quelqu'un qu'elle considérait comme un ami – c'était déjà ça.

D'autres bruits de pas résonnèrent bientôt sur le sol de pierre.

Allie s'inclina de nouveau et aperçut Carter, non loin d'elle, qui inspectait le hall.

Elle se ramassa sur ses pieds et se leva.

— Carter.

— Allie ! Il s'est passé quelque chose ? Julie m'a dit que tu me cherchais.

Elle faillit sourire. « Je n'en reviens pas. Elle lui a transmis le message. » Elle s'approcha et baissa la voix.

— Gabe était à la réunion avec toi ?

Il acquiesça en silence.

— Il faut qu'il aille voir Jo dans sa chambre – elle flippe complètement.

Carter ne parut pas étonné.

— Je vais lui dire. J'ai remarqué que ça n'allait pas fort au dîner. Gabe ne voulait pas la laisser seule mais…

Allie était folle d'inquiétude.

— Elle se comporte de façon très bizarre, Carter. Elle n'est pas elle-même.

— J'étais sûr que ça arriverait. (Il s'interrompit et s'absorba dans une intense réflexion.) Allie, il faut qu'on parle.

— Bien sûr. Qu'est-ce qu'il y a ?

Il regarda autour de lui.

— Non, en privé. Peux-tu me retrouver à la chapelle dans vingt minutes ?

Elle hésita.

— On n'est pas censés quitter le bâtiment sous peine de déchaîner la fureur d'Isabelle et il est déjà neuf heures passées.

— Justement, c'est le meilleur moment. Les autres sont soit en réunion, soit dans leurs chambres, et les profs ont tous la tête ailleurs.

Allie n'avait aucune envie d'écoper d'une colle. Cependant la détermination de Carter la persuada d'accepter. Elle espérait qu'il pourrait lui fournir quelques éclaircissements sur la situation.

— D'accord, mais si je me fais choper, je te balancerai sans aucun scrupule.

Si les lèvres de Carter esquissèrent un sourire, ses yeux restèrent très sérieux.

— Compris. À tout à l'heure. Donne-moi dix minutes pour que j'aie le temps de prévenir Gabe à propos de Jo. Ensuite, sauve-toi le plus vite possible.

Tandis qu'il repartait, Allie grommela entre ses dents :

— Le plus vite possible ? Je croyais que tout le monde serait trop occupé pour nous surveiller.

Elle fit les cent pas – ou plutôt les trois cent quatre-vingt-onze pas – en attendant que les dix minutes s'écoulent. Au bout de huit, elle commença à se diriger vers la porte d'entrée avec une allure décontractée. Le hall était calme. Mais quand, après trente-trois pas, sa main se posa sur la poignée, elle entendit des voix en provenance du couloir.

Il n'y avait de ce côté-ci du hall que quelques grands bougeoirs, des tapisseries et une table en fer forgé recouverte d'un tissu lourd. Allie eut tout juste le temps de se cacher dessous avant qu'Eloise et Zelazny n'entrent dans la salle.

— Cela va prendre longtemps ? demandait la bibliothécaire d'un ton agacé.

Ils marchaient vers Allie, manifestement pressés.

— Je n'espère pas, répondit Zelazny en ouvrant la porte. J'imagine que ça dépend de ce qu'on trouvera.

— Par où veux-tu commencer ?

Lorsqu'ils franchirent le seuil, Allie entendit son professeur d'histoire répondre :

— L'endroit où on a découvert le corps de Ruth.

Le cliquetis du loquet résonna dans le vestibule vide.

Dans sa cachette, elle fronça les sourcils. « Qu'est-ce qu'ils cherchent ? »

Au début, elle pensa renoncer. Le plan tombait à l'eau. Comment sortir tant qu'Eloise et Zelazny exploraient les environs ? Puis elle se souvint que Ruth avait été assassinée derrière le bâtiment, tandis que la chapelle se situait dans les bois, au-delà des pelouses qui bordaient la façade. S'ils commençaient leurs recherches par l'arrière, elle avait largement le temps de courir s'abriter derrière les premiers arbres.

Elle compta jusqu'à cent, estimant que c'était le nombre de secondes qu'il fallait pour contourner l'édifice, et elle ouvrit la porte. Celle-ci pivota en silence sur ses gonds. Allie jeta un coup d'œil dehors.

Pas un chat.

Elle sortit dans la lumière du crépuscule, et referma soigneusement derrière elle.

Le soleil s'apprêtait à se coucher après cette longue journée. Au sommet du perron, la tête renversée vers le ciel, Allie laissa la lumière dorée baigner son visage pendant une longue minute, comme si elle voulait absorber sa chaleur en elle. Puis elle s'élança sur le gazon en direction de la forêt.

Elle atteignit l'orée des bois en quatre-vingt dix-sept foulées sans rencontrer d'obstacle. Elle ralentit ensuite l'allure quelques secondes pour reprendre son souffle, puis elle remonta le sentier au pas de course parmi les ombres mouvantes et les bruissements étouffés. Quand elle arriva devant la grille du cimetière cinq minutes plus tard, le silence était oppressant.

« Si Carter est là, il est drôlement discret », se dit-elle. Le bruit métallique du loquet tinta dans la clairière paisible.

Instinctivement, elle se dirigea vers l'if dans lequel ils avaient bavardé le jour de leur colle. En s'approchant elle vit un pied chaussé d'un soulier noir qui se balançait sous une branche. Elle leva les bras pour l'attraper. Il se rétracta aussitôt.

— Eh, tu as réussi !

Carter était assis à la même hauteur que la fois précédente, adossé au tronc. Comme il se penchait pour l'aider à grimper, elle s'étonna une nouvelle fois de sa force. Il la souleva facilement et la hissa sans difficulté sur la branche épaisse à côté de lui. Elle prit un instant pour se mettre à l'aise. Elle trouva un endroit bien lisse et se tourna face à lui, les genoux repliés et les pieds à plat sur l'écorce.

— Alors… de quoi est-il question, Carter ? Pourquoi est-ce que tu tenais tant à ce qu'on se retrouve ici, au beau pays des colles ?

— Parce que je ne voulais pas qu'on surprenne notre conversation. C'est à peu près le seul endroit où je suis sûr à cent pour cent qu'on pourra discuter en toute tranquillité.

Quelque chose dans l'attitude de Carter trahissait un vague embarras. Il cherchait un peu ses mots et son regard était fuyant.

— C'est juste que… il y a… comment dire… des trucs que tu devrais savoir.

« Aaah, songea Allie. Enfin des réponses ! »

Elle n'eut pas la patience d'attendre ses explications.

— Carter, que sais-tu de toute cette histoire ? Pourquoi ils prétendent que Ruth s'est suicidée ? Sa gorge était… C'est impossible qu'elle ait fait ça elle-même.

En plus il y avait d'autres personnes dehors. Je les ai entendues. Je suis certaine qu'Isabelle sait qui c'est.

Carter tenta plusieurs fois de l'interrompre mais quand elle mentionna Isabelle, il l'examina d'un œil curieux.

— Qu'est-ce qui te fait dire qu'Isabelle est au courant ?

Elle lui rapporta les propos qu'elle avait surpris dans le hall, en particulier la référence à un certain Nathaniel qui, d'après la directrice, était impliqué dans l'incendie.

Carter se passa les doigts dans les cheveux.

— Donc ils pensent que personne n'est lié à la mort de Ruth à l'école et pourtant ils nous font croire qu'elle s'est tuée…

Allie se pencha en avant.

— Mais pourquoi ? N'importe quel policier comprendra qu'elle ne s'est pas suicidée au premier coup d'œil.

Il la regarda d'un drôle d'air.

— Des policiers ? Quels policiers ?

Elle en resta bouche bée.

— Tu es sérieux ? Ils n'ont pas appelé les flics ?

— Non. Et ils ne le feront pas.

— Quoi ? Comment… ?

— La police ne vient jamais ici. Les flics n'ont pas la moindre idée de ce qui est arrivé et personne ne le leur dira. Ils ne sauront jamais que Ruth est morte dans ce parc. Son corps va réapparaître dans une allée sordide, quelque part, et ses parents, qui passent l'essentiel de l'année en France, raconteront aux enquêteurs qu'elle avait fugué. Et on les croira parce que son père travaille pour une banque d'affaires, que sa mère porte des fringues de grands couturiers et que ces gens-là ne mentent jamais, c'est bien connu.

Allie hésita à se pincer pour s'assurer qu'elle ne rêvait pas.

— Alors… le crime va être maquillé ?

— Évidemment, Allie. À ton avis, pourquoi tu n'avais jamais entendu parler de Cimmeria avant d'arriver ici ? lança-t-il d'un ton amer. Tu ne comprends toujours pas où tu es ?

Allie demeura sans voix. Elle mit quelques instants à se ressaisir.

— Non. Éclaire-moi.

— Écoute, Cimmeria n'a rien d'une école privée ordinaire, déclara-t-il en contemplant le cimetière. Tout le monde se connaît et les familles sont très soudées. Personne n'est ici par hasard. Tu te souviens de cette dispute qu'on a eue quand on s'est rencontrés ? Tu t'étais imaginé que je te snobais, que je trouvais que tu n'avais pas ta place au manoir.

Le souvenir de son humiliation colora les joues d'Allie. Elle hocha la tête.

— On n'accueille pas des nouveaux au milieu de l'été sans qu'ils aient un lien spécial avec l'établissement. Il faut que leurs parents soient au conseil d'administration, par exemple. Ou que toute leur famille ait fait sa scolarité à Cimmeria. Un truc comme ça. J'essayais seulement de savoir à quelle catégorie tu appartenais. Sauf qu'apparemment, tu n'entres dans aucune case. Tu n'as pas de relation avec Cimmeria. (Il la regarda droit dans les yeux.) Et ça, c'est du jamais-vu.

Les genoux serrés autour de la branche à présent, Allie se mordillait l'ongle du pouce en méditant ces informations. La nuit dévorait le soleil peu à peu et il lui était de plus en plus dur de lire les expressions de Carter.

— Je ne sais pas quoi te répondre, avoua-t-elle. Mes parents m'ont dit que c'était la police qui leur avait conseillé de m'envoyer ici… J'ai voulu aborder le sujet avec eux plusieurs fois, mais c'était tabou. Ils refusaient même de me donner des détails sur l'emplacement de l'école. Je ne connais toujours pas le nom du bled le plus proche. Ça s'est passé de façon bizarre, précipitée… On se croirait dans un James Bond.

Carter secoua la tête.

— La police de Londres n'a pas pu leur recommander cette école parce qu'elle n'en connaît pas l'existence. Donc tes parents t'ont menti. Pourquoi feraient-ils ça ?

Le cœur d'Allie battait à grands coups. Elle tenta de respirer normalement et de ne pas paniquer. Cinq inspirations et quatre expirations plus tard, elle avala sa salive et, la gorge serrée, elle dit à Carter :

— Tu sais quoi ? Tu as raison. Je suis complètement paumée.

— Tu as besoin de réponses. Et tu dois faire un choix maintenant : à qui décides-tu de faire confiance ?

18.

C'en était trop pour Allie. Frissonnante, elle resserra ses bras autour de son buste.

— Carter, si tu voulais me flanquer la trouille, tu as réussi. Tu veux bien arrêter maintenant ?

Il resta muet pendant une longue minute, puis il poussa un gros soupir.

— Je suis désolé. Je ne voulais pas te faire peur. Je veux seulement que tu te rendes compte à quel point tout ceci est sérieux.

— J'ai compris qu'on ne rigolait plus quand je suis tombée dans une mare de sang à côté du cadavre de Ruth, rétorqua-t-elle. J'ai pigé, OK ? On a de gros ennuis. Il se passe des trucs hyper glauques. Des gens meurent. Cette école est bizarre. Et je n'ai rien à foutre ici.

Carter se laissa glisser sur la branche pour se rapprocher d'elle jusqu'à ce que leurs jambes se touchent, et il l'enlaça. Au début elle tenta de résister, mais il ne semblait pas décidé à la libérer.

— Pardon. Je ne devrais pas te dire tout ça. Je ne veux pas qu'il t'arrive quoi que ce soit, c'est tout.

Elle respira profondément et s'abandonna dans ses bras. La chaleur de son corps l'apaisa.

Il relâcha son étreinte et recula un peu pour bien voir son visage.

— D'accord, j'essayais de te faire peur, mais seulement parce que je m'inquiète pour toi. En réalité, si j'ai demandé à te parler ce soir, c'était pour tenter de te convaincre de rentrer chez toi.

Surprise, elle leva brusquement les yeux.

— J'ai pensé que tu pourrais demander à partir à cause du… euh… surmenage, par exemple.

Elle ouvrit la bouche pour discuter, mais il ne lui en laissa pas le temps.

— Le problème, c'est que je n'ai pas envie. Que tu t'en ailles, je veux dire. Enfin… j'espère sincèrement que tu vas rester. On va trouver une solution.

— Il va bien falloir, parce que je n'ai nulle part où aller.

— Alors tu es comme moi…, murmura Carter dans l'obscurité.

Il contempla le ciel où les dernières lueurs du jour s'estompaient.

— On devrait rentrer. Il se fait tard.

Après avoir sauté de la branche avec une grâce athlétique, il se tourna et posa les mains sur sa taille. Elle s'agrippa à ses épaules pendant qu'il la soulevait et la reposait sur l'herbe. Il soutint son regard une seconde, avant de s'éloigner vers la grille.

— Grouille-toi, Sheridan, dit-il d'une voix râpeuse.

— Je suis juste derrière toi.

La nuit tomba tandis qu'ils couraient sur le sentier. L'obscurité raviva les angoisses d'Allie, qui scrutait les ténèbres autour d'elle à l'affût du plus infime mouvement, du moindre danger. La brise, en s'engouffrant entre les cimes des pins, sifflait un air lugubre. Elle sentait Carter sur ses gardes, lui aussi, les yeux et les oreilles aux aguets. Elle resta près de lui, calquant ses foulées sur les siennes. Ils ne prononcèrent pas un traître mot avant d'avoir regagné les pelouses du parc. Là, ils marquèrent un bref temps d'arrêt pour reprendre haleine.

Malgré les événements traumatisants auxquels elle avait assisté entre ses murs, Allie fut soulagée d'apercevoir le manoir, avec ses fenêtres à petits carreaux éclairées. Elle se dérida un peu.

— OK, fit Carter, essoufflé, voilà ce qu'on va faire : je crois que la porte d'entrée est l'accès le moins susceptible d'être surveillé à l'heure qu'il est. Cours aussi vite que tu peux. Je serai juste derrière toi.

Allie lui lança un regard de défi.

— Comme si tu pouvais me passer devant !

Il ne put s'empêcher de sourire.

— D'accord. On fait la course.

— Le vainqueur gagne quoi ? demanda-t-elle en haussant un sourcil.

Carter ricana.

— Je vais réfléchir à quelque chose.

— T'embête pas, c'est moi qui vais gagner. Un, deux, trois, partez !

Allie le prit de court. Elle détala au triple galop sur le gazon, en s'aidant des bras pour se propulser. Carter réagit avant qu'elle ait pris trop d'avance.

— Tu… triches, protesta-t-il, pantelant, derrière elle.

— C'est ton problème, rétorqua-t-elle en accélérant.

Elle dut admettre qu'il possédait des jambes puissantes – malgré son avance, ils montèrent les marches du perron ensemble. Luttant pour atteindre la porte en premier, ils jouèrent des coudes et attrapèrent la poignée au même moment. Ils continuaient à faire mine de se bagarrer, chacun tenant à être déclaré gagnant, quand Carter chuchota :

— Chut !

Ils se figèrent, tous leurs sens en éveil.

Allie entendit ce qui avait alerté Carter : des bruits de pas à l'intérieur. Elle n'osait pas bouger. Ils s'étaient tout empêtrés, collés l'un contre l'autre, bras et jambes enchevêtrés. Allie sentait les biceps et les pectoraux tendus de Carter contre son corps, son cœur qui battait fort contre son dos. Elle respira son odeur distinctive de café et d'épices. Il frissonna à un moment et, en levant le menton, elle constata qu'il la regardait de ses yeux aussi noirs que la nuit sans lune.

— Je crois qu'ils sont partis, murmura-t-il.

Elle hocha la tête, trop effrayée pour parler.

— Prête ?

— Oui, répondit-elle d'une voix presque inaudible.

Arrachant ses yeux aux siens bien malgré elle, elle se replaça face à la porte, et profita un dernier instant de la chaleur du corps de Carter tandis qu'elle tournait la poignée. La porte s'ouvrit en silence – le hall était vide.

— Reste cool, susurra Carter en la poussant à l'intérieur.

Sa bourrade la fit redescendre sur terre.

— Toujours, répondit-elle fièrement.

Elle avança d'un pas nonchalant. Il referma derrière eux, puis ils traversèrent tranquillement le hall.

Alors qu'Allie se remettait à peine de ce qui venait de se passer entre eux, Carter, lui, parlait dans son style concis habituel, comme si de rien n'était.

— Tu es rapide.

— J'ai toujours aimé courir, répondit-elle d'un ton qu'elle espérait aussi détaché que le sien. Ça me rassure, au cas où j'aurais besoin de m'enfuir.

— Sans blague ! s'exclama-t-il avec un grand sourire. Bien, ajouta-t-il en arrivant au pied de l'escalier. Je file chez les garçons. Ça ira pour toi à partir d'ici ?

— Pas de souci.

— Parfait, dit-il, un poing levé. À plus tard, alors.

Elle tapa son poing contre le sien et tourna aussitôt les talons. Mais comme il disparaissait à l'autre bout du hall, elle murmura, si bas qu'il ne pouvait l'entendre :

— Bonne nuit, Carter.

Un soleil radieux éclairait le grand escalier le lendemain matin quand Allie descendit les marches d'un pas léger, ses cheveux humides sur les épaules. Elle était si épuisée la veille qu'elle s'était assoupie en un rien de temps. Elle avait dû dormir à poings fermés car elle ne se rappelait pas avoir fait le moindre cauchemar – ni le moindre rêve, d'ailleurs. Après une bonne douche chaude, elle se sentait maintenant complètement requinquée.

Le réfectoire était animé, quoiqu'un peu moins bruyant que d'habitude. Jo et Gabe n'étant pas encore là, Allie s'installa à côté de Lucas.

— Salut, dit-elle en le regardant à peine, occupée qu'elle était à lorgner l'énorme tas d'œufs brouillés et de bacon empilés sur son assiette.

Lucas ne lui laissa pas le temps de s'asseoir.

— Gabe et Jo ont disparu depuis hier soir. Il s'est passé quelque chose ?

Elle secoua la tête en mastiquant avec ardeur.

— Les ai pas vus aujourd'hui, répondit-elle en manquant de s'étrangler avec la nourriture. Sérieux, j'ai trop faim.

— Tu es allée rendre visite à Lisa ?

— Pas encore. Et toi ?

— Ouais. Ce matin. Elle est vraiment abattue. Mais elle est consciente et elle parle.

Allie fut si soulagée pendant une seconde qu'elle en oublia son petit déjeuner.

— Oh, Lucas, c'est génial ! J'irai chercher Jo après le repas et on ira la voir ensemble.

Elle avala le reste de son assiette à toute vitesse, quitta le réfectoire en trombe et monta les marches quatre à quatre. Elle courait en direction de la chambre de Jo quand une porte s'ouvrit pile devant elle. Elle l'évita de justesse d'une grande glissade. Katie sortait en soufflant sur ses ongles pour faire sécher son vernis rose pâle.

— Tu pourrais regarder un peu où tu vas, Allie ! râla-t-elle en se protégeant derrière sa main parfaitement manucurée. Tu traverses toujours ce couloir comme une tornade. Ou plutôt une horde de gnous.

— Excuse-moi, conn… euh, je veux dire, Katie, riposta Allie d'une voix mielleuse.

Elle poursuivit son chemin à une allure plus raisonnable. Katie lui emboîta le pas.

— Où tu vas ? Tu cherches Jo ?

— Pourquoi ? demanda-t-elle sans se retourner. Tu es son attachée de presse ?

— Ne sois pas bête. C'est juste que… je m'inquiète pour elle.

Elle paraissait tout sauf inquiète. Allie sentit ses nerfs se tendre. Un signal d'alarme se mit à clignoter dans son esprit. Elle s'arrêta net et fit volte-face.

— Pourquoi tu t'inquiètes pour elle ? Qu'est-ce qui s'est passé ?

Katie continua de souffler sur ses ongles avec une lenteur délibérée.

— Oh, rien. C'est juste que je l'ai croisée ce matin et elle avait l'air bouleversé. Je ne suis pas une experte, mais j'ai eu l'impression qu'elle avait pris un truc.

L'estomac d'Allie se noua.

— Qu'est-ce que tu veux dire, « pris un truc » ? Jo ne se drogue pas.

— Je croyais que vous étiez copines, toutes les deux, rétorqua Katie. Bon, j'imagine que si elle ne t'a parlé de rien, c'est qu'elle n'a pas confiance en toi. Alors il vaut mieux que je me taise.

Les poings serrés à hauteur des hanches, Allie fit demi-tour.

— C'est ça, Katie. Va colporter tes ragots de vipère à Julie ou à une des débiles de ta bande, et laisse-moi en dehors de ça.

— Avec plaisir, répondit Katie en s'éloignant dans la direction opposée. Au fait, tu te trompes de côté. La dernière fois que j'ai vu Jo, elle allait dans ta chambre, pas dans la sienne.

Allie décida de l'ignorer. Elle marchait d'un pas rapide et raide tout en tournant et retournant les paroles de Katie dans sa tête. Pourquoi Jo serait-elle allée dans sa chambre ?

Elle frappa deux fois chez son amie et poussa la porte sans attendre de réponse.

Personne.

Le volet était ouvert, les lumières éteintes. Le lit, bien que froissé, ne donnait pas l'impression d'avoir été occupé cette nuit-là. Allie trouva des habits étalés par terre dans un désordre inhabituel, et les tiroirs du bureau à moitié tirés, comme si on les avait fouillés précipitamment.

Déterminée à ne pas se fier aux dires de Katie, Allie s'installa au bureau et attendit un peu, au cas où Jo serait dans les parages. Après plusieurs minutes, cependant, elle fut forcée d'admettre que son amie ne revenait pas.

Elle retourna dans sa chambre, en marchant plus lentement cette fois. Au moment de passer le seuil, elle éprouva un mauvais pressentiment.

À l'intérieur, la lumière allumée révélait une vision cauchemardesque. Quelqu'un avait saccagé la pièce. Plus rien n'était à sa place. Les tiroirs du bureau avaient été ouverts à l'arraché et pillés – stylos, livres et papiers jonchaient à présent le sol. Allie examina les lieux avec prudence avant d'entrer, mais le coupable avait fui. Elle traversa sa chambre d'un air hébété, en ramassant au fur et à mesure les affaires éparpillées par terre. Elle rangea ses livres et réunit les feuilles volantes pour en faire une pile bien droite. Alors qu'elle s'apprêtait à poser celle-ci sur son bureau, elle s'aperçut qu'il s'agissait de sa copie du règlement intérieur, en partie déchirée.

Quelqu'un avait tiré un trait épais en travers de la première page et griffonné : « TOUT ÇA C'EST DES CONNERIES !! »

En feuilletant le paquet, elle remarqua une note à la fin. Les lettres tracées d'une main rageuse étaient difficiles à déchiffrer mais elle reconnut immédiatement l'écriture de Jo.

A.,

Il n'y a plus d'espoir. Tout le monde ment. Tu dois connaître la vérité, mais personne ne veut rien te dire. Viens me parler : je suis sur le toit. NE DIS PAS À GABE *où je suis.*

J.

— Et merde.

Allie leva les yeux et se rendit compte que la fenêtre était grande ouverte.

Elle courut refermer la porte, l'esprit agité. « Qu'est-ce que je dois faire ? Mais qu'est-ce que je dois faire ? »

Elle grimpa sur son bureau et jeta un coup d'œil dehors. Elle vit les combles au-dessus de sa tête, et le vide au-dessous. La hauteur était vertigineuse.

« Carter l'a bien fait, lui, songea-t-elle. En plus, il a dit que c'était facile. » S'il pouvait y arriver, elle le pouvait aussi. Elle inspira à fond et se glissa avec précaution sur le rebord. Elle s'assit, les pieds posés sur la vieille gouttière victorienne.

— Jo ? murmura-t-elle.

Pas de réponse.

Elle n'entendait que des éclats de voix et le crissement de pas sur le gravier de l'allée en contrebas.

Cramponnée au cadre de la fenêtre, elle testa la solidité de la gouttière en se mettant debout. Apparemment, elle supportait son poids. Alors Allie pivota face au mur et, les doigts agrippés aux tuiles en ardoise, elle glissa le long de la gouttière sur environ deux mètres, jusqu'au rebord suivant. Elle se hissa dessus en s'aidant des trous dans le briquetage, puis elle marqua une pause. Essoufflée, elle regarda autour d'elle.

— Jo ?

Un petit bruit en provenance du toit attira son attention. Il fut bientôt suivi d'un rire amer.

— Je l'ai trouvée, elle est à moi ! chantonna Jo d'une voix pleine de ressentiment.

En grognant à cause de l'effort, Allie escalada un troisième rebord ; de là, elle voyait enfin le toit. Jo était assise tout au sommet, adossée à une cheminée, les cheveux en bataille et les joues rougies par les pleurs.

— La vache, Jo ! Comment es-tu montée là-haut ? Et surtout, comment on va redescendre ?

Jo balaya sa question d'un revers de main.

— Ne fais pas ta poule mouillée, Allie. Il faut savoir prendre des risques de temps en temps, non ?

Ni une ni deux, elle sauta sur ses pieds et se mit à tanguer sur le toit en pente.

Affolée, Allie chercha un moyen de la rejoindre au plus vite. Elle repéra une portion de la toiture où les tuiles semblaient moins régulières et pourraient lui procurer un bon appui. Elle avança prudemment. Tandis qu'elle commençait à monter, elle constata que les tuiles décalées formaient comme une suite de prises naturelles pour les mains et les pieds.

Elle était presque parvenue en haut lorsque sa semelle dérapa. Elle s'imaginait déjà trois étages plus bas. Terrifiée, elle voulut crier, mais aucun son ne sortit de sa gorge.

Ses doigts se raccrochèrent in extremis à une aspérité dans la maçonnerie et elle se cramponna. Elle tâtonna le long du mur avec les pointes de ses chaussures jusqu'à ce qu'elle sente un angle saillant. Sitôt ses deux pieds bien calés, elle donna une dernière impulsion puissante et s'étala de tout son long sur le toit avec la grâce d'une baleine échouée.

Jo, qui était retournée s'appuyer contre la grosse cheminée, n'esquissa pas le moindre geste pour l'aider. Au contraire, elle l'applaudit avec ironie.

— Pour Allie, hip hip hip, hourra ! Elle a gravi le dernier degré de l'échelle du succès à Cimmeria en un temps record. Je crois qu'elle devrait fêter ça. Qu'en pensez-vous, cher public ?

Elle se pencha pour attraper une bouteille de vodka coincée derrière ses talons, et la tendit à Allie. Elle était à moitié vide.

— Bois un coup. Le public et moi, on pense que tu l'as bien mérité.

Allie, consciente qu'elle venait d'échapper de peu à une chute mortelle, tremblait de tous ses membres.

— Quel public ? s'exclama-t-elle, furieuse. De quoi tu parles ? Et qu'est-ce que tu fous là-haut ?

Jo haussa les épaules, dévissa la capsule de la bouteille et avala une grande gorgée en grimaçant.

— Je ne m'y ferai jamais, dit-elle en rebouchant le goulot. Isabelle a vraiment de drôles de goûts en matière de vodka. On la verrait bien acheter de la Grey Goose ou de l'Absolut, mais non – il faut qu'elle prenne cette gnôle russe dégueulasse.

« Elle est bourrée à huit heures du matin ? s'interrogea Allie. Je ne savais même pas que c'était possible. »

— Jo, tu as passé la nuit à boire ?

— Non ! Ne dis pas n'importe quoi. Juste les dernières heu… Quelle heure il est, d'ailleurs ? (Elle tourna le poignet gauche pour consulter sa montre et renversa de l'alcool sur le toit.) Oups !

Allie s'efforça de rester calme.

— S'il te plaît, assieds-toi, Jo. On va discuter.

— Avec plaisir, Allie ! s'écria-t-elle avec un grand sourire, comme si elles s'apprêtaient à bavarder dans le foyer autour d'un café. Justement, je voulais te parler. Mais j'ai l'impression d'être restée assise pendant une éternité. J'ai besoin de me dégourdir les jambes.

Elle exécuta une pirouette et vacilla dangereusement. Allie étouffa un cri. Par chance, Jo parvint à retrouver l'équilibre.

— C'était moins une ! s'esclaffa-t-elle.

Le cœur d'Allie battait si vite qu'elle redouta d'avoir une crise cardiaque.

— Je t'en prie, Jo. Assieds-toi. Je boirai ta vodka. Mais assieds-toi !

Dans un éclair de lucidité, Jo fléchit lentement les jambes et posa enfin ses fesses sur les tuiles. Son sourire s'effaça. Une humeur mélancolique s'empara d'elle et de grosses larmes roulèrent sur ses joues en silence.

— Personne ne me comprend, Allie. Même pas toi. Tu es ma meilleure amie et je ne peux pas te dire la vérité. Ça me rend tellement triste.

Elle renifla, reprit la bouteille et but une autre lampée. Puis elle se frotta les yeux avec l'avant-bras et tendit la vodka à Allie. Celle-ci inclina la bouteille en faisant semblant de boire, puis elle la garda négligemment à la main, comme si elle n'y pensait plus.

Elle se pencha vers Jo.

— Oh, ça me fait de la peine que tu sois triste. Il s'est passé un truc ?

Jo la dévisagea, les yeux écarquillés.

— Bien sûr qu'il s'est passé un truc, Allie ! Ruth est morte ! Elle est morte. Et personne ne dit la vérité sur ce qui s'est passé. Il n'y a que des menteurs ici. Et toi… (elle pointa un doigt accusateur sur Allie) toi, tu ne sais rien du tout. Tout le monde te laisse dans l'ignorance parce que personne ne sait pourquoi tu es ici. Ni qui tu es. Qui es-tu, Allie Sheridan ?

Allie leva les mains d'un air désarmé.

— Ben… je suis juste… moi. Je ne suis personne.

Jo, de nouveau enragée, secoua violemment la tête.

— Non, non, NON ! C'est faux. Tu ne sais rien. C'est… c'est… nul. Personne ne veut rien te dire. Tu ne dois pas connaître nos petits secrets.

Elle croisa le regard d'Allie et, comme si elle avait brusquement dessoûlé, elle ajouta :

— Moi je sais des choses et je ne te les répéterai pas.

Allie avala sa salive.

— Quoi ? Tu sais qui a tué Ruth ?

Jo plissa les yeux d'un air sournois.

— Tout le monde a compris ce qui se passait, Allie. Sauf toi. Mais je ne dirai rien, répéta-t-elle en chantonnant.

— Jo, il faut que tu parles. C'est vraiment important. La police doit savoir.

Elle se balança d'avant en arrière, au bord des larmes.

— Mes parents ne veulent pas que je traîne dans leurs pattes, tu savais ça, Allie ? Ils se fichent complètement de moi.

Allie tenta de ne pas se laisser détourner du sujet.

— Je suis sûre qu'ils t'aiment, Jo. C'est obligé. Ce sont tes parents. Mais parle-moi de Ru…

— Non ! Mes vieux, ils aiment l'argent, Saint-Tropez, Hong Kong, Le Cap… Mais pas moi. Pas moi.

Elle éclata en sanglots. Profitant du fait qu'elle ne la regardait pas, Allie se rapprocha d'elle – assez pour pouvoir, si nécessaire, la rattraper. À l'évidence, elle avait complètement perdu la boule.

— Oh, Jo… Je ne savais pas… Dis-moi qui a fait du mal à Ruth, Jo. Ensuite on aura tout notre temps pour parler de ta famille.

Jo la fusilla des yeux.

— N'essaie pas de me piéger.

Soudain, Allie crut percevoir un mouvement du coin de l'œil. Avant qu'elle ait pu se poser des questions, la tête de Carter apparut au bord des tuiles. Il grimpa lestement sur le toit.

— Bonjour, mesdemoiselles, dit-il d'un ton faussement décontracté. Comment ça va ?

Jo leva un visage rayonnant vers lui, malgré ses joues baignées de larmes.

— Carter West ! Je t'aime, Carter West. Tu es si beau, avec ton regard profond et ténébreux. Je t'aurais choisi si je n'étais pas tombée amoureuse de Gabe. (Elle parut désorientée pendant un instant.) Non, j'aurais plutôt choisi Lucas. Mais si ça n'avait pas marché, je t'aurais pris, toi. Carrément. Ou alors Sylvain, peut-être.

— Et moi aussi, je t'aurais choisie, répondit-il sans hésitation. Parce que tu es la plus jolie de Cimmeria.

Avec un rictus timide aux lèvres, son visage rouge et bouffi, et ses cheveux debout sur la tête, Jo avait déjà été plus séduisante.

— C'est vrai ? C'est le truc le plus gentil qu'on m'ait jamais dit. Fais-moi un câlin.

Elle se leva brusquement, prenant ses camarades au dépourvu. Elle se mit à osciller, chancelante et moulinant des bras afin de se stabiliser. Allie faillit s'étrangler. Elle tendit le bras pour la retenir mais heureusement, en un clin d'œil, Carter fut à ses côtés. Il la serra fort dans ses bras en riant avec elle.

— Fais gaffe, Jo, on est un peu haut quand même !

Elle ignora son avertissement.

— Je t'aime, Carter West. Tu es beaucoup plus gentil que Gabe.

Il l'obligea à se rasseoir en l'accompagnant d'un geste délicat, sans la quitter des yeux.

— Tu sais que Gabe t'adore, hein ? Tu accepterais de lui parler s'il venait te voir ici ?

— Gabe ne m'aime pas. C'est un menteur, comme les autres. (Elle étudia Carter.) Et toi, t'es un menteur aussi ? Hum…

Elle se releva sur ses jambes flageolantes en repoussant Carter qui tentait de l'en empêcher.

— Carter, tu connais Gabe. Allie est hors jeu. Mais toi, tu sais. Gabe est important, expliqua-t-elle à l'intention de son amie, beaucoup plus que moi, toi ou Carter. Il participe aux Nocturnes – tu sais ce qu'ils font à la Night School, Allie ?

Carter, comme paralysé, fixait Jo en se demandant comment il devait réagir.

— Non, répondit Allie. Qu'est-ce qu'ils font, Jo ?

— C'est des garçons et des filles qui jouent aux chevaliers, aux soldats, aux dieux ou à je sais pas trop quoi… Ils se prennent pour les futurs rois de la planète. (Elle braqua son index sur Allie.) Et ils peuvent pas te saquer, figure-toi. Ils croient que tu représentes un danger. J'arrête pas de leur répéter qu'ils ont tort, mais ils refusent de m'écouter ! Où est ma bouteille ?

Repérant son fond de vodka aux pieds d'Allie, elle fit mine de se ruer dessus. Sans un mot, cette dernière se leva, ramassa la bouteille et jeta un coup d'œil désespéré vers Carter. Avant qu'ils aient pu prendre une décision, Jo plongea brusquement en avant.

Tout se passa très vite. Sa chaussure heurta une tuile qui dépassait et elle trébucha. Elle dévala la pente raide en roulant sur elle-même et elle disparut dans un cri perçant.

La bouteille de vodka tomba des mains inertes d'Allie et dégringola du toit à son tour. Un bruit cristallin s'éleva lorsqu'elle se brisa au sol.

Le temps était aboli ; la seconde qui suivit parut s'éterniser, défiant toutes les limites admises par la physique. Allie entendit un hurlement lointain et tarda à prendre conscience qu'il venait d'elle. Quant à Carter, il fixait l'endroit où Jo se tenait un instant avant, les yeux éteints.

Puis un faible grattement attira leur attention. Carter se jeta sur le ventre à la vitesse de l'éclair et commença à ramper, très lentement, en direction du bord. Allie l'imita. Ils aperçurent bientôt deux mains ensanglantées qui se cramponnaient aux tuiles. Ils plongèrent en même temps. Carter saisit le poignet gauche de Jo et, une fraction de seconde plus tard, Allie lui tenait la main droite. Les pieds de Jo pendaient dans le vide, à trois étages de distance de la terre ferme.

Un gémissement aigu montait de sa poitrine, comme si elle était trop effrayée pour pleurer. Ses mains glissaient à cause du sang et Allie luttait pour la retenir. Carter cria avec brusquerie :

— Attrape-la par le poignet !

Allie écouta son conseil. Cependant, dans cette position, la tête en bas, ses forces s'épuisaient vite. Non seulement hisser son amie était impossible, mais elle allait finir par basculer elle-même si elle ne trouvait pas rapidement une solution. Même Carter semblait en difficulté ; son visage virait au rouge tant l'effort exigé était violent.

— OK, on va essayer autre chose, dit-il, le souffle court. Tu vas lui lâcher le bras. Je vais pivoter pour m'asseoir, ensuite je pourrai la soulever. Prends-moi par la taille et tiens bon. (Il lui lança un rapide coup d'œil.) Ne nous laisse pas tomber, Allie.

Si terrifiée qu'elle ne pouvait plus articuler un mot, elle hocha la tête. Serrant le poignet de sa camarade dans une main de fer, Carter se redressa péniblement en position assise. Allie lâcha aussitôt le deuxième poignet de Jo et se positionna derrière lui, les semelles calées contre les tuiles. Tandis qu'elle passait ses bras autour de sa taille, il hurla :

— À trois, tu me tires en arrière de toutes tes forces. Un, deux…

À trois, Allie s'arc-bouta sur ses talons et se pencha en arrière.

Le torse de Jo apparut dans leur champ de vision.

Ils reculèrent de quelques centimètres.

— Encore ! cria Carter. Tire !

Jo était sauvée. Lorsqu'elle fut étendue à plat ventre, ils lui prirent chacun un bras pour s'assurer qu'elle ne glisserait plus.

Des larmes de soulagement brûlaient les yeux d'Allie. Le souffle coupé, elle s'allongea à côté de Jo.

— Tu vas bien ? (Elle fit la grimace en examinant ses blessures de plus près.) Oh, Jo !

Elle avait plusieurs ongles arrachés et, dans le creux de la main gauche, une entaille profonde qui saignait abondamment.

— Allie ? Jo ? Vous êtes là-haut ?

Ils reconnurent la voix de Gabe.

Carter et Allie échangèrent un regard de concertation, mais Jo répondit la première.

— Gabe ! sanglota-t-elle. Gabe, aide-moi !

— Jo ? hurla-t-il d'un ton affolé.

Il monta à toute vitesse, empruntant sans doute le même trajet que Carter. Puis il atterrit d'un bond sur le toit et se figea en découvrant Allie et Carter. Surpris, il resta immobile un moment avant de se précipiter sur Jo.

— Qu'est-ce qui s'est passé ? Qu'est-ce que tu as aux mains ?

Comme elle ne répondait pas, il se tourna vers Carter.

Celui-ci, qui subissait le contrecoup de l'incident, répondit d'une voix faible :

— Elle a glissé du toit. Je crois qu'elle s'est blessée en s'accrochant au bord. Il faut l'emmener à l'infirmerie.

— Et merde !

Gabe aida sa petite amie à se redresser et à s'appuyer sur lui. Par-dessus son épaule, il chuchota :

— Vodka ?

Carter hocha la tête. Malgré sa détresse, Gabe s'exprima avec calme.

— Je te tiens, bébé. On va descendre ensemble. Carter, tu peux m'aider ?

Carter se tourna vers Allie.

— Reste ici, d'accord ? Ne bouge pas. Je reviendrai te montrer le chemin pour descendre.

Incapable d'émettre le moindre son, Allie acquiesça en silence et Carter se dépêcha de suivre Gabe. Elle les écouta porter Jo de rebord en rebord, puis manœuvrer pour la faire passer par la fenêtre. Elle percevait des murmures confus de conversation, sans pouvoir distinguer leurs paroles. Carter fut de retour en un rien de temps.

Assise et recroquevillée sur elle-même, elle se balançait d'avant en arrière en comptant chacun de ses mouvements. « Cent dix-sept, cent dix-huit, cent… »

— Tu vas bien ?

Il s'accroupit à côté d'elle, son visage à hauteur du sien. Une vive inquiétude se lisait sur ses traits lorsqu'il essuya du bout du doigt une larme sur la joue d'Allie.

Elle se releva en hochant la tête.

— Alors foutons le camp d'ici, dit-il.

En la tenant fermement, il la fit marcher sur quelques mètres, jusqu'à un endroit où le toit descendait en pente douce vers la petite corniche. De là, il n'était pas difficile de suivre les rebords solides, avant d'accomplir la courte distance qui la séparait de sa chambre en glissant sur la gouttière.

Alors qu'elle se croyait tirée d'affaire, Allie se cogna en enjambant le cadre de sa fenêtre pour atteindre son bureau. Elle se mit à tituber dans la pièce en se tenant le crâne à deux mains, pendant que Carter, lui, se coulait avec grâce par l'embrasure. Il la considéra avec étonnement.

Malgré ce qu'ils venaient de traverser, elle remarqua qu'il réprimait un sourire.

— Allie, qu'est-ce que tu t'es encore fait ?

Elle lui montra sa tête.

— Viens par là. (Il l'attira contre lui afin d'examiner rapidement son cuir chevelu.) Sérieusement, si tu survis à Cimmeria, je me demande combien il te restera de cellules intactes dans le cerveau. (Il déposa sur sa plaie un baiser doux comme un soupir.) Là. Tu es guérie.

C'était sans doute une coïncidence, mais elle se sentait déjà mieux.

— Comment tu nous as trouvées ? demanda-t-elle.

— Julie était inquiète, alors je suis venue te chercher ici. Tu n'y étais pas mais je suis tombée là-dessus. (Il désigna la note sur son bureau.) Ensuite j'ai vu la fenêtre ouverte et j'ai fait le rapprochement.

— Merci, Carter, dit-elle avec chaleur. Je crois que tu as sauvé la vie de Jo.

— J'aimerais autant que vous arrêtiez de vous fourrer dans le pétrin, dit-il en souriant. Si on allait retrouver les deux autres pour s'assurer qu'elle va bien ?

Allie lui retourna son sourire. C'était plus fort qu'elle.

— Merci encore.

— De rien. Tâche de ne pas te blesser en descendant les escaliers.

Elle lui donna une petite tape sur le bras avant d'aller ouvrir la porte.

Elle recula d'un bond.

Isabelle se dressait devant elle, les poings sur les hanches.

19.

Allie et Carter traversaient le hall, flanqués d'Isabelle et de Matthew. Allie avait l'impression de se faire embarquer au poste. Il n'y avait eu aucune discussion. Isabelle avait dit : « Carter, Allie. Suivez-nous, s'il vous plaît. »

Et hop, en route, mauvaise troupe !

Ils marchèrent au pas cadencé jusqu'au bureau de la directrice. Elle leur tint la porte ouverte et entra la dernière, avant de s'asseoir derrière son bureau. Matthew se planta près d'elle, une main posée sur le dossier de son fauteuil. Elle ne prit pas la peine de le présenter.

— Allie, je me pose une question et je voudrais que tu m'aides à y répondre : ai-je fait une erreur ? demanda Isabelle.

— Que… que voulez-vous dire ? demanda Allie, sur ses gardes.

— J'ai bafoué les règles de cet établissement afin de pouvoir t'accueillir cet été, répliqua sèchement la directrice. Ai-je eu tort ?

Tandis qu'Allie sentait la peur lui nouer l'estomac, quelqu'un toqua à la porte.

— Entrez, ordonna Isabelle.

Sylvain s'introduisit dans la pièce. Il la balaya d'un rapide coup d'œil, en prenant soin d'éviter le regard d'Allie, puis il ferma derrière lui et s'adossa au battant.

Le cœur serré, Allie se tourna de nouveau face au bureau.

— Je ne comprends pas. Qu'est-ce que j'ai fait ?

— J'ai donné des instructions explicites : les élèves ne doivent sortir sous aucun prétexte. Or j'apprends que non seulement tu es restée perchée sur le toit à boire de l'alcool avec Jo Arringford, mais qu'en plus tu es allée à la chapelle. Je te repose donc la question : que dois-je en conclure, si ce n'est que tu ne supportes pas la discipline ?

Allie la fixait, bouche bée. « Comment est-elle au courant pour la chapelle ? »

Carter se pencha en avant.

— Attendez, Isabelle. Elle s'est rendue à la chapelle à ma demande. Je ne l'ai pas quittée une seconde. Elle était en sécurité.

— Et, pour ce matin, Jo était dans tous ses états, se défendit Allie. J'ai eu peur qu'elle se fasse mal. J'essayais seulement de l'aider.

Isabelle lui lança un regard glacial.

— Une bouteille, en tombant du toit, est passée à un cheveu d'un de tes camarades. S'il s'était blessé, nous aurions été en tort. Il y a des bouts de verre et de la vodka partout sur le perron.

Allie dut baisser les yeux pour dissimuler sa stupéfaction et sa rage. « Ruth meurt, l'école crame, et elle s'inquiète d'un procès pour des bris de verre ? »

Isabelle reporta son attention sur Carter.

— Et pourquoi, si je puis me permettre, étais-tu avec elle à la chapelle ? Tu connais les règles.

— Après ce qui est arrivé à Ruth et à Lisa, Allie était bouleversée. Elle hésitait à quitter Cimmeria, mentit Carter. Je voulais qu'elle puisse s'exprimer librement, à l'abri des oreilles indiscrètes.

Admirative de son habileté à détourner la vérité, Allie guetta avec curiosité la réaction d'Isabelle. Cette dernière ne parut pas impressionnée.

— Je comprends qu'Allie soit bouleversée, mais vous auriez très bien pu tenir cette conversation à l'intérieur du bâtiment, Carter. Je n'aime pas qu'on désobéisse ouvertement à mes ordres et je croyais avoir été claire.

Carter leva les mains d'un air résigné.

— Dans ce cas, c'est à moi de présenter des excuses, pas à elle. C'est moi qui ai suggéré qu'on se voie à la chapelle. Au début elle a même refusé d'y aller mais je l'ai persuadée d'accepter. Si quelqu'un a enfreint la discipline, c'est moi. Bien que je l'aie fait pour des raisons que j'estimais justes.

Carter parlait d'une voix pleine d'assurance. Il ressemblait plus à un fils en train d'embobiner sa mère qu'à un élève confronté à la colère de son proviseur.

— Puis-je intervenir, Isabelle ? demanda Sylvain.

Elle accepta d'un petit hochement de tête.

— Carter, non seulement tu as désobéi aux instructions d'Isabelle mais également aux miennes, dit-il. (Son accent français déformait un peu les voyelles, ce qui lui donnait décidément un certain cachet.) Et en plus, tu as mis Allie en danger, et ça, c'est inacceptable.

Pour la première fois depuis le début de la conversation, Carter parut tendu. Allie le vit serrer les poings, avant de poser les mains bien à plat sur ses cuisses, de façon délibérée. Il garda le silence.

— Assez, soupira Isabelle. Carter, Allie, vous avez commis une faute grave. Pour cette fois, je ferai preuve d'indulgence en raison des événements de vendredi soir – sinon vous auriez écopé d'une retenue et d'un avertissement écrit. Je me contenterai donc de vous avertir oralement. Sachez que, dorénavant, je ne tolérerai plus la moindre incartade.

— Que va-t-il arriver à Jo ? demanda Allie sans réfléchir.

Isabelle fronça les sourcils d'un air sévère.

— Commence par me dire exactement ce qui est arrivé sur le toit ce matin, tu veux bien, Allie ?

Allie lui raconta tout depuis le début – dans quelles circonstances elle avait trouvé le message, puis remarqué la fenêtre ouverte, comment elle avait escaladé le toit pour rejoindre son amie, et ce qui s'en était suivi.

— Sincèrement, je ne savais pas quoi faire d'autre, expliqua-t-elle. Est-ce qu'elle va bien ?

— Elle a quatre ongles arrachés et une main profondément entaillée. Plus de vilaines contusions. Nous présumons que toutes ses blessures sont dues à la glissade. Par ailleurs, elle est ivre. Les infirmières l'ont prise en charge et mise sous sédatif. Elle restera à l'infirmerie jusqu'à ce que nous décidions d'une punition appropriée. Ses parents seront avertis.

— Est-ce qu'elle va être… renvoyée ?

Allie agrippa les accoudoirs de son fauteuil si fort que ses articulations pâlirent.

— Je n'ai pas à discuter de cela avec toi, Allie. Cela ne te concerne pas, rétorqua Isabelle d'un ton désapprobateur.

Matthew se baissa pour chuchoter à son oreille. Quand il se redressa, la directrice la congédia.

— Tu peux nous laisser à présent, Allie. J'aimerais discuter en privé avec Carter.

Allie lança un coup d'œil discret vers celui-ci mais il regardait droit devant lui. Elle quitta la pièce, un peu étonnée de ne pas être accompagnée par Sylvain et Matthew.

« C'est ce qu'elle appelle "discuter en privé" ? »

Sitôt qu'elle eut refermé, elle colla l'oreille contre la porte pour tenter de surprendre leur échange mais le bois épais ne laissait filtrer aucun son.

Elle jeta l'éponge et monta l'escalier en courant jusqu'au deuxième étage. De là, elle se dirigea vers la chambre 335.

Elle eut à peine le temps de frapper que la porte s'ouvrait déjà. Elle sursauta, alors que Julie, elle, ne semblait pas surprise de la voir. Elle était, comme à son habitude, tirée à quatre épingles, avec son uniforme bien repassé et sa coiffure impeccable.

— Allie, que puis-je faire pour toi ?

— Je voudrais voir Lisa et Jo, expliqua Allie, mais je ne sais pas où se trouve l'infirmerie. J'espérais que tu pourrais me l'indiquer.

— Oui, j'ai entendu dire qu'elle s'était enfin réveillée ! Retourne au rez-de-chaussée et passe devant les salles de classe. Au bout du couloir, il y a un escalier. Tu montes jusqu'au premier palier. Tu reconnaîtras l'infirmerie, tu ne peux pas la louper.

Allie hésita à se confier à Julie. Elle regrettait au fond de ne pas arriver à lui faire complètement confiance. Comme elle ne bougeait pas, la déléguée haussa ses sourcils parfaitement dessinés.

— Autre chose ?

Gênée, Allie entortilla le bas de sa chemise autour de son doigt.

— C'est juste que… Carter m'a dit que tu lui avais transmis mon message hier soir. Et je voulais te remercier. Tu n'étais pas obligée.

Julie croisa les bras sur sa poitrine.

— De rien. Mais j'avoue que je me sentirais mieux si tu me racontais la vérité à ce propos. Pourquoi il y avait urgence à lui parler, hein ? Depuis ce qui est arrivé à Jo Arringford, je commence à me demander si j'ai pris la bonne décision.

— Je voulais seulement aider Jo ! s'écria Allie. Pourquoi tout le monde me soupçonne de lui avoir donné de la vodka, ou de l'avoir entraînée sur le toit ? J'essayais de lui sauver la vie, au contraire. Qu'est-ce que ça a de si horrible ?

— Tu aurais dû venir me chercher.

— Quelle raison j'avais de t'appeler à la rescousse ? Tu l'aurais dénoncée à Isabelle !

Julie parut exaspérée, et aussi… un brin vexée.

— Jo et toi, vous êtes sous ma responsabilité pendant les heures où vous êtes supposées rester à cet étage, Allie. Vous ne devriez jamais vous mettre en danger et prendre des risques insensés comme aujourd'hui. Carter m'a parlé de tes crises de panique – pourquoi tu ne m'as rien dit ? Je ne suis pas ici pour te pourrir la vie ou te crier dessus. Mon rôle est de te rendre service. C'est fou ! Quoi que je fasse, tu continues de me traiter en ennemie.

Allie fut si stupéfaite qu'elle en demeura sans voix.

— Je croyais… je croyais que tu me détestais, finit-elle par admettre.

— Je ne t'ai jamais détestée. C'est toi qui as tout le temps l'air d'être intimidée et en colère. Je ne savais plus comment t'aborder.

— Pourtant tu es copine avec Katie Gilmore et elle ne peut pas me blairer.

Julie éclata de rire et leva une main, comme pour s'excuser.

— Je suis amie avec Katie et, oui, elle te hait. Elle est jalouse de toi, c'est tout. Elle est attirée par Sylvain et toi, tu plais à Sylvain, alors elle est blessée dans son amour-propre et ça la rend méchante. En général, elle obtient facilement ce qu'elle veut. Elle n'a pas l'habitude qu'on lui résiste. En tout cas, ça n'a rien à voir avec moi. Je n'arrête pas de lui répéter qu'elle devrait grandir et te foutre la paix mais je ne peux pas agir à sa place, ajouta-t-elle en haussant les épaules. (Son expression devint soudain plus sérieuse.) Ne me juge pas à partir de son attitude à elle, d'accord ? Juge-moi sur mes propres actes.

Toute penaude, Allie frottait les pointes de ses chaussures l'une contre l'autre.

— Je suis vraiment désolée, Julie. Je me suis comportée comme une conne.

— Ce n'est rien, j'aurais dû avoir cette conversation avec toi plus tôt. C'est moi la déléguée et je devrais savoir gérer ce genre de situation. Disons qu'on efface tout, hein ? (Avec un regard de défi, elle lui tendit la main.) On fait la paix ?

Après une demi-seconde d'hésitation, Allie répondit à son geste.

— On fait la paix.

— Parfait. Fonce voir Lisa – elle doit s'ennuyer, toute seule, dit Julie en reculant à l'intérieur de sa chambre, puis elle ajouta d'un ton un peu autoritaire : Et plus d'excursion sur le toit, s'il te plaît.

Tout en suivant d'un bon pas le trajet indiqué par Julie, Allie se repassait leur conversation dans sa tête.

« Comment ai-je pu me tromper à ce point à son sujet ? J'étais carrément à côté de la plaque. »

Elle se rappela que Carter et Sylvain l'avaient tous les deux taquinée quand elle leur avait confié qu'elle n'aimait pas Julie. Eux semblaient la trouver chouette, même si Sylvain avait reconnu qu'elle pouvait être un peu pénible.

« Mais "pénible" et "méchante", ce n'est pas pareil. »

Sur le moment, ça l'avait énervée qu'ils la contredisent et qu'ils prennent la défense de Julie. Au bout du compte, vu qu'elle avait tout faux, c'était logique.

Elle essaya de comprendre d'où venait son antipathie pour la déléguée et fouilla sa mémoire à la recherche d'une phrase ou d'un geste désagréables de sa part. Mais non, elle ne se souvenait de rien, à part l'expression déroutée de Julie chaque fois qu'elle l'avait agressée.

À bien y réfléchir, c'était d'ailleurs étrange que Julie veuille toujours être son amie. Les paroles prononcées par Jo sous l'empire de l'alcool revinrent à l'esprit d'Allie : « Ils peuvent pas te saquer… Ils croient que tu représentes un danger. »

Les lumières étaient éteintes à l'étage des salles de classe et elle tâtonna le long des murs en quête d'un interrupteur – en vain. Elle accéléra dans la pénombre. Ses pas résonnaient dans le couloir désert tandis qu'elle trottinait devant les classes vides, où des chaises et des bureaux inoccupés dessinaient des ombres fantomatiques.

Au bout du couloir, elle tomba sur une porte anonyme, avec un panneau de verre dépoli à travers lequel filtraient les rayons du jour.

« On y est presque. »

Derrière, un escalier de service, étroit mais lumineux grâce aux fenêtres percées à chaque palier, conduisait aux étages. Allie s'arrêta après la première volée de marches, sur une sorte de niveau intermédiaire entre le rez-de-chaussée et le premier étage. Elle quitta aussitôt l'escalier et emprunta un corridor. Son plafond bas et le sol en lino contrastaient avec les pièces spacieuses et couvertes de boiseries qu'on rencontrait partout ailleurs dans le bâtiment. D'un côté, une rangée de portes blanches, chacune avec sa lucarne en verre dépoli ornée d'une croix peinte en bleu. De l'autre, des fenêtres par lesquelles la lumière et l'air frais se déversaient à flots.

— Il y a quelqu'un ? cria timidement Allie.

L'écho de sa voix résonna, mais personne ne répondit. Troublée, elle remonta le passage ensoleillé, toquant avec hésitation à chaque porte et testant les poignées. Les trois premières étaient verrouillées.

La quatrième céda.

Elle entra dans une minuscule pièce sombre, aux rideaux tirés, équipée d'un lit pour tout mobilier.

Une touffe de cheveux blonds lumineux s'étalait sur l'oreiller. Allie laissa la porte ouverte et s'avança d'un pas indécis.

— Jo ? murmura-t-elle. Tu vas bien ?

Bien que son amie ne réagît pas, Allie sentait qu'elle était réveillée. Elle la rejoignit sur la pointe des pieds et s'accroupit à côté du lit. Jo avait les paupières fermées, mais sa respiration était irrégulière.

— Eh, chuchota Allie, comment tu te sens ?

Une larme glissa au bord des cils de Jo et roula sur sa tempe. Elle l'essuya avec ses mains entièrement bandées, comme celles d'une momie.

— Je n'ai pas envie de parler maintenant, Allie, dit-elle d'une voix rauque, dénuée d'expression.

Vexée, Allie faillit se fâcher. Puis, après réflexion, elle décida de s'en aller. Elle jeta un dernier regard derrière elle avant de sortir. Jo, couchée sur le dos, fixait le plafond. Seule au monde.

Deux portes plus loin, en scrutant à travers le panneau vitré, Allie découvrit une salle peinte en blanc et inondée de soleil, dans laquelle huit lits étaient séparés en deux rangées par des rideaux, blancs eux aussi. Une douce brise s'insinuait par une fenêtre entrouverte et les soulevait délicatement.

Une seule patiente occupait la chambre. Allongée sous un duvet blanc, dans son lit blanc, contre un mur blanc, Lisa somnolait, pâle et les paupières closes. Ses cils épais projetaient des ombres bleutées sur sa peau. Ses longs cheveux soyeux se répandaient sur les oreillers et un large pansement lui cachait un côté du visage. Elle portait une attelle à un bras.

Allie fut frappée par sa maigreur. Est-ce qu'elle mangeait de temps en temps ? Elle semblait si… fragile.

Lorsqu'elle s'assit au bord du lit, sa chaise en bois émit un faible grincement et Lisa ouvrit les yeux.

Elle sourit dans son demi-sommeil.

— Allie…

Allie sourit à son tour, mais des rides d'inquiétude se creusèrent entre ses sourcils.

— Salut. Comment ça va ? Tu te sens bien ? On m'a dit que tu étais réveillée.

Lisa se redressa un peu en s'appuyant sur les oreillers. Elle avait un plâtre au poignet, sous lequel passait le tuyau d'un goutte-à-goutte, et des taches violet foncé partout sur le haut des bras.

— Je vais bien. Je suis juste dans les vapes à cause des médocs. Je me demande depuis combien de temps je suis ici.

Ses grands yeux mangeaient son visage émacié. On aurait dit une petite fille et Allie ressentit le besoin de la protéger.

— Pas très longtemps. Euh… on est… attends voir…, balbutia-t-elle, rouge de confusion. Quel jour on est, déjà ? Dimanche, je crois.

— Tant mieux, soupira Lisa. J'avais peur que ça fasse plus. (Elle regarda par la fenêtre et son visage se rembrunit brusquement.) La nuit va bientôt tomber ?

Elle semblait si anxieuse qu'Allie lui prit la main et la serra dans la sienne.

— Ne t'inquiète pas. Tu es en sécurité ici.

Lisa ne parut pas convaincue. Mais les médicaments devaient affecter sa capacité à se concentrer car, quelques instants plus tard, elle paraissait de nouveau détendue.

— Lisa, qu'est-ce qui t'est arrivé ? Jo m'a dit qu'elle t'avait perdue au moment où les lumières s'étaient éteintes et qu'elle ne t'avait pas revue jusqu'à ce qu'on tombe sur toi… ben, tu sais, dans le hall.

Les yeux assombris, Lisa plissa le front en s'efforçant de raviver ses souvenirs.

— C'est très confus dans ma tête. Je me rappelle avoir dansé avec Lucas. Ensuite on a décidé d'aller se promener dehors pour prendre l'air. On allait sortir par la porte de devant, à cause de la foule derrière, quand les lumières se sont éteintes. Au début, personne ne flippait – en fait, c'était même plutôt drôle. Les bougies étaient encore allumées dans le hall, donc on y voyait bien. Et puis soudain, on a entendu des hurlements. Lucas m'a ordonné de ne pas bouger, il m'a dit qu'il reviendrait me chercher. Et il est parti en courant vers la grande galerie pour tenter de comprendre ce qui se passait. (Elle s'interrompit et posa un regard terne sur Allie.) Et c'est tout. Après je ne me souviens plus de rien. J'ai un gros blanc.

Allie lui tapota la main.

— D'après Isabelle, tu vas très bien. Tu as eu un traumatisme crânien, hein ? Un jour, mon frère a eu la même chose et il lui a fallu deux semaines pour se rappeler son accident.

— Oui, l'infirmière a dit que je m'étais tapé la tête sur quelque chose en tombant et que je m'étais coupée. J'ai douze points de suture.

Elle toucha son bandage inconsciemment.

— Et tes bras ?

Allie se pencha et souleva légèrement les manches courtes de sa chemise d'hôpital.

— Ces bleus sur ta peau… ils me font penser à des marques de doigts.

Lisa baissa les yeux sur ses bras.

— Ah bon ? Je ne sais pas comment ils ont atterri là. Je me suis foulé un poignet aussi, sans doute en tombant.

— Est-ce qu'on t'a… (Allie frissonna et dut s'y reprendre à deux fois.) Je suppose qu'on t'a informée pour Ruth ?

Lisa hocha la tête, au bord des larmes.

— Je n'arrive toujours pas à y croire, murmura-t-elle. Comment a-t-elle pu… se suicider ? Elle n'avait jamais l'air triste ni déprimée. Et elle avait plein de projets d'avenir. Elle voulait réaliser le tour du monde, tu le savais ? Pourquoi un geste aussi désespéré ?

On avait communiqué à Lisa la version officielle concernant la mort de Ruth. Allie hésita à lui faire part de ses soupçons, toutefois elle n'avait pas le sentiment que Lisa soit la confidente idéale. Non qu'elle ne soit pas digne de confiance, mais elle risquait de s'inquiéter.

Elles restèrent assises en silence un moment ; Lisa s'assoupit, seulement il suffit qu'Allie remue sur sa chaise pour que les grincements du bois la tirent de nouveau de sa torpeur.

— Tu es encore là, constata-t-elle avec satisfaction.

— Bien sûr, répondit Allie. L'isolement, tu as assez donné. Tu as dû t'ennuyer. Où sont les infirmières, d'ailleurs ?

Lisa regarda autour d'elle, comme si elle s'attendait à les voir surgir de derrière un placard.

— Je n'en sais rien. C'est curieux. Hier elles étaient tout le temps là et aujourd'hui, je n'ai pratiquement vu personne. (Elle bâilla.) Donne-moi des nouvelles du monde réel. Il s'est passé des trucs pendant mon absence ?

Allie se demanda si elle devait lui raconter les frasques de Jo. « Après tout, Lisa est sa plus vieille amie à Cimmeria. Elle la connaît encore mieux que moi. »

— Pas grand-chose. L'ambiance est très bizarre. Et… Jo a piqué une crise ce matin. J'ai peur qu'elle ait des gros problèmes maintenant.

Lisa fut soudain complètement réveillée.

— Comment ça ? Quels problèmes ?

Allie lui raconta l'incident du toit. Elle croyait que Lisa serait sous le choc après l'avoir écoutée. Au lieu de ça, elle se contenta de secouer la tête tristement.

— Oh, pauvre Jo… Elle doit être toute retournée. C'est dommage que je ne puisse pas lui parler.

— Carter m'a dit qu'elle avait déjà réagi comme ça avant…

Lisa confirma en silence.

— Jo est une fille adorable. Mais elle souffre de l'indifférence de ses parents. Depuis toujours. Je crois qu'elle a commencé ses petits happenings pour attirer leur attention au départ. Et puis c'est devenu une habitude, j'imagine. Alors ils s'en sont lassés et ils l'ont envoyée ici. Sauf que, comme elle se plaisait à Cimmeria, elle a arrêté. En tout cas, ça ne s'était pas produit depuis un bail. Les événements de vendredi soir ont dû la bouleverser et elle a perdu les pédales… Elle aimait beaucoup Ruth, tu sais ?

— Oui. Je comprends mieux. Je ne l'avais jamais vue dans un tel état. J'étais paumée, je ne savais pas quoi faire.

Lisa tendit le bras pour lui prendre la main.

— Ma pauvre ! Tu dois trouver que Cimmeria ressemble à un asile de fous. Normalement, c'est plus calme, je t'assure. Enfin, en général.

— Ne te tracasse pas pour moi, répondit Allie. Quand est-ce qu'ils te laissent sortir ?

Lisa haussa les épaules.

— Aucune idée.

Allie consulta sa montre.

— Je devrais y aller et contrôler un peu ce qui se passe dehors. À force, je finis par avoir l'impression que dès que j'ai le dos tourné, il arrive un malheur. C'est stressant.

Elle se pencha pour embrasser la convalescente, qui était si osseuse qu'elle osa à peine la serrer contre elle.

— Merci d'être venue me rendre visite, lui dit Lisa avec un sourire.

— Je repasserai, promit Allie. Si tu as la force de te lever, la chambre de Jo est située deux portes plus haut dans le couloir. Je te conseille de lui laisser le temps de dégriser d'abord.

Pendant qu'elle refermait la porte, elle entendit Lisa murmurer :

— Ne m'oublie pas…

20.

— Eh, Allie !

En revenant de l'infirmerie, Allie passa devant le foyer. C'est de là que venait la voix qui l'appelait. Lorsqu'elle se retourna pour voir de qui il s'agissait, elle aperçut Lucas qui lui faisait signe d'entrer.

— Salut, je viens justement de rendre visite à Lisa, dit-elle. Elle avait l'air en forme.

— Super ! Elle devait être contente de te voir. Jo y est allée aussi ?

Allie tomba des nues. « Il n'est toujours pas au courant ? »

— Euh… tu as parlé à Gabe récemment ? demanda-t-elle avec prudence.

— Non, je n'ai croisé ni Gabe, ni Carter, ni Jo. Tu sais ce qu'ils fabriquent ?

— Il est arrivé quelque chose ce matin, chuchota-t-elle.

Elle lui rapporta en quelques mots les événements de la matinée.

Lucas leva les yeux au ciel.

— Oh non ! Pas encore !

Surprise, Allie eut un mouvement de recul.

— Comment ça, « pas encore » ?

— Jo faisait tout le temps ça avant. C'est pour ça que ses parents l'ont inscrite ici. Parfois elle pète un câble. Elle boit trop, elle prend des trucs, et après elle raye le capot d'une Porsche ou elle s'invite au mariage d'un inconnu… Tu vois le genre. Le cirque habituel de ceux qui ne se sentent pas aimés par leur maman, la critiqua-t-il sans aucune pitié. C'est pour ça que j'ai cassé avec elle. Elle me fatiguait, avec son cinéma.

— Tu crois qu'ils vont la virer ?

Il éclata de rire, comme si elle avait fait une bonne plaisanterie.

— Impossible ! Ses parents ont des relations et ils sont pétés de thunes. Elle pourrait tuer quelqu'un qu'ils la garderaient quand même et je te parie qu'ils lui organiseraient une petite fête de départ après l'examen. Bon, ça explique où sont Jo et Gabe – elle est encore dans la merde et il essaie de l'en sortir, le pauvre vieux. Mais Carter ?

Allie lui fit un résumé de leur entretien avec Isabelle.

— J'espère que ça ne craint pas trop pour lui, dit-elle en conclusion de son récit.

— Oh, Isabelle aura vite oublié, ne t'inquiète pas. Elle prétend toujours qu'il est un élève lambda mais tout le monde sait bien qu'elle l'aime comme son propre fils. (Il lui jeta un petit coup d'œil intrigué.) D'ailleurs, qu'est-ce qu'il y a entre vous ? Vous êtes ensemble ou quoi ?

Allie secoua la tête en rougissant.

— Non, bien sûr que non. On est juste copains.

— Hum, marmonna Lucas. Mouais… Des copains qui se donnent rendez-vous dehors après le couvre-feu et qui passent une partie de la nuit seuls dans les bois… Je vois le genre, commenta-t-il d'un ton taquin.

Allie sentit ses joues s'empourprer encore plus.

— Ne dis pas n'importe quoi, se défendit-elle. En tout cas, je ne sais pas où il est en ce moment.

— J'espère que Sylvain n'est pas en train de lui faire passer un mauvais quart d'heure. Il doit être si jaloux que tu traînes avec Carter maintenant que tu l'as plaqué.

Allie, qui jusque-là gardait le front baissé pour cacher son visage écarlate, se raidit brusquement.

— Comment tu sais que je l'ai quitté ?

Sa naïveté amusa beaucoup Lucas.

— Allie, il n'y a pas de secrets à Cimmeria ! Surtout quand ça concerne les couples. Katie Gilmore est gaie comme un pinson depuis vendredi soir ; elle raconte partout que Sylvain t'a quittée. Vu que lui tire la tronche, on a supposé qu'en réalité, c'était toi qui l'avais largué. On a raison ?

Allie acquiesça.

— Tant mieux. Ce qu'il peut être con parfois ! Il a des excuses : ses parents sont millionnaires et il est fils unique, persifla Lucas avec un sourire malicieux. Sylvain n'était pas assez bien pour toi. Carter est beaucoup plus cool.

Alors qu'Allie insistait encore sur le fait que Carter n'était pas son amoureux, il lui coupa la parole en riant aux éclats.

— C'est ça ! Écoute, il faut que j'y aille. Je vais monter à l'étage des gars – peut-être que Carter est de retour dans sa chambre ? Sinon je tâcherai de choper Phil. Ou n'importe qui. Je m'ennuie à mort. Si ça continue, je vais être obligé de bosser pour m'occuper. Le cauchemar.

Tandis qu'il prenait congé, une grande fille, plutôt gracieuse, s'approcha.

— Je t'ai bien entendu menacer de travailler, Lucas ? Ne fais pas ça, je t'en supplie. La Terre pourrait s'arrêter de tourner et il y a des pâtes au dîner ce soir. Ça m'embêterait de les rater.

— Bon, d'accord, répondit Lucas. Je vais trouver autre chose – je m'en voudrais si tu étais privée de spaghettis à cause de moi.

Allie et l'inconnue se dévisagèrent en silence, un peu embarrassées, jusqu'à ce que Lucas comprenne ce qu'elles attendaient.

— Oh, désolé ! J'avais zappé que vous ne vous connaissiez pas encore. Allie Sheridan, je te présente Rachel Patel. Rachel, voici Allie. Vous devriez discuter. Je suis sûr que vous allez bien vous entendre. Vous êtes aussi cinglées l'une que l'autre.

— Je te déteste, répondit Rachel d'un ton affectueux.

Ces deux-là partageaient à l'évidence une vraie complicité. Allie, qui se sentait un peu laissée pour compte, étudia ses chaussures. Mais après quelques railleries amicales, Lucas finit par partir et Rachel se tourna vers elle avec un grand sourire, dévoilant deux rangées de dents blanches parfaites et une jolie paire de fossettes.

— Lucas est excellent. C'est le genre de garçon avec qui on s'entend tellement bien qu'on ne peut pas envisager de sortir avec, tu vois ? Tu as un copain comme ça, toi ?

Elle avait une peau dorée et des yeux en amande ; ses longs cheveux bruns bouclés étaient retenus par un fin bandeau tressé de couleur argentée. Allie ne put résister à sa bonne humeur contagieuse et lui rendit naturellement son sourire.

— J'imagine que toutes les filles en ont un, répondit-elle en pensant à Mark, son ami de Londres.

— Obligé. C'est une sorte de loi naturelle.

Rachel l'étudia sans un mot pendant un moment.

— Alors je rencontre enfin la fameuse nouvelle dont tout le monde parle !

Allie aimait sa voix – douce sans être mielleuse, avec un léger soupçon d'accent du Nord.

— Personne ne parle de moi, démentit Allie, gênée.

— J'ai bien peur que si. On est ensemble en cours d'histoire, tu sais ?

Elle chercha dans ses souvenirs : avait-elle déjà croisé ce visage ? Elle finit par se remémorer vaguement une fille sérieuse qui connaissait toutes les réponses aux questions de Zelazny.

— Tu portes des lunettes, dit-elle d'un ton presque accusateur. Et tu es super intelligente, c'est ça ?

Rachel sortit subrepticement de sa poche de poitrine une paire de lunettes à monture foncée, très chic, avant de la glisser de nouveau en place.

— Jc plaidc coupablc. Jc suis unc incorrigiblc première de la classe. Je ne peux pas m'en empêcher. Et j'ai besoin de ces machins pour regarder les projections. (Elle marqua un bref temps d'arrêt.) On parle vraiment beaucoup de toi dans les couloirs, sans blague.

Allie grimaça.

— Oh, génial. Et qu'est-ce qu'« on » dit ?

Le front plissé, concentrée, Rachel égrena une liste de potins à la vitesse d'un tir de mitraillette.

— Ben… d'abord que tu sortais avec Sylvain, et que finalement non ; que tu es copine avec Jo, que Jo a pété un boulon ; que c'est toi qui as trouvé le corps de Ruth la nuit du bal… Ce qui craint, d'ailleurs, si c'est vrai.

Voyant Allie baisser les yeux, elle siffla entre ses dents.

— Merde alors ! s'écria-t-elle en consultant sa montre. Où tu allais, au fait ? Tu es occupée ?

Allie fit signe que non.

— Allons déjeuner !

Rachel l'entraîna dans le hall en direction du réfectoire.

— Je veux tout savoir. En plus de l'histoire sur Ruth, il faut que tu m'expliques ce qui se passe avec Jo Arringford. Qu'est-ce qui est arrivé exactement ? Elle s'est vraiment jetée du toit ? J'ai entendu des ragots complètement délirants à ce propos…

Elles s'installèrent dans un coin tranquille du réfectoire, avec des tasses de thé et des sandwichs. Allie détailla les événements du week-end en commençant par le commencement : comment elle était tombée sur le cadavre de Ruth dans le parc, avant de trouver Lisa inconsciente dans le hall, pour finir par l'épisode du toit. Rachel était suspendue à ses lèvres, son sandwich intact devant elle.

Allie se confiait ouvertement, révélant sans arrière-pensée ces choses qu'elle n'avait réussi à dire à personne d'autre. Elle ne pouvait plus s'arrêter. « C'est fou, s'étonna-t-elle. Peut-être que j'avais juste besoin de quelqu'un à qui parler ? Une personne qui ne soit ni un garçon ni une folle prête à sauter du toit… »

Rachel lui paraissait foncièrement honnête. Elle connaissait Cimmeria par cœur, ce qui ne l'empêchait pas de commenter les événements avec un certain recul. Elle savait tout de ses camarades, bien qu'elle gardât ses distances avec la plupart d'entre eux. Lucas semblait être son seul véritable ami. Quand Allie lui demanda pourquoi elle ne partageait pas ses repas avec lui, Gabe et Jo, elle fit la grimace.

— Non, pas mon truc…

Allie s'aperçut bien vite qu'elle avait affaire à une chroniqueuse mondaine quasi professionnelle. Rachel était une source inépuisable d'informations sur les élèves de Cimmeria.

— Comment tu sais tout ça ? lui demanda-t-elle.

— Je sais écouter. Tu serais surprise de ce qu'on peut apprendre rien qu'en restant assis à part, en silence, à faire semblant de s'occuper de ses oignons. J'ai peut-être ça dans le sang. Mon père est une sorte de détective.

— Il est dans la police ?

— Un truc dans le genre.

La pièce s'était vidée peu à peu. Quand il n'y eut plus personne autour d'elles, Rachel lança un défi.

— Nomme quelqu'un, n'importe qui, et je te fais un résumé de sa biographie – inclus les faits avérés et les simples soupçons.

— Sérieux ? s'esclaffa Allie.

— Sérieux.

— D'accord… Katie Gilmore.

Rachel sourit.

— Excellent choix. Katie. Pleine aux as. Son père travaille pour une banque d'affaires, vit à Kensington, saute la gouvernante. Il achète ses enfants en leur payant des vacances aux Seychelles et il achète leur maman avec une American Express – la *black card*, bien sûr. (Elle se versa un verre de jus de fruits.) Son frère a terminé son cursus ici l'an dernier. Maintenant il va à Oxford où il s'initie à l'art des affaires pour faire comme papa.

— Impressionnant, la complimenta Allie d'un air admiratif. Et Julie ?

Rachel hocha la tête.

— Julie Matheson, très intelligente, dossier scolaire parfait, physique parfait – parfaite en tous points. C'en est même effrayant. Son père est avocat de la Couronne. Son frère était inscrit ici il y a quelques années ; il est fraîchement sorti de Cambridge où il a décroché un diplôme en histoire ancienne avec les honneurs. Rien de glauque à raconter à son sujet. Tu veux savoir pour Jo ?

Allie avala sa salive, hésitante. Ça frôlait la trahison. D'un autre côté, elle ignorait presque tout de la vie de Jo, et après ce qui venait de se passer…

— Oui, trancha-t-elle.

— Jo Arringford. Fille du banquier et ancien ministre Thomas Arringford, à présent cadre du Fonds monétaire international. Il vit en Suisse, avec des maisons à Knightsbridge, au Cap, à Saint-Tropez… et j'en passe. Ses parents sont divorcés. Papa a une nouvelle épouse qui a six ans de plus que Jo. Maman habite dans leur maison de Saint-Tropez la plupart du temps. Un frère, huit ans, élève à Eton. Jo est brillante sur le plan scolaire. Elle a fait trois dépressions et une tentative de suicide…

— Stop ! s'exclama Allie – mais trop tard.

— … il y a un an et demi.

— Jo a tenté de se tuer ? murmura-t-elle.

Rachel acquiesça, la mine sombre.

— Pendant les vacances de Noël. Aucun de ses parents ne l'avait invitée à les rejoindre. Elle est restée ici… et elle a pris des cachets.

Allie avait la nausée.

— Comment… ?

— C'est Lucas qui l'a trouvée. Ils ne sortaient ensemble que depuis deux mois. Il avait décidé de passer les fêtes ici avec elle. Comme elle ne descendait pas dîner le jour de Noël, il s'est inquiété, alors il est monté la voir dans sa chambre et… joyeux Noël, soupira Rachel. Elle a eu droit au lavage d'estomac, aux séances obligatoires chez le psy… Lucas l'a soutenue du début à la fin. Mais une fois qu'elle allait mieux, il a cassé avec elle. Elle s'est mise avec Gabe trois semaines plus tard.

— Pas étonnant que…

Allie n'osa pas terminer sa phrase.

— Quoi ?

— Quand Jo a… tu sais, ce matin. Lucas avait l'air un peu blasé.

— Ben ouais. Forcément, répondit Rachel d'un ton sec.

— Pourtant tout le monde est toujours ami avec elle, y compris Lucas d'ailleurs.

— Tu connais Jo. Quatre-vingt-dix-neuf pour cent du temps, c'est la fille la plus sympa de la planète. Elle est adorable. On lui pardonne facilement le un pour cent restant. Et puis elle fait partie du cercle.

— Du cercle ? répéta Allie.

— Je veux dire que sa famille a de l'argent, ses parents ont été à l'école ici, certains profs la connaissent depuis qu'elle est petite. Jo est un pur produit de Cimmeria.

Allie médita ces paroles un moment, puis une idée horrible lui traversa l'esprit.

— Et qu'est-ce que tu sais de moi ?

Cette question déstabilisa Rachel.

— Tu es sûre que tu veux savoir ?

Allie hocha la tête.

— Vas-y. Je peux encaisser.

Mal à l'aise, Rachel réfléchit soigneusement avant de répondre.

— D'accord, je ne sais pas grand-chose à ton sujet et je considère les rares éléments dont je dispose comme peu fondés. (Elle marqua une pause, comme pour laisser le temps à Allie de changer d'avis. Puis elle poursuivit avec une expression désolée.) Alors voilà. Le nom Sheridan ne dit rien à personne, donc tu es la première de ta famille à venir à Cimmeria, à moins qu'il n'y ait des antécédents du côté de ta mère. Tu es fille unique d'après ce qu'on sait. Tes parents travaillent pour l'État d'une manière ou d'une autre. Tu as grandi dans le sud de Londres. Tu as un casier judiciaire. Tes vieux t'ont envoyée ici par mesure de représailles. Tu es boursière. Tu as découvert le corps de Ruth.

Allie l'écouta, la gorge nouée. Ça faisait un drôle d'effet d'entendre les détails de sa vie débités de cette manière.

— Bonjour le tableau… Je passe pour la pauvre fille de service.

— Eh, ce n'était pas le but, se défendit Rachel, embêtée. Je t'assure que personne ne te prend pour une pauvre fille.

Allie se tut un instant, puis elle jeta à Rachel un regard un brin provocateur.

— Et toi, alors ?

— Quoi, moi ?

— Raconte-moi les potins sur toi.

Rachel sourit.

— C'est de bonne guerre. D'accord. Voyons voir. Rachel Patel, fille de Rajesh et Linda Patel. Née à Leeds. Père indo-pakistanais – pas la mère. Papa était étudiant boursier à Cimmeria, aujourd'hui expert en sécurité à l'échelle internationale ; travaille pour deux gouvernements. Boulot top secret. Fait partie du conseil d'administration de Cimmeria où il est *très* influent. Rachel a une sœur, Minal, qui a douze ans. La mère de Rachel a deux doctorats – un aurait peut-être suffi, si tu veux mon avis. Elle dirige un centre de recherches médicales privé non loin d'ici, dans un village où la famille possède une propriété digne d'un palais qui s'étend sur plusieurs hectares. Rachel a d'excellents résultats dans la plupart des matières, surtout en sciences, et souhaiterait devenir médecin plus tard. Ça te va ?

Malgré son sourire, on voyait aux yeux d'Allie qu'elle ne plaisantait pas.

— Ça me va.

Elles étaient à égalité.

Jo ne se présenta pas en classe le lundi matin.

Allie supportait mal de ne recevoir aucune information au sujet de son amie. N'y tenant plus, elle s'attarda à la fin du cours de biologie pour interroger Jerry. Celui-ci ôta ses lunettes à monture métallique.

— Jo a commis une infraction grave au règlement, comme tu le sais. Elle a été punie et a écopé de ce que nous appelons une exclusion temporaire à résidence.

— Qu'est-ce que ça veut dire ?

Il essuya ses verres avec un mouchoir blanc.

— Cela signifie qu'une fois qu'elle aura quitté l'infirmerie, elle devra rester dans sa chambre. Ses repas et ses devoirs lui seront montés là-haut et elle ne pourra pas prendre part aux activités normales.

Nerveuse, Allie enroula le bas de sa chemise blanche autour de ses doigts.

— Et combien de temps va durer son… exclusion ?

Jerry remit ses lunettes en place sur son nez.

— Une semaine seulement, si elle respecte les restrictions, ne prend pas de retard dans son travail et n'enfreint pas d'autres règles.

— Suis-je autorisée à aller la voir ?

Il fit non de la tête.

— Aucun contact, je regrette, Allie. Elle est censée profiter de ce temps d'isolement pour réfléchir à ce qu'elle a fait et étudier.

Allie l'écouta en fixant ses pieds. Dès qu'il eut fini de parler, elle leva le menton et dévoila un visage tourmenté.

— Elle va mieux ? Vous savez, hier, elle n'était pas… elle-même.

Derrière les reflets de ses verres, les yeux marron de Jerry prirent une expression douce et bienveillante.

— Malheureusement, je ne l'ai pas vue. Demande à Eloise ou à Isabelle – ce sont elles qui supervisent la punition. Mais je suis certain qu'elle se porte bien.

Allie hocha la tête.

— Merci, Jerry.

« Donc Jo est punie, mais pas virée, se dit-elle en remontant le couloir. Lucas avait raison. »

Elle ne put s'empêcher de se demander si son amie avait terminé de piquer sa crise, et s'en voulut aussitôt. Mais elle devait admettre que les événements de dimanche matin l'avaient vraiment fait douter de sa personnalité au bout du compte.

Après sa brève conversation avec Jerry, elle arriva presque en retard en cours d'anglais. La plupart de ses camarades étaient déjà installés sur leurs sièges. Elle s'assit à côté de Carter qui griffonnait sur un coin de son cahier.

— Salut.

— Salut.

Il lui sourit un instant avant de retourner à son dessin.

— Où étais-tu passé ? s'enquit Allie en sortant ses livres de son sac. Je ne t'ai pas vu depuis hier matin.

Il lui jeta un regard lourd de sous-entendus.

— Oh, tu sais, j'étais occupé…

Elle haussa les sourcils mais n'insista pas.

— Jerry m'a dit que Jo était enfermée dans sa chambre pour la semaine, ajouta-t-elle en feuilletant son livre.

— Elle ne l'a pas volé. Une camisole ne lui ferait pas de mal non plus, si tu veux mon opinion.

Alors qu'Allie cherchait une repartie cinglante, la voix d'Isabelle interrompit ses réflexions.

— Bonjour à tous. Nous avons lu ces derniers jours des poèmes de T. S. Eliot. La semaine dernière, je vous ai demandé de lire une œuvre qui l'a beaucoup influencé : les *Robayat* ou *Quatrains* d'Omar Khayyām, dans la célèbre traduction d'Edward Fitzgerald. Nous avons parlé de M. Fitzgerald vendredi…

Il s'était passé tant de choses pendant le week-end qu'Allie ne gardait aucun souvenir du cours du vendredi. Elle décida de croire Isabelle sur parole.

— Je vous propose de commencer par mon quatrain préféré. Allez directement à la strophe LXIX. Clare, veux-tu nous la lire, s'il te plaît ?

Allie éprouva une pointe de jalousie mêlée de remords. Clare était la cavalière de Carter au bal.

Allie l'avait évitée depuis. Elle se rappelait l'expression d'adoration dans les yeux de la jolie blonde quand elle regardait Carter – Carter qui, pendant ce temps, la dévisageait, elle.

Clare se mit debout et récita d'une voix mélodieuse :

En vérité très exacte
et non point par métaphore,
Nous sommes des marionnettes
dont le Ciel est le montreur :
Sur le théâtre du Temps
nous faisons trois petits tours,
Puis retombons tour à tour
dans la boîte du Néant[1].

— Merci, Clare.

Tandis qu'elle se rasseyait sur sa chaise, elle jeta un coup d'œil plein d'espoir à Carter, qui garda les yeux braqués sur son cahier.

« Quel bordel ! » songea Allie en dessinant un cœur, avant de le noircir et de le transpercer d'une flèche.

Isabelle s'appuya contre un bureau.

— Il serait intéressant de comparer ce poème aux textes existentialistes que nous avons étudiés au début du trimestre – si vous ne vous en souvenez pas, je vous conseille de les réviser à la bibliothèque car ils seront au programme du prochain devoir sur table. J'aime beaucoup l'équilibre unique entre sa vision un peu désabusée de la vie et son humour décalé. À votre avis, que veut-il dire ?

---

1. Omar Khayyām, *Cent un quatrains de libre pensée*, traduit du persan par Gilbert Lazard, Éd. Gallimard, 2002.

Lorsque Allie avait lu ce quatrain la veille, il lui avait aussitôt évoqué la leçon d'échecs avortée de Jo – avec les pièces qui faisaient trois petits tours sur l'échiquier avant de retourner dans leur boîte. Elle allait lever la main pour suggérer cette analogie, quand Carter prit la parole. Elle fut surprise de l'entendre tant il donnait l'impression de ne pas avoir prêté attention.

— Je crois qu'il dit que nous sommes des pions. Et que le destin décide de ce qui nous arrive – quand nous naissons, qui nous épousons, quand nous mourons… Mais qu'en est-il des choix personnels ? Nous prenons des décisions, pourtant. C'est bien une forme de pouvoir.

— Voilà le nœud du débat, répondit Isabelle. D'un autre côté, nos choix personnels ne sont-ils pas affectés par ce que le destin nous réserve ?

— C'est absurde !

Allie reconnut la voix bien identifiable de Sylvain qui s'élevait du fond de la salle.

— Nous décidons de tout. Bien sûr que nous avons le pouvoir. Il n'existe rien de tel que le destin. Rien ni personne ne peut choisir à notre place.

— Typique, marmonna Carter.

Sylvain le fusilla du regard.

— Qu'est-ce que tu sous-entends, Carter ?

Avant que ce dernier ait pu répondre, Isabelle s'interposa.

— Je suis ravie que vous preniez la poésie autant à cœur tous les deux, mais Omar Khayyām n'a encore jamais provoqué de dispute dans ma classe et je ne tiens pas à ce que ça change aujourd'hui. Bien, nous allons maintenant nous intéresser au passage suivant…

Au fil de la semaine, l'école retrouva peu à peu une atmosphère presque normale, quoique légèrement cotonneuse. L'odeur de fumée disparut progressivement et on lança la réfection de la grande galerie. Une benne apparut dehors, derrière l'aile ouest, et on demanda aux élèves d'éviter la zone des travaux. Le bruit furieux des marteaux et des perceuses ne tarda pas à faire partie de la vie de tous les jours et il devint impossible de se concentrer.

On envoya Lisa chez elle le temps qu'elle se rétablisse de ses blessures. Privée de ses deux meilleures amies, Allie passa l'essentiel de son temps auprès de Rachel – autrement dit, à la bibliothèque, où celle-ci avait plus ou moins élu domicile. Ce fut encore elle, bien entendu, qui suggéra d'y aller après les cours, le vendredi après-midi. Allie l'accompagna et Lucas les suivit à contrecœur, au motif qu'il avait un devoir à rendre le lundi suivant et qu'il n'avait pas même commencé à lire l'énoncé.

Rachel était la partenaire idéale pour faire ses devoirs, en particulier dans les matières scientifiques où elle se révélait incollable. Quand, les yeux brillants, elle expliqua la structure interne du ver solitaire à Allie, celle-ci s'exclama avec une moue de dégoût :

— Dis donc, c'est vraiment ton truc !

Lucas leva le nez de ses manuels.

— À ton avis, pourquoi je traîne avec elle ? Parce qu'elle est rigolote peut-être ?

Rachel lui mit un petit coup de coude dans les côtes et se tourna vers Allie.

— En sciences, j'assure, mais j'aurais vraiment besoin d'aide en français. Ça, par contre, c'est pas mon truc.

— Malheureuse, ne parle pas de français à Allie ! l'avertit Lucas.

Comme les deux filles le regardaient sans comprendre, il chuchota :

— Sylvain.

— Oh, ne commence pas, gémit Allie en se cachant derrière ses mains.

— C'est trop tôt pour en plaisanter ? fit Lucas.

Allie hocha la tête tandis que Rachel luttait pour retenir un fou rire.

— Quoi ?

— C'est juste que… tu as cassé avec *Sylvain*, pouffa Rachel. C'est comme larguer… je ne sais pas… Dieu.

Lucas et elle se tenaient les côtes maintenant.

— Presque toutes les filles de cette école veulent sortir avec lui et toi, tu le plaques !

Allie se sentit rougir ; elle jeta des coups d'œil à droite et à gauche pour vérifier que personne ne les avait entendus.

— Vous allez la fermer ? siffla-t-elle. Franchement !

Elle tourna les pages de son livre en fronçant les sourcils alors qu'ils essayaient de se ressaisir. Rachel en pleurait.

— Ouais, ben il était nul, marmonna-t-elle pour se défendre.

Cela les fit repartir de plus belle mais, cette fois, Allie éclata de rire avec eux. Il fallait admettre que c'était assez drôle. Et un peu cruel aussi.

Ce soir-là après le dîner, lassée de la bibliothèque, Allie se retira au foyer pour s'acquitter de ses lectures obligatoires en anglais. Même après avoir cravaché toute la semaine, elle n'avait pas réussi à combler son retard. Malgré l'incendie et la mort de Ruth, les profs avaient continué d'augmenter la pression et elle avait des montagnes de chapitres à lire. À neuf heures, cependant, elle s'était à moitié assoupie, pelotonnée au fond d'un gros fauteuil en cuir à côté du piano silencieux, dans un coin de la pièce. La tête lourde dans le creux de sa main, elle regardait les lettres danser sur la page quand un bout de papier plié en un minuscule carré apparut soudain sous ses yeux. Il lui fallut un moment pour comprendre ce qui se passait.

— Ton « copain » Carter m'a demandé de te remettre ça, murmura Lucas d'un ton sarcastique.

— Quoi ? Il est où ? balbutia Allie en se redressant pour chercher autour d'elle.

Lucas haussa les épaules.

— Je l'ai croisé dans le hall il y a quelques minutes. Il faut que je file. Je suis réquisitionné pour un match de cricket sur la pelouse.

Après avoir discrètement balayé la salle des yeux pour être sûre que personne ne l'épiait, Allie déplia le petit papier. Elle trouva au centre d'une feuille arrachée à un cahier quelques lignes tracées de la belle écriture de Carter.

Allie,

Il faut qu'on parle.

Retrouve-moi à 21 h 30 à la bibliothèque. Je serai dans le rayon des lettres classiques, section latin, au fond à gauche. Sylvain ne doit pas être mis au courant.

C.

Le cœur d'Allie s'emballa. Sitôt qu'elle eut terminé de la déchiffrer, elle replia la note et la glissa à l'intérieur de son livre.

Les vingt minutes suivantes s'écoulèrent avec une lenteur exaspérante. Allie était incapable de se concentrer sur son texte. À 21 h 25, elle rassembla ses affaires et, en s'étirant de façon exagérée pour bien montrer à quel point elle était fatiguée, elle se leva de son fauteuil.

— Bon, je crois que je vais aller me coucher, annonça-t-elle à la cantonade en se dirigeant vers la porte.

Une fois dans le couloir, elle s'arrêta et farfouilla dans ses papiers, au cas où quelqu'un la suivrait. Comme personne ne sortait derrière elle, elle fonça à la bibliothèque. Elle s'arrêta une seconde sur le seuil, jeta un coup d'œil par-dessus son épaule, et elle entra.

La pièce était bondée mais calme. Tout en marchant sur les tapis épais, elle fit mine de feuilleter un cahier comme si elle y cherchait quelque chose. De temps en temps, elle examinait les étiquettes des livres sur les étagères, puis elle fronçait les sourcils et passait son chemin.

« Je devrais devenir actrice, pensa-t-elle. Je serais super crédible. »

Elle atteignit bientôt l'endroit où des boiseries compliquées dissimulaient les portes qui donnaient sur les salles d'étude spéciales réservées aux élèves les plus avancés – les fameuses pièces décorées de peintures murales à la violence dérangeante. Plus elle s'enfonçait dans les allées reculées, moins elle croisait de monde. Quand elle arriva enfin aux étagères alignées contre le mur du fond, il n'y avait plus personne autour d'elle.

Ne sachant pas précisément où étaient rangés les livres en latin, elle se déplaça de rayon en rayon en tirant de lourds volumes reliés en cuir au hasard pour identifier la langue. Elle tomba sur des rangées entières d'ouvrages poussiéreux écrits en grec ou en arabe – mais pas un seul en latin.

— Pourquoi ils ont planqué les livres de latin ? maugréa-t-elle. C'est une plaisanterie pour intellos ? Genre, si tu veux lire du latin, il faut remonter…

— Allie !

— Carter ?

L'éclairage était faible dans cette partie de la bibliothèque. Comme elle plissait les yeux pour scruter les recoins et tenter de deviner d'où venait le chuchotis, une main surgit des ombres et l'attira entre deux rayonnages imposants.

— La vache, soupira Allie. Tu ne peux pas dire « bonjour » comme tout le monde ?

— Pardon, je voulais juste te coincer avant que les gens commencent à se demander ce que tu fabriquais à tourner en rond dans le département des lettres classiques en te parlant à voix haute.

— Je prépare un devoir sur Rome pour le cours d'histoire.

Allie jugeait son alibi génial, mais Carter ne semblait pas du même avis.

— On est en train de travailler sur Cromwell.

— Je prends de l'avance, rétorqua-t-elle, sur la défensive. On doit bien étudier Rome à un moment ou à un autre dans le programme, non ?

— Très convaincant.

Alors qu'elle examinait sa mine grave, son cœur se serra.

— Qu'est-ce qui ne va pas, Carter ? À quoi ça rime, tous ces mystères ? Pourquoi tu n'es pas venu me chercher au foyer, tout simplement ?

— Écoute, on a un souci.

Il croisa les bras et s'adossa à une bibliothèque comme pour mettre un maximum de distance entre eux.

— D'accord. Quel est le problème ?

— À partir de maintenant, si quelqu'un te demande ce que tu as vu vendredi soir, tu réponds que Ruth s'est suicidée, OK ?

Elle ouvrit la bouche, mais il devança ses protestations.

— Tout le monde ici en est persuadé. Elle s'est suicidée. Point barre. Il n'y a pas de place pour deux versions.

Elle réfléchit quelques secondes avant de répondre :

— Mais je sais que c'est faux.

— Ah bon ? Et comment ? Tu es médecin légiste ? Il faisait noir, Allie. Il y avait beaucoup de sang. Tu as eu peur. Tu ne peux absolument pas être certaine à cent pour cent que Ruth a été tuée. Alors arrête de jouer au détective.

— C'est Isabelle qui t'envoie me dire ça ? demanda-t-elle, furieuse.

— Personne ne m'envoie.

Elle le regarda droit dans les yeux en guettant un signe de dérobade de sa part, mais il ne cilla pas.

— Je suis de ton côté, Allie. Je te le jure, affirma-t-il en lui prenant la main.

Elle se libéra d'un geste rageur.

— Alors je n'y comprends plus rien ! s'emporta-t-elle. Pourquoi tu fais ça ? J'ai vu ce que j'ai vu.

Il s'approcha d'elle.

— Écoute, Allie, il y a une rumeur qui circule. On raconte que tu étais avec elle au moment où elle est morte.

— Que je… quoi ?

— Que tu es la dernière personne à l'avoir vue vivante.

Elle secoua la tête.

— Je ne com…

Carter choisit ses mots avec soin.

— Allie, certaines personnes prétendent que tu n'es pas étrangère à la mort de Ruth.

21.

Le lendemain matin, Allie descendit l'escalier à 6 h 43 très exactement. Elle avait attaché ses cheveux en une jolie queue-de-cheval qui se balançait à chacun de ses pas. Malgré ses traits tirés, elle semblait déterminée.

Après avoir quitté Carter la veille au soir, elle était allée dans la salle de bains pour s'asperger le visage d'eau froide. Elle était restée là un long moment, à fixer son reflet dans le miroir en repassant leur conversation dans son esprit.

— Comment peut-on penser que j'ai quoi que ce soit à voir avec la mort de Ruth ? lui avait-elle demandé, atterrée. C'est dingue. Je la connaissais à peine. Pourquoi je lui aurais voulu du mal ?

— C'est un coup monté, Allie, avait-il répondu, le visage sombre. On raconte aussi que c'est toi qui as fait monter Jo sur le toit et que tu as des… troubles mentaux. (Voyant qu'elle allait exploser, il avait levé une main pour la calmer.) Celui ou celle qui a lancé ces rumeurs sait très bien que c'est faux. Son but est de te déstabiliser.

— Mais pourquoi ?

— Il faut croire qu'il ou elle te perçoit comme une menace.

— En quoi je représente une menace ? avait-elle gémi. Je ne suis personne…

— Comme je te l'ai déjà dit, je ne le crois pas, et les autres non plus.

— Je ne pige pas. (Elle s'était pris la tête à deux mains en enfonçant ses doigts dans ses tempes.) Mes parents sont fonctionnaires. Ils ne sont pas riches. La plupart des élèves ici sont fils de millionnaires. Comment peuvent-ils se sentir en danger à cause de moi ?

— C'est ce que nous devons découvrir.

Elle n'avait pas réussi à s'endormir après cette conversation. Agitée, elle s'était levée à deux heures du matin et avait ouvert sa fenêtre pour prendre un bon bol d'air frais. Puis elle l'avait refermée une heure plus tard à cause du froid. Elle avait entendu des bruits de pas devant sa porte à un moment, puis le silence s'était de nouveau installé.

Ses interrogations et ses doutes ne la laissaient pas en paix. « Est-ce que c'est Rachel ? Moi qui lui faisais confiance… Elle est la seule à tout savoir. Je n'ai rien raconté à personne d'autre. Elle adore les ragots, mais de là à lancer une rumeur pareille… »

Elle avait somnolé vers quatre heures du matin, mais pas longtemps. Quand l'alarme s'était déclenchée à six heures et quart, elle était parfaitement réveillée, ses yeux grands ouverts rivés au plafond.

Et à présent, elle devait affronter l'épreuve du petit déjeuner.

En allant au réfectoire le plus tôt possible, elle espérait éviter un maximum de monde. Carter et elle étaient convenus que la meilleure chose à faire était de ne pas tenir compte des on-dit et de ne rien changer à son programme. Mais elle n'avait aucune envie de croiser, au hasard, Katie Gilmore dans l'immédiat.

À son arrivée, personne ne lui prêta une attention particulière et elle se détendit un peu. « Peut-être que cette histoire va faire *pschitt* en fin de compte », se dit-elle en remplissant son bol de céréales et son assiette de toasts.

Elle chercha ses comparses habituels, mais il était encore bien trop tôt pour eux. Rachel, en revanche, était installée à une table située à droite du buffet, sans compagnie.

— Salut, Allie ! Tu viens t'asseoir avec moi ? proposa-t-elle.

Allie hésita un instant, l'esprit encore troublé par ses soupçons, presque nauséeuse. Mais un refus aurait paru suspect.

« Elle est la personne la plus au courant des potins dans cette école. Si elle ne mentionne pas la nouvelle rumeur, je saurai que c'est elle. »

— J'ai cru que j'allais devoir manger toute seule, dit-elle en s'approchant.

— J'arrive toujours dans les premiers ici, expliqua Rachel. Mon père me forçait à me lever super tôt quand j'étais petite et ça m'est resté. Voilà ce que c'est que de maltraiter ses enfants.

Rachel s'était confectionné un sandwich avec des toasts, des œufs et du fromage, qu'elle démolissait maintenant méthodiquement.

— Ton petit déjeuner a l'air meilleur que le mien, souligna Allie tandis qu'elle versait du lait sur ses céréales.

— C'est le repas le plus important de la journée, ma chère, déclara Rachel, la bouche pleine. Eh, tu sais que certaines personnes colportent une rumeur vraiment dégueulasse à ton sujet ?

Allie se figea, la cuiller devant la bouche.

— J'en ai vaguement entendu parler, répondit-elle, prudente. C'est du grand n'importe quoi.

Rachel hocha la tête.

— Si tu fais référence à l'histoire « Allie est une dangereuse psychopathe », on a entendu parler de la même. Je la tiens de Sharon McInnon, tu la connais ?

Allie fit signe que non.

— Eh bien, continua Rachel en mordant dans son sandwich, je lui ai dit d'aller se faire foutre.

Une vague de soulagement déferla sur Allie. « Alors ce n'était pas Rachel. J'en étais sûre. »

— Et comment elle l'a pris ?

— Plutôt bien. Elle a l'habitude. Je peux pas l'encadrer, celle-là.

Elles pouffèrent toutes les deux, mais l'angoisse d'Allie persista.

— Qui a lancé ces rumeurs, Rachel ? C'est un mensonge tellement énorme et méchant – qui est capable de faire une chose pareille ?

— J'ai passé toute la matinée d'hier à chercher la réponse à cette question, avoua Rachel, les sourcils froncés. Ne t'inquiète pas, je finirai par trouver.

Allie leva sa tasse de thé.

— Avec toi à mes côtés, les coupables n'ont aucune chance.

Malgré tout, elle continuait de se sentir très mal à l'aise.

Lorsqu'elle traversa le hall après le repas, elle ressassait toujours les mêmes craintes. « Je peux faire confiance à Rachel maintenant, hein ? »

Elle avait presque atteint l'escalier quand une voix tranchante comme le fil d'un rasoir fendit l'ambiance paisible du manoir.

— Salut, la tueuse ! Comment ça va ce matin ?

Allie fit volte-face.

— Je t'emmerde, Katie.

— Attention à ton vocabulaire. (Les lèvres parfaites de la jolie rouquine se retroussèrent en un sourire vicieux.) C'était écrit à l'avance que dès qu'ils te laisseraient entrer dans cette école, notre vie se transformerait en cauchemar.

Son cercle d'acolytes, toutes pomponnées comme à leur habitude, se mit à glousser autour d'elle, chacune chuchotant à l'oreille de sa voisine.

— De quoi tu parles, Katie ?

Allie s'efforça de rester posée malgré la rage qui bouillait dans ses veines. Mais l'envie pressante de coller sa main dans la figure de Katie prenait peu à peu le dessus. Elle ferma les poings.

Pendant qu'elle luttait pour garder le contrôle de ses émotions, Katie s'avança vers elle d'un air provocant.

— Il paraît que tu as des difficultés à maîtriser ta colère, dit-elle d'une voix mauvaise. C'est comme ça que ça s'est passé avec Ruth, Allie ? Elle t'a énervée ? Elle t'a contrariée ?

Allie sentit son poing traverser l'air ; mais juste avant qu'il ne s'écrase sur le nez délicat de Katie, quelqu'un l'attrapa par la taille et la tira si brusquement en arrière que ses pieds quittèrent le sol.

— Katie, je suis sûr que tu t'es goinfrée au petit déjeuner – tu ne devrais pas être en train de te faire vomir dans les toilettes ? s'enquit Sylvain de sa voix douce alors qu'Allie se débattait dans ses bras.

Katie le dévisagea, incrédule.

— Tu n'es pas sérieux, Sylvain. Que fais-tu ? Pourquoi tu défends cette moins que rien ? Je ne comprends pas ce que tu lui trouves d'intéressant.

Allie avait cessé de se démener, cependant il continuait de la tenir fermement. La chaleur de son corps contre le sien lui rappela des souvenirs désagréables.

— Je lui trouve beaucoup plus de classe que tu n'en auras jamais de toute ta misérable vie, Katie. (Ses yeux bleu clair balayèrent son groupe d'amies.) Et ça vaut pour chacune d'entre vous. Et maintenant retournez à vos affaires, s'il vous plaît.

Après un bref moment d'indécision, elles commencèrent à migrer vers le réfectoire. Katie marchait devant, la tête haute.

Une fois qu'elles furent hors de vue, Sylvain relâcha son étreinte et recula.

— Dommage que tu ne m'aies pas laissée la frapper, rouspéta Allie, ingrate.

— L'idée m'a traversé, répondit-il.

— Elle est horrible. J'ai juste… Enfin, bref. (Allie frotta le bout de sa chaussure par terre en évitant son regard.) Merci.

— De rien. Mais j'ai peur que ce ne soit qu'un début. Ces rumeurs sont… partout, ajouta-t-il en traçant un cercle en l'air avec son index. Et elle les utilisera contre toi.

— Je sais. J'aimerais bien savoir qui les a lancées.

Il la considéra d'un air grave.

— Vu que tout le monde les colporte, ça n'a plus tellement d'importance. Mais je ne serais pas surpris qu'il s'agisse d'une personne connue pour être jalouse de toi.

Allie jeta un regard noir en direction de la porte du réfectoire.

— Katie, par exemple.

— Par exemple.

— C'est elle qui est derrière tout ça, Sylvain ?

— Je n'en suis pas certain. Disons que je l'ai… entendu. Je vais me renseigner. Et si je découvre la réponse, j'en toucherai un mot à Isabelle.

Allie n'avait pas envie de lui devoir une faveur après ce qui s'était passé entre eux. « D'un autre côté, s'il pouvait s'arranger pour que les choses en restent là… »

— Ce serait sympa, Sylvain.

— Pas de souci. Je te dois bien ça.

L'allusion n'échappa pas à Allie, qui rougit. Sylvain reprit la parole, avec un accent de plus en plus marqué au fil des mots.

— Il faut que je te dise. La nuit du bal… je suis désolé d'avoir été brutal… Je sais que je t'ai fait mal. C'était nul. Tu es différente des filles avec qui je suis sorti avant. Je n'aurais pas dû te traiter comme ça.

Allie, les joues brûlantes, le regarda droit dans les yeux.

— Tu ne devrais jamais traiter aucune fille comme ça, Sylvain. Jamais.

À sa grande surprise, il baissa la tête.

— Tu as raison. Absolument. Je te prie d'accepter mes excuses.

— Je… Oh, Sylvain, ne fais pas ça, bafouilla-t-elle.

Elle n'avait pas envie de lui pardonner. C'était un peu trop facile. Et puis elle eut une idée.

— Il faut que je sache un truc. Tu as mis quelque chose dans mon verre ce soir-là ?

Il parut sincèrement horrifié.

— Quoi ? Bien sûr que non. Pour qui tu me prends ?

— Désolée. Il fallait que je te le demande. J'étais dans un tel brouillard.

— Le champagne de Cimmeria est fort. Quand on n'est pas habitué et qu'on le boit trop vite, il monte à la tête. Je t'ai fait boire coupe sur coupe – ça, c'est vrai. Et j'ai voulu profiter de la situation. Ce n'était pas bien de ma part.

Son humilité et sa franchise ne laissèrent d'autre choix à Allie que de capituler.

— J'accepte tes excuses, Sylvain. C'est oublié. Écoute, je vais me réfugier dans ma chambre. Entre Katie qui me traite de tueuse et toi qui me présentes tes excuses pour m'avoir pratiquement violée au premier rendez-vous, ça fait beaucoup d'émotions pour un début de matinée. Il faut que je reprenne des forces avant neuf heures.

Alors qu'elle s'apprêtait à se tourner vers l'escalier, il lui glissa :

— Fais gaffe à toi, Allie. De nombreux dangers rôdent autour de toi.

— Oh, super, soupira-t-elle d'un ton las. Je m'attendais à ce que tu me sortes un truc dans ce genre.

Allie n'aurait pas été aussi catégorique que Sylvain mais, par précaution, elle resta cachée dans sa chambre pendant l'essentiel de la matinée. À l'heure du déjeuner, cependant, elle avait terminé tous ses devoirs et elle s'ennuyait. Sans compter qu'elle commençait à avoir faim.

La seule perspective d'affronter le réfectoire bondé lui donnait des frissons. Alors elle descendit en catimini juste avant l'heure de pointe, elle enveloppa plusieurs sandwichs dans une couverture, puis les fourra dans son sac avec des bouteilles d'eau et une pomme.

Mais tandis qu'elle traversait le hall vers la porte d'entrée, un groupe de jeunes élèves passa à proximité et l'un d'eux murmura :

— Tiens ! Voilà la psychopathe.

Parmi ses camarades, certains éclatèrent de rire alors que les autres restaient bouche bée à la dévisager avec des yeux effarés.

Que faire ? Allie n'allait pas se battre contre tout le monde. Elle fit semblant de n'avoir rien entendu et avança.

Toutefois, quand elle descendit les marches du perron quelques secondes plus tard, elle aperçut une des amies de Katie qui arrivait en sens inverse. Celle-ci fit un grand détour pour éviter de la croiser, comme si elle était contagieuse.

— Beurk ! fit la fille en la toisant, avant de s'éloigner en hâte.

Le menton haut, Allie continua sa route. La pelouse était noire de monde. Une foule d'élèves bronzait au soleil. Elle crut entendre des murmures et des ricanements monter de tous les côtés. Au bord de la crise de nerfs, elle s'élança sur l'herbe en direction de l'orée des bois, pressée de se dérober aux regards malveillants.

Elle s'arrêta au pavillon pour reprendre son souffle. Il était désert. Assise sur les marches, elle posa le front sur ses genoux et respira lentement, afin de retrouver son calme.

Pourquoi fallait-il qu'elle soit poursuivie par la malchance ? Elle qui croyait avoir enfin trouvé sa place quelque part ! Elle avait vraiment espéré qu'elle pourrait vivre normalement à Cimmeria. En sécurité. Et acceptée par les autres.

Elle s'était trompée.

« Tout le monde finit toujours par se retourner contre moi. Soit on m'attaque, soit on me quitte. »

Allie avait envie de pleurer, mais elle n'y arrivait pas. En contemplant les arbres, elle songea à Christopher. Il n'avait pas seulement disparu. Il l'avait d'abord exclue de sa vie. Il l'avait rejetée. Il avait cessé de l'aimer.

Et voilà que tout recommençait. Elle ne pouvait compter sur personne.

« Enfin, presque personne. »

Elle avait Carter. Et peut-être Rachel était-elle digne de confiance. Allie sentait qu'il y avait quelque chose d'intrinsèquement bon en elle. Lisa et Lucas aussi se comportaient encore en amis – pour l'instant, du moins.

Donc, à bien y réfléchir, elle n'était pas toute seule.

Subitement, elle se rendit compte qu'elle mourait de faim. Elle étala une couverture dans la clairière paisible, devant le pavillon, et mangea ses sandwichs en plein soleil – en tête à tête avec elle-même. Délivrée des chuchotis, des rires et des rumeurs idiotes. Ensuite, elle se coucha, la tête posée sur son sac en guise d'oreiller. Elle s'endormit en quelques minutes.

À son réveil, le soleil descendait déjà sur l'horizon. Elle était maintenant au milieu d'une flaque d'ombre où la température fraîchissait vite.

Elle rassembla ses affaires et retourna vers le manoir à contrecœur, regrettant déjà ces quelques heures paisibles passées dans la solitude de la clairière.

Quand elle atteignit le bâtiment, elle s'aperçut qu'il était plus tard qu'elle ne le croyait – la pelouse s'était vidée ; un bourdonnement confus s'échappait du réfectoire et remplissait le hall. Il devait être sept heures passées. Tout le monde dînait.

En montant l'escalier pour regagner sa chambre, l'estomac dans les talons, elle se rappela avec soulagement qu'elle avait pensé à se mettre un sandwich et quelques biscuits de côté pour le repas du soir.

« Je vais pouvoir rester tranquille jusqu'à demain matin. Ce n'est peut-être pas très courageux… mais je m'en fiche. »

Au fil de la soirée, cependant, des défauts apparurent dans son plan. Elle n'avait adressé la parole à personne depuis huit heures du matin. Elle ne possédait ni télévision, ni ordinateur, ni jeux vidéo. Elle avait passé la journée à bouquiner et à dormir. Arrivée à onze heures et demie du soir, elle était assise à son bureau à contempler le parc par la fenêtre ouverte, bien réveillée, et elle s'ennuyait ferme.

Les lumières s'allumaient progressivement aux fenêtres autour d'elle depuis une heure, à mesure que les élèves rentraient des divers jeux organisés sur les pelouses. Trente minutes plus tôt, elle avait entendu la voix rude de Zelazny crier : « Couvre-feu ! », puis un murmure confus de voix et de bruits de pas dans le couloir, devant sa chambre.

Elle grimpa sur son bureau et se glissa sur le rebord de sa fenêtre d'un mouvement plus assuré que la première fois, lorsqu'elle était allée rejoindre Jo sur le toit. Sa jupe frémit contre ses cuisses dans la fraîche brise du soir. Empruntant le chemin que Carter lui avait indiqué le week-end précédent, elle se lança à l'assaut de la façade, en direction de l'endroit où les tuiles formaient une pente douce. De là, elle pourrait facilement se hisser au sommet, traverser en toute sécurité le toit du bâtiment principal, pour redescendre de l'autre côté le long d'une pente identique, laquelle menait à une corniche qui passait devant les fenêtres des garçons.

Malheureusement, certaines de ses camarades étaient encore debout – d'où elle se trouvait, elle voyait au moins deux fenêtres éclairées se dresser sur son chemin.

Lorsqu'elle atteignit la première, elle scruta avec précaution à travers un coin de la vitre. La pièce semblait vide. Elle avança précipitamment, en retenant son souffle jusqu'à ce qu'elle soit un bon mètre plus loin.

La suivante était grande ouverte. En s'approchant, elle entendit des éclats de rire. Elle regarda à l'intérieur et aperçut trois filles qui bavardaient. L'une – jolie, avec un teint olivâtre et un long carré brun – était assise sur le lit face à la fenêtre. Allie identifia une des copines de Katie. Les deux autres étaient installées par terre, dos à elle.

Même de derrière, cependant, Allie aurait reconnu les cheveux blonds et courts de Jo entre mille. Quant à la troisième, avec sa queue-de-cheval d'un auburn intense, on ne pouvait pas la confondre non plus.

Katie.

« Qu'est-ce que Jo fabrique avec cette peste ? Je croyais qu'elle était toujours à l'infirmerie. »

Allie s'accrocha aux briques en essayant de prendre une décision. Traverser devant la fenêtre sans que la brunette la voie était inenvisageable. Les filles, qui paraissaient détendues, pouvaient très bien discuter pendant des heures. Enfin, monter sur le toit à partir d'ici s'apparentait à une mission impossible. Bref, elle était piégée.

Elle commençait à avoir mal aux doigts à force de se cramponner aux briques. Elle cherchait une solution pour changer de position sur le rebord étroit sans se casser la figure quand elle surprit les propos de Katie.

— … et moi, je crois qu'il faut agir. Isabelle n'a pas le droit de laisser quelqu'un comme elle en liberté parmi nous. On ne sait pas assez de choses à son sujet.

D'abord Ruth et ensuite… eh bien… elle aurait pu te tuer sur ce toit, Jo. C'est un miracle que tu aies survécu.

« Attends… Qu'est-ce qu'elle raconte ? Vas-y, Jo ! Explique-lui ce qui s'est passé ! Dis-lui qu'elle est cinglée ! »

— Moi qui croyais que c'était mon amie, répondit Jo. Maintenant je ne compte plus du tout sur elle. J'ai eu tellement peur là-haut. J'aurais pu mourir.

« Quoi ? Je t'ai sauvé la vie ! » Allie jeta un regard noir droit devant elle, comme si elle pouvait transpercer le mur avec ses yeux et foudroyer Jo au travers.

— Évidemment que tu aurais pu mourir ! Regarde ce qui est arrivé à Ruth. Allie n'est même pas allée chercher de l'aide. Moi, je ne crois pas aux coïncidences. Elle est montée là-haut pour être seule avec toi à un moment où tu étais vulnérable. Dieu seul sait comment tu t'en es sortie.

— Carter aussi était avec elles, objecta l'acolyte, étonnamment raisonnable.

— Oui, Carter m'a aidée…, admit Jo d'un ton hésitant.

— Mais pourquoi ne l'a-t-il pas empêchée de te pousser ? s'enquit la fille.

« Pousser qui ? Personne n'a été poussé ! »

— Parce qu'il est amoureux d'elle ! cracha Katie d'une voix cinglante de mépris.

Allie crut que son cœur s'arrêtait de battre.

« Il est amoureux de moi ? pensa-t-elle en souriant bêtement aux briques. Vraiment ? » La suite du discours de Katie la fit redescendre sur terre.

— Lui non plus, il n'a pas sa place ici. Il n'aurait jamais dû être accepté pour commencer. Je n'ai jamais compris pourquoi Isabelle tenait tant à lui. Aucun membre de sa famille n'est passé par Cimmeria – c'est la même chose que pour l'autre. Autrefois on respectait les critères d'admission. Cette école n'est plus ce qu'elle était. Tout se perd ! Je vais en parler à mon père – il faut qu'il intervienne.

— Isabelle ne va pas apprécier, ricana sa copine.

— C'est le but. Il est au conseil d'administration. Jo, il faut que tu écrives à ton père, toi aussi. Il est hyper influent. Raconte-lui ce qui est arrivé sur le toit, dis-lui qu'une nouvelle complètement cinglée a essayé de te tuer et qu'Isabelle n'a pas levé le petit doigt pour te protéger.

Allie en eut le souffle coupé. Elle espérait que Jo allait enfin prendre sa défense, répliquer qu'elle ne voulait pas mêler le conseil d'administration à cette histoire, et que son amie comme Carter méritaient d'être là.

— D'accord, acquiesça Jo.

« D'accord ? pensa Allie, trahie. D'accord ? Espèce de sale gosse de riche pourrie gâtée… »

Soudain, quelqu'un toqua à la porte.

Allie se pencha un peu pour glisser un coup d'œil par la fenêtre. Julie se tenait sur le seuil de la chambre, la mine sévère.

— Katie, Ismay, pourriez-vous venir avec moi ? Je voudrais vous parler un moment.

Katie leva les yeux au ciel, visiblement agacée.

— Sans blague, Julie ! (Elle se leva et s'avança vers la déléguée d'un pas lourd.) Je sens qu'on va follement s'amuser, ajouta-t-elle avec ironie, chacun de ses gestes traduisant un profond ennui.

Cette convocation intrigua beaucoup Allie, qui regarda Ismay emboîter le pas à son amie tandis que Jo traînait un peu derrière.

Malgré sa violente envie de foncer dans la chambre pour exiger une explication de son ex-meilleure amie, elle attendit sagement où elle était. Dès que la voie fut libre, elle fila comme une comète. Quelques secondes plus tard, elle grimpait sur le toit et se laissait glisser de l'autre côté, en direction de la fenêtre ouverte de Carter.

Il travaillait, assis à son bureau.

Elle se fit discrète, le temps d'étudier son visage à loisir – ses yeux s'attardèrent sur son teint clair et ses cheveux bruns légèrement décoiffés. Elle observa la façon dont ses longs cils jetaient des ombres délicates sur ses joues. Elle aimait ses mains – ses doigts longs mais forts, et ses ongles carrés parfaitement nets.

Elle sentit une vague de chaleur inattendue l'envahir.

« Il est vraiment charmant… »

Comme s'il avait entendu ses pensées, Carter leva brusquement la tête et leurs yeux se croisèrent.

Il bondit avec un cri de surprise, renversant son fauteuil. Allie s'efforça de contenir un fou rire tandis qu'il s'approchait lentement de la fenêtre.

— Allie ?

Il semblait gêné et un brin fâché, même si elle le soupçonnait de feindre la contrariété pour masquer son embarras.

— Mais qu'est-ce que… ?

— Salut, murmura-t-elle. Je n'arrive pas à dormir. Tu veux sortir jouer ?

Il ouvrit le battant plus grand pour la laisser passer.

— Tu es folle. Rentre avant de te tuer.

— Katie est une vraie *salope*, se plaignit-elle en crapahutant sur son bureau.

Carter haussa les sourcils.

— Personne n'a dit le contraire.

Allie se mit à faire les cent pas dans la pièce.

— Attends de savoir ce qui est arrivé. Je l'ai entendue parler à travers sa fenêtre. Elle a décidé de nous éliminer ! Elle nous déteste, tous les deux, et elle fourre des idées horribles dans le crâne de Jo : elle essaie de la persuader que j'ai voulu la tuer sur le toit. Je crois que c'est elle qui est derrière les rumeurs à propos de Ruth.

Tandis qu'elle fulminait, il referma calmement la fenêtre, ramassa son fauteuil et le cala contre la poignée de la porte. Après avoir vérifié qu'il était bien stable, il se tourna vers elle.

— Qu'as-tu entendu exactement ?

Elle lui raconta sa journée, en commençant par son petit déjeuner avec Rachel, qui semblait au courant de tous les ragots dès sept heures, puis son échange de mots doux avec Katie et ses amies. Carter plissa les yeux quand elle mentionna l'intervention de Sylvain, mais il garda le silence. Ensuite elle lui rapporta la conversation des filles dans la chambre de Katie. Son visage s'assombrit. Elle voyait qu'il faisait de gros efforts pour ne pas perdre son sang-froid.

— OK, il y a deux possibilités, dit-il. Soit elle n'a pas divulgué la première rumeur mais elle s'engouffre dans la brèche pour en rajouter une couche en inventant des trucs à propos de la scène sur le toit, soit elle tire toutes les ficelles. (Il frappa son poing droit contre sa paume gauche.) Cette sale petite snob !

— On fait quoi ? demanda Allie. Et pourquoi ta chambre est plus grande que la mienne ? ajouta-t-elle en prêtant enfin attention à la pièce.

Il possédait deux étagères au lieu d'une – les deux bourrées de livres tout écornés – et il avait de la place dans un coin pour un siège supplémentaire sur lequel se trouvait un ballon de foot martyrisé. Si les murs étaient peints de la même nuance de blanc que ceux d'Allie, tous les tissus étaient bleu marine, ce qui donnait au lieu une touche plus masculine. Elle désigna son lit et il l'invita à s'installer d'un hochement de tête. Elle s'assit dessus et étira ses jambes.

— Je suis ici depuis plus longtemps, expliqua Carter d'un air absent.

Il tira son fauteuil de bureau et prit place face à elle.

— Ces rumeurs visent à te causer un maximum de tort, voire à te forcer à quitter Cimmeria. Cela ressemble à une véritable campagne de propagande contre toi.

Allie avança ses fesses au bord du lit, jusqu'à ce que ses genoux touchent presque ceux de Carter.

— OK. Assez de cachotteries maintenant. Y en a marre. Je veux tout savoir sur cet endroit.

— Allie…

Il se renversa sur son siège, mais cette fois elle ne le laisserait pas s'en tirer comme ça.

— Non, Carter. Quelqu'un est *mort*. Et certaines personnes sont en train d'essayer de me pourrir la vie. Sans compter que celui qui a tué Ruth pourrait très bien s'en prendre à moi ensuite. Tu sais des choses et tu te prétends mon ami. Alors accouche. Maintenant !

Il se leva, traversa la pièce et alla s'appuyer contre le mur, les bras croisés dans une posture défensive.

— Tu ne comprends pas, Allie. Je ne peux pas. Si on découvrait que je t'ai parlé… Non, c'est mal. Fais-moi confiance.

— Comment tu veux que je te fasse confiance si tu ne me dis pas la vérité ? Je ferais peut-être mieux d'aller demander à Sylvain, marmonna-t-elle.

La colère enflamma les joues de Carter. Il se rapprocha à grands pas et se pencha sur elle.

— Tu veux savoir ce que tu représentes pour Sylvain ? Eh bien, je vais te le dire. Tous les ans, il choisit une jolie nouvelle, il la saute et ensuite il la largue. C'est son kif. Elles s'imaginent toutes qu'elles ont quelque chose de spécial au début. La dernière a quitté l'école parce que tout le monde se moquait d'elle. Le problème, c'est que du coup, ses parents ont retiré leur offre de donation généreuse. Alors Isabelle a ordonné à Sylvain de ne jamais recommencer, expliqua-t-il avec une moue dégoûtée. Voilà ce que tu es pour lui, Allie. Une conquête de plus. Une fille naïve qui pense avoir gagné le cœur du jeune millionnaire.

— Tais-toi !

Allie le repoussa et sauta sur ses pieds. Elle venait juste de se réconcilier avec Sylvain et, sur le moment, il paraissait sincère.

— Si c'est vrai, pourquoi tu ne me le dis que maintenant ?

Furieux, ils se défiaient du regard. Ils se tenaient si près l'un de l'autre qu'Allie sentait le souffle de Carter sur ses pommettes.

— J'ai essayé, se défendit-il. Mais j'étais sûr que tu ne me croirais pas.

— J'ai entendu dire que tu étais un peu un bourreau des cœurs toi aussi. En quoi es-tu si différent de Sylvain ?

Il grimaça, mais ne détourna pas les yeux.

— Sylvain fait ça par méchanceté. Moi, je ne cherche à blesser aucune fille. J'attends juste de trouver celle qu'il me faut.

— On raconte que ton truc, c'est plutôt les aventures d'une nuit, continua-t-elle d'un ton accusateur.

— Ce ne serait pas le même « on » qui prétend que tu as tué Ruth ?

Elle n'avait pas pensé à ça.

— Tu marques un point, concéda-t-elle. Alors ? C'est un mensonge ou pas ?

— Oui, Allie, c'est un mensonge. Une exagération, du moins. J'ai cette… euh… réputation… parce que si je sors avec une fille et que je me rends compte qu'elle n'est pas celle que je cherche, je casse tout de suite. Et, jusqu'à présent, je ne suis jamais tombé sur la bonne…

En scrutant les prunelles de Carter, Allie eut le sentiment d'y voir son âme à nu, dans toute sa vulnérabilité.

— Je ne veux faire de mal à personne, Allie. Je te le jure.

La chaleur du corps de Carter l'attirait. Sans trop savoir pourquoi, elle leva une main, la paume tournée vers lui et les doigts écartés.

— OK. Je te crois. Je suis désolée.

Il appuya sa paume contre la sienne.

— Merci, murmura-t-il.

— De quoi ?

— De me faire confiance.

Il considéra leurs mains d'un air interrogatif.

— C'est un truc de Londres ou quoi ?

Tandis qu'Allie riait, il entrelaça ses doigts aux siens. Elle eut aussitôt la chair de poule.

— Vous, les jeunes de la capitale, vous avez de drôles de traditions.

— Ouais, dit-elle, la gorge serrée. Vous, les jeunes de la campagne, vous ne savez pas ce que vous ratez.

— Il paraît. Mais j'ai vraiment hâte de le découvrir.

Il tira sur sa main et la força à faire un pas vers lui. Leurs visages étaient si proches à présent que c'était inévitable. Quand la bouche de Carter effleura la sienne, délicatement, elle retint son souffle un instant. Puis elle s'accrocha à sa nuque, grisée par la douceur de son baiser. Dans un gémissement, il s'abandonna à son désir et l'enlaça en promenant ses lèvres le long de son menton.

— J'en avais envie depuis si longtemps, lui chuchota-t-il à l'oreille.

Allie avait des frissons dans tout le corps. Elle se blottit contre lui. Il la dévorait de baisers à présent et ses caresses se faisaient plus appuyées.

Mais soudain, il se dégagea dans un effort violent. S'éloignant le plus possible, il partit se réfugier contre le mur du fond. Ses yeux sombres avaient une expression intense et des mèches se dressaient sur son crâne là où les doigts d'Allie avaient fourragé dans ses cheveux.

Il respirait fort. Elle savait à l'avance ce qu'il s'apprêtait à dire.

— Je ne veux pas passer pour un rabat-joie, mais on devrait…

— Non, tu as raison. (Ils se dévisagèrent pendant un moment.) OK. Euh… Ben voilà.

— Ben voilà, comme tu dis ! pouffa Carter. Tu… tu veux bien rester à ta place pendant une minute, s'il te plaît ? Bien, de quoi parlions-nous avant cette… interruption ?

Son sourire faisait presque autant d'effet à Allie que ses baisers. Elle avait l'impression d'être la seule fille au monde. Comment se concentrer sur la conversation dans ces conditions ?

— Je crois que… je venais de te demander de tout me révéler à propos de Cimmeria, dit-elle.

La bonne humeur de Carter s'évanouit. Allie regrettait déjà son beau sourire. Néanmoins, il fallait que cette discussion ait lieu.

— J'ai de bonnes raisons de préférer me taire, Allie. Ce n'est pas juste pour le plaisir de faire des cachotteries.

— Je sais. (Dans le calme revenu, elle sentit Carter plus à l'écoute qu'auparavant.) Mais j'ai besoin de savoir où je suis. Dans quel genre d'école j'ai mis les pieds. Il y a déjà eu Phil, Ruth, Lisa… Je ne veux pas être blessée, Carter.

Elle vit à son regard que son argument avait porté.

— Si je te dis tout, je brise un engagement, une promesse que j'ai faite. Et je suis quelqu'un qui tient parole. Ça, on ne peut pas me l'enlever.

— Mais tu ne commences pas à te poser des questions sur ceux à qui tu as prêté serment ? Dis-moi, Carter. Parle-moi des Nocturnes. Parle-moi de la Night School. Je te jure que je ne répéterai rien à personne.

Il étudia longuement les traits d'Allie, comme s'il y cherchait un indice sur la bonne décision à prendre. Puis il s'installa dans le fauteuil et l'invita à regagner le lit d'un geste.

— Tu ferais mieux de t'asseoir, soupira-t-il. Ça pourrait prendre un certain temps.

22.

— D'abord, il faut que tu comprennes que je ne suis pas dans le secret des dieux. J'ai entamé mon initiation il y a seulement un semestre et on ne te considère comme membre à part entière qu'après une année complète de formation.

— OK. (Allie était assise sur le lit, les genoux ramenés à la poitrine et les yeux rivés sur ceux de Carter.) Mais tu as grandi ici. Tu dois bien savoir des trucs.

— Je sais ce qu'on a bien voulu me raconter. Et le moins qu'on puisse dire, c'est que c'est du sérieux. (Il s'appuya contre le dossier de son fauteuil.) Les Nocturnes représentent un premier palier vers une organisation plus grande. Cette organisation recrute des jeunes spécialement à Cimmeria et les enrôle pour la vie entière. Tu me suis ?

Allie semblait perdue.

— Euh… ouais…

— Quand tu intègres le cycle des Nocturnes à la Night School de Cimmeria, ton avenir est tout tracé : tu fais tes études soit à Oxford, soit à Cambridge, ou éventuellement à la London School of Economics. C'est obligé. Et à ce moment-là, tu deviens membre d'un cercle en quelque sorte. Ensuite, dès que tu as décroché ton diplôme de fin d'études, tu pars travailler pour une firme dirigée par une personne affiliée à l'organisation. Et au bout d'un certain temps, tu finiras par gérer toi-même une boîte qui embauchera des anciens élèves des Nocturnes. Bref, c'est *pour la vie* et tu n'as pas ton mot à dire.

Les sourcils froncés, Allie tentait d'assimiler toutes ces informations.

— Comment on appelle cette grande organisation ?

Il secoua la tête

— Je n'en ai aucune idée. Je ne suis même pas sûr qu'elle ait un nom. Elle… existe, c'est tout ce que je peux affirmer.

— Donc…, fit Allie, qui s'évertuait toujours à comprendre. Là, tu suis la formation de la Night School de Cimmeria. Ensuite tu iras, disons, à Oxford, et après tu auras un travail qui te rapportera beaucoup d'argent… Je ne pige pas l'intérêt. Ça pourrait très bien t'arriver sans que tu sois forcément passé par Cimmeria, non ?

— Allie, chuchota Carter, ceux qui sortent des Nocturnes dirigent le monde. Voilà ce qu'on nous répète ici.

— Dirigent le… (Allie le regardait avec des yeux ronds.) Comment ça ?

— Je veux dire que les Nocturnes forment des présidents, des Premiers ministres, des députés, des directeurs généraux, des journalistes – les gens que tu vois à la télé, dont on parle dans les journaux, ceux qui gouvernent la planète… Cimmeria est partout.

Allie afficha une moue sceptique.

— Quoi ? Tous ces gens-là ?

— Non. Mais beaucoup. Et à plein de niveaux. L'organisation contrôle des groupes de presse, des compagnies de télévision, des départements d'État, des armées…

— Et tout démarre ici ? Carter, c'est impossible.

— Non, je ne crois pas qu'il n'y ait que cette école parce qu'on reçoit sans arrêt des correspondants qui viennent du monde entier – comme Sylvain, par exemple.

— Alors c'est une sorte de… conspiration à grande échelle ?

— Oui.

Abasourdie, elle observa l'expression de Carter en se demandant s'il la faisait marcher. Mais il avait l'air sérieux.

— Comment ça fonctionne ?

— Cela ne fait pas partie des trucs qu'on explique aux néos.

— Aux néos ?

— Les néophytes. C'est le nom qu'on nous donne pendant la première année d'initiation.

— Comme par hasard, dit-elle sèchement. Alors ils vous racontent *quoi ?*

— On nous sert le baratin marketing, on nous vend la « société du pouvoir »… Et puis on est invités à un dîner trois étoiles avec un tas de gars riches en smoking qui étaient à notre place avant.

— OK, mais vous faites quoi au juste ? Je veux dire, ici, à Cimmeria. Tout cet entraînement, cette formation que vous suivez, elle consiste en quoi ?

Il inspira et souffla à fond.

— Ouf, c'est difficile à résumer. Ils veulent qu'on devienne des experts en stratégie – selon eux, c'est le b.a.-ba de n'importe quelle carrière. Donc, ça peut paraître bizarre, mais au début, ils commencent par nous apprendre à jouer aux échecs. Sans mentir, on y passe des journées entières. Pendant ce temps, ils nous serinent que nos cavaliers sont en fait des guerriers, nos pions les fantassins de notre armée…

— Attends, j'ai déjà entendu ça. Jo a prononcé ces mots exacts il y a quelques semaines. Est-ce qu'elle… ?

Carter parut un peu mal à l'aise subitement.

— Jo aux Nocturnes ? Non, pas vraiment. Son père fait partie de l'organisation et il insiste pour que sa fille rejoigne la Night School, mais Isabelle estime qu'elle n'est pas prête. À cause de ses… problèmes, tu sais. Alors elle suit une sorte d'initiation à l'initiation et Gabe la garde à l'œil.

— Quoi ? Son propre petit ami ? s'écria Allie, horrifiée. Il… il la surveille pour le compte de ces gens ?

— Non ! s'exclama Carter, avant de marquer un temps d'arrêt. Enfin, si, en quelque sorte. Mais ce n'est pas comme s'il faisait semblant de l'aimer.

— Oh non, répliqua-t-elle d'un ton sarcastique. Il ne ferait jamais une chose pareille.

Carter leva les mains, l'air résigné.

— Donc, reprit-elle, après les leçons d'échecs, vous passez à… quoi ? Vous jouez à faire la guerre ? C'est à ça que vous vous amusez la nuit dans les bois ?

Il hocha la tête.

— Plus ou moins. On s'entraîne au combat, on apprend des techniques de camouflage, des subterfuges. Ce genre de trucs.

— C'est dingue. Pourquoi ils vous apprennent ça ? À votre âge ?

— Toutes les ruses qu'ils nous enseignent peuvent s'appliquer dans la vie et le monde des affaires. Et puis certains d'entre nous finiront par commander à de vraies armées. Ou à des gouvernements. (Il haussa les épaules d'un geste aussi détaché que s'il discutait d'un devoir de maths.) Voilà, je t'ai dit ce que je savais. Et à Cimmeria, tout le monde est lié d'une manière ou d'une autre à ce réseau. (Il la regarda droit dans les yeux.) Sauf toi, apparemment.

— Sauf moi, répéta-t-elle.

— Donc, que fais-tu ici ?

Elle demeura immobile, à le dévisager pendant un long moment. Puis elle se laissa glisser au bord du lit, en position instable, à deux doigts de bondir.

— Je ne sais pas. Mais je suis prête à le découvrir. Tu es avec moi ?

— En théorie, répondit-il prudemment. Oui. Qu'est-ce que tu as derrière la tête ?

Les traits d'Allie étaient animés par un mélange d'excitation et de détermination.

— J'en ai assez de dépendre des autres pour essayer de piger ce qui se trame ici et ce que je fabrique à Cimmeria. Terminé, tout ça ! Il n'existe qu'un endroit où on pourra dénicher des informations : le bureau d'Isabelle. Allons-y. Maintenant.

— Hors de question ! protesta Carter, choqué. C'est de la folie, Allie. Si on se fait surprendre dans le bureau d'Isabelle, ils nous flanqueront dehors. On pourra dire adieu à nos espoirs d'étudier dans une bonne université. Ça gâcherait tout.

— Eh bien, il suffit de ne pas se faire surprendre ! rétorqua-t-elle en sautant sur ses pieds.

Elle se dirigea vers la porte d'un pas décidé.

— Allie…

Ignorant son avertissement, elle allait ouvrir quand il bloqua le battant en passant un bras au-dessus d'elle.

— Une petite minute. Qu'est-ce que tu cherches exactement ? chuchota-t-il. Tu t'attends à découvrir quoi ?

— Deux choses : la cause de la mort de Ruth et la raison de ma venue ici.

Comme il ne semblait pas convaincu, elle leva le menton d'un air de défi.

— Moi, j'y vais, Carter. Tout de suite. Je ne remettrai pas à plus tard et je n'attendrai pas que quelqu'un, un jour, peut-être, dans sa grande bonté d'âme, me refile le renseignement. Parce que ça ne se produira jamais. D'accord ? Alors, tu viens ? Ou la perspective de devenir le futur président de la société Cimmeria & Cie est si importante que ça pour toi ?

Il la fixa sans ciller pendant une longue minute, après quoi il parvint enfin à une décision.

Il ouvrit la porte.

23.

— C'est ton pied, ça ? murmura Allie, si bas que ses mots étaient comme engloutis par l'obscurité.

— Bien sûr que c'est mon pied, chuchota Carter. À qui veux-tu qu'il soit ?

Ils traversaient le grand hall à pas de velours en direction du bureau d'Isabelle. Le vieux bâtiment était plongé dans un silence surnaturel ; on n'entendait pas un craquement, pas un soupir – rien. On aurait dit qu'il retenait son souffle.

Carter lui avait révélé que, dans le cadre de leur formation, les élèves des Nocturnes patrouillaient dans les couloirs après le couvre-feu, à intervalles réguliers. Ils avaient donc attendu, cachés dans un coin du premier étage, en guettant le binôme de garde. Dès que les deux ombres s'étaient éloignées dans un silence de mort, eux s'étaient remis en chemin. Carter avait calculé qu'il leur restait une bonne heure avant que la patrouille ne revienne. Alors ils avaient descendu l'escalier en douce, sans oublier de sauter la marche qui grinçait en bas.

À présent ils se tenaient devant la porte discrète du bureau d'Isabelle et cherchaient un moyen de s'assurer que la directrice ne se trouvait pas à l'intérieur.

— Pourquoi elle serait là ? murmura Allie. Il est une heure du matin.

Carter haussa les épaules, mais à son expression, Allie comprit que ce ne serait pas une première.

Comme il n'entendait rien à travers la porte, il finit par décider qu'ils pouvaient entrer sans risque. Il planta ses yeux dans ceux d'Allie.

— Trois… Deux… Un…

Et il tourna la poignée.

Le bureau était fermé à clé.

Il jura entre ses dents pendant qu'Allie étouffait un petit rire.

— Plan B ?

Il fourra la main dans sa poche et en sortit un bout de fil de fer tordu.

— Deux minutes, annonça-t-il. Chronomètre-moi.

Il se pencha et enfonça le fil de fer dans une serrure qu'Allie ne distinguait même pas, puis il le manipula délicatement du bout des doigts. Quelques secondes plus tard, le mécanisme cédait.

— Ouah, s'extasia-t-elle. Même pas deux minutes. Où tu as appris à faire ça ?

Il lui jeta un petit coup d'œil entendu.

— À ton avis ?

— À la maternelle ?

Il sourit en poussant la porte, qui s'ouvrit sans un bruit.

— Voilà.

— Si je comprends bien, continua Allie, être un bon cambrioleur fait de toi un meilleur futur Premier ministre ?

Il referma derrière eux et attrapa un plaid en cachemire couleur crème qui était tendu sur un des fauteuils en cuir pour l'enfoncer sous la porte.

— Il faut croire, répondit-il.

Puis il alluma une petite lampe de bureau. Le minuscule *clic* du bouton parut résonner dans le manoir silencieux. Ils prirent quelques instants pour examiner la pièce, avec la tapisserie à la licorne au mur, les tapis d'Orient épais, les étagères où s'entassaient livres et magazines, et les nombreux placards en acajou bien rangés. Une tasse vide ornée du blason de Cimmeria était posée sur le bureau au milieu des piles de papiers. Le parfum d'Isabelle, si caractéristique avec ses notes d'agrumes, flottait encore dans l'air. Allie perdit soudain de sa belle assurance.

— J'ai l'impression d'être une criminelle.

— Ah non ! Ne me fais pas ce coup-là ! Maintenant qu'on est ici, qu'on en finisse.

Il avait raison. Il était trop tard pour faire demi-tour.

— Par où on commence ? réfléchit-elle à voix haute.

— Je m'occupe des étagères, répondit-il. Toi, tu prends les placards.

Pendant une demi-heure, ils s'activèrent en silence. Carter avait débuté par le côté gauche de la pièce et il progressait de tablette en tablette à la recherche du moindre détail insolite. Allie, assise par terre, fouillait dans les classeurs.

Le premier contenait essentiellement des registres de maintenance, des factures de téléphone, des reçus – aucun document digne d'intérêt. Dans le deuxième, Allie avait trouvé les dossiers scolaires, les relevés de notes et divers devoirs rendus par les élèves les années passées.

Quand elle ouvrit le troisième, elle sut qu'elle tenait une piste.

— Bingo, murmura-t-elle.

Carter la regarda.

— Qu'est-ce que c'est ?

— Les dossiers des élèves.

Il s'interrompit et la rejoignit à grands pas. Elle était en train de parcourir les dossiers classés à la lettre J. Elle s'arrêta brusquement.

— Il n'y est pas.

Carter écarquilla les yeux, étonné.

— Il doit y être, c'est forcé. Recommence.

— Jansen, Ruth, marmonna Allie. J-a-n-s-e-n. Non. Il n'y a rien.

— Il est peut-être mal rangé. Reprends du début.

D'un geste impatient, Allie consulta une à une les étiquettes sur les chemises en papier kraft. Elle repéra quelques noms familiers, et d'autres, beaucoup plus nombreux, inconnus, et puis, soudain, l'une d'elles retint son attention.

— Tu l'as ? demanda Carter.

— Non… C'est le mien.

Elle tenait du bout des doigts un dossier épais avec son nom écrit en haut à l'encre noire.

— Sors-le, dit-il, le ton de sa voix trahissant une certaine tension.

— Tu es sûr ? fit-elle.

— Je croyais que tu voulais savoir pourquoi tu étais là.

À contrecœur, elle mit son dossier de côté et continua de parcourir les autres chemises. Elle s'attarda sur celle qui portait le nom « Carter West ».

— Tu veux le tien ?

Il secoua la tête en répondant sèchement :

— Non, je sais déjà ce qu'il y a dedans.

— D'accord, dit-elle en passant en revue les derniers dossiers. Les documents de Ruth ne sont pas là.

— Ils ont dû les retirer, supposa Carter. (Il s'avança vers le bureau d'Isabelle.) Il est peut-être dans ces tiroirs. Je vérifie. Toi, tu lis ton dossier.

Allie fixait la couverture vierge, la main en suspens. À présent que le moment était venu, elle n'en menait pas large.

« Ai-je vraiment envie de connaître la vérité ? »

Elle entendait Carter farfouiller dans les papiers et ouvrir les tiroirs à l'arraché. Il bougeait vite – elle savait qu'il ne leur restait pas beaucoup de temps.

Elle ouvrit la chemise.

Les premières feuilles n'avaient rien d'extraordinaire : il s'agissait de formulaires d'admission sans surprise et de documents fournis par ses deux derniers lycées. En examinant ses anciennes notes, elle grimaça et se dépêcha de tourner les pages.

La suite était plus inattendue. Il y avait une copie de son certificat de naissance, des photos d'elle petite avec ses parents, et même un cliché d'elle bébé sur les genoux d'une femme qu'elle ne reconnaissait pas et qui posait en souriant.

Lorsqu'elle reconnut l'écriture de sa mère sur une lettre adressée à Isabelle, son cœur se serra. Elle la leva à hauteur de la lampe pour mieux la déchiffrer. Là, ce fut comme si les mots lui explosaient à la figure. Elle en eut le souffle coupé.

Nous avons besoin de ton aide, Izzy… ne savons pas quoi faire… Christopher a peut-être été enlevé… Nous ne voulons pas faire intervenir Lucinda mais nous pensons que le moment est venu de… grand danger…

« "Nous avons besoin de ton aide, Izzy" ? Maman appelle Isabelle Izzy ? »

Elle tourna la page. La suivante contenait une brève note rédigée d'une écriture élégante sur un papier à lettres de luxe. Elle était datée du mois de juillet.

Isabelle,

Veuillez admettre immédiatement ma petite-fille dans le cadre du protocole de protection. Je reste en contact.

Lucinda

L'espace d'une seconde, Allie oublia de respirer.

« Que fait cette note dans mon dossier ? Qui est Lucinda ? »

De plus en plus angoissée, elle tourna une nouvelle page et tomba sur une série de photocopies d'un dossier scolaire de Cimmeria qui remontait à plusieurs décennies.

Celui de sa mère.

Les mains tremblantes, elle examina rapidement les feuillets, les uns après les autres.

À la toute fin, une carte jaunie portait la même écriture que la lettre manuscrite signée Lucinda.

G.,

Ravie de savoir que ma fille se débrouille bien aux Nocturnes. Bon sang ne saurait mentir, comme on dit. J'apprécierais de recevoir des comptes rendus hebdomadaires sur ses progrès à partir de maintenant.

L. S.

Allie lâcha le dossier comme s'il lui brûlait les doigts. La voix de Carter dissipa le tourbillon de ses pensées.

— Hé, tu devrais venir voir ça.

Son intonation ne laissait rien présager de bon. Il tenait un papier dans le halo de la lampe. Allie se leva et l'étudia par-dessus son épaule.

Quand elle eut terminé de lire, elle tourna les yeux vers lui, stupéfaite.

— Oh, Carter… Qu'est-ce qu'on va faire ?

Ils ne s'attardèrent pas après cela. Allie remit vite son dossier en place dans le classeur, tandis que Carter rangeait le bureau. Il jeta le plaid sur le bras du fauteuil en cuir, dans la position exacte où il l'avait trouvé, puis il éteignit la lumière.

Ils s'appuyèrent tous les deux contre la porte, à l'affût du moindre bruit suspect. Après ce qui parut une éternité à Allie, Carter se glissa dans le couloir. Quand il fut certain que la voie était libre, il revint la chercher. Lorsque le loquet s'enclencha derrière eux, ils eurent l'impression que le cliquetis résonnait comme un cri dans le silence épais du hall et ils furent pétrifiés pendant un instant.

Il était une heure et demie du matin. S'ils se faisaient attraper maintenant, quelle excuse pourraient-ils bien inventer ?

Ils n'avaient avancé que de quatre mètres environ quand, brusquement, Carter se figea. Il tendit un bras et retint Allie. Puis il regarda tout autour de lui, avant de foncer se réfugier sous l'escalier. Allie lui emboîta le pas sans poser la moindre question.

Il la serra fort contre lui, jusqu'à l'écraser, en lui murmurant à l'oreille :

— Quelqu'un arrive.

La tête nichée dans le creux de son épaule, à l'abri entre ses bras protecteurs, Allie respira son odeur de café et de cannelle.

En entendant à son tour le son qui l'avait alerté, elle se décala légèrement, aux aguets. Quelqu'un marchait à pas de loup dans leur direction.

Elle retint son souffle en priant pour que son cœur cesse de cogner si fort contre ses côtes.

Une silhouette masculine passa près d'eux. Elle se dirigea vers le bureau d'Isabelle, tourna la poignée puis, trouvant porte close, s'arrêta pour réfléchir un moment. Enfin, elle repartit aussi discrètement qu'elle était arrivée.

Allie dévisagea Carter d'un air interrogateur. Celui-ci posa délicatement un doigt sur ses lèvres pour l'empêcher de parler. Ils se tinrent immobiles pendant cinq minutes, puis, après s'être écarté du mur afin de vérifier qu'il n'y avait plus personne, il la prit par la main et ils montèrent l'escalier quatre à quatre jusqu'au deuxième étage.

Là, ils enfilèrent le couloir désert et se retirèrent dans la chambre d'Allie. Soulagée, elle poussa la porte derrière eux et alluma sa lampe de bureau.

— C'était qui ? murmura-t-elle.

— Je ne l'ai pas bien vu. En tout cas, il portait un uniforme de l'école, donc c'est un élève.

— Tu crois qu'il nous a repérés ?

Carter secoua la tête.

— Il n'a pas regardé une seule fois dans notre direction.

Elle se décontracta un peu.

— J'imagine qu'on ne doit pas être les seuls à vouloir découvrir le pot aux roses.

L'adrénaline qui l'avait maintenue éveillée pendant leur expédition nocturne parut refluer de son corps d'un coup. Elle bâilla à s'en décrocher la mâchoire.

— Nous avons besoin de sommeil, affirma Carter. D'autant qu'on a cours demain.

— Mais il faut qu'on discute, protesta Allie en s'efforçant de se secouer. Je veux reparler de mon dossier et de cette lettre…

— Retrouve-moi à la chapelle demain après la dernière heure de classe, proposa-t-il. Et je prendrai mon petit déjeuner vers sept heures – viens en même temps, je te protégerai des commérages. En attendant… dodo !

Il ouvrit la fenêtre et se retourna une dernière fois.

— Encore une chose. Ce soir… dans ma chambre…

Elle rougit, craignant de l'entendre dire qu'ils avaient fait une erreur.

— J'ai adoré, lança-t-il.

Il lui adressa son plus beau sourire, avec ses cheveux qui lui tombaient dans les yeux, et il disparut.

Allie sentit une douce chaleur envahir son corps. Tous ses soucis s'envolèrent et elle sourit dans la pénombre.

— Tout pareil, murmura-t-elle.

Le lendemain matin, elle descendit au petit déjeuner à sept heures tapantes. Carter l'attendait devant le réfectoire.

— Ma noble dame est-elle prête pour son escorte ?

— Ta noble dame s'enfilerait bien un sandwich au bacon.

— Cette noble réaction ne me surprend pas de la part de ma noble dame.

Ils entrèrent dans le réfectoire en pouffant, mais un courant d'air glacial refroidit aussitôt leur bonne humeur.

— Ouah, murmura Carter.

Intimidée par les regards appuyés de ses camarades, Allie resta collée à lui sur le chemin du buffet. Une fois leurs bols et leurs assiettes remplis, ils se dépêchèrent de rejoindre Rachel et Lucas. Des chuchotis et des rires méchants s'élevèrent sur leur passage.

Rachel et Lucas semblaient inquiets.

— Ça craint, commenta Lucas. Qu'est-ce qu'on peut faire ?

— Il faut qu'Isabelle intervienne, décréta Carter. Nous, à part suivre Allie partout, on ne peut pas tellement agir.

— D'habitude, Isabelle ne laisse pas ce genre de situation dégénérer, dit Rachel.

— Peut-être qu'elle a peur qu'on l'accuse de favoritisme, suggéra Lucas. Tout le monde sait qu'elle a porté un intérêt particulier à Allie.

— Mouais, fit celle-ci en empilant du bacon sur son pain. Moi, ce que je sais, c'est que je vais botter les fesses de Katie si elle s'approche trop près de moi aujourd'hui.

Elle mordit à pleines dents dans son sandwich. En levant les yeux, elle vit Carter secouer la tête.

— Quoi ? marmonna-t-elle, la bouche pleine.

— Rien.

— Ça, c'est notre copine ! Elle ne se laisse pas impressionner. Voilà ce qu'il pense, dit Rachel en souriant.

— Pourrais-je avoir votre attention, s'il vous plaît ?

La voix d'Isabelle se détacha sur le bourdonnement du réfectoire. Elle obtint aussitôt le silence. Elle portait un ensemble jupe et chemise blanc sous son gilet lavande déboutonné ; un foulard en soie jeté sur ses épaules complétait sa tenue.

Plantée à l'entrée de la pièce, elle arborait une expression plus sévère que d'habitude. Allie ne l'avait jamais vue comme ça.

— Je tiens à rappeler à tous les élèves que s'acharner sur un camarade peut entraîner une exclusion définitive. J'espère que je n'aurai pas à revenir là-dessus.

Le bruit de ses talons résonna dans la pièce bondée lorsqu'elle repartit.

Allie pointa un index vers elle et chuchota :

— Vous croyez qu'elle faisait allusion à moi ?

Ses trois amis acquiescèrent d'un hochement de tête.

En route vers leurs classes, ils débattirent de l'intervention d'Isabelle. Serait-elle suffisante pour mettre un terme aux commérages ? Rachel pensait que non, mais les garçons estimaient qu'elle ne pouvait pas faire mieux pour l'instant.

En entrant dans la salle de biologie, Allie constata que la punition de Jo avait pris fin. Elle était déjà assise à leur table, ses cheveux blonds impeccablement coiffés, sage comme une image.

Allie ne savait pas comment l'aborder. Elle ne pouvait pas lui avouer qu'elle avait écouté sa conversation avec Katie la veille. Elle hésita à demander à changer de place, mais quel prétexte fournir à Jerry ?

Elle décida que la meilleure chose à faire était de se comporter de façon irréprochable.

« Quand on n'a rien de gentil à dire, on se tait. »

Alors elle s'installa à côté de Jo en silence et décala sa chaise de façon à lui tourner un peu le dos. Apparemment Jo avait pris la même résolution et elles restèrent ainsi sans prononcer un seul mot pendant toute l'heure.

À la fin du cours, Allie se leva de son siège d'un bond et fila dans le couloir sans un regard en arrière.

Au déjeuner, Jo et Gabe évitèrent leur table habituelle, lui préférant un coin isolé du réfectoire. Allie rejoignit Rachel et Lucas – qui passaient décidément de plus en plus de temps ensemble.

— Salut, lança-t-elle en lâchant son sac. Qu'est-ce qu'ils ont ?

Rachel et Lucas comprirent qu'elle faisait référence à Jo et Gabe. Ils échangèrent un regard difficile à déchiffrer.

— Jo était tellement bourrée qu'elle ne se souvient plus de ce qui s'est passé sur le toit, expliqua Rachel. Du coup, elle a décidé de se fier aux rumeurs.

— Oh, génial, dit Allie en se laissant tomber sur une chaise. Donc elle pense que j'ai tenté de la tuer ?

Rachel et Lucas opinèrent de concert.

— Ça me ferait sûrement rire si ça arrivait à quelqu'un d'autre.

— Ce n'est pas à moi que ça arrive et ça ne me fait pas rire du tout, soupira Rachel.

— Vous ne la croyez pas, au moins ? s'affola Allie.

— Carrément pas, dit Lucas.

— On la connaît trop bien, ajouta Rachel. Écoute, j'essaierai de discuter avec elle dans un moment, pour voir si je peux la ramener à la raison.

— Ou au moins l'aider à se rappeler ce qui s'est vraiment passé, intervint Carter en s'asseyant à côté d'Allie. Et la vérité, c'est qu'elle a failli nous tuer. Si vous voulez mon avis, je trouve ça un peu commode d'oublier subitement qu'elle s'est comportée comme une cinglée échappée de l'asile.

— Ce n'est pas dans ses habitudes, affirma Lucas, les sourcils froncés. Les dernières fois, elle se souvenait très bien de ce qu'elle avait fait.

Son air dubitatif glaça le sang d'Allie. « Si même Lucas et Rachel commencent à se poser des questions à mon sujet, je ne pourrai vraiment plus compter que sur Carter. »

Comme s'il lisait dans ses pensées, Carter l'embrassa sur la tempe.

— Ne te laisse pas abattre, murmura-t-il, et elle ne put s'empêcher de sourire en dépit de tout.

Elle se doutait que Lucas et Rachel les observaient avec des yeux ronds. Bientôt toute l'école saurait qu'ils étaient ensemble.

— Ne t'inquiète pas, ça va, répondit-elle.

Et elle le pensait sincèrement.

L'avertissement d'Isabelle dans le réfectoire ne resta pas sans effet. Au lieu de se moquer d'elle ouvertement, les élèves la traitaient désormais en fantôme. C'était bien simple : ils faisaient comme si elle n'existait pas.

En dehors de son petit groupe de copains, personne ne lui adressait la parole. Même Katie se contenta de tourner la tête en pinçant les lèvres lorsqu'elle la croisa cet après-midi-là.

Allie regagnait sa chambre après les cours quand Julie l'arrêta dans le couloir.

— Je voulais juste te dire combien je suis désolée à propos de toutes ces rumeurs. J'en ai parlé à Isabelle hier et elle a donné des avertissements écrits à Katie et à deux de ses copines.

— Tu crois que Katie est coupable, alors ?

— Je la connais depuis… si longtemps, répondit Julie, pleine d'amertume. Mais tant qu'elle n'aura pas réparé les dégâts qu'elle a causés, on ne pourra plus être amies toutes les deux. C'est tellement injuste pour toi ! Je refuse que ce genre de lynchage ait lieu sous ma responsabilité. Elle sait ce que j'en pense et j'attends d'elle qu'elle règle le problème.

— Merci, Julie, dit Allie dans un authentique élan de gratitude. Ça fait tout drôle quand les gens se mettent à colporter des gros mensonges sur toi.

— Si quelqu'un te martyrise, tu peux nous en parler, à Isabelle ou à moi. On s'en occupera. En revanche, j'ai appris pour ton altercation avec Katie hier et j'aimerais autant qu'on n'en vienne pas aux mains.

Allie rougit, honteuse.

— D'accord, d'accord… Je tâcherai de me contrôler.

Après le départ de Julie, Allie enfila son jogging et sortit dans le parc. Il faisait encore une chaleur étonnante. Le soleil lui grillait les épaules tandis qu'elle trottinait en direction de la chapelle. Courir était si libérateur qu'elle décida d'effectuer un grand circuit et de passer par le pavillon. Elle regretta presque d'arriver à destination. D'un autre côté… Carter l'attendait.

Elle l'aperçut dès qu'elle ouvrit la grille, appuyé contre la vieille porte en bois de l'église. Il l'observait.

— Salut ! lança-t-elle en remontant le sentier.

— Salut. Pile à l'heure. Écoute, avant qu'on entre, je voudrais régler une question tout de suite.

Il lui prit la main et l'attira contre lui. Dans l'ombre de la porte, il tendit ses lèvres vers les siennes. Elle sourit pendant qu'il l'embrassait et se blottit dans ses bras pour sentir sa chaleur. Encouragé par sa réaction, il l'embrassa plus passionnément, et l'enlaça si fort qu'il faillit l'étouffer. Quand il desserra son étreinte, elle était rouge et essoufflée.

— Voilà, ça, c'est fait.

— Exactement. (Il lui tint la porte ouverte.) Maintenant, avec un peu de chance, on va pouvoir se concentrer sur des problèmes bien pourris et flippants sans être distraits par des trucs romantiques et sympas.

L'écho de sa voix les accueillit dans la chapelle. Alors qu'elle passait à côté de lui, Allie prit un air malicieux et fit courir ses doigts sur son bras, de son épaule jusqu'à son poignet. Ses poils se dressèrent sous la caresse.

— Oh-oh, murmura-t-elle, avant d'éclater de rire.

Il voulut la retenir mais elle s'échappa par une pirouette.

— Pas à l'église, Carter. Sinon on ira en enfer.

— Alors arrête de me soumettre à la tentation, dit-il en la suivant à une distance prudente.

— Tu as raison. À condition que tu me délivres du mal.

— Marché conclu.

Elle se laissa rattraper près de la chaire et ils s'écroulèrent sur un banc en riant. Carter glissa un bras autour de ses épaules.

— Cet endroit est incroyable ! s'écria-t-elle en admirant les murs. Je n'ai jamais rien vu d'aussi spectaculaire que ces peintures.

Le pouce de Carter s'introduisit sous la manche courte de son T-shirt et effleura sa peau tiède.

— Je crois qu'un tas d'églises ressemblaient à ça autrefois. Elles ont bien changé.

En sentant les lèvres de Carter frôler son oreille, Allie ferma les paupières, prise de frissons.

— Dommage, murmura-t-elle.

— N'est-ce pas ?

Ils échangèrent un baiser fougueux – puis un autre, et encore un autre. Carter souleva Allie et la prit sur ses genoux. Il ôta l'élastique de sa queue-de-cheval et lui ébouriffa les cheveux, si bien qu'ils tombaient en vagues souples sur son visage quand elle se penchait pour l'embrasser. Alors qu'il promenait sa bouche entre son oreille et la commissure de ses lèvres, elle se mit à respirer par à-coups.

Après quelques minutes, cependant, elle s'écarta pour se rasseoir sur le banc. Il la laissa s'éloigner en poussant un soupir de regret.

— Dire qu'on croyait avoir évacué le problème ! s'exclama-t-elle avec un sourire ironique.

— Je t'avais prévenue, pour la tentation.

Elle éclata de rire.

— Moi, une tentation ? Après mon jogging, je suis trempée de transpiration.

Il rangea une mèche folle derrière son oreille.

— En sueur, mais tentante, s'obstina-t-il, avant de prendre subitement une expression grave. OK, donc là, il faut qu'on détruise l'ambiance charmante qu'on vient de créer pour discuter d'affaires sérieuses.

Ce fut comme si un courant d'air glacé soufflait sur Allie. Elle frémit.

— Oui. Allons-y. Tu es certain qu'on ne risque pas d'être dérangés ?

— Sûr et certain, affirma-t-il. Commençons par ton dossier.

— D'accord. C'était étrange. Il contenait les documents habituels – des appréciations du genre « Allie n'est pas douée en anglais », etc. Mais aussi un tas de papiers bizarres qui ne parlaient pas de moi.

— Comme quoi ? demanda Carter, perplexe.

— Comme… le dossier scolaire de ma mère. À l'époque où elle était ici.

— Ici… tu veux dire, à Cimmeria ?

Il cria presque tant il était surpris.

— Exact. Apparemment, ma mère non plus n'était pas brillante en sciences à mon âge. Je la revois encore en train de me dire qu'elle n'avait jamais entendu parler de Cimmeria ! En fait, elle connaît si bien l'école qu'elle appelle Isabelle Izzy dans une lettre.

— Iz... ? répéta Carter en la dévisageant. Qu'est-ce que ça veut dire ?

— Je n'en ai aucune idée. Et ce n'est pas tout. Il y avait aussi une note datée du mois dernier et signée par une dénommée Lucinda. Elle *ordonnait* à Isabelle de prendre sa « petite-fille » en charge immédiatement et de la protéger.

Carter siffla.

— J'imagine que tu n'as pas de grand-mère du nom de Lucinda ?

— Une de mes grands-mères est morte avant ma naissance, et l'autre, il y a deux ans. Elle s'appelait Jane.

— Donc...

— ... qui est Lucinda ? Bonne question. Il y avait une autre lettre d'elle, super vieille, adressée à quelqu'un dont le nom commence par G, dans laquelle elle disait qu'elle était contente des résultats de sa fille à la Night School.

Carter médita ces informations en écartant une mèche tombée sur son front.

— Allie, c'est déjà arrivé que tes parents te disent la vérité ?

Elle fut surprise de sentir des larmes lui brûler les paupières. Elle s'efforça de les refouler.

— Je ne sais pas.

Il serra sa main dans la sienne.

— Bon, résumons, dit-il, en lui tapotant le dos de la main chaque fois qu'il soulevait un nouveau point.

Tu es nulle en anglais. Ta mère a probablement étudié ici. Lucinda est ta grand-mère, ou elle croit l'être. Tes parents ont oublié de te signaler son existence depuis ta naissance jusqu'à ce jour. Et qui que soit cette Lucinda, elle est assez importante pour se permettre de donner des ordres à Isabelle… Oh, et Isabelle a un surnom ridicule, ajouta-t-il après coup, arrachant un demi-sourire à Allie.

— C'est à peu près ça.

— Bref… on n'est pas tellement plus avancés.

— Non, dit-elle faiblement.

— Alors restons-en là pour l'instant. Il nous faut du temps pour réfléchir à ce qu'on peut faire de ces informations. Maintenant parlons de la lettre, décida-t-il, les yeux rivés sur la peinture de l'arbre de vie au mur.

La lettre que Carter avait trouvée sur le bureau venait d'un certain Nathaniel et s'adressait à Isabelle. Courte et rageuse, elle remontait seulement à quelques jours. « Ce qui est arrivé la nuit du bal d'été n'est qu'un avant-goût de ce dont je suis capable, écrivait-il. Donne-moi ce qui me revient ou je détruirai Cimmeria de mes propres mains. »

Il proposait une date et une heure pour des « tractations à l'endroit habituel » : le lendemain, à minuit. Mais aucun indice ne permettait de deviner le lieu du rendez-vous.

— C'est quoi, des « tractations » ? avait demandé Allie sur le moment, avant d'ajouter d'un ton optimiste : Ça ressemble à « distractions », à quelques lettres près.

— Ça désigne des négociations entre parties ennemies, des marchandages si tu veux, avait répondu Carter.

— Ah. Pas très distrayant, alors.

À présent, blottie contre Carter sur le petit banc d'église, elle posa enfin la question qui l'avait rongée toute la journée.

— Tu penses comme moi que Nathaniel a tué Ruth ?

Il afficha une mine sombre.

— Je ne sais pas. C'est ce qu'on lit entre les lignes. Mais pourquoi ? Pourquoi ferait-il une chose pareille ? Qu'est-ce qu'il réclame, qu'Isabelle refuse de lui donner ? S'il est prêt à commettre un crime pour l'obtenir, ça doit être drôlement important.

Elle entortilla une mèche de cheveux autour de son doigt tout en contemplant les branches de l'if sur le mur.

— J'ai lu quelque part que la plupart des gens qui meurent assassinés sont tués par un de leurs proches – des membres de leur famille ou des amoureux. C'est dommage qu'on n'ait pas trouvé le dossier de Ruth. Et si Nathaniel était… son beau-père ? Genre… un méchant *parâtre* ?

Carter secoua la tête.

— Dans ce cas, pourquoi exigerait-il quelque chose d'Isabelle ? Il la tutoie et on dirait qu'il y a un lourd passif entre eux, qu'elle lui a causé du tort à un moment donné. Non, ce n'est pas logique.

— Rien n'est logique selon moi. Le souci, c'est qu'il nous manque tellement d'éléments qu'on n'a aucune chance de comprendre la situation à moins que quelqu'un de mieux informé nous éclaire.

Carter se redressa, comme s'il venait d'avoir une illumination.

— Voilà, Allie ! Nous allons les obliger à nous révéler leurs secrets !

— Euh… oui… mais comment ? demanda-t-elle, dubitative.

Il se pencha en avant, les joues colorées par l'excitation.

— C'est simple. Isabelle voit Nathaniel demain soir. Je vais la pister jusqu'au lieu du rendez-vous. Ensuite je pourrai les écouter et après on décidera d'une marche à suivre.

— C'est une idée géniale. Je viens avec toi.

Il lui jeta un regard noir.

— Non, certainement pas.

— Certainement que si.

— Allie…

— Pourquoi tu irais, et pas moi ? Toute cette histoire nous implique, moi et ma famille, et même si j'en sais un peu plus maintenant, je n'y pige toujours rien. (Il voulut protester mais elle leva la main pour lui intimer le silence.) Il s'agit de *ma* vie, Carter. Je veux savoir qui fout le bazar dedans.

— C'est risqué, plaida-t-il. Tu pourrais être expulsée. Allie, c'est une mauvaise idée.

— Oui, c'est dangereux. Mais je vais le faire quand même. Écoute, il y a un truc dans mon dossier que je n'ai pas mentionné. Dans sa lettre, ma mère parle de mon frère. Elle écrit : « Christopher a peut-être été enlevé. » Tu ne comprends pas, Carter ? s'écria-t-elle, bouleversée. Je pourrais découvrir ce qui est arrivé à mon frère ! Je dois y aller.

Carter l'étudia un long moment, indécis. Puis la résignation se peignit sur ses traits.

— D'accord… Je n'aime pas ça. Mais je sais que si je ne te laisse pas m'accompagner, tu voudras y aller de ton côté et tu t'attireras encore plus d'ennuis.

— Merci ! cria-t-elle en se jetant à son cou.

— Mais j'ai une condition. On le fait à ma façon. Ça marche ?

— Ça marche !

Elle le serra contre elle de toutes ses forces.

— À ton avis, on est sûrs d'aller en enfer si on profane cette église ? demanda-t-il en respirant le parfum de ses cheveux.

24.

Cramponnée aux briques de la façade, Allie progressait lentement le long de la corniche. Elle allait rejoindre Carter dans sa chambre.

L'heure du couvre-feu avait sonné depuis peu. La nuit était claire, le ciel dégagé – des conditions idéales pour sortir en catimini.

Elle avait déjà franchi la première fenêtre et avançait maintenant vers celle de Katie. En appui sur la pointe des pieds, elle se pencha prudemment pour regarder à l'intérieur de la chambre.

La lumière était allumée mais la pièce semblait vide.

Elle tendit le bras pour saisir le bord opposé du cadre et se déplaça aussi vite que possible.

« Ça y est, j'y suis ! » pensa-t-elle.

Mais alors qu'elle se croyait sauvée, elle donna un coup de pied dans un objet – un bout de tuile cassé, peut-être, ou un caillou – qui tomba de la gouttière et alla s'écraser par terre dans un grand fracas. Pétrifiée, Allie n'arrivait plus à se décider : devait-elle parcourir le reste du trajet à toute vitesse, au risque de faire plus de bruit, ou rester pile où elle était, raide comme un piquet ?

— Qui est là ? demanda une voix perçante au ton autoritaire.

Allie retint son souffle. Elle portait son jogging – un pantalon extensible avec un T-shirt bleu foncé – et des baskets noires. C'était la tenue de camouflage idéale.

« Pense Catwoman », se dit-elle.

— Jo ? C'est toi ? demanda Katie. À moins que ce ne soit Allie, la psychopathe sanguinaire ? Si c'est toi, Allie, pour ton information, je pars immédiatement te dénoncer à Julie.

Allie tentait de respirer au rythme de la brise pour dissimuler le son de son souffle. Les vociférations de Katie furent suivies d'un long silence. Allie compta jusqu'à cent, puis elle se précipita vers le toit et l'escalada. Avec l'entraînement, elle devenait plus agile et rapide. Elle se laissa glisser le long de la pente jusqu'au tuyau d'écoulement et, une poignée de secondes plus tard, elle se trouvait devant la chambre de Carter.

Sa fenêtre était ouverte, et la lumière allumée. Il l'attendait debout au fond de la pièce. Allie eut l'impression de voir ses yeux noirs s'illuminer lorsqu'il l'aperçut.

Alors qu'elle se glissait à travers l'embrasure, il s'approcha pour l'aider.

— Salut, murmura-t-il avec ce sourire sexy qui la rendait folle.

— Salut.

Elle avait décidé de ne rien lui dire au sujet de Katie et de ses menaces de cafardage – elle savait qu'il suffirait de pas grand-chose pour que Carter lui interdise de l'accompagner dehors.

Elle se pendit à son cou et attira sa tête vers la sienne.

Après plusieurs minutes consacrées à échanger de longs baisers, il la regarda dans les yeux en lui caressant la joue.

— Nous devons suivre Isabelle maintenant et découvrir qui est ce tueur.

— *Quel dommage !* s'exclama Allie en avançant les lèvres pour recevoir un autre baiser.

— Mon allemand est lamentable – qu'est-ce que ça signifie, déjà ? chuchota-t-il.

Elle pouffa, le front contre sa joue.

— Ça veut dire : tais-toi, en français !

Une minute plus tard, il s'écarta à contrecœur.

— Allons jouer les espions avant de complètement oublier ce qu'on était censés faire ce soir.

Allie défroissa ses vêtements.

— D'accord. On va coller une raclée aux méchants.

— Ooh, très convaincant.

— Merci. Je me suis exercée toute la journée.

Carter ouvrit la porte et s'assura que le couloir était désert, puis ils descendirent l'escalier à pas feutrés, en s'arrêtant sur chaque palier pour guetter d'éventuels bruits suspects.

Arrivé à la porte de derrière, il sortit de nouveau le premier pendant qu'elle attendait dans l'ombre, et il revint la chercher une fois certain qu'il n'y avait personne dans les parages.

Parfaitement synchrones, ils contournèrent l'aile est en courant et se dirigèrent vers les arbres. À l'orée du bois, ils s'accroupirent dans les fougères à un endroit d'où ils jouissaient d'une vue excellente sur tout le bâtiment. Tant que le rendez-vous n'avait pas lieu quelque part derrière le manoir, ils étaient idéalement positionnés.

— Maintenant, murmura Carter, il ne nous reste plus qu'à attendre.

La pleine lune jetait une lueur bleutée sur le parc et lui donnait un aspect fantomatique. On y voyait assez bien. Ainsi, lorsque des silhouettes floues s'échappèrent discrètement par la porte d'entrée vingt minutes plus tard, Carter et Allie purent suivre leurs moindres mouvements.

Comme elles s'orientaient vers le sentier qui menait à la chapelle, Carter fit signe à Allie de le suivre et ils empruntèrent un chemin au petit trot, en évitant les brindilles qui pourraient les trahir en craquant sous leurs semelles. Carter courait environ trois mètres devant Allie, en s'assurant que leurs cibles étaient assez loin pour ne pas les entendre.

Ils avaient presque atteint le cimetière quand ils perçurent des voix. Carter ralentit et prit la main d'Allie. Ils s'arrêtèrent dans l'ombre de l'enceinte de pierre. Juste devant eux, la grille du cimetière était ouverte. Carter se faufila à l'intérieur, jeta un coup d'œil et fit signe à Allie de le suivre.

— Nathaniel, tout ce cinéma est lassant.

« C'est la voix d'Isabelle. » Allie l'entendait distinctement mais ne voyait personne. « Où est-elle ? »

Carter marcha jusqu'à son if, évitant avec aisance les pierres tombales, les gros cailloux et autres obstacles, tandis qu'elle avançait à tâtons avec mille précautions derrière lui.

— Dépêche-toi, murmura-t-il.

Elle fronça les sourcils dans le noir.

— Je fais ce que je peux, figure-toi.

Il se hissa sur la grosse branche basse, puis il se pencha pour l'aider à monter à côté de lui. Ils grimpèrent jusqu'en haut du vieil arbre, une branche après l'autre, en utilisant la même technique. Du sommet, ils surplombaient largement la clôture. Allie ne pouvait pas voir Carter, assis sur une branche au-dessus d'elle, sans se dévisser le cou, mais elle sentait la tension qui contractait ses muscles. Il était aux aguets, vigilant et plein de sang-froid.

À travers les branches fines et noueuses, ils distinguaient le cours d'eau qui coulait derrière la chapelle, jusqu'à l'étang. Par chance, le clair de lune illuminait la scène. Un homme se tenait sur la rive opposée, au milieu de graminées qui lui montaient jusqu'aux genoux. Un gros berger allemand était assis à côté de lui, aussi immobile qu'une statue. Isabelle se dressait pile en face, sur l'autre rive, les bras croisés, dans une posture qui traduisait sa colère.

Le dos courbé sur son perchoir, Allie étudia Nathaniel avec fascination. Ni grand ni petit, il portait un pantalon de couleur sombre avec une chemise noire à manches courtes. Il avait d'épais cheveux bruns et des lunettes élégantes. En fait, son apparence était ordinaire à tous points de vue. Pourtant il respirait la puissance – dans un style davantage panthère que lion.

Allie détourna les yeux et s'attarda sur la directrice. Elle était vêtue d'une manière inhabituelle, avec une simple tunique noire, des leggings et des bottes qui montaient à hauteur du genou. Allie eut l'impression qu'elle voulait se donner des airs de dure à cuire.

— Voici ce que je voudrais savoir, Isabelle. (Nathaniel avait une voix de baryton pas désagréable en soi, pourtant elle fit dresser les cheveux sur la tête d'Allie.) Es-tu enfin prête à prendre la bonne décision ?

Isabelle ignora sa question.

— Qu'est-ce qui a déclenché cette… crise, Nathaniel ? Je croyais que tu étais satisfait de notre arrangement.

Le vent se leva et, l'espace d'un instant, Allie perdit leurs voix dans le bruissement des arbres. Aussi n'entendit-elle pas le début de la réponse de Nathaniel.

— … alors j'ai accepté d'essayer de faire les choses à ta façon. J'ai été patient. Maintenant c'est mon tour.

Pour la première fois, Isabelle esquissa un geste. Elle fit un pas vers la rivière, réduisant l'écart entre eux.

— Ce que tu as fait la nuit du bal, Nathaniel, était inhumain. Pourquoi te confierait-on le contrôle de l'école après ça ?

— J'ai fait ce que j'avais à faire. Si tu avais honoré ta part du contrat, rien de tout cela n'aurait été nécessaire.

— Ce que tu avais à faire ? s'écria-t-elle, furieuse. Tuer une de mes élèves de sang-froid était indispensable ?

Nathaniel haussa un sourcil.

— Une élève est morte ? Je l'ignorais. Peut-être devrais-tu interroger ton équipe. En tout cas, moi et mes hommes, nous n'avons assassiné personne.

Allie vit les épaules d'Isabelle se raidir.

— La gorge d'une jeune fille a été tranchée d'une oreille à l'autre. Es-tu en train de me dire que tu n'as rien à voir avec ça ?

Il arbora un sourire de prédateur.

— J'ai l'impression que votre école fourmille de dangers, madame la directrice. Je ne voudrais pas y inscrire mes enfants.

Comme elle le dévisageait d'un air sceptique, il leva la main droite.

— Je te jure que nous n'avons rien à voir là-dedans. Sur mon honneur.

— Ton honneur…, répéta-t-elle avec dédain. (Pourtant, quelque chose dans le ton de sa voix semblait indiquer qu'elle le croyait.) Laisse-moi te dire comment j'interprète la situation. Tu constates que l'école fonctionne bien. Que la chance a tourné contre toi et tes points de vue. Et que parmi les membres du conseil d'administration qui n'étaient pas d'accord avec moi autrefois, nombreux sont ceux qui reconsidèrent aujourd'hui leur position. Mais tu es si arrogant que tu continues de vouloir prouver que tes méthodes sont meilleures.

— Assez. (Nathaniel fit un pas de plus vers l'eau, les yeux rivés sur Isabelle.) Voici mes conditions. Tu vas dire au conseil que tu as abandonné tes convictions farfelues. Que tu viens de prendre conscience que tu avais tort. Et que tu souhaites me confier la direction de Cimmeria.

La méchanceté suintait de chacune de ses paroles.

Si Isabelle était surprise, elle n'en laissa rien paraître. Au contraire, elle parut amusée.

— Oh, Nathaniel, ne sois pas ridicule ! Tu sais que ces conditions sont ridicules. Je les rejette.

Il recula.

— Alors tu en subiras les conséquences.

Tandis qu'il se tournait pour partir, le chien trottant à ses côtés, Isabelle cria :

— Lucinda saura que c'était toi, Nathaniel. Elle s'occupera de ton cas.

Il disparut dans les arbres sans un regard en arrière. Au bout d'un moment, Zelazny et Eloise surgirent des bois et s'approchèrent de la directrice. Ils discutèrent brièvement, puis ils s'enfoncèrent de nouveau dans la forêt, où deux autres silhouettes se joignirent à eux.

Adossée au tronc, Allie resta assise, figée, l'esprit en ébullition. Quand Carter baissa les yeux sur elle, elle comprit à son expression qu'il était aussi troublé qu'elle.

— Décampons, dit-il.

Ils descendirent de l'arbre en silence et franchirent la grille ; Carter la referma derrière eux, puis il tendit la main à Allie.

— Prête ?

Elle hocha la tête.

Ils détalèrent.

25.

Les professeurs avaient quelques minutes d'avance, mais Carter décida d'emprunter un itinéraire qu'Allie n'avait jamais pris pour rentrer à l'école. Ce chemin passait devant un petit cottage en pierre endormi au milieu d'un jardin rempli de fleurs. Le parfum du jasmin et des roses leur parvenait par bouffées, porté par la brise.

— C'est la maison de qui ? s'enquit Allie.

— Bob Ellison.

Elle était déjà loin derrière eux quand Carter ajouta :

— J'ai grandi ici.

Allie s'arrêta.

— C'était *ta* maison ?

— Ne traîne pas, dit Carter sans regarder derrière lui. On parlera de ça plus tard.

Les arbres se dressaient comme des spectres dans le clair de lune, mais Allie se sentait en sécurité quelques mètres derrière Carter. Ce qui l'effrayait par le passé – un bruissement dans les sous-bois, le bruit sec d'une brindille qui se casse – ne la dérangeait plus du tout.

Quand elle entendit la voix de Carter, cependant, elle s'arrêta net. Il ne s'adressait pas à elle. Il avait pris une bonne avance et avait tourné à un coude du sentier, de sorte qu'elle ne le voyait pas, pas plus qu'elle ne distinguait la personne avec qui il parlait. En tout cas, quelque chose clochait. D'instinct, elle plongea sur le bas-côté et elle se cacha derrière un arbre entouré de grandes fougères. Là, elle mit un genou à terre et retint son souffle.

— … rien du tout, disait Carter.

— Donc tu es juste dehors en train de patrouiller tout seul, alors que ce n'est même pas ton tour ?

Allie reconnut la voix dubitative de Gabe.

— Qu'est-ce qu'il y a de mal à ça ? Je le fais tout le temps.

— Pas ce soir. Tu n'as pas entendu Zelazny ? Il nous a interdit de sortir en dehors de nos tours de garde après le couvre-feu. Tu ferais mieux d'aller lui parler. Il ne va pas être content.

— Compris. À plus tard.

Allie entendit le son de ses pas qui s'évanouissait au loin. Puis elle prit conscience que d'autres personnes se dirigeaient vers elle. Elle se pencha pour scruter la pénombre derrière le tronc de l'arbre. Sous les rayons de la lune, elle aperçut Gabe qui discutait avec quelqu'un, mais son corps dérobait son interlocuteur à la vue d'Allie.

— … vraiment n'importe quoi, parfois, se plaignait Gabe. Il faut vraiment qu'il se ressaisisse. Je ne sais pas pourquoi Zelazny tolère ça.

— Tu l'as cru ? demanda l'autre.

— Au fond, ça m'est égal. S'il continue de déconner, ça ne changera rien qu'il mente ou non. Je n'ai jamais compris pourquoi Isabelle nous avait poussés à l'accepter aux Nocturnes de toute façon.

À cet instant, un grand fracas retentit dans les sous-bois derrière Allie et elle sursauta. Elle se fit aussi petite que possible, pelotonnée sous les frondes des fougères qui poussaient autour d'elle.

— Qui est là ? s'écria Gabe.

Allie était parfaitement immobile. Son sang battait fort dans ses tempes. Gabe se tenait au bord du sentier, près d'elle, et il regardait pile dans sa direction. Elle l'entendait respirer.

Elle connaissait Gabe. Ils avaient toujours été plus ou moins amis. Mais il y avait quelque chose d'anormal dans son attitude ce soir-là. Il semblait différent. En colère. Et même menaçant.

Son instinct lui commanda de rester cachée.

La voix de Lucas s'éleva soudain à proximité.

— C'est moi, mec.

— Oh, putain, fit Gabe d'un ton dégoûté. Tu pourrais être plus discret.

— Désolé ! J'ai trébuché sur un rondin. Il fait noir entre les arbres.

— Bref, marmonna Gabe. Allez, on continue.

Après avoir attendu que le silence soit revenu, Allie rejoignit le sentier sur la pointe des pieds, puis elle courut à toutes jambes vers l'école.

Elle avait presque atteint les pelouses quand une ombre surgit des buissons sur le bord du chemin et lui coupa la route. Elle fit un bond en arrière et ouvrit la bouche pour hurler, mais une main se plaqua sur ses lèvres tandis qu'un bras se refermait sur elle. Elle lutta pour se libérer.

— Allie, murmura Carter. C'est moi. Arrête de te débattre.

— La vache, soupira-t-elle. Tu m'as flanqué une de ces trouilles, Carter.

— Gabe t'a repérée ?

Elle secoua la tête.

— Non, je me suis planquée.

Manifestement soulagé, il pointa un index sur leur droite.

— Par ici.

Ils longèrent les bords de la pelouse en décrivant un grand arc de cercle pour regagner la porte de derrière, par laquelle ils se faufilèrent dans le manoir. Les couloirs étaient déserts. Ils entendirent des éclats de voix en provenance du bureau d'Isabelle, mais ne traînèrent pas pour écouter la conversation. Ils montèrent les marches quatre à quatre.

— Mais qu'est-ce qui se passe ici ?

Carter faisait les cent pas dans la chambre d'Allie en passant ses doigts dans sa chevelure brune.

Juchée sur son bureau, Allie restait muette tandis que Carter se parlait à lui-même.

— Qui est Nathaniel ? Et pourquoi fait-il ça ?

— Un chien ! s'exclama-t-elle bêtement tout à coup.

Carter la regarda curieusement et elle s'expliqua :

— C'est un chien que Jo et moi, on a entendu l'autre nuit, dans le jardin clos. Nathaniel devait être là.

— Possible. Mais ça ne nous dit toujours pas ce qu'il veut.

— OK, réfléchissons à ce qu'il a dit. Il a parlé du conseil d'administration. Il a ordonné à Isabelle d'aller voir le conseil. (Carter la dévisageait d'un air intrigué.) Eh bien, pourquoi il n'y va pas lui-même, s'il est si puissant ? s'écria-t-elle. S'il ne peut pas s'adresser directement au conseil d'administration, il doit y avoir une raison.

— Oui. (Une lueur s'alluma dans les yeux de Carter.) Soit il a eu des soucis avec les membres du conseil, soit ils ne l'aiment pas.

— À moins qu'ils ne le connaissent carrément pas ? Si ça se trouve, c'est un parfait inconnu. Mais j'ai l'impression qu'Isabelle et lui ont été proches par le passé. Comme s'il était le vilain petit canard de la famille, ou un vieux copain avec qui elle se serait brouillée…

— Ou un ancien amant.

Ils échangèrent un coup d'œil.

— Carrément, acquiesça-t-elle.

Ils réfléchirent pendant un long moment – Allie balançant nerveusement son pied, Carter arpentant la pièce de long en large.

Puis Allie brisa le silence.

— Et Lucinda ? Isabelle a crié : « Lucinda saura… »

— J'ai entendu.

Carter pivota sur ses talons et repartit en sens inverse.

— Encore cette Lucinda…, murmura-t-elle en le regardant marcher. Tu l'as cru ? Nathaniel, je veux dire. Tu penses qu'il n'a pas tué Ruth ?

— Je ne sais pas, avoua Carter d'un ton qui trahissait une profonde frustration.

— J'ai le sentiment qu'Isabelle l'a cru. Ce qui signifierait…

Elle ne put aller au bout de sa phrase. Elle n'avait vraiment pas envie d'imaginer ce que cela impliquait. Elle remonta ses pieds sur le bureau et entoura ses genoux de ses bras.

— C'est un vrai cauchemar… Que fait-on maintenant ?

Carter interrompit soudain ses allers-retours.

— Je n'en ai aucune idée.

Allie vécut le reste de la semaine dans l'isolement. Ses camarades poursuivaient leur petit train-train et les profs faisaient cours normalement ; mais pour elle, plus rien n'était comme avant. Quelque chose d'horrible allait se produire – Nathaniel s'apprêtait à *agir* – et, de tous les élèves, seuls Carter et elle étaient au courant.

Pire que ça, elle continuait de ne pas exister aux yeux des autres. On l'ignorait quand elle marchait au milieu de la foule, quand on la croisait dans les escaliers ou qu'on se brossait les dents à côté d'elle dans la salle de bains. Et même si elle refusait de l'admettre, cela l'affectait. Elle avait l'impression troublante de s'être désincarnée.

Le mercredi matin, une fille qu'elle ne se rappelait pas avoir jamais vue fit tomber un stylo en cours de français. Quand Allie le ramassa pour le lui rendre, elle fit mine de ne pas la voir. Allie l'agita sous son nez – ça ne changea rien. De guerre lasse, elle le lâcha de nouveau par terre.

— Comme tu voudras, marmonna-t-elle en se penchant sur son cahier.

Le jeudi, Julie la prit à part et lui dit qu'elle faisait son possible pour obtenir de Katie qu'elle cesse sa campagne contre elle.

— J'essaie, Allie, vraiment. Mais elle est tellement têtue. Je voulais en parler à Isabelle, mais elle est complètement submergée en ce moment.

« Sans blague ? » songea Allie, qui savait bien ce qui occupait tant la directrice.

— Jerry a passé un savon aux garçons. Il leur a dit qu'ils risquaient tous une punition s'ils ne se calmaient pas – donc je pense que tu devrais bientôt constater un changement de leur côté. Bien sûr, certains sont plus impressionnés par Katie que par Jerry, reconnut Julie, mal à l'aise. Mais avec le temps, la situation va s'arranger. Le trimestre se termine dans quelques semaines et le prochain se passera beaucoup mieux…

« Ou alors, pensa Allie, d'ici là, Katie aura continué à cracher son venin et à retourner encore plus d'élèves contre moi. Et cette situation sera devenue ingérable. »

Jo évitait toujours ses amis d'avant – pendant les repas, elle s'installait soit avec Gabe, soit avec Katie et sa cohorte de sous-fifres à l'écart de son ancienne table.

Allie lui trouvait un air malheureux. « Mais je projette sûrement. »

Le vendredi, cependant, elle en eut assez. Après son dernier cours, elle remonta le couloir des filles tel un ouragan, toqua à la porte de Jo et entra sans attendre d'y être invitée.

Jo était assise sur son lit en train de lire un magazine de mode.

— Tu pourrais frapper, dit-elle sèchement.

— J'ai frappé. Et toi, tu pourrais arrêter ton cirque, répliqua Allie.

Jo poussa un gros soupir et reprit sa lecture en faisant claquer les pages de son magazine d'un air irrité. *Clac. Clac. Clac.*

— Écoute, Jo, dit Allie en s'appuyant sur son bureau. Il faut qu'on parle. Maintenant.

— Si ça t'amuse. Cause toujours.

— Quels souvenirs tu gardes de ce qui s'est passé sur le toit l'autre jour ?

Les yeux bleus de Jo, d'ordinaire si pétillants, étaient froids comme la glace.

— Je ne me souviens pas de grand-chose. Je sais juste que j'ai failli mourir.

Malgré elle, Allie jeta un coup d'œil aux mains de Jo. Elle portait encore des pansements au bout de deux doigts.

— Eh ben ça pose un problème, dit-elle. Moi, je me rappelle. Tout. En détail. Et je n'arrive pas à comprendre pourquoi tu n'es pas venue nous voir, Carter ou moi, pour nous demander de te rafraîchir la mémoire.

Jo referma son magazine d'un air excédé, comme si Allie avait épuisé sa patience.

— Je ne suis pas venue te voir, Allie, parce que je ne te fais pas confiance. Tu vois, pendant que j'étais allongée à l'infirmerie à souffrir le martyre avec mes mains bandées, j'ai eu plein de temps pour réfléchir. Et je me suis rendu compte que je n'avais aucune idée de qui tu étais vraiment ni d'où tu venais. Tout ce que je sais de toi, c'est ce que tu as bien voulu me dire. Et depuis qu'on s'est rencontrées, tout va de travers.

Le rouge monta aux joues d'Allie.

— Tu penses que tout ce qui se passe ici est ma faute ?

— Réfléchis, Allie. Tu n'as pas l'impression de porter un peu la poisse ? Peut-être que Katie a raison. Peut-être que tu es vraiment folle.

Le ton était cruel, et les paroles venimeuses. Allie en demeura muette de stupeur. Comment Jo, sa meilleure amie, pouvait-elle lui faire ça ?

Mais elle se ressaisit. Elle leva le menton et fixa Jo d'un regard dur.

— Tu veux savoir ce qui s'est passé sur le toit, Jo ? Je vais te le raconter. Tu as bu la moitié d'une bouteille de vodka et tu t'es mise à danser sur les tuiles. À *danser*. Tu faisais des zigzags comme un petit rat bourré. Tu ne savais plus où tu étais et tu te fichais pas mal de savoir si tu entraînais d'autres personnes avec toi dans ta chute. Carter et moi, on a tous les deux risqué notre peau pour te sauver ce jour-là. Et maintenant, honnêtement, j'en viens presque à le regretter.

Voyant que Jo s'apprêtait à nier, elle se mit à hurler :

— Si tu ne me crois pas, fais confiance à Carter au moins ! Tu le connais depuis des années. Ou à Julie. Elle essaie de te parler depuis des jours. Mais pas à ces filles qui se servent de toi pour m'atteindre. Parce que ça, c'est pathétique.

Le visage écarlate de colère, Jo lui jeta son magazine dessus. Il voleta mollement dans la pièce et Allie l'attrapa sans difficulté.

— Moi, ce que je regrette, c'est d'avoir pensé un jour être ton amie, cracha Jo. Maintenant, sors d'ici !

Refoulant ses larmes, Allie descendit le couloir en titubant.

« Personne ne me verra pleurer. »

Mais avant qu'elle ait pu se retirer à l'abri des regards, Rachel se planta devant elle, les bras chargés de livres. Un coup d'œil lui suffit pour saisir la situation. Elle la prit par la main.

— Viens avec moi, dit-elle fermement en l'attirant dans sa chambre.

Elle lâcha sa pile de livres sur son bureau et s'assit sur le lit à côté d'Allie.

— Qu'est-ce qui s'est passé ?

Allie craqua. Le corps secoué de sanglots, elle raconta sa confrontation avec Jo, ainsi que la conversation avec Katie et Ismay qu'elle avait surprise – en omettant de préciser qu'elle faisait de la varappe à côté de la fenêtre à ce moment-là.

Rachel l'écouta avec bienveillance en lui tenant la main et en faisant claquer sa langue d'un air désapprobateur de temps en temps.

— Je n'arrive pas à comprendre comment elle peut me balancer des méchancetés pareilles… ou dire ce genre de trucs à propos de moi à d'autres personnes.

Rachel attendit qu'elle ait fini de vider son sac et de sécher ses larmes avant de répondre.

— Jo a… des problèmes, dit-elle avec diplomatie. Elle est fragile. Sa vie chez elle n'est pas… géniale. Mais elle a bon fond. Nous le savons tous. Elle est manipulée par Katie et sa bande de sorcières qui lui ont fourré ces bêtises dans le crâne. Ce n'est pas d'une grande consolation, bien sûr. Je comprends que tu sois blessée.

Elle tendit une boîte de mouchoirs à Allie.

— Je pense qu'elle reviendra bientôt à des sentiments meilleurs. Et quand elle sera redevenue elle-même, elle regrettera ce qu'elle a dit.

— C'est pour ça que tu ne traînes jamais avec Jo et Lisa ? Parce que Jo est… fragile ?

Rachel hésita.

— Moi aussi j'ai connu une période compliquée avec Jo, il y a longtemps. Tu te rappelles la fois où je t'ai dit que je m'entendais tellement bien avec Lucas que je ne pourrais jamais sortir avec lui ?

Allie hocha la tête.

— Eh bien, ce n'était pas complètement vrai, avoua Rachel en baissant les yeux. J'étais amoureuse de lui au début. Il m'a prise sous son aile quand je suis arrivée ici, il y a deux ans. Il n'y a pas beaucoup d'Asiatiques à Cimmeria et je me sentais un peu gênée. Mais il m'a mise à l'aise. J'étais une gamine et… tu sais ce que c'est. Un gars sympa et mignon s'occupe de toi… Je suis tombée raide dingue de lui.

Comme Allie levait des yeux surpris, Rachel haussa les épaules.

— Quelques semaines plus tard, une jolie blonde a débarqué en cours de trimestre et, au premier regard, Lucas… (Elle claqua des doigts et laissa lentement retomber sa main.) Lucas est devenu mon meilleur pote à tout jamais.

Allie la fixait, déconcertée.

— Mais… ils ont cassé, non ?

— Oh ouais, soupira Rachel en levant les yeux au ciel. Ils ont cassé. Juste après un des pétages de plombs de Jo. Mais je crois qu'une part de moi n'a jamais pu pardonner à Lucas de m'avoir préféré Jo. Et qu'une autre part de moi n'a jamais pu pardonner à Jo de me l'avoir pris. En fait, c'est peut-être une seule et même part de moi…

— Ça craint, dit Allie.

Rachel sourit tristement.

— Oui.

Depuis plusieurs semaines maintenant, Rachel était un roc pour Allie. Elle semblait si sage et mature pour son âge. Allie brûlait à présent de lui raconter ce que Carter et elle avaient appris. Rachel serait de bon conseil. Allie avait tenu bon jusque-là parce qu'elle avait promis à Carter de ne rien répéter à personne. Mais elle n'en pouvait plus de garder tout ça pour elle. Il fallait que ça sorte, et elle n'avait personne d'autre à qui parler. Si Rachel les aidait, peut-être Carter lui pardonnerait-il ?

Elle contempla Rachel pendant un long moment, indécise.

— Quoi ? demanda celle-ci, perplexe.

Allie essuya une dernière fois ses yeux humides.

— Il y a un truc que je voudrais te dire…

— Tu as fait *quoi ?*

L'exclamation incrédule de Carter résonna dans le pavillon. Il était tard et le soleil flottait bas dans le ciel, jetant un voile doré sur les cimes des arbres. Ils étaient assis sur un banc de pierre dans une flaque de lumière chaude.

Allie leva le menton d'un air têtu.

— Je lui fais confiance, Carter. Et on ne peut pas affronter la situation tout seuls.

— Non, mais tu aurais pu me consulter, Allie. Ça ne va pas rester un secret longtemps si on va chacun de notre côté tout déballer aux personnes qui nous paraissent dignes de confiance. Moi, je n'ai rien dit à Lucas, par exemple. Et j'aurais pu.

Allie repensa au moment où elle avait entendu Lucas trébucher dans les bois.

— Ne le fais pas, s'empressa-t-elle de répondre.

Carter lui lança un regard exaspéré.

— Sérieux, Allie, que sais-tu réellement de Rachel ? Tu ne t'es jamais demandé si elle n'avait pas joué un rôle dans la propagation des rumeurs à ton sujet ?

Allie crut que son cœur s'arrêtait de battre.

— Quoi ? Tu crois que c'est le cas ? demanda-t-elle en luttant pour garder son calme.

— Je n'en sais rien, et toi non plus. Elle adore les ragots. Il faut reconnaître que c'est une drôle de coïncidence : à peine tu lui confirmes que c'est toi qui as découvert le cadavre de Ruth et *paf*, tout le monde est au courant.

— Elle ne ferait pas…, bredouilla Allie.

À qui pouvait-elle se fier à cent pour cent désormais ? Pourquoi Rachel serait-elle différente de Jo ou de Sylvain ? Elle s'était ouverte aux deux. Et les deux avaient trahi sa confiance.

— Tu n'en sais rien, Allie, insista Carter d'une voix plus douce. Je ne la connais pas assez bien pour être sûr qu'on ne risque rien à la mettre au parfum. Elle a toujours été du genre à rester dans son coin.

— Comme toi, fit remarquer Allie.

— Comme moi, concéda-t-il à contrecœur. Mais son père a beaucoup d'influence au conseil d'administration. Il est responsable de la sécurité dans plusieurs grosses boîtes, il conseille des gouvernements… Il est dans la place, Allie.

— Je sais. Rachel me l'a dit. Pourtant elle n'est pas aux Nocturnes, si ?

— Non, ce qui est étrange d'ailleurs.

— Donc il est possible qu'elle soit complètement inoffensive ?

— Oui. Mais tu prends un gros risque : entre « possible » et « certain », il y a une différence.

Carter marquait un point.

— Tu as raison. Je suis désolée. Je serai plus prudente à l'avenir.

Apaisé, il réfléchit un moment.

— Comment elle a réagi quand tu lui as parlé ? s'enquit-il.

— Elle ne savait pas quoi penser. Elle est sûre d'avoir entendu son père mentionner un Nathaniel une fois, en se plaignant qu'il causait beaucoup de soucis. (Elle glissa un coup d'œil en coin à Carter.) Elle hésitait d'ailleurs à l'interroger à ce propos.

— *Quoi ?* s'égosilla-t-il, et elle rentra la tête dans les épaules.

— Elle ne va pas le faire, le rassura-t-elle aussitôt. Elle voulait juste qu'on envisage cette option et qu'on en discute entre nous. Elle pense qu'on peut lui faire confiance.

— Oh, c'est pas vrai, soupira Carter en se prenant la tête à deux mains.

— Quoi ? fit innocemment Allie.

— C'est comme ça que tu gardes un secret ? Franchement ?

— Non… enfin, oui. Je ne l'ai dit qu'à *une* personne, Carter. Tu dramatises un peu.

— Allie, on pourrait avoir de sacrés ennuis.

— Je sais, répondit-elle, sur la défensive.

— Donc ? On garde nos secrets pour nous dorénavant ?

Elle plissa les yeux.

— J'imagine que tu préférerais que je demande à Rachel de se taire ?

— Oui, je préférerais.

— Bien, lâcha-t-elle d'un ton glacial.

— Parfait.

Ils restèrent assis en silence pendant une longue minute.

— Ça ne serait pas notre première chamaillerie ? dit soudain Carter en la regardant avec ce sourire qui la faisait fondre.

— On s'est disputés des tas de fois avant d'être ensemble.

— Pas faux.

— En tout cas, que ça te plaise ou non, à partir de maintenant, on pourra appeler une troisième complice à l'aide quand ce sera nécessaire. Et il se trouve qu'elle est très intelligente.

— Ça pourrait servir, concéda-t-il.

— Ouais. C'est ce que je pensais.

Il lui mit un petit coup de poing dans l'épaule, elle le chatouilla et bientôt ils se retrouvèrent à rire et à batifoler. Il passa un bras autour de ses épaules et l'embrassa sur la tempe.

— Pardon. Je ne devrais pas m'énerver comme ça. Tout ira bien.

— Oui, tout ira bien, acquiesça-t-elle. On va s'arranger pour.

— Ça me rappelle que j'ai un nouveau scoop à t'annoncer.

Malgré son expression grave, Allie, troublée par ses grands yeux noirs, eut un peu de mal à se concentrer.

— OK, susurra-t-elle, tout en songeant rêveusement : « Il est vraiment à moi. De son plein gré ! »

— Allie, c'est important.

— Pardon. (Elle s'extirpa de ses bras et s'assit bien droite.) Vas-y.

— La Night School va reprendre les grandes manœuvres nocturnes.

Elle fronça les sourcils.

— Qu'est-ce que ça signifie ?

— Ça signifie qu'on nous a donné des instructions bizarres. On va patrouiller dans le parc à tour de rôle, par équipes, toute la nuit. Chaque nuit. On l'a déjà fait avant pour nous exercer, mais là, c'est différent. Le rythme est très intense. Ils prétendent qu'il s'agit d'un nouveau programme d'entraînement pour nous apprendre « à protéger et à défendre ». Ils vont mettre en scène de fausses attaques et il faudra qu'on les déjoue. On sera même dispensés d'une partie des cours du matin les lendemains de nos rondes, pour pouvoir récupérer. Et ça, c'est du jamais-vu. On commence ce soir et on va passer tout le week-end à se préparer.

Allie décela une ombre d'inquiétude dans ses yeux.

— Ils s'attendent à une action de Nathaniel ? suggéra-t-elle.

Il acquiesça d'un hochement de tête.

— Je suppose qu'ils n'ont pas prévu d'appeler la police à la rescousse ?

— Ha ha.

— Donc… plus de virée nocturne en douce ?

— Non, impossible, répondit-il. On est passés en état d'alerte maximal.

— Il arrive, alors, dit-elle calmement.

— Oh oui, fit Carter, le regard perdu à l'horizon. Il arrive.

26.

Allie, torturée par un mélange d'appréhension et de solitude, eut l'impression que le week-end ne finirait jamais. Carter et Lucas étaient tous les deux réquisitionnés pour préparer les patrouilles de nuit et la campagne de Katie battait son plein.

Pour la première fois, elle se rendit compte de la place que Carter avait prise dans sa vie. Elle le vit peu et ils avaient à peine le temps de s'enlacer quand ils se croisaient. Chaque fois qu'elle lui demandait comment ça se passait dehors, il se contentait de répondre de façon laconique que le rythme était difficile. Elle voyait dans ses yeux à quel point il était épuisé et préoccupé.

Allie accepta la situation en évitant de se poser trop de questions. Elle passa l'essentiel de son temps à la bibliothèque. Il restait peu de jours avant la fin du trimestre d'été et elle avait plusieurs dissertations à terminer, sans parler des nombreux devoirs sur table pour lesquels elle devait réviser. Emportée dans un tourbillon d'émotions pendant les deux semaines précédentes, elle avait pris du retard. Après ce qu'elle venait de traverser cet été-là, elle avait la ferme intention de décrocher des bonnes notes.

Rachel était à ses côtés toute la journée, tous les jours, de sorte qu'elle ne travaillait jamais seule.

— On est copines de devoirs ! se plaisait à dire Rachel, comme s'il n'existait rien de plus drôle que de potasser à deux.

Mais Carter avait semé les graines du doute dans son esprit. « Est-ce qu'elle a lancé des rumeurs sur mon compte ? » ne cessait de se demander Allie.

Rachel la soutenait avec une telle bonne volonté, elle était si ouverte et si franche que cela semblait impossible. Mais Allie savait désormais que rien n'était impossible.

Eloise était absente. Des élèves volontaires avaient accepté de la remplacer au pied levé, ce qui n'était pas du goût de Rachel. Alors qu'un volontaire lui apportait un livre qu'elle n'avait pas demandé pour la troisième fois de suite, elle marmonna :

— J'imagine que notre bibliothécaire est dehors en train de jouer à faire la guerre. J'aurais préféré qu'elle attende la fin du trimestre.

— Tu savais qu'Eloise faisait partie de…, fit Allie en remplaçant la fin de sa phrase par un geste vague.

Rachel hocha la tête.

— C'est une vieille amie de mon père. Je crois qu'elle a été une de ses élèves. En tout cas, Eloise n'a pas de secrets pour moi. Enfin, je crois… Quoique je ne sois plus sûre de rien maintenant.

— C'est exactement ce que je pensais, répondit Allie en évitant son regard.

Rachel consulta sa montre.

— Il est midi : tu veux faire une pause et manger un bout ?

Laissant leurs cahiers ouverts sur la table pour réserver leurs places, elles se dirigèrent vers le réfectoire.

Il était anormalement calme – de nombreux élèves avaient emporté leurs sandwichs dehors pour profiter des derniers rayons du soleil d'été. Elles choisirent une table dans un coin tranquille où elles pourraient parler sans risque d'être entendues.

— Des nouvelles de Carter ? s'enquit Rachel.

Allie haussa les épaules.

— Pas vraiment. Il dit que c'est dur et qu'ils ne font jamais de pause. Et Lucas, qu'est-ce qu'il raconte ?

— La même chose.

Rachel mordit dans son sandwich en fronçant les sourcils. Allie voyait que quelque chose lui trottait dans la tête, mais elle décida d'attendre que Rachel soit prête à lâcher le morceau.

— Qu'est-ce que tu fais pour les vacances, Allie ? finit-elle par demander. Je sais qu'avec tes parents, c'est un peu « compliqué » en ce moment, dit-elle en dessinant des guillemets dans l'air. Tu rentres chez toi quand même ?

Cette question prit Allie au dépourvu. Elle n'avait pas eu le temps d'y réfléchir. Elle ne se sentait pas du tout prête à retourner chez elle affronter les silences gênés et les visages fermés de ses parents, l'horloge qui faisait tic-tac et les regrets étouffés. Mais avait-elle le choix ?

— Oui, j'imagine, soupira-t-elle. Je n'ai pas contacté mes parents une seule fois depuis mon arrivée. Au départ, je leur en voulais de m'avoir envoyée ici. Ensuite, je leur en ai voulu de m'avoir menti. Et puis j'avais envie que ce soit eux qui m'appellent. Juste pour s'assurer que j'allais bien, tu vois. (Elle arracha la croûte de son sandwich.) Ils n'ont pas appelé.

Rachel se pencha vers elle.

— Écoute : si tu veux, je t'invite chez moi. J'en ai parlé à maman hier – je lui ai tout raconté à ton sujet. Elle m'a affirmé que tu étais la bienvenue chez nous quand tu voulais et que tu pouvais rester aussi longtemps que tu le souhaitais. On a des tas de chambres.

« C'est un signe, quand même, pensa Allie. C'est une véritable amie. Sinon elle ne m'inviterait pas chez elle, si ? »

Mais son inconscient paranoïaque lui présenta aussitôt un contre-argument : « En même temps, ce serait un excellent moyen de m'espionner. »

Néanmoins, l'idée était tentante. Entre vivre deux semaines dans une propriété de campagne tentaculaire avec Rachel, et rentrer chez elle auprès de ses parents malheureux afin de démêler des problèmes familiaux dans leur maison exiguë et sombre, il n'y avait pas photo.

« Mais… »

— Rachel, merci beaucoup pour ta proposition. Je peux te donner ma réponse plus tard ? Je sais qu'un jour ou l'autre, il va falloir que j'accepte un tête-à-tête avec mes parents. Même si, pour l'instant, je n'en vois pas trop l'intérêt.

— Je sais, dit Rachel, le visage empreint de compassion. Ça ne doit pas être marrant.

— Ta famille à toi a l'air d'être géniale. Je crois que tu as gagné le gros lot.

Rachel n'en paraissait pas si convaincue.

— Tu n'as jamais rencontré mon père. Il veut absolument m'associer à ses affaires. Il me harcèle pour que j'intègre les Nocturnes depuis mon arrivée ici. Ça le rend dingue que je ne veuille pas. Il n'est pas ravi à l'idée que je fasse médecine. Il déteste les médecins. Il les appelle des « charlatans ». On se dispute tout le temps à ce sujet. (Elle finit son sandwich.) Tu vois, aucune famille n'est parfaite.

Allie fit une moue sceptique.

— Ouais, enfin… entre « pas parfait » et ma famille, il y a de la marge. À moins que tu considères une bombe nucléaire à retardement comme quelque chose de « pas parfait ».

Rachel éclata de rire.

— OK. À l'évidence, le clan Sheridan n'y voit pas très clair en ce moment.

— Allie Sheridan ?

Un élève inconnu, clairement plus jeune qu'elles, se planta à côté de leur table en regardant Rachel. Celle-ci désigna Allie.

— Non, c'est elle.

— Moi, confirma Allie en agitant la main et en le considérant avec curiosité.

— Isabelle te demande d'aller dans son bureau, s'il te plaît.

Allie ne put dissimuler sa surprise.

— Quoi ? Pourquoi ?

Le garçon la dévisagea, le regard vide.

— Allie…, dit Rachel en essayant de ne pas rire. Qu'est-ce que tu as encore fait ?

Allie haussa les épaules.

— Je vais encore avoir droit à des félicitations, je suppose.

— Oh-oh, fit Rachel. En tout cas, moi, je ne bouge pas de la bibliothèque de l'après-midi – rejoins-moi quand tu seras dispo. À moins qu'elle ne te fasse jeter au cachot, bien sûr.

— Merci bien, soupira Allie en rassemblant ses affaires. Honnêtement, au point où j'en suis, si je découvrais qu'il y a des cachots ici, je ne serais même pas surprise.

Le bureau d'Isabelle était vide quand Allie arriva. La porte étant ouverte, elle s'installa dans un des fauteuils et patienta. Elle jetait des coups d'œil nerveux autour d'elle en se demandant si Carter et elle avaient déplacé un objet en fouillant la pièce, et si cela avait pu les trahir.

Isabelle entra d'un pas décidé quelques minutes plus tard, l'air distrait, les lunettes remontées sur le sommet du crâne.

— Veux-tu une tasse de thé ? proposa-t-elle en allumant une bouilloire posée sur un petit réfrigérateur dans un coin. J'avoue que de mon côté, ça me fera le plus grand bien.

— Volontiers, répondit poliment Allie, bien qu'elle n'en eût pas du tout envie.

La bouilloire se mit à ronronner tandis qu'Isabelle cherchait une deuxième tasse. Elle s'assura qu'elle était propre avant de la remplir et de la tendre à Allie, en veillant à lui présenter l'anse afin qu'elle ne se brûle pas. Ensuite, elle se laissa tomber dans un fauteuil à côté d'elle.

— Ah ! voilà.

Elle but une gorgée de thé, la mine songeuse, puis elle reporta son attention sur Allie.

— Une bonne tasse de thé, ça règle tous les problèmes. Merci d'être venue, Allie. Je ne veux pas te retenir loin de tes devoirs trop longtemps, mais comme le trimestre s'achève vendredi, je voulais prendre quelques minutes pour discuter avec toi et te demander de tes nouvelles. Tu es parmi nous depuis six semaines maintenant et tu as pris tes marques. Je sais qu'il y a eu des événements inhabituels. Souhaites-tu aborder un sujet en particulier ?

Allie en demeura bouche bée.

« Elle plaisante ou quoi ? »

Comme Isabelle attendait une réponse, elle se creusa la cervelle. Mais que pouvait-elle dire ? « Euh, le meurtre était légèrement perturbant et j'avoue que j'ai eu un peu peur de l'incendie. J'ai failli me faire violer lors de mon premier rencard et mon ex-meilleure amie est devenue folle. En revanche, j'ai décroché un 20 en histoire. » Non, il lui fallait une réponse moins sarcastique.

Elle continua de chercher. Malheureusement, il ne lui venait rien d'autre à l'esprit que des choses dont elle ne pouvait pas parler et qu'elle n'était pas censée savoir. Elle se doutait qu'Isabelle ne se contenterait pas d'une anecdote sur un cours de bio ou d'une explication concernant la dissertation qu'elle avait rendue en retard la semaine précédente.

Comme le silence perdurait, Isabelle arqua un sourcil et lui tendit une perche.

— Tu n'as pas eu de crise de panique depuis un moment, paraît-il. Je crois que c'est un progrès.

Allie n'avait pas calculé le nombre de jours qui s'étaient écoulés depuis sa dernière attaque. En effet, elle remontait à plus de deux semaines. Et, maintenant qu'elle y pensait, elle avait plus ou moins cessé de tout compter.

— C'est vrai, admit-elle. Je suppose que je… j'angoisse moins qu'avant.

Isabelle sourit.

— Eh bien, malgré la tension qui a régné ici ces derniers temps, j'ai le sentiment que tu maîtrises mieux ton stress. Et j'en suis très contente. (Elle reposa sa tasse de thé.) Ensuite, pour ce qui est de ta relation avec Jo…

Allie grimaça. S'il y avait un sujet qu'elle ne voulait pas aborder, c'était bien celui-là.

— J'ai remarqué que vous étiez moins proches qu'avant. Pourquoi ?

Allie hésita, et finit par lui raconter grosso modo ce qui était arrivé. Consternée, Isabelle l'écouta en gardant ses beaux yeux mordorés fermés.

— Je discuterai avec Jo, promit-elle une fois qu'Allie eut terminé son récit. Elle traverse une période difficile, elle aussi. Alors il faudra que tu te montres patiente. Mais je sais que votre amitié compte pour elle.

— *Comptait*, marmonna Allie.

— Et comptera de nouveau, affirma Isabelle, confiante. Si tu es persévérante. La petite campagne orchestrée par Katie est un autre problème dont je m'occupe actuellement. Je sais que Julie t'a parlé – et je regrette de ne pas avoir eu l'occasion de le faire plus tôt. Je suis débordée. Mais je veux que tu saches que Julie m'a tenue au courant de l'évolution de cette affaire tous les jours et qu'elle t'a défendue auprès de Katie. Tu as fait preuve d'un sang-froid remarquable jusqu'à présent, mais je crois que nous en sommes rendus à un point où je vais devoir la renvoyer temporairement si elle n'arrête pas. Elle connaît parfaitement le règlement, tout comme ses parents. Je leur ai écrit à ce propos et ils n'ont pas encore réagi. Alors je vais lui donner un ultime avertissement aujourd'hui. Sache que j'apprécie beaucoup ta retenue.

— Faites attention ! s'écria Allie sans réfléchir.

La directrice écarquilla les yeux d'étonnement et la voix d'Allie faiblit.

— Enfin… ses parents font partie du conseil d'administration, non ? Je crois qu'ils sont superpuissants, elle n'arrête pas de s'en vanter. Il vaudrait mieux… vous voyez… éviter de vous les mettre à dos. Surtout s'ils sont comme elle.

Isabelle se pencha en avant.

— C'est très gentil de te soucier de moi, Allie. Ne t'en fais pas, je serai prudente.

Elles revinrent ensuite à des sujets moins glissants. Pendant quelques minutes, elles discutèrent du travail d'Allie. Isabelle loua ses efforts et souligna que ses notes s'étaient améliorées dans toutes les matières. Même Zelazny l'avait complimentée sur sa dissertation consacrée à la Première Guerre mondiale.

— Donc, en conclusion, je ne me préoccupe plus que d'une chose : que va-t-il arriver maintenant ?

— Que voulez-vous dire ? demanda Allie, déboussolée.

— J'ai parlé avec ta mère à de nombreuses reprises depuis que tu es ici. Elle s'inquiète beaucoup pour toi. Tu manques à tes parents, tu sais.

Allie lutta contre une soudaine envie de pleurer. Elle n'aurait jamais cru que cela ferait aussi mal. Elle ne comprenait pas pourquoi ses parents n'avaient pas cherché à la joindre. D'un autre côté, elle se sentait trahie par ce qu'elle avait découvert dans son dossier. Ses parents lui avaient menti. Isabelle était proche de sa mère et continuait de lui mentir, elle aussi, à ce sujet – par omission, du moins.

Et si le moment était venu de faire éclater la vérité ?

— Vous connaissez bien mes parents ?

L'expression d'Isabelle changea instantanément. Ses muscles se contractèrent.

— Pourquoi me poses-tu cette question ? demanda-t-elle d'un ton prudent.

— Ma mère a dit quelque chose dans la voiture, quand elle m'a amenée ici, qui m'a intriguée. Elle vous a appelée Izzy par mégarde avant de se reprendre. Comme si elle vous connaissait. Et puis Katie et Jo insistent souvent sur le fait que tous les élèves ici succèdent à d'autres membres de leur famille. Du coup, je me suis demandé ce que je fabriquais là. (Elle dévisageait la directrice.) Quelqu'un de ma famille est-il lié à l'histoire de cette école ?

Le visage d'Isabelle se décomposa ; elle hésita une seconde de trop et finit par répondre, tout simplement :

— Oui, Allie. Oui, c'est le cas.

27.

En quittant le bureau d'Isabelle, Allie s'arrêta pour s'asperger le visage d'eau froide avant de retourner à la bibliothèque. Quand elle s'assit, Rachel prit un air stupéfait.

— Quoi ? Les cachots étaient pleins ? s'exclama-t-elle avec un sourire taquin.

Mais lorsqu'elle vit ses yeux rougis par les larmes, son expression changea du tout au tout.

— Eh, que se passe-t-il ? demanda-t-elle.

Allie sourit faiblement.

— Oh, rien. L'entrevue s'est juste transformée en séance de thérapie. Ce n'était pas prévu.

— Moi non plus je n'aime pas quand la thérapie me prend par surprise comme ça, plaisanta Rachel, mais l'inquiétude n'avait pas quitté son regard. Tu veux faire une pause pour en parler ?

Sa gentillesse fit de nouveau monter les larmes aux yeux d'Allie, qui hocha la tête. Elle ne voulait pas pleurer devant tout le monde.

Rachel la précéda dans un coin tranquille, au bout du couloir qui conduisait à la bibliothèque. Elle la laissa le temps d'aller chercher des mouchoirs, puis elle revint avec une boîte de Kleenex et deux tasses de thé. Elles s'installèrent par terre.

— Dis-moi tout. Enfin, tout ce que tu as envie de me raconter.

Allie s'apprêtait à se confier, puis elle se ravisa. « Après tout, puisque c'est le jour du grand déballage, pourquoi s'arrêter là ? » se dit-elle.

— Avant, je voudrais te poser une question, Rachel. Ça va peut-être te vexer, mais j'espère que tu comprendras pourquoi je suis obligée de te le demander.

Rachel écarquilla ses yeux en amande.

— OK, répondit-elle sans se départir de son flegme. Pose-moi toutes les questions que tu veux.

— As-tu déjà colporté des ragots à mon sujet ?

Rachel n'hésita pas un instant.

— Oui, avant de te connaître. Je fais ça avec tout le monde. Mais dès que je t'ai rencontrée, j'ai arrêté et je n'ai jamais recommencé. Jamais.

Allie examina attentivement ses traits, à l'affût du moindre tic nerveux, du moindre signe de culpabilité ou de gêne. Elle n'en décela aucun. Rachel semblait seulement… elle-même. Son instinct l'encourageait à lui faire confiance.

— Tout le monde me ment, tu comprends. Mes parents. Isabelle. Jo. Je finis par ne plus avoir foi…

— … en personne ?

Allie hocha la tête. Rachel posa une main sur son cœur.

— Je te jure sur ma famille, Allie, que je ne suis pas une menteuse. Sois tranquille.

Complètement rassurée, Allie se pencha et serra son amie dans ses bras.

— Je te crois. Pardon d'avoir douté de toi.

— Je comprends très bien ce que tu ressens. Peut-être mieux que tu ne crois. Rappelle-toi que je suis ici depuis un moment. Ce n'est pas un hasard si j'ai choisi d'avoir peu d'amis. Maintenant, dis-moi ce qui t'a mise dans cet état-là.

Allie résuma sa conversation avec Isabelle. Lorsqu'elle répéta à Rachel la réponse de la directrice quand elle l'avait interrogée sur les liens entre sa famille et Cimmeria, Rachel siffla tout bas.

— Elle l'a admis ? Oh, putain ! Et après ?

— J'ai essayé d'obtenir plus de détails.

Allie se rappela l'expression torturée d'Isabelle.

— Ma mère est venue ici, n'est-ce pas ? avait-elle demandé. Vous vous êtes rencontrées sur les bancs de l'école ?

— Oui, avait confirmé la directrice. Nous étions dans la même classe. C'était une de mes meilleures amies.

— Alors comment se fait-il que je ne vous aie jamais rencontrée avant ? Et que je n'aie jamais entendu parler de cette école ?

— C'est une longue histoire, Allie, mais je tiens à ce que tu saches que ta mère et moi, nous ne nous sommes jamais brouillées. Elle s'est fâchée avec Cimmeria, c'est différent. Et les gens qui dirigeaient le manoir à l'époque, avait-elle ajouté d'un air sombre. Je crois que tu devrais en discuter avec elle. Ce n'est pas à moi de te raconter cette histoire. Ce n'est pas mon rôle. Toujours est-il qu'une fois que ta mère a eu terminé son cursus ici, elle a tout plaqué. Elle a tiré un trait sur son passé. Elle détestait cet endroit. Je pense que c'est la raison pour laquelle elle ne l'a jamais évoqué auprès de toi.

— Pourtant elle m'a envoyée ici. Pourquoi m'envoyer dans une école qu'elle a détestée ? avait gémi Allie, recroquevillée dans le gros fauteuil.

— Elle ne savait plus comment s'y prendre avec toi. Et tu n'y es pour rien. C'est sa faute, elle le sait. Après le… départ de Christopher, elle n'était plus elle-même. Elle a eu le sentiment de ne plus pouvoir être une bonne mère pour toi.

Le chagrin avait submergé Allie. Elle avait posé son front sur ses genoux en s'efforçant de ne pas pleurer.

— T'inscrire ici est une des choses les plus courageuses qu'elle ait faites dans sa vie, Allie. Elle a dû solliciter l'aide de… de personnes à qui elle avait dit adieu il y a très longtemps. Et ça a été difficile pour elle.

Allie avait regardé une larme rouler sur son genou.

— Pourquoi vous ne me l'avez pas dit plus tôt ? avait-elle demandé d'une voix étouffée. Maman et vous, vous étiez amies, et aucune de vous deux ne m'a rien dit. Vous m'avez menti !

— Elle m'a suppliée de ne rien révéler et je devais respecter son souhait parce que tu es sa fille, pas la mienne, avait répondu Isabelle d'une voix douce, une main posée sur l'épaule d'Allie. Je crois qu'elle a eu tort et elle connaît mon opinion à ce sujet. Mais je ne pouvais pas trahir sa confiance. Bien sûr, je ne voulais pas trahir la tienne non plus. Je suis sincèrement désolée.

Tandis que la directrice luttait elle aussi contre les larmes, Allie avait ajouté d'une voix tremblante :

— Est-ce que vous me cachez autre chose ?

Un long silence s'en était suivi.

— Les adultes ne peuvent pas tout dire aux plus jeunes, avait finalement répondu Isabelle. C'est ainsi. Il y va de leur sécurité. Donc, oui, il y a des choses que je te tairai tant qu'il me semblera que tu n'es pas prête à les entendre. Tu dois me faire confiance.

La peine d'Allie s'était muée en colère. « Pourquoi les adultes croient-ils toujours être plus en droit que les enfants de connaître la vérité ? Pourquoi l'âge les autoriserait-il à mentir ? »

Mais Isabelle n'avait pas fini.

— De plus, une partie des informations que tu cherches à obtenir doit venir de tes parents. Pas de moi. Interroge-les d'abord, et donne-leur une chance de se montrer honnêtes envers toi. S'ils refusent, ou si tu ne les crois pas, alors reviens me voir. Je te dirai ce que je pourrai.

— Comment je pourrais interroger mes parents alors qu'on ne se parle même plus ? Je ne les ai pas appelés parce que j'attendais de voir si eux allaient le faire. Je pensais que si je leur manquais, ils téléphoneraient. Ou au moins qu'ils écriraient. Mais non. Ils sont *nuls*.

— Ta mère ne t'a pas contactée directement parce qu'elle voulait te laisser du temps pour réfléchir. Pour décider si, oui ou non, tu voulais rester. Si, oui ou non, tu pouvais lui pardonner. Je peux t'affirmer sans le moindre doute qu'elle souffre pour toi. Mais elle ne te le dit pas parce qu'elle est comme elle est, et on ne la changera pas.

Allie avait caché son visage entre ses mains pour ne pas qu'Isabelle la voie pleurer, mais elle avait senti les bras de la directrice l'envelopper.

— Tu dois comprendre, Allie, qu'il te reste beaucoup de choses à apprendre. Ta famille a une histoire longue et unique. Ta mère l'a reniée en partie, par conséquent elle a choisi de ne pas t'en parler. Je trouve cela dommage. Tu es issue d'une lignée étonnante.

Demande-le-lui, tu verras. J'espère que tu pourras pardonner à tes parents. Ils ont cru agir pour le mieux.

Quand Allie eut fini de parler, Rachel se renversa dans sa chaise.

— Ouah. C'était intense. Et je ne suis pas d'accord avec Isabelle : tes parents s'y prennent comme des manches. Mais j'avoue que je suis très intriguée par ses insinuations sur ta lignée.

— Elle doit faire allusion à Lucinda. La mystérieuse Lucinda.

— Ta prétendue grand-mère…, dit Rachel d'un ton rêveur. Elle est la clé, sans aucun doute. Tu n'as pas posé de questions à Isabelle à son sujet ?

— Non. J'étais trop obnubilée par ces conneries sur mes parents.

— Ça me rend dingue de ne pas savoir qui est cette femme.

— J'aimerais pouvoir te le dire.

Rachel lui jeta un regard de défi.

— Tu sais ce que je pense ?

Allie soupira.

— Ton père…

— … sait tout ! Allez, laisse-moi lui parler !

— Carter refuse. Il insiste pour qu'on garde le secret. D'autant que ton père est un membre du conseil. Déjà qu'il était furieux parce que je t'avais tout raconté, à toi.

— Bon, d'accord… Il n'empêche que ce n'est pas de sa famille qu'il est question ici, mais de la tienne et de la mienne.

Elle marquait un point.

— Laisse-moi y réfléchir. Je finirai peut-être par le convaincre.

— OK, mais décide-toi vite. Le trimestre se termine vendredi.

Le lundi, Allie était toujours aussi indécise. Cependant, lorsqu'elle aperçut Lisa dans l'embrasure de la porte du réfectoire à midi, tous ses soucis s'envolèrent – il n'y avait plus de devoirs, plus de Lucinda, plus de problème de vacances. Lisa était pâle et encore plus maigre qu'avant, mais en dehors d'une cicatrice rouge sur la joue, toute trace de l'accident avait disparu.

— Lisa ! Oh, Lisa ! s'écria Allie en se précipitant sur elle pour la prendre dans ses bras. Tu es rentrée quand ? Tu te sens comment ?

— Salut, Allie. Je suis arrivée il y a deux heures, répondit-elle avec un sourire timide. Mes parents ne voulaient pas que je rate les examens de fin de trimestre et j'allais mieux, alors…

— Dommage que tu n'aies pas pu couper aux exams, répondit Allie. Enfin, bon retour parmi nous ! Rien n'allait plus depuis ton départ. Je suis trop contente que tu sois là pour cinq journées entières !

— Merci. (Lisa balaya la pièce du regard, manifestement perplexe.) Qu'est-ce qui se passe ? Il n'y a personne à notre table. Et Jo est là-bas avec…

Elle désigna le coin de la pièce où Jo déjeunait avec Ismay et Katie. Allie hocha la tête.

— C'est parti en vrille. Jo me déteste, maintenant.

— Non ! s'exclama Lisa en la regardant avec des yeux ronds.

— Si. Je suis sérieuse. Il s'est passé des tas de trucs pendant ton absence. Le groupe tel que tu le connaissais n'existe plus pour l'instant. Tout le monde est divisé. Je mange avec Rachel Patel et Lucas, en général, quand ils sont dans le coin, et avec Carter.

— C'est dingue ! Qu'est-ce qui est arrivé ?

— Oh, c'est une histoire très stupide et très longue, soupira Allie. Crois-moi sur parole : Jo me hait, c'est tout. Mais je survis.

Lisa semblait perdue.

— Du coup, où je m'assieds, moi ? fit-elle d'une voix plaintive.

Les lèvres d'Allie dessinèrent un sourire malicieux.

— Eh bien, soit avec Jo et Katie Gilmore, soit avec moi… et Lucas.

— Je te suis, répondit Lisa avec un petit rire coupable.

Rachel et Lucas étaient déjà en train d'empiler des sandwichs sur leurs assiettes.

Au cours du déjeuner, chacun leur tour, ils informèrent Lisa de toutes les péripéties qu'elle avait ratées pendant qu'elle reprenait des forces chez elle. Allie tenta d'être juste et impartiale en exposant son point de vue, mais il s'avéra que Lisa n'avait aucune difficulté à imaginer le pire.

— Oh, Jo…, marmonna-t-elle en secouant la tête. Pas encore !

Lucas soupira.

— J'ai eu exactement la même réaction. Il y a comme un petit parfum de déjà-vu, non ?

— Sauf que rejeter la faute sur Allie, c'est carrément méchant.

— Katie la manipule, affirma Rachel. Elle l'utilise. Jo doit vraiment être mal pour tomber dans le panneau.

Quand Carter arriva, en retard, il déposa un baiser furtif sur le crâne d'Allie avant de se glisser sur la chaise voisine. Lisa en resta bouchée bée et Lucas lui donna un petit coup de coude dans les côtes. Allie s'en fichait : elle souriait à Carter et ne voyait que lui.

En revanche, les retrouvailles entre Lisa et Lucas n'allumèrent aucune étincelle. Allie remarqua que Lisa observait Lucas et Rachel avec inquiétude à un moment, et elle se rendit compte pour la première fois que ces deux-là paraissaient plus proches et complices que jamais. Peut-être Rachel envisageait-elle de lui pardonner, en fin de compte ?

Allie n'aimait pas beaucoup l'idée de se retrouver coincée au milieu d'un triangle amoureux Rachel-Lucas-Lisa. D'un autre côté, elle souhaitait sincèrement à Rachel d'être avec un garçon qui la rende heureuse.

Un pli d'inquiétude lui barra brièvement le front.

« Ah, que c'est compliqué, l'amour ! »

À onze heures ce soir-là, Allie sortit la tête de ses livres.

— Du carburant, marmonna-t-elle. J'ai besoin de carburant.

Elle étudiait à la bibliothèque avec Carter, Lisa et Rachel. Ils avaient passé toute la soirée penchés sur leurs révisions. Exceptionnellement, le couvre-feu était repoussé à minuit jusqu'à la fin de la semaine – exception valable seulement dans la bibliothèque –, et les lieux étaient encore bondés.

— Je vais me chercher quelque chose à boire, dit Allie. Ça intéresse quelqu'un ?

— Non, moi, ça va, répondit Lisa en levant à peine les yeux de sa page.

— Je ne voudrais pas être désagréable, se moqua Rachel, mais on a fait une pause il y a à peine une heure.

— Pour Allie, le meilleur dans les révisions, ce sont les pauses, plaisanta Carter.

— C'est vous qui êtes bizarres, protesta Allie en se levant. Bon. Restez ici si ça vous amuse. Je reviendrai une fois que j'aurai trouvé à manger. Et quand vous tournerez de l'œil tout à l'heure parce que vous serez morts de faim, ne comptez pas sur moi.

Elle sortit dans le couloir, les yeux endoloris, et se dirigea droit vers une table approvisionnée en barres énergétiques, coupes de fruits et autres carafes remplies de boissons chaudes installée juste devant la porte. Partout des élèves s'étiraient, somnolaient ou bavardaient avant de se replonger dans leurs livres.

— Café, marmonna-t-elle en titubant.

Pendant qu'elle se servait dans une tasse en porcelaine blanche marquée du blason de Cimmeria, elle fixa la nourriture avec désarroi.

— Pourquoi il n'y a pas de biscuits ? s'interrogea-t-elle à voix haute. Et où est le chocolat ? Comment je suis censée travailler dans ces conditions ?

— Tu veux du chocolat ? Je vais t'en apporter.

Allie sursauta et se retourna, manquant de peu de renverser son café.

— Sylvain ! Tu m'as fait peur.

— *Désolé*, je ne voulais pas.

Allie eut du mal à s'en convaincre.

Tandis qu'il se versait un café, elle fit mine de partir.

— Eh bien, ce fut un plaisir…

— Non ! Allie, attends. S'il te plaît. J'aimerais te parler… vraiment.

— Oh, râla-t-elle. C'est obligé ?

Bavarder avec Sylvain était bien la dernière chose dont elle avait envie à cet instant précis.

— Non, bien sûr que non, répondit-il, vexé. Mais j'apprécierais que tu m'accordes quelques minutes.

— OK, soupira-t-elle. Tant que tu promets de ne pas recommencer à t'excuser.

Ses yeux bleus pétillèrent de malice.

— Je ne peux pas te promettre de ne jamais recommencer, mais là, ce n'est pas le sujet. Cela dit, je suis sincèrement dé…

— Et voilà ! s'écria-t-elle en s'éloignant.

Il la rattrapa et la prit doucement par le poignet en riant.

— Je n'ai pas pu m'en empêcher. S'il te plaît, ne t'en va pas. Je ne le referai plus.

Elle lui sourit malgré elle.

— D'accord, je renonce. Alors, de quoi s'agit-il ?

— Ça t'ennuie si… on va ailleurs ? suggéra-t-il en désignant le hall d'un geste vague.

— On n'est pas autorisés à quitter la bibliothèque, lui rappela-t-elle. Il est onze heures passées.

— Oh, le règlement ne s'applique pas à la lettre pour moi.

Comme elle lui jetait un regard soupçonneux, il ajouta aussitôt :

— On n'ira pas loin.

— Je te donne cinq minutes, dit-elle en levant la main, doigts écartés. Ensuite je retourne bosser.

— Ça marche.

Elle le suivit dans le hall désert avec sa tasse de café à la main. Le bruit de leurs pas résonnait sur les dalles de pierre.

Dès qu'ils furent seuls, il changea d'attitude. Il semblait mal à l'aise et regardait autour de lui pour s'assurer que personne ne les épiait. Sa nervosité contamina Allie.

— Alors… tu voulais parler de quoi ?

Sans crier gare, il s'approcha d'elle et l'enlaça. Avant qu'elle ait le temps de réagir, il murmura dans ses cheveux :

— Allie, tu es en danger.

— Sylvain, lâche-moi.

— Je t'en prie, fais comme si on discutait tranquillement entre copains.

Son intonation suppliante la surprit et elle cessa de le repousser.

— Qu'est-ce qui se passe ? chuchota-t-elle.

— Je ne peux pas t'en dire plus, mais je crois que quelqu'un va tenter de te faire du mal.

Elle se demanda s'il plaisantait, mais il ne souriait pas du tout. Pour la première fois, la peur s'empara d'elle.

— Qui, Sylvain ? Qui veut me faire du mal ?

— Je ne peux pas te le dire. Je ne devrais même pas te prévenir. Mais je m'inquiète pour toi. S'il te plaît, crois-moi, ce n'est pas une blague.

— C'est Nathaniel ?

Sitôt qu'elle eut prononcé ce prénom, Allie s'aperçut de son erreur et plaqua une main contre sa bouche.

Trop tard – elle avait piqué la curiosité de Sylvain.

— Comment tu connais l'existence de Nathaniel ?

« Carter va me tuer. »

— J'ai… j'ai juste… entendu une rumeur…

Il scruta ses yeux, comme s'il s'attendait à y trouver une réponse.

— Ce qui compte, ce n'est pas de savoir qui te menace, mais ce qui pourrait t'arriver si tu ne restais pas en lieu sûr. Passe un maximum de temps avec tes amis, évite de te déplacer seule. En particulier dehors.

Allie trouvait étrange que ce soit Sylvain qui se charge de ce genre de message. Elle inclina la tête sur le côté, méfiante.

— Isabelle est au courant ?

— Oui, mais elle ne veut pas t'effrayer et elle pense pouvoir te protéger. Tout le monde est persuadé que la situation est sous contrôle. Moi, je n'en suis pas si sûr.

La chaleur du corps de Sylvain contre le sien la perturbait. Son parfum familier lui rappelait ce qu'elle avait éprouvé pour lui auparavant, et lui remémorait ses baisers.

Soudain elle éprouva le besoin de se dégager. Elle poussa un long soupir.

— OK. D'accord. Je ne quitte pas mes amis et je sors le moins possible. Ne t'affole pas.

Cependant, au lieu de la lâcher, Sylvain resta pile où il était, à soutenir son regard.

— Quoi ? Il y a autre chose ? s'enquit-elle. Oh non, j'espère que c'est tout.

— J'essaie seulement de comprendre où tu as pu entendre parler de Nathaniel.

— Et moi, j'essaie toujours de comprendre qui peut menacer ma sécurité, répliqua-t-elle d'un ton acerbe. Alors on est à égalité.

Elle lut dans ses yeux des émotions contradictoires, comme si elle contemplait ses propres doutes dans un miroir, et cela la mit profondément mal à l'aise. Elle manœuvra pour se libérer de son étreinte sans perdre une goutte de café et repartit vers le couloir. Il ne la lâcha pas d'une semelle.

Quand ils atteignirent la porte de la bibliothèque, il lui glissa discrètement :

— N'oublie pas. Sois prudente.

— Je suis au taquet, rétorqua-t-elle, la mine sinistre.

Allie n'arrivait pas à se décider : devait-elle, oui ou non, rapporter sa conversation avec Sylvain à Carter ? Elle était prête à parier qu'il ne serait pas ravi qu'elle ait accepté un tête-à-tête pour commencer, et encore moins content de la façon dont s'était déroulée la discussion. Mais ne rien lui dire paraissait déloyal – pas aussi grave qu'une infidélité, bien sûr. Cela ressemblait davantage à un mensonge par omission.

Quand elle regagna sa table à la bibliothèque, Carter rassemblait ses livres et s'apprêtait à partir pour la Nocturne, de sorte que les circonstances décidèrent pour elle : elle eut à peine le temps de lui dire au revoir.

Le lendemain, comme il avait une dispense afin de pouvoir dormir plus tard, elle ne le vit pas de la matinée. Si bien qu'en fin de compte, elle n'eut pas l'occasion de lui en parler.

Ainsi se justifiait-elle, en tout cas. C'est également le prétexte qu'elle fournit à Rachel qui, à sa grande surprise, prit la nouvelle très au sérieux.

— Sylvain est très haut placé dans la hiérarchie des participants aux Nocturnes de la Night School, Allie. C'est peut-être un sale type par moments, mais si quelqu'un peut être au courant de ce genre de choses, c'est bien lui. (Elle cogita un moment, le front plissé d'inquiétude.) As-tu parlé à Isabelle ?

Elles étaient assises à l'endroit où Allie et Sylvain avaient discuté la veille, chacune avec un mug de thé fumant et un biscuit encore intact dans les mains. Elles chuchotaient par habitude, même s'il n'y avait personne autour d'elles.

— Tu penses que je devrais ? Je me posais justement la question. L'ennui, c'est que Sylvain a sous-entendu que… ça n'était pas… disons… officiel. J'ai cru comprendre qu'Isabelle ne voulait pas que je sois au courant.

— C'est fou ! Si tu es réellement en danger, pourquoi ne voudrait-elle pas t'avertir ? s'écria Rachel, l'air préoccupé.

— Je ne sais pas – toute cette histoire me paraît louche. Mais Sylvain semblait sincère… J'ai eu le sentiment qu'il se faisait vraiment du souci. (Elle se redressa en soupirant.) Il y a quelque chose qui cloche.

— Laisse-moi y réfléchir, dit Rachel. Je trouverai une idée.

Avec l'avertissement de Sylvain suspendu comme une épée de Damoclès au-dessus de sa tête, Allie dormit mal dans la nuit du lundi au mardi. Le mardi soir, après une nouvelle journée de cours intensifs et une soirée passée à boucler une dissertation à la bibliothèque, elle monta l'escalier à minuit, épuisée.

Elle se brossa les dents en un temps record et dormait déjà debout lorsqu'elle enfila son pyjama.

Elle ouvrit sa fenêtre afin de laisser entrer la brise tiède, et marmonna :

— Bonne nuit, la chambre.

Puis elle sombra dans un sommeil sans rêve.

Quand elle se réveilla, environ deux heures plus tard, elle tarda à comprendre ce qui avait troublé son repos. Elle battit des cils. Flottant encore dans l'espace brumeux du demi-sommeil, elle vit une silhouette penchée sur son lit qui l'observait. Au début elle crut qu'elle rêvait.

Puis elle l'entendit respirer.

— Carter ? murmura-t-elle.

Soudain l'ombre sauta d'un mouvement souple sur le bureau et se glissa dehors par la fenêtre ouverte avec une aisance d'acrobate.

« Ce n'est pas Carter. »

Elle sortit brusquement de sa torpeur et s'assit dans son lit, droite comme un I. Elle fixa la vitre pendant une fraction de seconde, avant de se lever d'un bond pour allumer le plafonnier.

La chambre était déserte. Mais quelqu'un était entré, elle le savait. Les livres et les papiers étaient en désordre sur son bureau. Un stylo qu'elle se rappelait avoir vu sur un cahier au moment de se coucher gisait à présent par terre.

Elle n'avait pas rêvé.

En se forçant à respirer calmement, elle grimpa sur le bureau et regarda dehors. Elle ne vit que la campagne boisée, qu'un mince croissant de lune baignait d'une douce lueur.

Frémissant malgré la chaleur de la nuit, elle referma la fenêtre et enclencha le loquet. Elle vérifia la solidité du mécanisme avant de retourner dans son lit. Assise, les bras autour de ses genoux, elle resta un long moment immobile, incapable de se rendormir.

28.

— Peut-être que tu dormais, suggéra Carter. Malgré son calme apparent, Allie remarqua que ses muscles étaient contractés.

— Non, insista-t-elle. Des objets ont été déplacés. En plus, je l'ai vu.

Ils étaient assis en compagnie de Rachel dans le pavillon. Les cours venaient de se terminer. Le ciel était gris et menaçant, mais il n'avait pas encore commencé à pleuvoir.

— On voit des gens dans nos rêves, objecta-t-il. Ça arrive à tout le monde. Comment peux-tu être sûre que tu ne dormais pas et que le vent n'a pas soufflé sur tes affaires ?

— Tu t'es pincée, Allie ? demanda Rachel. Parfois les rêves paraissent très réels.

— Je l'ai *vu*, répéta Allie, de plus en plus frustrée. Pourquoi est-ce que vous ne me croyez pas ? J'étais assise dans le lit quand il est sorti par la fenêtre. Ce n'était pas un rêve. Il était dans ma chambre, affirma-t-elle en frémissant.

— Eh, tout va bien, Allie, dit Rachel en passant un bras autour de ses épaules. On te croit. Dis-nous exactement ce que tu as vu. À quoi ressemblait-il ?

Avec une grimace concentrée, Allie tenta de se rappeler la scène dans ses moindres détails.

— Il était plus petit que Carter, et plus mince. Il ne portait que des vêtements noirs et il avait les cheveux clairs. Presque blonds.

Ils passèrent en revue les élèves qui correspondaient à cette description, sans grande conviction, et les écartèrent tous au bout du compte.

— Personne ne ressemble à ça parmi les élèves des Nocturnes, dit Carter. Et on est les seuls à pouvoir monter sur les toits en ce moment.

— En plus du gars qui était dans ma chambre hier soir, Carter, il faut que je te raconte quelque chose…

Elle l'informa rapidement de sa conversation avec Sylvain. Sa mâchoire se crispa au fil du récit d'Allie. Quand elle eut terminé, Carter se leva d'un bond et se dirigea à grands pas vers les arbres, sans un mot. Il se tint un long moment debout, le dos tourné.

— Oh-oh, fit Allie.

Elle esquissa un mouvement pour le rejoindre, puis elle se ravisa et se rassit.

— Donne-lui une minute, il va s'en remettre, lui conseilla Rachel. Et ensuite, je l'énerverai vraiment avec mes news.

— Quelles news ?

Allie, intriguée, haussa un sourcil.

— Patience, répondit Rachel en regardant Carter. Je n'ai pas envie de devoir tout répéter.

Ce dernier était en train de rebrousser chemin dans leur direction. Le coup de sang qui lui avait rougi les joues pendant qu'il écoutait Allie était passé et il semblait calmé.

— Je le crois, dit-il. C'est un salaud, mais il est bien placé pour avoir ce genre d'infos. Il aurait dû m'en parler avant, grommela-t-il entre ses dents. Mais comme il éprouve quelque chose pour toi, il a décidé de s'y prendre autrement. Admettons. Au moins, on est au courant.

Allie jeta un coup d'œil à Rachel, qui se pencha vers Carter avec une mine désolée.

— J'ai un truc à vous annoncer. Je te préviens, Carter, tu ne vas pas aimer.

— Quoi ? grogna-t-il. Si je comprends bien, on va de révélation en révélation aujourd'hui…

— J'ai tout raconté à mon père.

— Et voilà ! J'en étais sûr ! De mieux en mieux ! s'exclama Carter en se passant les mains dans les cheveux. Vous êtes géniales, les filles. Grâce à vous, toute l'école va être au parfum d'ici vendredi. Et si on installait carrément un panneau d'affichage devant l'entrée et qu'on marquait nos petits secrets dessus ? Ou on pourrait créer un site Internet : tousnossecrets.com.

— Il n'y a pas d'ordinateurs ici, lui rappela Allie.

— Je suis informé qu'on ne reçoit pas Internet à Cimmeria, merci, dit-il sèchement.

Elle se cacha derrière Rachel.

— Je suis navrée, s'excusa celle-ci. Je comprends que vous vous méfiiez de mon père, vous ne le connaissez pas. Mais je sais qu'il est digne de confiance, croyez-moi. Comme je suis inquiète pour Allie, j'ai emprunté le téléphone d'Isabelle et je lui ai dit ce qui se passait. Il sait qui est Nathaniel…

La dernière phrase demeura en suspens dans l'air.

Allie fut la première à reprendre ses esprits.

— Alors, c'est qui ? demanda-t-elle avec impatience.

Rachel jeta un coup d'œil inquiet à Carter.

— Ben, le problème, c'est qu'il refuse de me le dire.

— Forcément ! s'exclama Carter d'un ton plein d'ironie. À part ça, il est complètement fiable.

— Oui, insista Rachel, qui luttait pour garder son self-control. Il m'a quand même révélé un ou deux trucs à son sujet. Notamment qu'Isabelle et lui étaient « très proches autrefois » – ce sont les mots précis qu'il a employés. Apparemment, ils ont eu une sorte de dispute et depuis, il est déterminé à lui piquer le contrôle de Cimmeria et de la Night School – à se substituer à elle, en quelque sorte. Si cela arrivait, d'après papa, ce serait un désastre. Il déteste Nathaniel. Il le décrit comme sans pitié. Voire dément. Il dit qu'il ne reculera devant rien pour obtenir ce qu'il veut.

— Oh, super, soupira Allie.

— Il y a pire, continua Rachel. Certains membres du conseil sont de son côté. Isabelle fait quelque chose qui ne leur plaît pas – un truc en rapport avec la grande organisation. En tout cas, ceux-là aimeraient voir Isabelle partir et ils pensent pouvoir se servir de Nathaniel pour la pousser dehors, avant de se débarrasser de lui. Mais selon papa, ça ne marchera jamais, ça risque seulement de tout foutre en l'air. Il va en parler à Isabelle vendredi quand il viendra me chercher. Et il a dit une dernière chose, murmura-t-elle en regardant Allie avec angoisse. Il te conseille de faire attention à toi.

Des images de la nuit précédente lui revinrent par flashs et elle frissonna. Puis elle se leva d'un air résolu.

— Allons parler à Isabelle.

— Quoi… ? fit Rachel. Maintenant ?

— Maintenant.

— Elle a raison, acquiesça Carter en se mettant debout à son tour. Je suis à court d'idées. Et quelqu'un est entré dans sa chambre cette nuit. Il est temps.

— Bon, se résigna Rachel en se joignant à eux. Avec un peu de chance, on ne se fera pas tous renvoyer.

— Et tu es sûre que tu ne rêvais pas ?

Allie ne flancha pas sous le regard pénétrant d'Isabelle.

— Absolument certaine, répondit-elle d'une voix qui exprimait plus de confiance qu'elle n'en ressentait au fond.

Isabelle avait invité Matthew et Sylvain à se joindre à leur petite réunion improvisée et six personnes s'entassaient à présent dans son bureau. Allie et Carter étaient juchés sur les classeurs qu'ils avaient fouillés deux semaines auparavant. Rachel était assise par terre devant eux, les jambes croisées. Quant à Sylvain, Isabelle et Matthew, ils avaient pris place dans les fauteuils en cuir. La directrice avait présenté ce dernier comme un « expert en sécurité » à son arrivée, suite à quoi elle avait prié Allie, Rachel et Carter de reprendre leur récit depuis le début.

Un silence de cimetière régnait maintenant dans la pièce. Sylvain prit la parole le premier.

— Ce doit être un des hommes de Nathaniel.

Isabelle le regarda avec stupéfaction.

— Ils sont au courant, n'est-ce pas, Allie ? dit-il en jetant un coup d'œil à celle-ci.

Elle hocha la tête en rougissant.

— Comment connais-tu l'existence de Nathaniel ? demanda Isabelle, blême de colère.

La mâchoire serrée, Allie réfléchit à une réponse.

— Est-ce que c'est vraiment si important ?

Isabelle la dévisagea pendant un long moment avec une expression impénétrable.

— Non, je suppose que non. Vous étiez au courant aussi ? demanda-t-elle en s'adressant à Carter et à Rachel.

Ils confirmèrent en silence.

— Bon. Matthew ? fit-elle en se tournant vers son conseiller.

— Eh bien, je ne vois pas de qui il pourrait s'agir d'autre, admit-il.

— Bon. Il reste deux jours avant la fin du trimestre. On ne peut rien exiger de plus des élèves de la Night School qui travaillent déjà au maximum de leurs capacités à assurer la sécurité dans le parc. Mais nous ne sommes pas assez nombreux – quelqu'un s'est infiltré et nous n'avons rien vu. J'ignore ce que vous croyez savoir au sujet de Nathaniel, mais je peux vous dire qu'il est extrêmement dangereux et vindicatif. Il est en partie derrière les événements de la nuit du bal. Nous devons donc changer de stratégie. Je parlerai aux autres plus tard mais en attendant, Sylvain et Carter, votre rôle consistera à veiller sur Allie à toute heure du jour et de la nuit. Elle devra constamment être accompagnée de l'un ou l'autre d'entre vous. Ne la laissez jamais seule. Arrangez-vous pour alterner. Compris ?

Carter jeta un regard noir à Sylvain.

— Compris, répondit celui-ci avec un visage angélique.

— Allie, reprit Isabelle, je veux que tu continues de mener une vie normale. Va en classe. Dors dans ta chambre. Mais tu ne te rends nulle part sans Carter ou Sylvain.

Bien qu'elle fût totalement incapable d'imaginer comment ce système allait pouvoir se mettre en place dans la réalité (« Et comment je fais pour aller aux toilettes, alors ? »), Allie hocha la tête en silence.

— Rachel, je sais que c'est déjà le cas, mais passe autant de temps que possible avec Allie, toi aussi. Elle aura besoin de tout ton soutien.

— Bien sûr, dit Rachel.

— J'en discuterai avec ton père pour m'assurer que ça ne lui pose pas de problème, mais je suis sûre qu'il sera d'accord. Bien, à présent, conclut la directrice, laissez-nous, nous avons du pain sur la planche.

Dans le couloir, la tension était palpable entre les deux garçons. Carter saisit la main d'Allie d'un geste possessif.

— Veux-tu que je prenne le premier tour de garde ? proposa Sylvain d'une voix mielleuse.

On voyait un muscle jouer près de la mâchoire de Carter.

— Et si tu allais plutôt te faire f…, commença-t-il, mais Allie l'interrompit.

— Carter, non. Calme-toi. Et si on restait tous ensemble jusqu'à ce que l'un d'entre vous soit obligé d'aller ailleurs, OK ? Ensuite l'autre prendra le relais. Pas de bagarre. D'accord ?

Aucun des deux ne réagit.

— J'avais l'intention de passer la journée à la bibliothèque avec Rachel. On n'a qu'à réviser ensemble, suggéra-t-elle. Ça va aller. Ce n'est que pour deux jours.

— Ça me convient très bien, roucoula Sylvain.

Carter n'avait toujours pas prononcé un traître mot. Allie lui caressa la joue du bout des doigts.

— Allez, murmura-t-elle.

— OK, marmonna-t-il entre ses dents. On reste ensemble.

— Bien, souffla-t-elle.

— Ah… J'entends mon livre de chimie qui m'appelle ! pépia Rachel.

Allie lui adressa un sourire reconnaissant.

— Et moi, je n'ai toujours pas terminé cette maudite disserte d'histoire. Je cours à ma chambre récupérer mes notes.

— Je viens avec toi, offrirent Carter et Sylvain en chœur.

Ils se foudroyèrent du regard.

— Oh, merde ! s'exclama Allie d'un air las. *Super.*

Ils passèrent donc le reste de la soirée à la bibliothèque, ne marquant qu'une brève pause pour dîner. L'obligation de respecter le silence empêchait les garçons de se disputer, pour le plus grand soulagement d'Allie. Mais dès qu'elle sortait chercher une tasse de café, ils se levaient comme un seul homme pour l'escorter. Invariablement, Carter jetait un regard noir à Sylvain, qui haussait les épaules d'un air innocent.

— Mais j'ai soif.

— Quel culot, celui-là, grommelait Carter en prenant la main d'Allie dans la sienne.

Tandis que son petit ami l'entraînait dans le couloir, Allie se tourna vers Rachel en chuchotant :

— Au secours !

Cette dernière répondit par une moue compatissante.

Plus tard, quand Rachel proposa une pause toilettes, Allie la suivit sans se faire prier. Sylvain et Carter attendirent ensemble devant la porte.

— Mon pire cauchemar est en train de se réaliser. Mon ex et mon chéri actuel constamment à mes côtés… ensemble, se plaignit Allie en s'éclaboussant le visage d'eau froide.

— Carter gère très mal la situation, affirma Rachel pendant qu'Allie se séchait. Il ferait mieux d'avaler un calmant pour ses nerfs.

— Il a intérêt. Je ne pourrai pas supporter ça pendant deux jours, dit Allie en appliquant une couche de gloss rose pâle sur ses lèvres. Je deviendrais folle.

Elle étudia son reflet dans la glace. Ses cheveux avaient poussé depuis son arrivée et la teinture au henné s'était estompée. Bruns et brillants, ils tombaient maintenant en boucles souples jusqu'à ses omoplates. Ses yeux gris légèrement écartés étaient encadrés par de longs cils d'un noir soyeux contre sa peau pâle. Elle ne portait qu'une base de maquillage, ce qui suffisait amplement. La chemise blanche et la jupe courte plissée de son uniforme mettaient ses courbes et ses jambes athlétiques en valeur. Elle constata avec étonnement qu'elle ne ressemblait plus au garçon manqué qu'elle avait toujours été. Pour la première fois, il lui sembla qu'elle comprenait ce que Carter et Sylvain lui trouvaient quand ils la regardaient.

« J'ai changé, pensa-t-elle, et le miroir lui renvoya une expression satisfaite. Je suis plutôt… jolie. »

— Prête ? demanda Rachel en jetant sa serviette en papier dans la poubelle.

Allie rangea son gloss dans sa poche.

— Prête.

— Ça ne peut pas continuer, Carter, dit Allie. C'est juste pour deux jours. Je voudrais vraiment que tu fasses un effort.

— Mais je ne peux pas oublier la façon dont il t'a traitée…, se justifia-t-il, les épaules contractées.

— Je sais. Mais il a présenté ses excuses et je lui ai pardonné, alors à toi d'en faire autant. Il veut m'aider.

Isabelle tient à ce qu'on collabore ensemble, alors s'il te plaît, arrête de jouer les machos. Ça ne te ressemble pas.

Il était plus de minuit. Ils étaient assis sur le lit dans la chambre d'Allie. Ils avaient fermé la fenêtre et même posé une barre en travers du volet pour le renforcer. Isabelle avait insisté pour que l'un des garçons passe la nuit devant la porte, mais ils avaient tous les deux tenu à rester. Sylvain se trouvait donc dans le couloir, juste derrière le seuil.

— Je suis désolé, dit Carter. Je sais que je suis jaloux.

— Tu crois ? se moqua Allie.

Il afficha un sourire un peu honteux.

— Un petit peu, peut-être.

— C'est toi que je veux, Carter West, déclara-t-elle en s'installant sur ses genoux, à califourchon, le visage à quelques centimètres du sien. Tu n'as aucune raison d'être jaloux.

Les mains de Carter descendirent le long de son dos tandis qu'elle passait les bras autour de son cou.

— Seulement toi, murmura-t-elle en se penchant pour l'embrasser.

Ils échangèrent des baisers jusqu'à ce que Sylvain ait complètement disparu de leurs pensées et qu'ils soient entièrement absorbés l'un par l'autre. Les doigts de Carter glissèrent sur ses hanches et l'attirèrent tout contre lui. Elle ne résista pas. Quand il tira sur sa chemise pour la sortir de la ceinture de sa jupe, puis effleura son dos nu de bas en haut, elle éprouva des petits picotements le long de la colonne vertébrale. Tandis qu'elle lui mordillait l'oreille, elle sentit le cœur de Carter s'emballer.

Lorsqu'elle s'écarta de lui, ils respiraient fort tous les deux et Carter avait le visage écarlate.

— C'est moi qui vais siffler la fin de la récréation cette fois, annonça Allie.

— Tu es forcée ? chuchota-t-il.

Sa jupe était un peu remontée et il caressait ses cuisses nues.

— Malheureusement.

Elle se mit debout et s'inclina pour déposer un dernier petit baiser sur ses lèvres. Comme il tentait de l'attraper, elle fit un bond en arrière afin de lui échapper.

— Il faut bien que quelqu'un soit raisonnable ici et j'ai l'impression que ce ne sera pas toi.

— Pas ce soir, reconnut-il.

Lissant ses cheveux avec ses mains, elle dit :

— Bien, je suis ravie que nous ayons eu cette petite conversation…

Il éclata de rire.

— Tu vas essayer d'être moins jaloux ?

— Oui, je vais essayer.

Il se leva et tendit les bras vers elle mais, en un éclair, elle se retrouva à la porte et l'ouvrit à la volée.

— Alors bonne nuit.

Elle jeta un coup d'œil dehors et vit Sylvain assis, adossé au mur. Il faisait le guet devant sa porte, impassible.

— Bonne nuit, Sylvain.

— Bonne nuit, *ma belle* Allie.

Elle crut discerner un accent de regret dans sa voix.

Carter franchit la porte, se penchant au passage pour l'embrasser.

— Si tu vois ou entends quelque chose d'anormal, tu hurles, d'accord ?

— Promis.

Dès qu'il fut sorti, elle se changea et enfila un pyjama blanc tout propre avant de se glisser dans son lit. Après avoir éteint la lumière, elle repassa dans son esprit les événements de la soirée en se rappelant le goût des lèvres de Carter. Et combien il la désirait.

Pas une seule fois elle ne songea à Nathaniel, ni au danger qui l'obligeait à se déplacer avec des gardes du corps. Engourdie par une douce béatitude, elle dériva lentement dans le sommeil.

Elle n'aurait su dire ce qui l'avait réveillée. Peut-être des bruits de pas dans le couloir. Ou des éclats de voix devant sa porte. En tout cas, quand sa porte s'ouvrit brusquement et que la lumière s'alluma, elle était déjà assise dans son lit. Il était trois heures du matin.

— Lève-toi, Allie, lança Carter, la mine sinistre. Nathaniel arrive.

29.

Allie luttait pour rester calme. Dans un demi-sommeil, elle s'y reprit à plusieurs fois pour mettre ses chaussons, mais ses pieds semblaient refuser de se glisser dedans.

— Laisse-les. On n'a pas le temps.

Carter lui prit la main et l'entraîna dans le couloir où Sylvain les attendait, sur le qui-vive.

— Par ici, dit ce dernier en les guidant loin de l'escalier.

— Où allons-nous ? murmura Allie.

— On se tire, répondit Carter.

Ils coururent jusqu'au bout du couloir, où Julie patientait à côté d'une porte anonyme qu'Allie avait toujours prise pour un placard à balais. Sans un mot, elle la poussa et révéla un étroit escalier de pierre en colimaçon, faiblement éclairé par des ampoules nues.

Ils le dévalèrent à une allure folle, Sylvain en tête, suivi d'Allie et de Carter, Julie fermant la marche. Personne ne parlait. En bas, Sylvain ouvrit une autre porte. À la lumière vacillante d'une lampe à gaz, Allie découvrit une sorte de crypte taillée dans la pierre calcaire, avec d'épaisses colonnes recouvertes de gravures compliquées. Le sol était poussiéreux et froid sous ses pieds.

« Je n'y crois pas. Il y a vraiment des cachots. »

— Où sommes-nous ? chuchota-t-elle.

— À la cave, répondit Julie.

Sylvain, Carter et Julie formaient un cercle autour d'Allie. Lui tournant le dos, ils scrutaient la pénombre.

— On ne devrait pas la faire sortir d'ici ? demanda Julie.

— Isabelle a précisé de ne la faire sortir que si c'était sans risque, dit Carter. Mais comment le savoir ?

— Attendez là, ordonna Sylvain.

Sans un bruit, il s'évanouit parmi les ombres.

Les autres restèrent muets et immobiles. Après environ cinq minutes, Sylvain réapparut et les invita à le suivre.

Ils coururent à la queue leu leu, dans le même ordre que dans l'escalier, jusqu'à une porte dérobée. Sylvain leur fit signe de patienter tandis qu'il se glissait dehors, puis il revint et hocha la tête à l'intention de Carter.

Ils lui emboîtèrent le pas, montèrent une volée de marches, franchirent une nouvelle porte, si basse qu'ils durent se courber. Une fois à l'extérieur, ils s'alignèrent le long du mur du manoir, le dos collé à la pierre. Carter immobilisait Allie en tendant un bras en travers de son corps dans un réflexe protecteur.

La nuit était fraîche et humide ; des nuages voilaient la lune. Au début, Allie ne distinguait rien, puis, peu à peu, ses yeux s'adaptèrent.

Elle se rappela la nuit où, avec Carter, elle avait pisté Isabelle jusqu'à son rendez-vous avec Nathaniel. Pas tranquille, elle fixa la ligne des arbres au loin qui se détachait sur l'horizon.

« Y a-t-il quelqu'un en train de nous observer en ce moment comme nous, on les avait observés ? »

Carter lui tira légèrement sur la main : ils se remettaient en mouvement. Ils contournèrent l'aile ouest du manoir à toute allure, traversèrent la pelouse du terre-plein derrière l'école, et se dirigèrent vers le jardin clos. Les cailloux blessaient les pieds nus d'Allie, mais elle ignora la douleur. Juste avant d'atteindre la grille du jardin, Sylvain bifurqua. Ils le suivirent un à un.

La grotte à laquelle il les conduisit était si bien cachée derrière les feuillages épais qu'Allie n'avait jamais remarqué sa présence.

Elle discernait mal ses contours dans le noir, mais il lui sembla sentir de la pierre et du bois sous ses doigts. Elle entrevit une statue au centre – une femme nue qui dansait avec grâce.

Ne communiquant que par gestes, Carter, Sylvain et Julie formèrent de nouveau un bouclier devant Allie, leurs regards rivés sur le manoir. Allie tenta de se tenir aussi immobile que la statue derrière elle.

Pendant un long moment, il ne se passa rien. Elle avait compté cent trente-sept respirations quand elle vit Julie désigner un minuscule point lumineux au loin. Allie plissa les yeux pour mieux voir de quoi il s'agissait.

Quelques secondes plus tard, un autre s'alluma. Puis un autre.

Une demi-douzaine de petites lumières flottaient à présent dans l'air. Elles se rapprochaient.

— Qu'est-ce que c'est ? souffla-t-elle.

— Nathaniel, répondit Sylvain.

— Qu'allons-nous faire ? demanda-t-elle, la gorge nouée.

— Attendre, dit Julie.

Cinq minutes plus tard, les mystérieuses taches lumineuses s'étaient transformées en torches. Elles étaient si proches à présent qu'Allie percevait même les silhouettes noires qui les brandissaient. Tout à coup elle entendit la voix d'Isabelle résonner dans la nuit.

— Nathaniel ! Arrête. Il n'est pas trop tard.

— Je sais bien qu'il n'est pas trop tard. (Allie reconnut le ton plein de dédain de Nathaniel et sa voix à vous glacer les sangs.) Sinon nous ne serions pas ici.

— Laisse-nous en paix, cria Isabelle. Tu perds ton temps. Tu pourras faire n'importe quoi, tu n'auras jamais Cimmeria.

— Tu sembles bien sûre de toi. C'est vrai que tu as toujours été arrogante.

— Lucinda ne veut pas ça, Nathaniel. Tu vas à l'encontre de sa volonté à tes risques et périls.

— Si c'est vrai, alors dis-moi où elle est, se moqua-t-il. Je ne la vois pas se précipiter ici pour vous protéger.

Pendant qu'ils échangeaient ainsi des menaces à peine voilées, une brusque variation dans l'air éveilla l'attention d'Allie. Était-ce un changement de température ? Ou… une drôle d'odeur ?

Elle tira sur le bras de Carter, affolée.

— De la fumée. Je sens de la fumée !

Sylvain renifla et se tourna vers Carter. Pour la première fois, elle vit la peur déformer ses traits.

— Là ! fit Julie en pointant un doigt vers les chambres des garçons.

Un gros nuage de fumée s'échappait d'une fenêtre du deuxième étage et des flammes dansaient derrière la vitre.

— Oh non, murmura Allie.

— Julie, reste avec Allie, ordonna Sylvain. Carter, viens avec moi.

Avant de le suivre, Carter prit Allie par les épaules.

— Tu ne bouges pas d'ici, lui dit-il d'un ton pressant.

En dépit de l'obscurité, elle lut l'appréhension dans ses yeux.

Elle hocha la tête et lui serra la main à l'écraser. Puis il se volatilisa.

Seules à présent, les filles restèrent côte à côte, incapables de détacher leurs regards du manoir.

Isabelle n'avait pas perdu son aplomb.

— C'est ça, ton plan, Nathaniel ? Anéantir ce que tes mensonges, tes artifices et ton chantage n'ont pas pu t'obtenir ? J'ai toujours su que tu étais un sanguin mais ce que tu commets là te détruira, toi – pas Cimmeria.

Il éclata de rire.

— Ta suffisance ne devrait pas me surprendre, Isabelle. Mais ne m'insulte pas. Tu sous-estimes mon intelligence.

Une lumière tout en haut de l'aile ouest attira l'œil d'Allie. Elle toucha l'épaule de Julie et tendit l'index. Une tache orange tremblait derrière une fenêtre.

— Les chambres des filles, murmura Julie.

— Qu'est-ce qu'on doit faire ? demanda Allie, sentant la peur l'envahir.

— Sylvain et Carter vont s'en charger.

Mais les secondes défilaient et les flammes grossissaient à vue d'œil. L'odeur de fumée les prenait maintenant à la gorge.

— Julie, il faut qu'on fasse quelque chose, insista Allie.

— J'ai promis à Sylvain…, protesta Julie.

Elle était folle d'inquiétude, cela s'entendait au son de sa voix.

— On ne se sépare pas, décida Allie. Allons-y ensemble.

Sans attendre que la déléguée donne son avis, elle s'élança vers les arbres. Julie la rattrapa facilement et la saisit par la manche du pyjama pour l'attirer vers une entrée latérale, loin de l'endroit où se trouvaient Isabelle et Nathaniel.

Elles franchirent la porte ensemble. À l'intérieur, une fumée légère enveloppait des étagères de livres.

« On est au fond de la bibliothèque ! »

Elles se trouvaient près de l'endroit où Carter lui avait donné rendez-vous – le rayon des lettres classiques. Allie ignorait complètement qu'il existait une porte.

— Par ici, chuchota Julie, qui disparut aussitôt.

Déroutée, Allie tourna sur elle-même en cherchant sa camarade des yeux – en vain.

— Julie ? siffla-t-elle dans l'obscurité. Où es-tu ?

Pas de réponse.

— Julie ?

Allie entendait la panique monter dans sa voix. Elle respira à fond et réfléchit.

Ce n'était pas normal. Mais Julie ne l'aurait pas abandonnée exprès… hein ? Son cœur battait la chamade. « Est-ce qu'elle m'aurait conduite dans un piège ? » Elle se mit à tousser. La fumée s'épaississait. Il fallait agir.

Elle fonça dans la partie principale de la bibliothèque, passa les salles d'étude et les tables où elle s'était installée si souvent avec Rachel et Jo, puis elle sortit dans le couloir. Il y avait un interrupteur pour déclencher l'alarme d'incendie. Elle l'abaissa d'un coup sec.

Pas de sonnerie.

Elle le fixa, déconcertée. Puis un souvenir lui revint en mémoire – alors Gabe avait raison quand il disait qu'il n'y avait aucune alarme dans le bâtiment. En réalité, elles n'étaient là que pour la décoration.

Sans perdre de temps, elle fila vers l'escalier et le monta quatre à quatre vers les chambres des filles. En atteignant le premier palier, alors qu'elle s'apprêtait à prendre la volée de marches suivante, elle aperçut une silhouette au bout du couloir. Avec une torche à la main.

Allie se figea. L'homme ne l'avait pas encore repérée. Si elle restait parfaitement immobile, il ne la remarquerait pas et elle pourrait monter sans risque à l'étage supérieur.

D'un autre côté, si elle n'intervenait pas, il continuerait à allumer des foyers d'incendie. L'école brûlerait entièrement. Et Nathaniel gagnerait. Allie était déchirée. Que choisir ? Prévenir les filles ou empêcher ce criminel de nuire ? Cruel dilemme. « Pourquoi n'y a-t-il personne pour me dire ce que je dois faire ? C'est toujours à moi que ça arrive. » Contre toute attente, un accès de rage la secoua et elle fit plusieurs pas dans la direction de l'inconnu.

— Eh ! toi ! hurla-t-elle à pleins poumons.

Elle le vit interrompre sa marche et se retourner.

Le temps s'arrêta. Ils demeurèrent cloués sur place l'un et l'autre à se dévisager. Il tenait la flamme assez près de son visage pour qu'elle puisse distinguer ses traits.

— Christopher ? murmura-t-elle, abasourdie.

Elle vit une lueur de reconnaissance passer dans les yeux de son frère, ainsi qu'une émotion qui la troubla. Puis il s'enfuit.

— Christopher ! Christopher ! Ne me laisse pas !

Elle le regarda partir à travers les larmes qui ruisselaient sur son visage.

Le monde tourbillonnait. Se sentant prise de vertiges, elle s'appuya contre le mur tout en cherchant son souffle. Mais la fumée épaisse commençait à l'asphyxier. Elle toussa si violemment qu'elle crut s'évanouir.

« OK, pensa-t-elle en haletant. Calme-toi, Allie. »

Elle entendait la voix de Carter dans sa tête, qui lui disait de se concentrer sur sa respiration. Elle prit deux inspirations lentes et régulières en filtrant l'air à travers le tissu de sa manche. Quand les murs s'arrêtèrent enfin de tourner, elle regarda autour d'elle. La fumée continuait de s'épaissir.

Elle n'avait pas beaucoup de temps.

Plaquant le col de son pyjama contre sa bouche, elle se baissa au ras du sol et gravit les dernières marches (au nombre de dix-sept exactement) en courant. Arrivée dans le couloir des filles, elle ouvrit la première porte. La fumée ne s'y était pas encore insinuée et elle put respirer librement. La fille allongée dans le lit se redressa.

C'était Katie.

— Au feu ! hurla Allie en aspirant une grande bouffée d'air salutaire. Katie, lève-toi et aide-moi. Il faut qu'on fasse sortir tout le monde.

— Quoi ? fit Katie, somnolente et désorientée. Qu'est-ce que tu… ?

— L'école est en feu, Katie. S'il te plaît !

En sentant l'odeur de fumée, Katie sauta de son lit. Avant de sortir de sa chambre, Allie lui cria par-dessus son épaule :

— Toutes les portes ! Tape à toutes les portes ! Dis-leur de me suivre.

Katie prit un côté du couloir, Allie l'autre, et elles le remontèrent à toutes jambes en ouvrant les portes à la volée et, si nécessaire, en secouant les filles dans leurs lits pour les réveiller.

Allie se précipita dans la chambre de Rachel. Dérangée par les éclats de voix, celle-ci était déjà debout.

— Aide-moi, dit Allie, essoufflée.

— Je suis derrière toi, répondit-elle.

La porte de Jo était une des dernières, au fond du couloir. Quand Allie entra, la chambre était remplie de fumée. Elle repéra la petite tête blonde sur l'oreille. Elle se laissa tomber à quatre pattes et traversa la pièce en rampant.

— Jo, hoqueta-t-elle. Réveille-toi.

Jo ne bougeait pas. Allie la secoua comme un prunier, mais elle ne réagissait toujours pas.

Alors Allie se recula un peu et lui asséna une grande gifle.

Ses yeux papillotèrent enfin.

— Aïe, murmura-t-elle faiblement.

Allie faillit partir d'un rire hystérique.

— Lève-toi, Jo. Il faut que tu te lèves.

Un bras passé sous ses épaules, elle la tira du lit et tenta de la faire tenir debout, mais elle était trop lourde. Quand Rachel arriva quelques secondes plus tard, elle évalua la situation en un clin d'œil et se précipita pour aider son amie. Ensemble, elles réussirent à la mettre sur pied.

— Lisa, murmura Jo.

Allie jeta un regard paniqué à Rachel.

— C'est bon. Je l'ai vue, affirma celle-ci.

Elles entraînèrent Jo hors de sa chambre. Une fois dans le couloir, Allie demanda d'un ton inquiet :

— Tout le monde est là ?

— J'ai compté, répondit Katie. Il ne manque que Julie.

Allie eut l'impression de recevoir un direct en plein estomac.

— Elle était avec moi en bas, avoua-t-elle dans un souffle. Je l'ai perdue.

— Sortons d'ici, suggéra Rachel. On la cherchera ensuite.

— Tu as raison. Par là !

Par chance, Jo avait retrouvé un peu de mobilité et Rachel parvenait à la soutenir seule, de sorte qu'Allie put prendre la tête du groupe. Elle emprunta le même itinéraire que Sylvain plus tôt cette nuit-là. Le petit escalier était encore épargné par la fumée.

Quand elles furent toutes dans la cave, Allie se tourna vers Katie.

— Tu peux recompter ?

Sans hésiter, Katie s'exécuta.

— C'est bon, on est toutes là.

Allie leur fit signe de la suivre.

Elles ne rencontrèrent aucun obstacle et, quelques secondes plus tard, elles jaillirent dans la nuit noire en crachant leurs poumons.

Allie s'éloigna un peu et vomit dans l'herbe à l'abri des regards. Quand elle retourna auprès des autres, Jo tenait enfin debout toute seule, même si elle semblait encore dans les vapes.

Allie se redressa et prit un air dégagé.

— Jo, tu peux conduire les filles au jardin clos ? demanda-t-elle d'une voix rauque. Je crois que vous serez en sécurité là-bas.

Jo hocha la tête sans un mot et se dirigea vers le chemin d'un pas chancelant. Toutes ses camarades la suivirent, à l'exception de Rachel et de Katie.

— Où vas-tu ? demanda Rachel d'une voix soupçonneuse.

— Il faut que je retrouve Julie, lâcha Allie. Elle est peut-être blessée.

— Je viens avec toi.

— Rachel, non… Et s'il t'arrivait quelque chose ?

— Et à toi, il ne peut rien t'arriver ? intervint Katie, inflexible. Moi aussi, je viens avec vous. Julie est ma meilleure amie. Je ne te laisserai pas la chercher toute seule.

— Oh, grogna Allie. Vous êtes pénibles, les filles.

— Passe devant, répondit Rachel d'une voix ferme. Où est-ce que tu l'as vue en dernier ?

Allie les examina avec une moue dubitative, mais le temps pressait. Elle savait qu'elle n'avait aucune chance de les convaincre de toute façon.

— Dans la bibliothèque. Il y a une porte secrète.

— Je la connais, dit Rachel.

— Ah bon ?

— Évidemment. Cette bibliothèque n'a aucun secret pour moi.

Elles coururent jusqu'à la porte en longeant le mur du manoir. Quand elles la poussèrent, une énorme vague de fumée grise se déversa dehors.

Allie sentit son cœur se serrer. C'était impossible.

— Tenez-vous près du sol, murmura Rachel.

Elles se mirent à quatre pattes et se couvrirent la bouche et le nez avec du tissu.

— Où te trouvais-tu quand tu l'as perdue de vue ? demanda Katie.

Allie était complètement égarée à cause des fumées épaisses. Elle ne reconnaissait plus rien. Mais comment le leur avouer ? Elle retint son souffle, se mit debout et regarda autour d'elle, puis elle s'accroupit de nouveau.

« Lettres classiques droit devant. »

— Quatre ou cinq mètres plus loin, je crois.

Elles avancèrent en rampant jusqu'à l'endroit indiqué par Allie. Julie demeurait introuvable.

Rachel se mit à tousser.

— Je ne la vois pas.

— Divisons-nous, proposa Katie, la voix étouffée par son col de pyjama. On avance chacune de trois mètres, pas plus, dans trois directions différentes, et puis on se retrouve ici.

— Faites attention…, ajouta Allie.

Évoluant au ras du sol, elle s'éloigna des autres. Tenter d'évaluer la distance n'était pas évident. Allie compta plus ou moins trois mètres dans sa tête – et comme elle ne trouvait pas Julie, elle ne put s'empêcher de continuer. Elle alla jusqu'à six. Puis huit.

Toujours aucune trace de Julie.

La fumée était de plus en plus dense et il devenait difficile de distinguer quoi que ce soit. Les yeux lui brûlaient et les larmes brouillaient sa vision.

« Je suis allée trop loin. »

Elle voulut faire demi-tour pour rejoindre Rachel et Katie, mais elle était désorientée. De quelle direction venait-elle ? Dans l'obscurité et la fumée, tout se ressemblait. Avait-elle passé ces grandes étagères à l'aller ? Celles avec les titres en cyrillique ? Les avait-elle seulement jamais vues ?

Elle toussa violemment. Elle ne pouvait plus respirer, même à travers son haut de pyjama. Elle aurait aussi bien pu être sous l'eau. Il n'y avait plus d'air. Plus d'oxygène. Elle inspirait par à-coups et hoquetait dans l'espoir vain de remplir ses poumons.

Alors elle accéléra. Les bords de son champ de vision se noircirent. Elle n'allait pas s'en sortir.

Soudain Allie entendit un cri sourd :

— Je l'ai ! Elle est ici !

Quelqu'un appela son nom. Elle s'efforça de ramper en se laissant guider par le son de la voix, mais elle ne pouvait plus bouger.

— Ici ! lâcha-t-elle dans un cri qui ressemblait à un croassement.

Elle ne se fit pas d'illusions : son appel était trop faible pour porter.

Elle ne s'était jamais sentie aussi fatiguée. « Si je pouvais seulement me reposer une seconde, je retrouverais des forces. Une petite sieste et je serai opérationnelle. Je suis si fatiguée. »

La tête trop lourde, elle se laissa tomber par terre.

Elle glissa dans l'inconscience comme si elle s'emmitouflait dans une couverture chaude et elle soupira de soulagement.

Soudain elle s'envola, emportée par quelque chose de puissant et de tendre à la fois. Elle se tendit tout entière vers ces nouvelles sensations. Elle se sentait désormais en sécurité. Protégée. Elle flottait.

L'air remplissait ses poumons et refluait. Remplissait ses poumons et refluait. Encore et encore.

Une voix magnifique lui parla :

— S'il te plaît, ne nous laisse pas. Reste avec nous.

Des lèvres chaudes se posèrent sur les siennes. De l'air chaud emplit son corps.

La douleur la saisit brutalement et elle toussa si fort que son corps fut pris de convulsions. Quand les tremblements cessèrent, cependant, elle perçut la caresse de l'air frais sur sa peau et elle inspira avec plaisir.

Allie battit des cils et ouvrit les paupières. Elle était couchée sur les genoux de Sylvain qui la serrait fort entre ses bras. Elle leva une main et lui toucha le visage, étonnée.

— Pourquoi tu pleures ? murmura-t-elle.

Il ne répondit pas. Il se contenta de la bercer comme un enfant, le visage enfoui dans ses cheveux, en l'écoutant respirer.

30.

— Alors Isabelle a fini par appeler les pompiers, hein ? demanda Allie dans un murmure éraillé.

— Pour la toute première fois, répondit Rachel en souriant. Après que Julie et toi, vous avez fichu une trouille bleue à tout le monde.

C'était le petit matin et les deux amies étaient installées dans une chambre de l'aile des professeurs. Allie, soutenue par des oreillers, se cramponnait à la tasse de thé au citron et au miel que Rachel avait apportée pour soulager sa gorge irritée. Celle-ci, quant à elle, était perchée au bout du lit. Elle racontait à Allie ce qui s'était passé « après sa mort », selon ses propres termes.

— Ils t'ont mis un masque à oxygène, mais ils ont dû t'arracher aux bras de Sylvain avant. (Elle haussa un sourcil.) Il refusait de te lâcher.

— Alors c'est Sylvain qui m'a trouvée ?

— Oui.

— Comment… ?

— Carter et lui avaient évacué les chambres des garçons. Ensuite ils ont remarqué l'autre incendie. Carter est allé réveiller les profs. Sylvain allait faire la même chose pour les filles, mais quand il s'est aperçu que l'étage était vide, il a foncé dehors. Katie et moi, on venait juste de sortir Julie et de constater que tu n'étais pas là…

Elle s'interrompit au milieu de sa phrase et Allie remarqua qu'elle pleurait. Elle tendit le bras et lui prit la main.

— Je suis saine et sauve, murmura-t-elle.

Rachel hocha la tête et s'essuya les yeux. Elle reprit son récit d'une voix tremblante :

— Quand on lui a dit que tu manquais à l'appel, il est devenu fou. Il n'y avait pas moyen de l'arrêter. Il a couru dans la bibliothèque comme s'il ne craignait pas le feu. (Elle soupira.) Je ne vous ai pas vus ressortir, je faisais du bouche-à-bouche à Julie. Mais Jo m'avait raconté qu'il avait pratiqué les gestes de réanimation pendant longtemps avant que tu reviennes à toi. Après, il ne voulait plus te lâcher. J'imagine qu'il avait peur que tu t'arrêtes de respirer.

— J'imagine, répéta Allie.

— Bref. Dès qu'Isabelle a appelé les pompiers, Nathaniel et ses copains se sont volatilisés – pas au sens littéral du terme, malheureusement, précisa-t-elle en s'appuyant contre le mur. Julie, toi et trois membres du personnel, vous avez eu besoin d'oxygène. Et puis Julie et ce garçon, Peter ? Tu le connais ?

Allie fit non de la tête.

— C'est un des élèves les plus jeunes. Eh bien, Julie et lui ont été emmenés à l'hôpital parce qu'ils avaient inhalé trop de fumée. Les pompiers voulaient t'embarquer aussi, mais Isabelle, Carter et Sylvain ont refusé tout net. Alors ils t'ont installée ici et Carter est resté toute la nuit à côté de toi pour s'assurer que tu continuais de respirer. Et tu as réussi, conclut-elle avec gaieté.

— Hourra, croassa faiblement Allie.

— Oui. Hourra. Vive toi !

— Il y a beaucoup de dégâts ?

— Je ne me rends pas bien compte. Je sais que trois ou quatre pièces sont complètement détruites. Ils ne laissent entrer personne dans les couloirs des chambres et le manoir entier pue la fumée. (Elle plissa le nez.) L'incendie dans la bibliothèque a démarré au niveau du bureau d'Eloise et il s'est étendu aux rayonnages les plus proches. On ne sait pas encore combien de livres ont brûlé.

Devant sa mine attristée, Allie dut dissimuler un sourire.

— Apparemment, les chambres auxquelles ils ont mis le feu étaient toutes inoccupées. Ils en ont aussi allumé un au grenier, et un autre sur le palier près des escaliers.

Allie revit soudain Christopher avec une torche à la main.

— Mais ils sont encore en train d'évaluer la casse. Isabelle court partout comme une folle. Des entrepreneurs doivent passer cet après-midi pour faire des expertises et tout le monde est renvoyé à la maison. On devra tous rédiger des dissertations pour remplacer les examens annulés. Je crois qu'on devrait insister pour faire les nôtres sur la sécurité incendie.

Le rire d'Allie évoqua du papier de verre frotté contre un bout de bois rugueux.

— Je pourrais faire mon devoir d'histoire sur le grand incendie de Londres.

— Ouais ! Tu as déjà fait tes recherches.

Quelqu'un toqua à la porte. Allie voulut dire : « Entrez » mais il ne sortit de sa bouche qu'un murmure inaudible.

— Entrez ! s'exclama Rachel.

Jo poussa la porte et se pencha nerveusement dans l'embrasure avant de se faufiler et de refermer derrière elle.

— Salut, Allie. Tu vas bien ?

Allie sourit faiblement.

— Je vais survivre – encore une fois –, je crois. Rachel était justement en train de me raconter les événements de cette nuit.

— C'était dément, dit Jo. J'ai vraiment eu les jetons.

— Mais nous voilà, entières et en pleine forme ! s'exclama Rachel. Et j'ai enfin pu mettre en pratique mes cours de premiers secours sur une vraie personne. Alors tout n'est pas négatif.

— Oui, ça valait carrément le coup, acquiesça Allie.

— C'est bien ce que je pensais.

Apparemment gênée, Jo se tourna vers Rachel.

— Excuse-moi de te demander ça, mais ça t'embêterait de nous laisser en tête à tête quelques minutes… ?

Rachel sauta du lit.

— Non, pas du tout. Allie, je vais te chercher un truc à manger. Qu'est-ce que tu veux ?

Allie avait très mal à la gorge.

— Quelque chose de froid. Surtout rien de piquant.

Un sourire tendre éclaira le visage de Rachel.

— D'accord. Pas de nourriture piquante. Je m'en charge.

Jo s'assit avec précaution au bord du lit.

— Je voulais juste te demander pardon.

Allie allait lui dire que ce n'était pas nécessaire, mais Jo ne la laissa pas parler. On voyait à ses joues rougies qu'elle avait pleuré.

— Tu m'as sauvé la vie cette nuit – et tu as risqué la tienne en plus. Je crois que tu as fait la même chose sur le toit il y a quelques semaines. Katie m'a avoué qu'elle m'avait menti parce qu'elle était en colère contre toi.

Allie tomba des nues.

— Elle a fait *quoi* ?

Jo hocha la tête.

— Tu lui as sauvé la vie aussi, tu sais. C'est une garce, mais une garce reconnaissante au moins.

Un éclat de rire rauque fusa de la bouche d'Allie avant qu'elle ait pu l'arrêter, et elles se mirent à glousser toutes les deux, ce qui lui provoqua aussitôt une violente quinte de toux.

— Ça, ce sera répété, parvint-elle à articuler.

Quand elles se furent calmées, Jo la regarda avec gravité.

— Je sais que j'ai un problème, Allie. J'ai ces… ce que le psy appelle des « crises » où je ne suis pas rationnelle. Je devrais arrêter de boire complètement. Je suis désolée de t'avoir mêlée à ça. Je regrette tellement. Si je pouvais revenir en arrière, je n'hésiterais pas une seconde. En tout cas, je veux que tu saches que je travaille sur moi.

— Ce n'est pas grave, dit Allie, qui pensait néanmoins le contraire.

Comme si elle avait lu dans ses pensées, Jo répondit :

— Si, c'est grave, en fait, je le sais.

— D'accord, fit Allie d'une voix douce.

Mais Jo n'avait pas terminé.

— Chaque fois que ça arrive, il y a un événement déclencheur, tu vois. En général, avant, c'était toujours lié à mes parents. Ils faisaient une chose stupide ou ils m'oubliaient – et *paf*, ça démarrait. Mais là, c'est… ce qui arrivé à Ruth. (Son visage se décomposa.) Savoir un truc horrible et ne pouvoir le confier à personne… ça rend fou.

Allie sentit un frisson de peur la parcourir, comme si des doigts glacés effleuraient sa peau. Elle ne pouvait détacher ses yeux de Jo.

— Oui, j'imagine. Qu'est-ce que tu savais dont personne d'autre n'était au courant ?

— Je sais qui a tué Ruth, avoua Jo sans ciller. Et je ne le supportais pas. Je ne supportais pas le fait… d'être la seule à savoir.

« Deux inspirations, une expiration… »

Allie la fixait, le cœur battant.

— Qui a tué Ruth, Jo ? murmura-t-elle.

— Gabe, lâcha Jo d'une voix assourdie par le chagrin. C'est Gabe qui a tué Ruth.

Rachel revint quelques minutes plus tard avec un yaourt, de la glace et des fraises.

— Tu vois ? Rien de piquant…

Elle se tut en voyant Jo sangloter dans les bras d'Allie.

Par-dessus la tête de son amie, celle-ci lui chuchota :

— Va chercher Isabelle.

Rachel déposa le repas sur la table sans un mot et partit en courant.

— Ça va aller, répétait Allie, encore et encore, même si rien n'était moins sûr.

Elle se sentait nauséeuse. Elle essayait d'apaiser ses nerfs à vif en inspirant profondément tandis que des questions se bousculaient dans son esprit, trop vite pour que les réponses suivent. « C'est Gabe qui a fait ça ? Gabe a tué Ruth ? Mais pourquoi ? »

Elle se rappela s'être cachée de Gabe dans les bois, la nuit où elle était sortie avec Carter. Quelque chose dans sa voix, un accent de menace, avait suscité chez elle un réflexe défensif qui l'avait poussée à se dissimuler. Elle avait eu aussi peur de lui à ce moment-là que de Nathaniel.

« Mais de là à imaginer que c'était un assassin… »

Cela semblait inconcevable. Pourquoi ferait-il une chose pareille ? Ruth était son amie. Qu'avait-elle pu faire qui lui donne envie de la blesser ? A fortiori de la tuer ?

— Jo, Isabelle va arriver dans un instant et tu dois lui raconter la vérité, insista Allie d'une voix râpeuse. Tu vas le faire ?

Le visage bouffi, Jo hocha la tête.

— C'est pour ça que je t'en ai parlé. Je crois qu'il faut que tout le monde sache qu'il est dangereux.

Quand Rachel et Isabelle accoururent quelques minutes plus tard, Jo pleurait toujours. La directrice portait les leggings et la tunique foncés qu'elle avait enfilés la nuit des pourparlers avec Nathaniel, et elle sentait légèrement le brûlé.

— Allie ? s'exclama-t-elle en découvrant son visage blême et les larmes de Jo. Tout va bien ?

— Jo a quelque chose à vous dire.

La jeune fille répéta à la directrice ce qu'elle avait dévoilé à son amie. Au fil de ses révélations, Isabelle tomba lentement à genoux à côté du lit, sans jamais la quitter des yeux.

— Mais pourquoi, Jo ? finit-elle par demander. Est-ce qu'il t'a expliqué pourquoi ?

— Il disait que Ruth parlait. Et qu'elle en savait trop. Qu'elle risquait de vous répéter des choses. Mais quoi précisément ? Il a toujours refusé de me le dire.

Isabelle était sous le choc, mais elle gardait une voix surnaturellement posée.

— Rachel, tu veux bien aller chercher Matthew et August, s'il te plaît ? (Elle prit la main de Jo, baignée de larmes et refermée sur un mouchoir humide et froissé.) T'a-t-il raconté comment il avait procédé ?

— Un peu. Assez pour me faire peur. C'était pendant le bal. Tout le monde s'amusait et dansait. Il m'a seulement laissée seule quelques minutes mais quand il est revenu, j'ai vu qu'il avait du sang sur la main. J'ai cru qu'il s'était coupé. Il a prétendu qu'il avait eu un accident, rien de grave. À ce moment-là, il ne m'a rien dit… C'est seulement plus tard, il y a quelques semaines, que j'ai tout appris. Il ne voulait plus que je traîne avec Allie. Il m'a dit que ce qui était arrivé à Ruth pourrait lui arriver. Ou à une de ses amies.

En se rappelant le corps de Ruth – son visage livide presque méconnaissable, et sa jolie robe rose noircie par le sang –, Allie avala sa salive. Gabe avait menacé de s'en prendre à elle. Ça aurait pu être son visage. Sa jolie robe.

Elle compta les battements de son cœur : « … douze, treize, quatorze… »

— Qu'est-ce qu'il t'a dit d'autre ? demanda Isabelle, le souffle court.

— Il m'a interdit de parler des Nocturnes et de la Night School à Allie, et de ce qu'il faisait. Il affirmait qu'Allie était la source de tous les problèmes à Cimmeria, et que Zelazny et vous, vous étiez faibles. Il disait que Nathaniel avait raison et qu'il aurait mieux valu que vous le laissiez la prendre…

Isabelle et Allie échangèrent un regard alarmé.

— Comment Gabe connaissait-il Nathaniel ? s'enquit Isabelle.

— Je ne sais pas. Mais ils se connaissent, en tout cas. Gabe le voit parfois. Pour parler.

Allie retint son souffle. Elle vit Isabelle blêmir.

— Ils sont… amis ? demanda-t-elle d'une voix légèrement chevrotante.

Jo n'y prêta pas attention, mais Allie ne manqua pas de le remarquer.

— En quelque sorte. Je crois que Gabe l'admire.

À cet instant, Zelazny et Matthew firent irruption. Isabelle se releva et sortit dans le couloir pour discuter avec eux. Elle revint seule dans la pièce et s'assit sur le lit à côté de Jo et d'Allie. Elle posa une dernière question à Jo d'un ton calme :

— Pourquoi tu ne nous en as pas parlé plus tôt ?

Des larmes ruisselaient sur les joues de la jeune fille.

— Je ne savais pas quoi faire, sanglota-t-elle. Je l'aime… l'aimais. Je ne pouvais pas… Je ne savais pas quoi faire, je vous dis. Je suis désolée. Je suis tellement désolée.

— Ça va, murmura Isabelle.

Mais Allie voyait bien que, comme elle, elle pensait tout le contraire.

Après qu'Isabelle eut accompagné Jo dans sa propre chambre, Rachel passa encore un long moment auprès d'Allie. Elle lui fit manger de la glace fondue et du yaourt tiède, puis elle attendit qu'elle s'endorme avant de partir.

Quand Allie se réveilla, Carter était assis au pied du lit. Il l'étudiait de ses yeux sombres et indéchiffrables.

— Salut, fit-elle de sa voix éraillée.

— Comment ça va ?

— Je suis au top de ma forme, déclara-t-elle avant de partir dans une quinte de toux.

Il lui tendit un verre d'eau avec une paille. Elle le sirota et se sentit tout de suite mieux, puis elle se tortilla dans le lit pour se redresser en position assise.

— Tu as entendu à propos de Gabe ? murmura-t-elle.

Il hocha la tête, les muscles tendus.

— J'aurais dû m'en apercevoir, Allie. Pourquoi je ne me suis pas rendu compte que c'était lui ?

— Impossible à deviner. Tu n'as aucune raison de t'en vouloir. Ils l'ont trouvé ?

— Non – tout le monde le cherche. Personne ne sait où il est. Il a peut-être mis les bouts.

Elle médita cette information pendant une minute.

— Rachel m'a dit que tu avais sauvé de nombreuses vies cette nuit. C'est génial.

— Et toi aussi.

Il se garda d'ajouter que c'était formidable. Ses traits exprimaient une grande tension.

— Qu'est-ce qu'il y a ? demanda-t-elle.

Il secoua la tête et se tut pendant un moment. Puis il reprit la parole d'une voix tremblante :

— Pourquoi tu n'es pas restée dans la grotte, Allie ? Il ne te serait rien arrivé si tu m'avais écouté.

— Désolée, Carter. Mais j'avais peur pour les filles. Il fallait que je les aide. Je n'allais quand même pas les laisser mourir.

— On les aurait fait évacuer.

— Comment je pouvais en être sûre ? L'incendie se propageait vite.

— Qui a eu l'idée de rentrer ? Toi ou Julie ?

Allie hésita à mentir, mais elle y renonça.

— Moi. Julie voulait continuer d'attendre.

— Et vous avez failli mourir toutes les deux, s'emporta-t-il.

— Mais on a sauvé des vies, Carter, s'indigna-t-elle.

— Je sacrifierais tout le monde pour toi.

Elle le dévisagea, atterrée.

— Ne dis pas une chose pareille, murmura-t-elle. C'est horrible.

— Je sais que c'est horrible. (Il essuya une larme sur sa joue en évitant les yeux d'Allie.) Mais c'est la vérité.

Elle ne savait pas quoi répondre.

— Je vais bien, dit-elle pour le rassurer.

— Oui, je sais.

— Alors ne dramatisons pas, d'accord ? Réjouissons-nous plutôt d'être sains et saufs tous les deux. (Elle lui prit la main et la porta contre sa joue.) Je suis tellement contente que tu n'aies rien.

Il l'enlaça en silence.

— Carter et Allie, les héros, murmura-t-elle.

Cet après-midi-là, Rachel apporta à Allie une jupe et une chemise qui empestaient le feu de bois.

— Ils m'ont laissée monter dans les chambres pendant trois secondes, top chrono, j'ai dévalisé ta garde-robe et j'ai trouvé ça. Désolée pour l'odeur.

— T'inquiète. Je suis trop contente de pouvoir me débarrasser de ce pyjama qui pue le grillé.

— Ils nous ont dit qu'on pourrait y retourner demain chercher nos affaires. Sous surveillance, bien entendu.

— Bien entendu, répéta Allie avec un sourire ironique. La santé et la sécurité d'abord.

— Tout le monde rentre chez soi entre aujourd'hui et demain – mon père arrive demain matin. L'offre tient toujours si tu veux venir chez nous.

— Merci, Rachel. Je pourrais te prendre au mot.

Après s'être octroyé une douche dans la salle de bains des professeurs et avoir récuré ses cheveux pleins de suie, Allie se sentit de nouveau humaine. Malheureusement, Rachel avait oublié de lui apporter des chaussures, de sorte qu'elle dut descendre l'escalier pieds nus. Cela ne l'empêcha pas de marcher avec détermination vers le bureau d'Isabelle.

Elle eut à peine le temps de toquer que la porte s'ouvrit. Sans un mot, Isabelle l'enlaça et la serra contre elle. Puis elle examina son visage à bout de bras.

— Tu vas bien ?

— Je crois, murmura Allie.

La directrice lui tint la porte.

— Entre, assieds-toi.

— Comment va Jo ?

— Pas terrible, soupira la directrice en s'installant à côté d'elle tandis que la bouilloire bourdonnait en fond sonore. Elle est complètement bouleversée, ce qui se comprend.

Allie hésita à poser la question qui lui brûlait les lèvres.

— Et Gabe ?

Isabelle secoua la tête.

— Il a filé. Quand Zelazny et Matthew sont partis à sa recherche, il avait disparu. Nous pensons qu'il s'est enfui cette nuit, pendant l'incendie.

Allie n'était pas vraiment surprise. Elle prit une grande inspiration.

— Et… maintenant ?

— Nous allons continuer de le chercher. (Isabelle s'affaira autour du service à thé.) Informer ses parents. Tenter de nous assurer qu'il est en sécurité. Nous allons également prendre soin de Jo. Et ensuite nous trouverons un moyen de neutraliser Nathaniel.

— Je veux vous aider.

— Tu en auras l'occasion. Je te le promets.

— Non, Isabelle, insista Allie d'une voix ferme. Je tiens vraiment à vous *aider*. À partir de maintenant, je veux être plus impliquée.

La directrice lui ayant jeté un regard plein d'incompréhension, Allie tenta de ne pas laisser sa frustration transparaître dans sa voix. Si elle voulait paraître adulte, c'était le moment.

— Je suis déjà mêlée à tout ça de toute façon. D'une certaine manière, Gabe n'avait pas tort, c'est lié à moi. Nathaniel a Christopher et il me veut aussi. Pas vrai ? Pendant ces deux derniers mois, j'ai été sans arrêt secourue, sauvée, aidée. Tout le monde ne pense qu'à me protéger, ce qui est fabuleux, et je vous en suis reconnaissante. Mais je veux être capable de me protéger moi-même. Pour le moment, je ne le peux pas. Je ne sais pas comment m'y prendre. Je sais seulement qu'il existe une formation pour ça.

Isabelle articula lentement :

— Tu veux suivre les Nocturnes ?

— C'est logique, non ? Je dois devenir plus forte et plus rapide. Je dois apprendre à me battre. Et j'ai besoin de savoir ce qui se passe pour pouvoir prendre les bonnes décisions. Je ne vais jamais me contenter de vous obéir aveuglément si vous me dites : « Allie, ne va pas dehors. » Mais si vous m'incluez dans votre équipe… ce sera différent.

Un silence de plomb s'installa pendant qu'Isabelle réfléchissait. Elle tendit à Allie une tasse de tisane à l'odeur étrange.

— C'est pour ta gorge. Bois. (Elle se rassit tranquillement à côté d'elle.) Très bien. Je suis d'accord. J'en parlerai aux autres.

Un frisson d'excitation parcourut Allie. Isabelle s'empressa de modérer son enthousiasme.

— Je ne suis pas la seule à décider, Allie. D'autres personnes devront donner leur accord. Mais je te soutiendrai.

L'avertissement de la directrice ne lui fit pas peur. Elle savait qu'Isabelle pouvait obtenir tout ce qu'elle voulait.

Voilà. Elle intégrait le cercle.

Isabelle changea de sujet.

— Ta voix fait peine à entendre. Le médecin t'a examiné la gorge ?

Un médecin était passé la voir une heure plus tôt. Il avait déclaré que « ç'aurait pu être bien plus grave », et lui avait prescrit des pilules et des bains de bouche pour la soulager.

Allie hocha la tête.

— Il dit que je devrais survivre, mais que je ne décrocherai jamais un premier rôle à l'opéra.

— Puccini devra se passer de toi. Mais on a échappé au pire.

— Je trouve aussi. Comment va Julie ?

— Très bien. Elle a un léger traumatisme – elle a trébuché et s'est cogné la tête. C'est à ce moment-là qu'elle a perdu connaissance. Cependant, ses poumons n'auront pas de séquelles. Elle rentre dès ce soir.

Allie se rappela avec un pincement de remords qu'elle avait douté de la loyauté de Julie jusqu'à la dernière minute dans la bibliothèque.

— Je suis contente qu'elle aille bien. Elle a été très courageuse.

— Figure-toi qu'elle a dit la même chose de toi.

Allie appréhendait un peu de poser la question suivante.

— Avez-vous vu Sylvain ? (Sa gorge se serra.) Je… voulais le remercier.

— Il t'évite, répondit Isabelle sans prendre de gants.

Allie releva vivement la tête.

— Pourquoi ?

— Tu le devines, n'est-ce pas ? fit Isabelle avec un regard doux.

La chaleur de la tisane traversait la tasse en porcelaine et brûlait les doigts d'Allie.

— Deviner quoi ?

— Qu'il a des sentiments pour toi.

Allie se souvint des larmes qui coulaient sur son visage quand il l'avait sortie de la bibliothèque. Des émotions qu'elle était incapable d'identifier la submergèrent.

— Mais je suis avec Carter, murmura-t-elle faiblement.

— Je sais, dit Isabelle en levant les mains. C'est ainsi.

Allie fixait la tranche de citron qui flottait dans sa tasse.

— C'est ainsi…

La directrice se pelotonna dans le gros fauteuil en cuir à côté du sien – les cernes sous ses yeux révélaient son immense fatigue.

— Je ne crois pas que tu reverras Sylvain ce trimestre-ci. Il a besoin de temps pour réfléchir. Et pour guérir.

— Vous voudrez bien lui… juste le remercier pour moi ?

— Bien sûr.

Allie reposa sa tasse.

— Et j'ai décidé de rentrer à la maison plutôt que d'aller chez Rachel. Il faut que je parle à mes parents.

Isabelle semblait soucieuse.

— Je pense que c'est une sage décision et je suis contente que tu l'aies prise, dit-elle prudemment. Mais maintenant que nous savons que Christopher est avec Nathaniel et que Nathaniel s'intéresse à toi… eh bien, la situation est un peu différente. Je l'expliquerai à ta mère. Allie, chez toi, tu seras plus exposée au danger. Je ferai ce que je peux pour te protéger, mais ne prends aucun risque.

Allie repensa à Ruth.

— Je ferai attention, promit-elle. Je me tiendrai à carreau.

— La rentrée a lieu dans trois semaines. Mais je ne peux pas te laisser rester chez toi aussi longtemps. Je t'accorde quelques jours. Ensuite, je crois que tu ferais mieux d'aller chez Rachel. Son père est à même de te protéger et il t'attendra. Je t'enverrai une voiture.

Il y avait quelque chose de vraiment terrible dans le fait de s'entendre dire que sa maison – l'endroit où elle se sentait le plus en sécurité autrefois – n'était plus sûre pour elle. Mais Allie ne discuta pas. Elle avait vu jusqu'où Nathaniel était prêt à aller.

— D'accord.

Isabelle prit un bout de papier sur son bureau et griffonna quelque chose dessus.

— Si, à un moment ou à un autre, tu te sens inquiète ou effrayée, si quelque chose te paraît bizarre ou si tu perçois une menace… (elle lui tendit le bout de papier) appelle-moi et je t'enverrai quelqu'un. Fais bien attention à toi. Tu veux bien ?

Le papier portait en haut le nom d'Isabelle en relief et, juste dessous, un numéro de téléphone ajouté à la main.

— Je vous le promets.

Elles se levèrent ensemble et Isabelle la serra de nouveau dans ses bras. Allie marcha vers la porte. Tandis qu'elle tournait la poignée, Isabelle l'arrêta.

— Encore une chose. Demande à ta mère de te parler de Lucinda.

Allie écarquilla les yeux.

— Dis-lui que je pense qu'il est grand temps, conclut Isabelle, laconique.

31.

— Allez, ferme-toi !

Allie avait fourré ses dernières affaires dans son sac qui se bombait maintenant de partout et refusait de fermer. Même en y mettant tout son cœur, elle n'arrivait pas à tirer la fermeture Éclair jusqu'au bout.

Les filles avaient droit à un quart d'heure chacune pour faire leurs bagages. La plupart des chambres étaient encore en bon état, mais les professeurs craignaient que le feu et l'eau n'aient fragilisé les plafonds et les planchers.

— Oh, et puis merde !

Essoufflée par l'effort, elle rouvrit son sac en grand et chercha quelque chose à sacrifier. Ses vieilles Doc Martens rouge foncé étaient sur le dessus. Elle les retira et réessaya de zipper. Le sac se ferma facilement.

Elle ramassa ses chaussures avec amour. « Hors de question que je les abandonne. »

En les tenant devant elle, elle examina les éraflures au niveau des orteils, la forme du cuir qui s'était adapté à ses chevilles. Elle était amoureuse de ces bottes depuis le jour où elle les avait vues dans la vitrine de la boutique de dépôt-vente qui se trouvait sur le chemin de son ancien lycée. Quand elle avait découvert qu'elles étaient à sa pointure, elle avait compris que le destin les avait mises là pour elle. Pendant deux mois, elle était allée à la boutique tous les jours pour s'assurer qu'elles n'avaient pas disparu. Au bout du compte elle était parvenue à convaincre les vendeurs de les lui mettre de côté jusqu'à son anniversaire. Les semelles épaisses, le cuir solide, jusqu'à l'agressivité puissante qu'elles dégageaient, lui donnaient confiance en elle. Elles représentaient son armure, en quelque sorte.

« Je sais que j'ai changé depuis que je suis ici, pensa-t-elle. Mais pas au point de ne plus trouver ces chaussures mortelles. »

Ôtant d'un coup de pied les chaussures fournies par l'école, elle enfila ses Doc et les laça jusqu'aux genoux en retrouvant des gestes familiers agréables. Sous son uniforme, elles étaient... *parfaites*.

Puis elle regarda autour d'elle une dernière fois, et passa la main sur son bureau. Elle avait détesté cet endroit à son arrivée. À présent, elle envisageait son retour avec impatience.

Elle hissa le sac sur son épaule et passa la porte à toute allure, percutant de plein fouet Carter qui se tenait de l'autre côté.

— Salut, Speedy, s'esclaffa-t-il en la stabilisant avec une main sur chaque épaule. Il y a le feu ?

— Ha ! ha ! Très drôle, répliqua-t-elle en levant les yeux au ciel.

Il lui caressa les cheveux.

— Tes parents sont déjà là ?

— Ils vont arriver d'une minute à l'autre, répondit-elle en faisant la grimace. Je me dépêche parce que mon père déteste attendre.

Les yeux de Carter s'assombrirent brièvement et elle se rappela que ses parents à lui ne viendraient plus jamais le chercher.

— Où vas-tu passer les vacances ? demanda-t-elle avec un froncement de sourcils inquiet. Ils ne vont pas te laisser dormir dans ta chambre…

— Je déménage dans l'aile des professeurs le temps des travaux. Ça ira.

— J'espère que tu ne te sentiras pas trop seul.

— Non. Je suis ici chez moi, tu te rappelles ? Et je ne serai pas seul. Jo et Sylvain restent aussi. Quant à Julie, elle ne sera partie que quelques jours. La plupart des élèves de la Night School seront de retour après une semaine environ.

En entendant le nom de Sylvain, Allie éprouva un serrement de cœur malvenu. Elle ne l'avait pas revu depuis l'incendie.

— Tant mieux, dit-elle. Mais je me ferai du souci pour toi quand même.

— Et moi pour toi. Écris-moi. Je piquerai le téléphone d'Isabelle pour t'appeler.

— Tu as toujours mon numéro ?

Il tourna une paume vers elle. Elle avait écrit son numéro juste sous les articulations de ses doigts une heure avant.

— Je me le ferai tatouer après ton départ, plaisanta-t-il.

Un silence mélancolique tomba. Allie appuya son sac sur son pied en le faisant doucement rebondir avec son gros orteil.

— Tu feras attention à toi, hein ? demanda-t-il en tirant légèrement sur l'ourlet de sa chemise pour l'obliger à s'approcher. Tu resteras en lieu sûr ?

Il avait beau parler d'un ton léger, son angoisse était flagrante.

— Ne t'en fais pas. Je serai sage comme une image. Je ne passerai qu'une semaine chez moi, ensuite j'irai dans la maison de campagne de Rachel, qui est apparemment aussi sécurisée que le palais de Buckingham.

— D'accord, dit-il en la serrant fort contre lui. Tant que tu prends soin de toi. On a besoin de toi ici, tu sais.

— Ça, c'est bien vrai. Ce manoir s'écroulerait si je n'étais pas là, affirma-t-elle avec un sourire ironique.

Il enfouit son visage dans sa chevelure et respira fort.

— C'est l'heure ! Tout le monde dehors !

La voix de Zelazny retentit dans le couloir. Allie leva le menton pour donner un baiser furtif à Carter et s'écarta presque aussitôt. Il était trop tard pour de longs adieux.

Elle ramassa son sac et le jeta sur son épaule.

— Je vais descendre seule, d'accord ?

Elle guetta la réaction de Carter, mais elle savait qu'il comprendrait. S'il l'embrassait un peu trop passionnément, s'il lui demandait de rester – ne serait-ce que si elle continuait de regarder au fond de ses beaux yeux –, elle n'arriverait jamais à franchir le seuil.

Elle s'avança d'un pas vif jusqu'à la porte et l'ouvrit.

— Jolies chaussures, Sheridan, dit-il.

Sans un regard en arrière, elle lança :

— Reste cool, Carter West.

Elle avait déjà remonté la moitié du couloir quand elle entendit sa réponse.

— Toujours.

Remerciements

Tout a commencé par un pari. Je ne me croyais pas capable d'écrire un roman, mais mon mari, lui, était persuadé du contraire. Un jour il m'a mise au défi d'essayer. Moi, au *défi !* Il m'a dit que si je n'essayais pas, je ne serais qu'une poule mouillée. Je ne recule jamais devant un pari raisonnable et il le savait parfaitement.

Merci, chéri, de m'avoir lancé ce défi.

Si tout a commencé par un pari, le reste de l'aventure n'a été qu'heureux hasards, gentilles attentions et soutiens généreux. Et si on ne peut que remercier les dieux pour les hasards heureux, la gentillesse et la générosité méritent d'être reconnues.

Sans l'enthousiasme et l'énergie de Madeleine Buston et de toute l'équipe de la fantastique agence Darley Anderson (en particulier Clare Wallace et Mary Darby), ce livre n'aurait jamais atterri dans les rayons des librairies. Maddy, ton coup de fil *m'a changé la vie*. Je ne te remercierai jamais assez.

À la fabuleuse Samantha Smith, extraordinaire éditrice d'Atom Books, un million de mercis. Non contente d'être une éditrice géniale, elle est très drôle. Travailler avec elle est un rêve devenu réalité.

Honnêtement, toute l'équipe d'Atom/Little Brown est incroyable : Gina Luck, Kate Agar et Darren Turpin, vous avez permis à *Night School* de voir le jour. Merci infiniment à tous ! Je vous dois *une tonne* de cupcakes…

Ce livre a pris forme grâce à l'aide d'amis qui l'ont lu à mesure que je l'écrivais, et qui m'ont dit la vérité. Leur honnêteté et leur intelligence ont largement contribué à l'améliorer. Helene Rudyck, Kate Bell et Sally Davies, vous êtes des *déesses*.

À l'équipe du Starbucks de Memorial Drive à Dairy Ashford (Houston, Texas), merci de m'avoir permis de rester assise à écrire sous votre clim glaciale pendant des heures non stop – parfois jusqu'à ce que vous commenciez à empiler les chaises autour de moi et à balayer sous mes pieds –, sans même me demander de consommer un autre café ou de déguerpir. En fait, merci de m'avoir ignorée. *Night School* a été nourri par vos mokas frappés.

Ma mère a disparu pendant la rédaction de ce livre et elle n'a jamais eu l'occasion de découvrir ce qu'il est devenu, de constater que ce n'était pas seulement un autre de mes rêves fous. On dit parfois que les gens veillent sur nous après leur mort, alors… Regarde, maman ! Je l'ai fait !

Ouvrage composé par
PCA – 44400 Rezé

Imprimé en Espagne par
Liberdúplex
à Sant Llorenç d'Hortons (Barcelone)
en février 2018

MIXTE
Papier issu de
sources responsables
FSC® C003309
FSC
www.fsc.org

Pocket Jeunesse, une marque d'Univers Poche,
est un éditeur qui s'engage pour
la préservation de son environnement
et qui utilise du papier fabriqué à partir
de bois provenant de forêts gérées
de manière responsable.

PKJ • www.pocketjeunesse.fr
POCKET JEUNESSE

12, avenue d'Italie – 75627 PARIS Cedex 13

Poussez
de Cimmeria, co
vous tende

Allie Sheridan vient d'être arrêtée une nouvelle fois. C'en est trop pour ses parents, qui l'envoient dans un internat.
Mais l'école privée Cimmeria n'a rien d'ordinaire : elle est fréquentée par un mélange de surdoués, de rebelles et d'enfants de millionnaires. Plus étrange, certains élèves sont recrutés par la discrète « Night School ».
Allie en est persuadée : on lui cache d'inavouables secrets...

Traduit de l'anglais par Cécile Moran

août 2018

ISBN 978-2-266-25101-3
9 782266 251013
CATÉGORIE
8B

Couverture : Nico Taylor – LBBG
Photo : © Trigger images

www.pocketjeunesse.fr
POCKET JEUNESSE
PKJ·